愛吻文創

騎鯨南去 / 著　黑色豆腐 / 繪

2

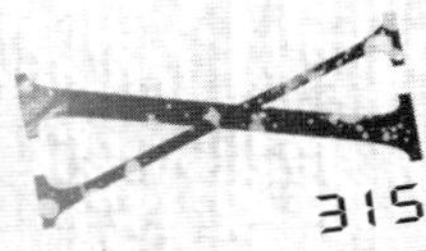



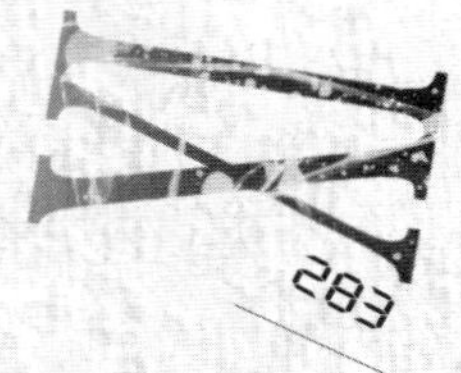

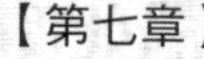



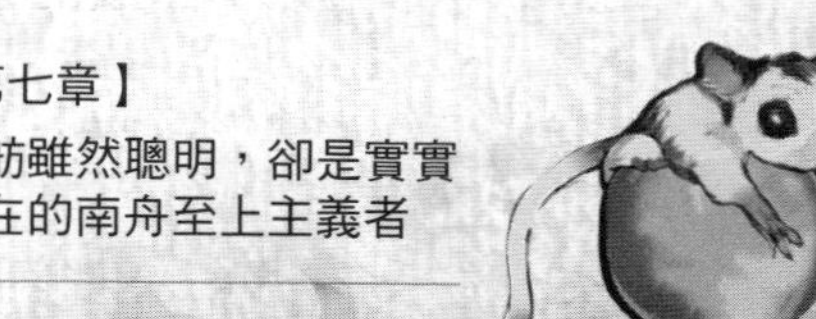

CHAPTER

# 01:00

## 每一分鐘他們過得都像是開盲盒，<br>不知道下一個會被抹消的是誰

「龍潭」三人組草草結束了對 403 的調查。

南舟他們走後，他們壯著膽子在 403 中轉了幾圈，同樣一無所獲。他們難免氣餒。

再想到江舫臨走前關於謝相玉的寥寥數語，三人心裡更加沒底。

孫國境本能地不想和南舟他們打交道，可在被江舫點醒後，他對謝相玉的觀感也差了。一想到還要和他合作，就跟吃了隻蒼蠅一樣噁心。萬般糾結下，他只好向同伴求個心安：「咱們到底怎麼辦？跟誰合作？」

齊天允默然不語。現在，他算是看出來了，他們跟誰合作，其實根本不重要。因為以他們的能力，根本不配談「合作」兩個字。不論是謝相玉的主動親近、提供資訊，還是江舫的溫言溫語、循循善誘，都是因為他們三個太廢物了。

所以，這兩撥人真正需要的根本不是合作對象，而是投石問路時，需要犧牲的那顆「石子」。哦，不對。他們有三個人，理應是三顆石子。

當然，以齊天允的見解，他根本不會想到，這兩撥人的其中一支，之所以試圖拉攏他們，提出合作，只是不想他們作死，從而拉低了自己隊伍可能得到的評分。

三人正不知所措間，羅閣突然噓了一聲，他指了指門外，示意其他兩人專心去聽。

吱——

細微的、用指甲刮牆的聲音，從門口處隱隱傳來。敲擊、抓撓、摩擦。聲音很輕，但就響在近在咫尺的地方。

吱——

羅閣低頭看去，宿舍是有門縫的，夜晚睡覺時，走廊的鵝黃色燈光常常從門下融融透入。

而現在，此時，門縫裡漆黑一片……有什麼東西，現在正站在他們的門外！

大白天的，三個人齊齊炸出了一身白毛汗。

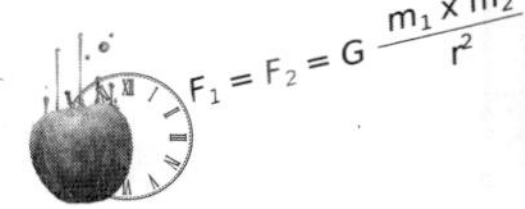


孫國境接二連三受到驚嚇，早就毛了。

他心一橫，眼一瞪，大跨步來到門前，動作幅度極大地拉開門。動作之快、力道之猛，險些拍到自己的鼻梁。

他發出一聲氣壯山河的斷喝：「誰——」

門口，正在看著南舟拆卸名牌的江舫，扭頭看向瞬間啞火了的孫國境，禮貌地一點頭，「你好。我們來查一點線索。」

孫國境啞口無言。

操。要不是打不過，他早就動手了。

南舟不愛和他們說話，所以科普的工作交給了江舫。

鑑於自己剛才發現線索的良好表現，南舟給自己獎勵一個椰蓉麵包。當他把最後一口椰絲珍惜地嚥下去時，江舫才將他們的發現講述完畢。

三個人裡，有三分之二聽了個寂寞，可謂一腦袋漿糊。唯一不那麼迷糊的齊天允強笑了一聲：「證據呢？」

江舫：「手。」

齊天允愣了愣，試探且戒備地遞了一隻手過去。

江舫捏著一樣東西，在齊天允掌心放下。

下一刻，齊天允的手掌便微妙地往下一沉，好像真的被放上了一塊什麼東西。

齊天允閉上眼睛，試著用觸覺去讀取凸起的字紋，看上去格外認真，彷彿一段滑稽的默劇表演。

孫國境看得好笑。

——這是什麼？盲人摸象？

可不消幾秒，齊天允忽地睜開眼睛，臉色急劇轉為慘白，燙了手似的飛快將手中的東西擲出！

孫國境沒看到有什麼東西飛出去，也沒有聽到東西落地的聲音。他納罕道：「老齊，你踩電門了？看到什麼玩意兒了，嚇成這德行？？」

齊天允喘了兩大口氣，才勉強緩過因驚懼導致的短暫窒息，說：

「……一張名牌。」

孫國境：「……啊？」

齊天允抬起眼，聲調抑鬱：「一張從咱們門前面取下來的名牌。上面有個名字。」說到這裡，齊天允覺得喉嚨乾得發痛。他模擬了兩下吞嚥動作，只覺舌尖無唾，舌根僵硬，空餘苦酸。

見他也學會了賣關子，孫羅兩人難免上火：「你說呀！寫了什麼？什麼名字？」

齊天允抑聲道：「……胡力。」

「胡力和我們是一個宿舍的……他原來，是我們宿舍的人。」

孫國境愣了半晌，哈的一聲笑了出來：「顛三倒四的說什麼胡話呢？我們宿舍裡就我們三個。」

齊天允指向一對並排而立的雙人床，質問道：「那麼，為什麼我們有四床被子？」

孫國境迷糊了一下。

——對啊。

他們似乎從頭至尾都沒對房間裡空置的第四張床以及上面的全套床上用品發表過任何意見。

他們沒討論過第四名室友會不會回來？沒討論過他回來後，該怎麼與他相處才自然？沒討論過他究竟為什麼夜不歸宿？

甚至在謝相玉前來尋求合作，要入住他們的宿舍時，他們也沒討論過，萬一那人回來，要怎麼解釋有一個陌生人睡在他們的宿舍這件事。

似乎，在他們心中，某個聲音已經替他們認定，那個多餘的人，再也不可能回來了。

孫國境低頭看了一眼自己的胳膊……上面浮起了大片大片的雞皮。牙關開始咯咯發抖，但他還是硬著頭皮試圖找出其中的合理性：「或許他早就不住在這兒了……噢，說不定他退宿了，這張床現在就是謝相玉的，我們不是欺負他來著？所以就把他留在這裡……」

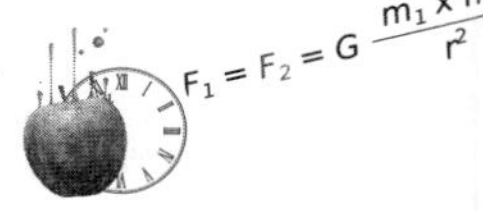


齊天允對他搖了搖頭，略微痛苦地閉上了眼睛……他剛才已經摸到了名牌。

名牌上，分明就是「胡力」的名字。

可當他把這個情況告知孫國境時，得到的仍是他蒼白的否認：「不可能！說不定他是搬走了！東西沒來得及搬，名牌也沒來得及拆……」

他們眼下遇到的事情過於反常理。孫國境設想過，關於自己最糟的結局，不外乎是一死，但絕不是孤立無援、無人知曉地消失。

消失，有可能意味著遊戲中的「死亡」。

但是，實際上，他真的能死個痛快嗎？倘若他那時候還有意識呢？倘若那時，他的姓名、東西都被遺忘殆盡，哪怕別人看在眼裡，也視而不見的話……

孫國境什麼都不知道。他唯一知道的是，這恐怖，是由那無端的「沙沙」聲帶來的——而他，現在已經聽到了五次沙沙聲了。

命運的達摩克利斯之劍斬首了胡力，殺死了左嘉明。

現在，又懸掛到他的頭上。所以，這個推測不可能是真的。

——怎麼可以是真的？

孫國境越是否認，san 值越是下降。

讀取到隊友重要數值變化的羅閣見狀，方寸大亂。

一旦遭遇難以理解、且讓人難以承受的恐怖時，san 值將一路下跌。如果突破閾值 1，向 0 跌去，精神就將遭受不可逆的損傷，出現認知失調、行為失控、思維混亂等等異常現象。一旦歸零，就意味著永久的瘋狂。亦即系統認定的「瘋了」。

羅閣無法控制孫國境不去胡思亂想。眼看孫國境一路狂降的 san 值跌破了 3，他急得變了腔調，對南舟等人急叫道：「想想辦法！」

這時候，南舟正摸出另一個椰蓉麵包，想要拆封，但還是忍了忍，放了回去，準備留作夜宵。

聽到羅閣悲切的求助，接觸到孫國境空洞的眼神，他輕微皺了皺眉，和江舫再次對了一次眼神。

當前，毒蛇一樣狠狠咬住、糾纏住孫國境的，是他那顆被未知的恐怖動搖的心。他不肯相信他們的判斷，不肯相信一個活生生的人會像橡皮擦底下的鉛跡一樣，徹徹底底地消失世間。

不確定、不信任，還伴隨著「萬一是真的呢」的不安定。三股力量，即將把孫國境的精神扯成三段，三馬分屍。

面對瀕臨崩潰的孫國境，江舫和南舟迅速決定，要下猛藥。

他們要簡單粗暴地打消其中的兩股力量。要在極短的時間讓孫國境相信，一個人從這個世界上被徹底抹消，是真實可行的。

江舫走上前去，對孫國境說：「手機。」

受 san 值短時急速滑坡的影響，孫國境的反應也慢了。

他愣愣地抬頭，無法理解江舫話中的意思。

江舫也只是和他打個招呼而已。他俯身從孫國境口袋裡取出手機，拉過他的手，用指紋解鎖，隨即點開微信。修長拇指一滑，又點開了一個小程式——一個具備語音朗讀功能的軟體。

江舫指尖靈活如飛，點開了孫國境微信好友清單，用首字母檢索，選中「H」開頭那一欄。

儘管胡力與左嘉明都被世界遺忘了，但有很多東西還在這個世界上客觀存在著。

比如被左嘉明遺失在鐵皮櫃裡的宿舍鑰匙、比如刻有名字的門牌、比如屬於他們的床褥、比如……留在手機裡的聊天記錄。它只是看起來不存在罷了。

江舫一雙手擁有著完美的記憶能力。短暫的操作，足夠他熟練掌握孫國境手機所有的鍵位。

他順著列表一條條翻下去，在 H、即「胡力」姓名字母開頭一欄中的旮旯和縫隙，搜尋著已經不存在的胡力。

他一次次誤點入孫國境和其他人的對話方塊，又一次次耐心地退出。

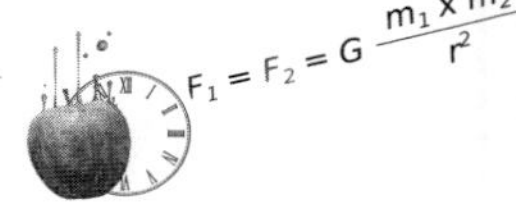


終於，在他又一次指戳螢幕上兩個連絡人的夾縫位置時，手機的螢幕突然凝固了，好像是當機了。

再點擊其他的人名時，手機不再給予反應。螢幕上還是顯示著連絡人的介面。但江舫知道，他找到那個不存在的縫隙了。

江舫將看不見的聊天記錄飛快上滑幾下，摸索計算著氣泡與氣泡之間的間隔，複製了幾條資訊文本，一起投放到了朗讀軟體中。他要讓朗讀軟體證明這個消失的人的身分。

幾秒鐘後，在場所有人，都聽到了一個機械的、無機質的男音。那是朗讀軟體的自帶聲線。

AI 感知不到說話的人的情緒是有多麼焦慮、恐慌、絕望。它只面對著看似一片空白的黏貼板，冷酷地重複著自己讀取到的文字。

那是胡力還存在的時候，用文字發給好哥們兒孫國境的一段話。

「你看見了嗎？」

「老孫，有個人，他就站在你的床頭邊！」

「為什麼你看不見？」

「你不是在玩手機嗎？為什麼不理我？」

胡力發送這條資訊的時間，是在 23 號的深夜。

可以想見，那時候的胡力躲在被子裡冷汗直流，反覆發送微信，提醒孫國境，危險就站在他的床頭。

然而，孫國境的手機卻像是設了靜音一樣，杳無聲響。

胡力繃著渾身肌肉，鼓起莫大的勇氣，汗津津地從被子裡探出一隻眼睛來。那團陰影還在。而且，正緊緊盯住自己。

胡力看到，那是自己的臉。

那時，胡力和第一次感覺被窩裡有東西的孫國境一樣大叫起來。

據說，這是他第六次聽到「沙沙」的聲響。也據說，他慘叫起來的時候，整間宿舍裡寂靜無聲，也沒有舍監來敲門。每個人都睡得酣然無比，把他一個人拋在了無窮的恐怖裡。

胡力跳起來，打開大燈，瘋狂搖醒所有的室友。

他們終於都醒了。但是，他們給出的答案卻讓胡力更覺得悚然。

「做噩夢了吧你？」

「關燈關燈，這都三點半了，明天還要訓練呢！」

胡力痛哭流涕，越是激動，越是說不清楚，急得直咬舌頭。

他含混地對孫國境哭道：「我不可能是做夢！我給你發微信了！我告訴你你床頭有人！！」

孫國境眯著眼睛，摸過手機翻了翻記錄，把手機直接丟到胡力懷裡，「你他媽哪兒給我發了？發什麼了？發癔症吧？」

呆滯的胡力被哥仨摁回了被窩。他蜷縮在汗水和體溫猶存的被窩裡，整個人彷彿墜入冰窟。

以上內容，全部出自孫國境的手機。

後來，胡力徹夜未眠，把自己自從聽到「沙沙」聲後的所有遭遇完整記錄下來，發給了他認識的每一個人。竭力維持著他和這個世界的最後一絲聯繫。

至於結果如何，他們也都知道了。

AI 緩緩朗誦著胡力寫下的長文。

「自從我們進了那間教室，一切都變了。」

「你們越來越聽不到我了，也越來越看不到我了。」

「為什麼我還在宿舍，你們就問，胡力去哪裡了？」

「為什麼只有我變成這樣？是我做了什麼錯事嗎？」

「踢球的時候，嘉明告訴過我，他也聽到了那種聲音。」

「我說了我的情況，但他不信。因為他只聽到了一次。」

「我們再聚在一起好好談一談，行嗎？」

「我還沒有跟銀航表白，可是，我現在表白她也聽不到了。」

「爸媽也會忘記我嗎？我不知道這樣是好是壞，好的是他們不會傷心，壞的是……壞的是……」

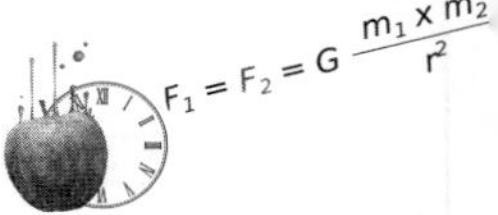


文字間的絕望，和 AI 冰冷的、每個字元間都保持了完美間距的語調，形成了濃烈的、不協調的錯位感。

聽完這段泣訴，眾人身上的寒意經久不散。

胡力的留言證明，他們招惹到了一種力量。這種力量在暗中欺騙他們的「感覺」。

它改變、扭曲著他們的認知，以至於當江舫發布那個用來釣魚的恐怖帖子時，所有人，甚至包括胡力的同學，都在興致勃勃地討論「胡力是誰」。因為所有人都忘了。

正因為此，任何的校園傳說都無法去講述這股力量。這股力量卻一直存在於這校園之中。

大致弄清他們眼下的處境後，孫國境心中的恐懼更濃，精神的不穩定狀態卻在慢慢解除。

因為混亂才是影響 san 值的主要因素。絕望和恐懼的影響，相對來說，反倒小得多了。

在孫國境的 san 值跌到 1 前，它下降的勢頭搖搖擺擺地終止了。

眼見三人組被事實衝擊得暈暈乎乎、無論再說什麼都聽不進去的樣子，立方舟三人決定暫時離開。

走前，江舫留下了一句「有事聯繫」，也不知道三人組聽到了沒有。

南舟、江舫和李銀航沿著樓梯，緩步下樓。

南舟說：「這樣一來，關係鏈也說得通了。」

當天參與聚會的，一共有九個人。

孫國境、羅閣、齊天允、胡力四個同宿舍的人自然不用說。齊天允拿捏住了數學系學生謝相玉的短處，威脅他給自己當跑腿小弟。謝相玉同宿舍的朋友左嘉明，也是胡力的朋友，他們經常一起踢足球——常踢的就是他們在進入宿舍時、靠著暖氣片停著的那顆足球。

而胡力顯然是認識並暗戀著統計系姑娘李銀航的，所以才會約她一起玩。因為參加聚會的都是男生，為了安全，李銀航叫了自己的高中朋友南舟。南舟帶上了他的男友江舫。

缺失的兩環補上，人物關係徹底通順了。

李銀航的臉色非常不好。儘管她只是玩家「李銀航」，並不牽涉進副本之前的人際關係，但是，任何情感正常的人，在聽到對自己懷有隱祕愛戀的人就這樣空氣似的無聲無息消失在人間，都難免傷感。

她勉強問：「……為什麼是胡力最先消失呢？」

就像他口口聲聲問著的，為什麼是他？這本來是個不大重要的問題，用「倒楣」兩字完全可以概括。但南舟居然一本正經地開始分析。

南舟說：「因為他最要緊。『胡力』這個角色，是副本人物關係中最重要的一環，連接著妳，還有第二個消失的左嘉明。如果在我們進來的時候，我們當中的一個人扮演了『胡力』原本的角色，他的手機會提供太多的線索。這樣副本的趣味性就會降低，這是遊戲的設定決定的。」

南舟的邏輯和思考方式，和上個世界點評分析鬼「沒辦法給人眼前一亮的記憶點」一樣清奇而準確。

李銀航卻已經無力說點什麼。她第一次有了自己被《萬有引力》這個見鬼的遊戲玩弄的實感。

而就在她的精神高度緊繃時，寂靜的樓梯道裡，又傳來了回音似的、渺茫的沙沙細響。

不，聲源不在樓梯間，在她的耳道。

沙……

沙……

「又來了……」她用呻吟的語調呢喃：「又來了……」

她捂著耳朵，就地在樓梯上坐下，抱緊了腦袋。她撐著最後一點氣力說：「我坐一坐。」

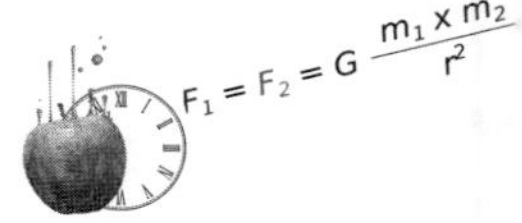


本來已經走前幾步的南舟和江舫停下腳步。

注意到李銀航的肩膀微微發抖，南舟有些困惑。他想上前拍拍她，卻被江舫從後面輕輕點了一下腰，示意他先別動。

接下來，江舫無聲無息地坐在了李銀航的身側。南舟打算如法炮製，但鑑於李銀航是靠著欄杆坐下的，所以南舟只能坐在江舫身邊，隔著他，探著腦袋去看李銀航的狀況。

江舫很理解李銀航的崩潰。或者，更準確地說，她現在才崩潰，已經算很能扛了。

回顧他們走過的路，在試玩關卡，雖然開展得倉促，但好在空間封閉、人數有限、有跡可循。

第一個副本，空間開放了一些，難度也有所提升，不過尚在合理範圍內。儘管三支隊伍互相之間偶有爭執、試探和隱瞞，在大方向上還算信任彼此的。

有驚無險地結束後，在休息間隙的斗轉賭場裡，自己完勝了老闆曲金沙。他贏的不算很多，卻相當提氣。然後，就在士氣最高漲的時候，他們就隨機到了這個讓人一頭霧水的副本。

地圖一下子開得太大，線索卻太少。

三支隊伍之間別說彼此依靠了，不算計對方、哄著對方去送死都算好的，更別說還存在著一股他們根本無法對抗的強大力量。每一分鐘他們過得都像是開盲盒，誰都不知道下一個會被抹消的是誰。

如果說，之前他們的情緒是一團懷著希望的烈火的話，第二關就是從高空澆下的那盆冷水。

眼前，好不容易找到的線索，反而更佐證了他們的無能為力。面對那股力量，他們似乎沒有任何主動權可言。正如副本要求所說，「活著」、「不瘋」，要做到這兩件事，已經很難了。

江舫在想，南舟在想，李銀航當然也在想。

細細盤了一遍自己的情緒走向後，李銀航稍稍振作起來。因為做過客

服，她的抗壓能力相當 OK。

她揉一揉臉，抬起頭來，「我好了……」然後她就看到了南舟舉到自己面前的蘋果縮了回去。

南舟握著蘋果，有點不捨道：「……好了就好。」

不過最終，這個蘋果還是被南舟咔嚓咔嚓掰成了三瓣，平分給三個人。攝入一點糖分，李銀航蒼白的面色總算好了些。

她說：「以前我不愛吃蘋果。現在覺得能吃就是好福氣。」

「我愛吃蘋果。」南舟說：「小時候，我一直沒吃過。長大就喜歡上了這個味道。」

李銀航啊了一聲，心神不由一動。

她一直和兩個大佬很有邊際感。哪怕是住在一起那幾天，他們也只是在聊哪家小吃店更便宜，這還是她第一次聽到南舟提到他的過去。李銀航突然就很想傾訴了。

她垂下腦袋，神情是掩飾不住的沮喪，「我想我爸爸媽媽。」

江舫和南舟表情都很淡定。

雖然按照常理推斷，24 歲的李銀航，父母應該也在遊戲中。

但根據李銀航被帶入副本後更關心室友安危的樣子，她的父母起碼應該是安全的。

李銀航輕聲說：「他們都在隔壁市的『繭房』裡，」

「我是我媽媽 39 歲的時候生的。」

「我有個姊姊，17 歲的時候出了意外。我媽才要的我。」

「她叫李銀航，所以我也叫李銀航。但他們都很愛我，對我很好。」

「她永遠只有 17 歲。我不想讓我爸媽百年的時候想起我，也只能想到我 24 歲的樣子。」

傾訴完內心最大的恐懼，李銀航把臉埋在掌心裡，緩了緩情緒，才把緊繃的、帶著點哭音的語調轉為正常：「你們呢？」

「我的確是父母都去世了，才從烏克蘭回來的。」

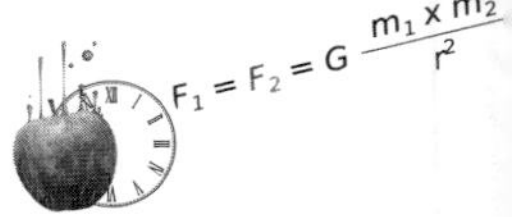

江舫手長腿長，在樓梯上舒展開來時規模驚人，怎麼擺弄都好看。

他隨意將手肘撐在膝蓋上，「我母親以前是C城人。我回來，是想在這裡住一住、走一走，看看她以前跟我提過的那些地方還在不在？」

李銀航問：「舫哥，你到底是做什麼的？」

江舫笑說：「我沒有撒謊，我真的是無業遊民。」

輪到南舟了。

南舟說：「我有爸媽。還有一個妹妹。」他想了想，又補充道：「我現在也不知道他們在哪裡？」

他臉上和心裡都沒什麼感情。

經過這些天的相處，李銀航看得出來，南舟雖然不善表達內心，但是是個外冷內熱的好人。能說出「你要有自保能力」的人，不會是人情淡漠的人……可他卻不願多提自己的親人。

好不容易有了這樣交心的機會，可以拉近距離，讓大腿升級成為友誼的大腿，李銀航態度相當積極地提問：「南老師，你大學在哪裡上的？」

南舟簡明扼要地答道：「新華。」

新華學院？那個學校的藝術設計系倒的確是全國聞名。

「然後畢業就考了教資？」

南舟：「……嗯。」

「孩子好教嗎？」

「很難。」

「你主要教水彩、素描還是油畫？」

「都教。」

李銀航感覺自己是在咬著後槽牙硬聊。

事實證明，南舟只有在他自己想說話的時候才會話多。

眼看這場交心之旅要在南舟這裡折戟沉沙，李銀航不抱希望地隨口一問：「談過女朋友嗎？」

……南舟不說話了。

李銀航：「……啊？」

李銀航一臉問號看著他。

——你不對勁。

察覺到身側的沉默，江舫也回過了頭。

「南老師，有嗎？」江舫雲淡風輕地笑道：「這段過往我好像也不知道呢。」

南舟抬眼看著兩人。沉默良久，他開了口：「你們不覺得那個謝相玉很奇怪嗎？」

李銀航：「……」

南舟這樣的聰明人，扯開話題的水準為什麼能生硬到這個地步？

南舟凝視著樓梯地板上的花紋，就著指尖殘餘的蘋果香，想到了一個影影綽綽的身形。

他並沒有交過女性朋友，但他心裡有個影子。那個影子屬於一個穿著黑白 Lo 裙的高䠷女人。

她腰間和胸前綴有鐵銹紅的玫瑰花飾，因為裙撐很大，蹲下來有點費勁，所以是單膝跪地的，露出了一截漂亮的、被雪白中襪包裹著的小腿。

南舟第一次看見她時，她正在自家的院子裡半跪著，面前是幾捧掘開的新泥，似乎正在種什麼東西。不知道她究竟在忙碌些什麼？好像並不知道這個地方是有主之地。

南舟趴在窗邊看了女人的背影很久，把他在鎮上見過的所有人都想過一遍，發現自己確實不認得她。

那女孩一番忙碌過後，許是感覺到有視線盯著自己，於是抬起頭來。

黑色的帽紗擋住了她的眼睛，南舟只看到她微尖的下巴和烈火一樣的唇色。但他確信，女人看到了自己。因為那張唇微微開合，隨即嘴角翹起一個完美的弧度。

南舟愣了很久。等他下樓去找她時，女人已經不見了。

南舟想過，如果再見到她，自己可能會有點緊張。雖然還沒有到做朋

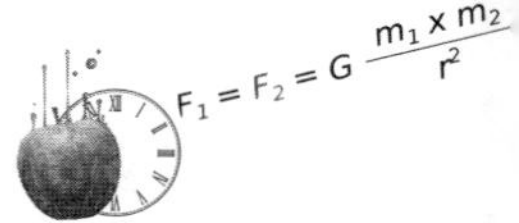

友的地步，但還是想認識一下的。

但他第一次見她的時候，也是最後一次。

南舟固執地抓住他找到的話題不撒手：「……謝相玉。」

李銀航對他轉移話題的水準一臉的不忍直視。

倒是江舫沒有抓著不放，柔和道：「好，你說說看謝相玉的事情。」

南舟微微鬆了一口氣。有些事他不想說，也不能說。好在江舫的性格很好，包容寬和，允許他有自己的祕密。

他說：「謝相玉有可能從一開始就知道左嘉明的存在。」

李銀航本來以為南舟是想故意岔開話題，沒想到他一開口就扔了個重磅炸彈出來。

李銀航當機了好一會兒，才吐出一個疑惑的語氣詞：「……啊？」

南舟說：「我去拆名牌的時候，發現名牌表面很乾淨。只有側邊凹槽深處有一點點灰塵。」他又補充道：「孫國境的宿舍、左嘉明的宿舍都是這樣。」

「而且，我取名牌前觀察過。兩個宿舍用來插名牌的透明塑膠槽的側邊，灰線都是不連貫的。」

正常來說，宿舍安排對學校來說是項大工程。一旦把宿舍分配名單定下來，要換宿舍可不是件容易事兒，得層層報備，等待審批。最終還不一定能成功。

因此，從學生入學的第一年開始，如果不是宿舍關係實在不合，門口的姓名牌是不會發生改變的。

時日久了，沒人去動，自然會落灰。現在南舟發現，名牌不僅乾淨，原有的灰塵線還有被破壞過的跡象……

經過一番激烈的頭腦風暴，李銀航同學頓時來了精神和靈感。她覺得自己懂了，於是躍躍欲試，想要發言。

南舟看向江舫。

江舫輕輕一頷首，確認過眼神，兩人齊齊看向了李銀航。

李銀航認真理好思路後，清一清嗓子，娓娓道來。

「這樣一來，謝相玉應該早就檢查過名牌。所以我們現在知道的資訊，他比我們更早一步知道。但他並沒有告訴任何人，這一點就很奇怪。之所以這樣，我想，是因為他扮演的角色本身就有問題。」

「原來的『謝相玉』，很有可能是所有事情的罪魁禍首。『謝相玉』是整個關係網裡，唯一一個對體育系宿舍裡的四個男生抱有明確恨意的。他自己偷窺，卻恨抓住他偷窺的人，想要遠離他們，但是有把柄攥在他們手裡，不得不聽話。」

「結果他不僅要給四個體育系的當跑腿，跑前跑後地做小弟，自己偷窺女生宿舍的事情還很可能已經被室友左嘉明知道了——畢竟左嘉明是胡力的朋友——所以他在宿舍裡也過得提心吊膽……如果要害人，他的動機最充分……所以，這個『沙沙』聲很有可能是他想辦法招來的。出於報復的目的。」

南舟「嗯」了一聲，語氣很淡，不知是不是表達贊同。

得到鼓勵，李銀航頓時鼓起了更大的勇氣，一邊整理思路一邊講下去：「那天晚上，『謝相玉』在得知他們聚會的地點後，就想辦法招來了那股力量，把我們連帶他自己都拖了進去……他這麼做，可能是早有厭世情緒了。畢竟一直被這樣威脅、霸凌，不知道什麼時候是個頭，索性大家一起死好了。」

「玩家謝相玉用到這個身體後，他很快就發現了宿舍裡的不協調感……他發現自己的宿舍裡『應該有』四個人，但他的感知裡『只有三個』。所以，他對自己宿舍門前的名牌進行檢查後，又找到了孫國境他們的宿舍，檢查了他們的名牌，確認了自己的想法。」

「他說要和他們合作，和他們住在一起，同時隱瞞自己知道了這件事的線索，是為了尋求保護，也是為了確保自己掌握最關鍵的線索，拿到最多的分。當然，他也擔心，一旦自己把自己是罪魁禍首的事情透露出去，孫國境他們一時頭腦發熱，萬一覺得解決禍源，就能解決副本，想要拿他

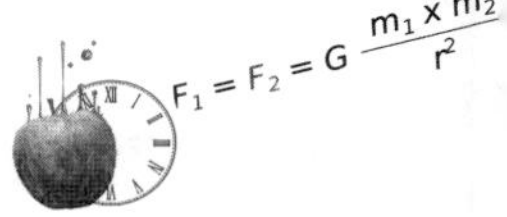


開刀，他就得不償失了。」

李銀航說完後，自己還偷偷復盤了一遍，邏輯絲滑，沒什麼毛病。

她望著江南兩人，等待一個肯定的讚許。

結果，南舟和江舫又互看一眼。

南舟：「你先問？」

江舫笑：「南老師先請。」

李銀航：「……」有種上課自信滿滿地回答完問題，結果老師盯著她、幽幽嘆了一口氣的感覺。

南舟先問：「如果妳是想要報復的謝相玉，要怎麼招來那股力量？」

「這……」李銀航一時語塞：「一般會用招筆仙、碟仙之類的方法吧……」

南舟：「我不是問這個。我是問，謝相玉怎麼能知道有『這股力量』的存在？」

這股未知的力量是個悖論。當你不知道它時，它雖然存在，但無人知曉。當你知道了它時，它已經在你身邊了。

區區一個問題，就把李銀航本來還算清明的思路給幹成了一團漿糊。

——對哦。

在口口相傳的校園傳說裡，都沒有這股力量的存在。

謝相玉如果恨透了三人，應該採取最經典的筆仙詛咒一類的措施，具體教程學校貼吧裡就有。他哪裡來的本事，能提前知道那股力量的存在？既然不知道力量，那何談利用力量？

眼看自己的推論基礎岌岌可危、大廈將傾，李銀航試圖尋找理由來解釋這點矛盾：「那……他也許自己接觸過一次那種力量，猜到了這股力量的厲害，所以想把其他人一起拖下水……」

南舟用一個問題俐落地打碎了李銀航勉強建立起來的邏輯：「聚會是誰組織的？」

——啊，對。

聚會是體育系四人組組織的，地點也是由他們確定的。

作為小弟的謝相玉，完全是被臨時揪去跑腿加買單的。他根本不存在任何主導權。除非那股力量能任他隨便驅使，隨叫隨到。那謝相玉大可改名為謝半仙，遊戲的平衡性也就成了笑話。

李銀航：「……」

經過南舟的提問，她懂得了一件事……自己懂了個寂寞。

注意到李銀航的沮喪神情，江舫溫和道：「那我還問嗎？」

李銀航心如死灰：「你說吧。讓我死心得更徹底一點。」

江舫沒忍住，把手抵在唇邊虛虛咳嗽一聲，擋住嘴角笑意，「按照妳的想法，謝相玉有什麼必要去找孫國境他們合作？」

李銀航：「……」也對哦。

孫國境三個肌肉長進腦子裡的傢伙，到底能為已經掌握先手優勢的謝相玉帶來什麼利益呢？如果是自己摸到了左嘉明這條線索，如果想驗證自己的判斷、找出胡力是誰，又不想把關鍵線索透露給其他玩家，獨占分數，只要在半夜偷偷摸過來就好了，何必一定要和這三個四肢發達頭腦簡單的人建立合作關係？

——等等。半夜……

李銀航眼睛一眨。

據孫國境他們所說，謝相玉正是在他第一次撞鬼的夜晚找上門來的。他們只顧著被謝相玉帶來的線索牽著鼻子走，卻全然忘了那個最重要的問題：大半夜的，他跑來體育系做什麼？

宿舍樓晚上熄燈後可是要鎖門的。他一個外系的人想要進來，就只能在熄燈前躲進公共洗手間裡藏身。

要尋求合作或是要合宿，幹麼不早點來？

相對可能的解釋是，謝相玉半夜來體育系宿舍，實則是想趁夜深檢查門口的名牌。他也做得很成功，三人組甚至沒能聽到門口拆卸門牌的細微響動。

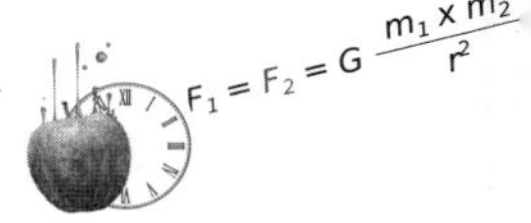


可他拆完，確認過心中所想後，不僅沒走，還敲響了他們三人的宿舍門，提出了合作。

他不僅提出了合作，還隱瞞了最關鍵的資訊。他不僅隱瞞了關鍵資訊，還用一點微不足道的小小線索當做恩惠，騙得三個人對他言聽計從，結伴跑去有可能潛伏著那股力量的 403 教室查探情況，而他則像個普通學生一樣安安心心去上課……

面對這種種不自然的矛盾細節，李銀航發出了靈魂拷問：「……他圖什麼呢？」

南舟和江舫同時回道：「不知道。」

每一隊的利益訴求都不盡相同。

像第一個副本裡，李銀航也藏過線索。

當時，她的利益訴求就很明確：找到更多的線索，好給自己的隊伍多加分。

但那時，她也不知道自己的努力有沒有用，所以只能算她個人的嘗試。如果真的是這種攸關其他玩家生死的、必須共用的確鑿線索，任何思路稍微正常點兒的人都不會瞞下去。

謝相玉的隱瞞，到底是為什麼？

還有……直到目前，他們還沒能找到每個人被「沙沙」聲影響的順序和規律。

迄今，排除謝相玉和已經不在了的胡力、左嘉明，九個去過 403 教室的人裡，聽到沙沙聲次數最多的是孫國境，共計五次。南舟和李銀航並列第二，都聽到了四次。羅閣、齊天允分別聽到了兩次和三次。江舫只聽到了一次。

李銀航不抱什麼希望地道：「既然那股力量是完全未知的，那選中我們的次序也該是沒有道理、沒有好惡的啊。」

換句話說，全憑那股力量的心情，和他們的運氣好壞。

「不一定。」南舟說：「這是副本，副本有它自己的玩法邏輯。」

他問兩人：「還記得探索度這個設定嗎？」

李銀航當然記得。上個世界，他們的副本探索度評分為S級。回去之後，南舟還念念不忘了許久。

在那間小旅館，李銀航快睡著的時候，還聽到南舟小聲又執著地問江舫：「為什麼是987%？那13%是什麼？」

江舫的回答是把被子拉到他的頭上，然後溫柔地拍了一拍，「先不想它，我們睡覺。」

南舟接著說：「探索度應該會按照每個副本的不同屬性進行調整。上個副本，因為地點和探索範圍固定，考驗的是我們對小明家裡各種零散線索的彙集和整理能力。但這個副本的評判標準，和第一個必然不同。」

「如果還按照探索範圍進行評定，校園面積這麼大，從實體層面上就不可能探索完。」

「所以，探索度的分值一定是集中在人際關係和副本謎題上。我們被選中的先後次序和規律，應該是提高副本探索度的重要指標之一。」

李銀航欲言又止。

她還以為南舟會說，找到規律，我們就能想辦法擺脫力量的影響，順利苟下來。

畢竟一旦孫國境被徹底抹消，後面馬上就要輪到他們兩個，沙沙聲隨時可以把他們一波帶走。可謂無縫銜接。

結果南舟是一心來搞指標的。

態度還跟老師期末押題型一樣輕鬆寫意。

已經第四次聽到了那叫人頭皮發麻的沙沙聲，李銀航心裡本來慌亂得很。但看南舟穩如泰山地給他們劃重點的樣子，她反而覺得自己如果表現得太慌，就顯得很沒必要。

她問：「我們接下來要做什麼？」

南舟話一次性說得有點多，打算停下來歇一歇嗓子，盤一盤南極星。

他看了一眼江舫……意思是「問舫哥去」。

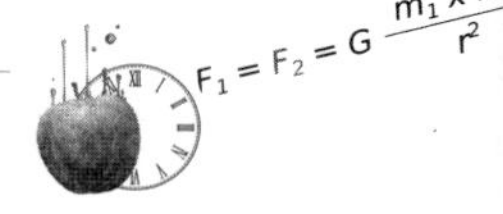


江舫從善如流，接過話來：「今天晚上，我們在上週聚會的時間點，再去一趟 403。」

南舟雙腳一下下踩在樓梯棱上，無聲地同意了這個提案。

同時，他打算一會兒去超市再買幾顆蘋果。一想到蘋果，他心情就好一些了，但他又忍不住想到那個好看的女人。

女人在他家樓下種下的，是一棵蘋果樹。不多時，嫩綠的樹梢就長到了他二樓臥室的窗戶邊上，為他送來一室的果香。

南舟愛上吃蘋果，就是從那個時候開始的。

這樣想著過去，南舟隨便回過頭來，餘光恰好落在正拿著一張便籤紙寫著什麼的江舫身上。

他微妙地一怔。剛才，他記憶中女人嘴角的微笑，和江舫自然狀態下的淺笑，對應得嚴絲合縫。

察覺到南舟的注視，江舫把寫有「南舟的女朋友」三個字的便籤紙翻過來壓在膝蓋上，並偏過臉來。他嘴角的弧度更上揚了些，在燦爛的白晝光芒下，悅目得叫人挪不開視線。

他問：「怎麼了？」

南舟挪開視線，捧住正抱著他的手指嗅聞果香的南極星，低聲道：「……沒什麼。」

南舟他們正巧是在上週的這一天晚上 7 點半約定前往 403 教室。

剩下的幾個小時，他們開始根據手機裡的消息，匯總一週前他們踏入死穴時曾帶去的東西。他們要重複一次上週五曾經做過的事情。

這次夜訪，他們叫上了孫國境三人組。孫國境磕巴都沒打一個，就決定跟他們一起去。原因無他，他已經沒有退路了。

胡力在聽到第六次「沙沙」聲時，他們就很難再感知到他的存在了。

孫國境距離淡出他們的世界，也僅僅只有一步之遙。

六人再次碰頭後，坐在一起，抓緊時間確認手機記錄，好把那天大家帶的東西都搜羅齊全，爭取複刻那一天的情境。

橋牌、撲克、飛行棋、桌上冰壺等桌遊都是現成的。這些都是孫國境他們準備的，回去後沒來得及拆開，還用一個布袋子裝著，胡亂扔在宿舍陽臺的一角。布袋子裡還放著兩張收據，分別是超市購物和奶茶外賣。收據時間都是那一天的傍晚。

為盡可能還原 21 號發生的事情，他們點了同樣的東西。不過，江舫特意在南舟的那份奶茶裡備註了加糖。

又記下南街的烤串、啤酒後，南舟環顧四周，「還差什麼嗎？」

沒有回音。

他「嗯」了一聲：「那就⋯⋯」

誰想，下一秒，他的手腕就被猛然拽住。

孫國境窮盡全身氣力，攥住了他的手腕，脖子上的青筋都爆了出來。

在宛如溺水者抓住救命稻草力道的抓握下，南舟面無痛色，只是靜靜盯著他變形發白的手指。

孫國境把手裡的手機直直向前伸去，幾乎要戳到南舟的臉上去，兩片慘白的嘴唇下，牙齒咯咯發著抖，卻硬是一個字也說不出來。

面對這樣倉皇的孫國境，南舟平靜開口：「嗯，我知道你在。」

好像他剛才並沒有忘記孫國境的存在一樣。

他嘗試著用尋常的態度對待孫國境，好讓他不那麼恐慌。但這並沒能起到什麼作用。

五大三粗的男人擠出了個比哭還難看的笑臉，「我⋯⋯一直舉著手機⋯⋯給你們念要帶的東西⋯⋯」他看向四周，「其實⋯⋯你們剛才誰都沒注意到我，是不是？」

羅閣和齊天允眼圈也跟著紅了，但還是不住聲地附和南舟：「沒忘、沒忘。怎麼能忘呢？」

孫國境臉色煞白，臉上的咬肌鼓起一圈，又頹喪地癟了下去。

緩過這陣攻心的恐慌，他拿起手機，啞著嗓子，補充道：「⋯⋯還要再買一個蛋糕。我是用外賣軟體下的單，特意備註要多加奶油，讓大家抹

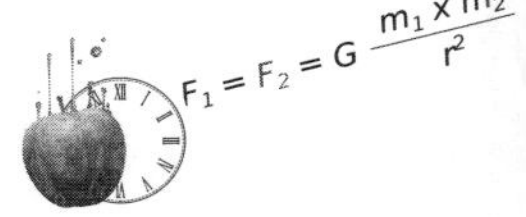


著玩的……還有七八罐手噴彩條。」

說完，孫國境就躲在一旁不願動彈了，兩眼發直，眼睛卻還是死死盯著人群。

南舟回頭看了他一會兒，沒說什麼。

羅齊兄弟兩人一個一邊，熱熱地擠在他身邊，東拉西扯地說著些閒話，好抵消兄弟的恐慌。

孫國境說不出什麼，垂著腦袋，半晌無言。

兄弟倆只好絞盡腦汁說些能逗他開心的話。

羅閣甚至回憶起他們三人合開的燒烤攤，說不知道回去的時候門面還在不在，桌椅板凳還全不全乎，還開不開得了張。

就在這時，孫國境沒頭沒腦地說：「你們倆……別去了。燒烤攤沒了一個人還開得了張，不能三個全沒了。」

左嘉明在死前留言中所提到的「不存在的地方」，是他們遭逢到的一切恐懼的源頭。

現在在同樣的時間點進去，誰也說不好是絕處逢生，還是羊入虎口。

羅閣和齊天允都沉默了。誰也沒說行，也沒說不行，寢室內氣氛一時壓抑莫名。

見已經差不多完成任務，江舫率先起身，約好和他們晚上七點在體育系樓下見。

秋日的天總是黑得格外早。

白日裡的楓葉大道浮光躍金，紅影繚亂，美得叫人屏息。但一旦入夜，楓葉便被寒風颳得到處都是，冷不丁一眼掃過去，像是放了一地的小小手掌。

微脆失水的樹葉在趕夜路的幾人腳下，碎裂開瞬間所發出的「沙沙」

聲，能讓人打上好幾個寒噤，懷疑是那股力量在躡手躡腳地靠近他們了。

最終，跟著南舟三人一起前往東五樓的，只有孫國境一人。

四人組穿過楓葉大道，背著喧囂的校園，越走越遠。倘若白天裡的感受還不夠強烈，夜間造訪這裡，才知道東五樓有多荒僻。

離東五樓還有兩百多公尺時，路燈已經壞了個七七八八。

嘣——

一閃一閃的路燈燈泡內，發出奇異且清晰的聲響。

南舟提前擰開了手電筒。

手電筒掃開一片扇狀弧度，暖黃色的光芒照亮部分前路，但這並不能有效緩解人內心的恐懼。被光線照射到的地方之外愈發黑沉，彷彿蟄伏著未名的、蠢蠢欲動的巨物，準備伺機將他們一口吞掉。

好不容易捱到了東五樓。在踏入樓道，聲控感應燈亮起的瞬間，南舟和江舫感到身後兩人均是大出了一口氣。

晚上 7 點 20 分左右。他們抵達了 403 教室的門口。

孫國境搓搓凍得麻木的手掌，湊到唇邊，發洩似地呵出一點熱氣後，走到前面來。

他把手壓在門把上，停滯了許久。彷彿那邊就是他的審判席，是他的輪迴道。

他靜立著，南舟他們也陪他靜立著。

7 點半左右。孫國境抬腕看錶，確認時間後，咬一咬牙，正要摁下門把，門卻先他一步，向內緩緩敞開，將孫國境的半個身子都帶進黑暗中。

孫國境還沒來得及恐懼，教室內的燈就被人啪的一下扭開……他跌入了一片通明的燈火中。

早早離開寢室的羅閣和齊天允不知道什麼時候來了 403，而且顯然在裡面等待很久了。

「不是說要辦 party 嗎？」

羅閣笑得有些誇張，是強撐著的笑法，明擺著是怕一放鬆肌肉，整個

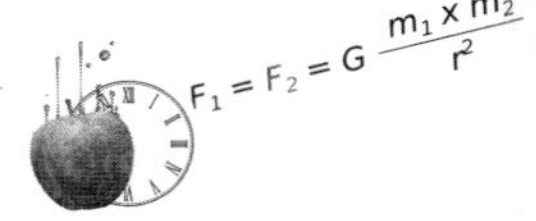


表情就會垮下來。

他一回頭，把滿滿一屋子氣球和彩帶都亮給了孫國境看，「……看弟兄們給你操辦個大的。」

齊天允則說：「反正在哪兒都有危險，還不如哥幾個一起扛。」

原本還算樸素的403教室被羅齊兩人打扮得花花綠綠，帶著股鮮豔而熱鬧的土氣。

如果403裡是某股神祕力量的棲息地，看到自家被折騰成這個樣子，想必會馬上放棄孫國境這個目標，先拿羅齊兩人開刀以正尊嚴。

孫國境什麼也沒說，一臂一個抱住兩個兄弟，把臉向下壓埋在他們的肩膀上，身體簌簌地發著抖。

經過羅齊兩人這一番窮折騰，這倒是像一場真正的朋友聚會了。

六人在講臺和階梯座位之間的空隙席地而坐。

孫國境遞給了南舟一罐啤酒。

南舟擺一擺手，拿著他那杯加了糖和滿滿半杯料的奶茶，慢慢喝著。

誰也看不出來，在二十幾個小時前，這六人中的其中三個還意圖打劫另外三個，結果被反手搶了個一乾二淨。

「龍潭」三人開始推杯換盞，臉上很快有了微醺之色。

孫國境揮舞啤酒罐，破口罵道：「謝相玉這個王八養的，就是想讓我們給他探路！」

南舟平和地試圖和醉鬼溝通：「他還有再聯繫你們嗎？」

想也不會有了。監聽的事情暴露，謝相玉會再回來見他們才是有鬼。

儘管孫國境他們還不知道監聽的事情，但被他利用去當探路石的事兒，他們倒是琢磨透了。

孫國境說：「他沒有。但我聯繫他了。」他大手凌空一揮，瀟灑道：「我打電話去把他罵了一頓！」

南舟拿著奶茶，等待下文。

結果，孫國境擼了一把板寸，啐了一口，悻悻道：「……他媽的，老子費了半天口水，才發現這小子把手機開了免提放一邊擱著去了，還燒了老子 15 分鐘的電話費。我再打，他還接，我就不打了。奶奶個腿的，他最好在哪個地溝裡把屁股縮緊了，不然老子撞見他一回揍他一回……」

南舟咬著抹茶味的芋圓，不說話。

謝相玉到底想要做什麼呢？他明明先於所有人發現了名牌，既沒有扣留和獨占線索，卻也不和他們進行任何交流。

他獨身一人，躲在偌大校園中的一角，窺探他們的一舉一動。在這樣具有壓倒性力量的靈異副本裡，他拒絕合作、拒絕接觸，彷彿對那股力量沒有絲毫畏懼可言。

做出這些有悖常理的行徑，他在想些什麼？或者說，他要通過蟄伏和等待，獲得什麼？

江舫捏著一罐山楂汁，輕聲問他：「在想什麼？」

南舟實話實說：「謝相玉。」

江舫：「啊，他。他是個很有趣的人。」

南舟一下被吸引了注意力：「為什麼這麼說？」

江舫喝了一口山楂汁，「他想幹的事情，我大概是能明白的。」

南舟豎起耳朵。

江舫把山楂汁的罐子抵在唇邊，輕聲說：「如果我是單人玩家，我也有可能會這麼玩。」

可惜現在拖家帶口，有些事情做不得。

南舟盯著他的側顏，若有所思……江舫剛才那一瞬間的表情，和在賭場裡算計曲金沙時一樣。嘴角始終是翹著的，眼裡是狼一樣的冰冷勾人的銳光。

南舟眨眨眼，想，有點可愛。

他還想追問，但想想江舫既然心裡有數，四捨五入，就是有所防備了。謝相玉的事情並不很要緊。當務之急是弄清楚，他們究竟是怎麼進入那個「不存在的地方」的，以及如何擺脫這股力量的影響。

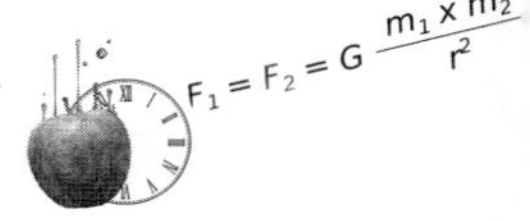


白天的 403 教室，和現在的 403 別無不同。

桌椅上的塗鴉、牆上注視著他們的偉人頭像、因為塗了防反光膜而顯得有些晦暗的窗戶……可以說是毫無異常。

當然，如果一週前，他們扮演的角色在 403 教室狂歡時真的發生了什麼明顯的異變，他們應該會留意到的。

憑空推測不可取，因此此路不通。那麼，換一個思路呢？

將近一天一夜的窒息、驚怖和高壓，讓「龍潭」三人組索性把這次探索當成了一場酣暢淋漓的發洩之旅。啤酒一罐一罐灌下去，孫國境的膽氣也一分分升起來。沒一會兒，他已經豪氣干雲，大有要和那股神祕力量背後的始作俑者來一場自由搏擊的氣魄。

他們製造出的雜音著實不小。

南舟不得不坐得離江舫更近了些，捧著自己的奶茶，和他貼著說話：「你有什麼感覺嗎？」

他指的是被那股力量影響到的感覺。

江舫搖頭，「現在還沒有。」

至今為止，403 教室裡沒有出現任何電影裡鬼魅降臨時的諸如降溫、燈泡閃爍等等跡象。

為了確認，江舫取出了自己脖子上掛著的【第六感十字架】。十字架也是完好的。

加上今天下午去超市水果攤前買蘋果時的那一次，江舫只聽到過兩次沙沙聲。

靈異力量針對的不是他，十字架自然派不上用場。

南舟低聲道：「這股力量太過不可違逆。我們在它面前，能做的事情太少了。」

江舫笑：「這不是南老師應該說出的話啊。」

南舟看向江舫，點一點頭，「……嗯。我話還沒說完。」

如南舟所說，這股力量過於霸道了。

它力量強——能神不知鬼不覺抹消人本身的存在。

它定位準——左嘉明逃走時連續利用了電梯和檔案室，試圖脫身，還是沒能避開它的靠近。

它無實體——危險來臨時，充塞在耳邊的只有耳鳴似的沙沙聲，出現的靈異現象也不具實體，根本無法傷害到它。

它恐怖到近乎無解。但是……

「它已經厲害成這個樣子了，看起來幾乎沒有任何漏洞。」南舟說：「如果它其他的部分也一樣複雜，那遊戲沒有辦法玩。玩家只能靠幸運值來決定誰先死。所以，它一定有弱點。」

「單針對這股力量，我們需要弄明白的地方還有兩點：第一，它是怎麼悄無聲息地出現在我們身邊的？第二，它是怎麼選擇抹殺順序的？」

「第一個，它既然『悄無聲息』，那就還是無解恐怖的特徵之一。不適應於當前的推斷。」

「所以，它可以破解的弱點，很有可能是抹殺的順序。」

江舫：「……」還真的是簡單的逆向思路。

南舟也還沒完全盤清思路。於是，他試圖靠碎碎念來釐清當前線索：「我們這一天的調查，已經把大致的人物關係整理出來了。」

「第一個死去的是體育生胡力。第二個死去的是左嘉明。緊接著很有可能是孫國境，然後是我和銀航……」

「設定裡，胡力和左嘉明，會在一起踢球，關係很好。」

「我和銀航的關係也很好。她擔心和一群男生玩鬧會不大方便，我是來保護她安全的……」隨著聲聲念叨，南舟眼前驟然一亮，他對江舫說：「……手機。」

轉眼間，除了李銀航那支已經屍骨無存的手機外，五支手機都擺在南舟眼前。

根據左嘉明留下的資訊，在聽到第六聲沙沙聲後，他們借助物質載體、向外界傳達資訊的能力會消失。等同於身處孤島之上。這也是左嘉明

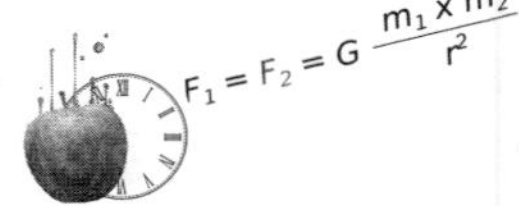


留下的消息無法通過肉眼見到的原因。

所以，南舟需要爭分奪秒，在孫國境聽到第六次沙沙聲前，驗證自己的想法。

好在那股力量沒有在這種關鍵時刻出來干擾他們。

很快，經過一番整合，南舟終於得到他想要的線索。在孫國境滿懷希望的注視下，南舟先說出了結論。

「影響被抹殺順序的，有可能是我們進入的順序。那天的聚會是 7 點半正式開始的。但我們進入教室的順序各不相同。」

他指著孫國境的手機。7 點 10 分時，顯示著一條發給羅閣的訊息：我到了，可老胡的小情人還沒到，哈哈，他急得跟個竄天猴似的。

羅閣回覆：文明觀猴。給我和老齊留個觀賞位啊。

由此可知，7 點 10 分時，孫國境到達了聚會地點；羅閣、齊天允還沒到，「老胡的小情人」李銀航也不在。已知胡力和左嘉明是第一、第二順位受害的。

如果按照「進入教室的順序，就是受害的順序」這個邏輯推斷，是能說得通的。

雖然孫國境一直掌管著 403 的鑰匙，但他當然可以把鑰匙轉交給室友胡力，讓他先來開鎖。

胡力第一個開門，進入教室。他的球友左嘉明緊隨其後。孫國境則於 7 點 10 分到來。至於南舟和李銀航，正好就在孫國境的後面。

之前，由於南舟、江舫和李銀航的聊天訊息中只提到江舫和南舟的特殊關係，和 7 點半前到 403 教室的約定，所以他們一度想當然地以為，南舟和江舫是一起來的。

然而，以人之常情推斷，江舫作為南舟的對象，兩個人並未完全公開戀情，一起前來反倒有些尷尬。而李銀航之所以要找南舟陪自己，是考慮到自己的安全問題。所以她和南舟同時前來，反倒更合情理。

謝相玉大概是 7 點 20 分左右來的。因為 7 點 21 分時，孫國境又給羅閣發了一條微信：再不來牛油就涼了啊。

南舟並不能確定謝相玉來的時間排在自己和李銀航之前還是之後。但他來的時間一定先於羅閣和齊天允。而江舫是最後一個來的。因為根據現實倒推，江舫是他們之中最晚聽到沙沙聲的。

這樣的話，一切就都對上了。

如果 403 教室本身就是一張巨大的、無聲的、渾然天成的血盆大口，只在深夜向造訪它的人張開的話……

那麼它抹殺人的順序，就是進門的順序。

如果他們理出的這條線索是真實可靠的……

這回齊天允反應很快，興奮得幾乎跳了起來，「我們只要打亂順序。在同樣的時間點內再進一次門，不就可以解決了嗎！！」

齊天允覺得自己猜對了，興奮得直打圈子，語速也越來越快：「沒錯！沒錯！這是對的，這一定是對的！」

「我們再次進門的話，那股力量抹殺我們的順序就會被打亂！我們這些聽到沙沙聲次數少的，如果往前頂一頂，每天晚上都輪流來一遍，就算每次打亂後次數不清空，一起合作，也總能熬到五天之後！」

「正好！就是這麼湊巧！今天晚上，我和老羅怕你不讓我們跟來，就提前進來了！」

齊天允撲上去，扳住了猶在發呆的孫國境的肩膀，激動問道：「老孫！咱們喝了一個多小時酒了，你還有沒有聽到沙沙聲啊？距離上一次聽到隔多久了？」

孫國境木呆呆的：「呃……加上下午，七、八個小時了……」

齊天允一下抱緊了孫國境的脖子，語無倫次地吼道：「得救了！老孫！你得救了！你沒事兒了！下一個聽到沙沙聲的會輪到我和老羅了！針對的也會是我和老羅！我們倆距離聽到第六次沙沙聲還很久！我們都有救了！」

南舟：「……是這樣的嗎？」

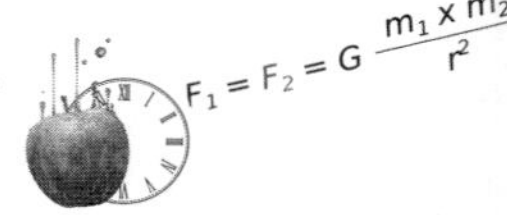


但他的聲音被淹沒在了怒吼和歡呼聲中。他看向江舫。

江舫湊到他耳邊，溫熱的氣流吹拂到他的耳垂上，癢絲絲的，「他們的推論有道理，不如……先試試看。」

慢慢回過味來，發現自己真的有可能逃過一劫的孫國境精神大振，開懷暢飲，喝得愈發不加節制。每喝一口，從死亡邊際線上爬出來的感覺就愈發清晰。

他甚至跑來給南舟敬酒。在南舟身前站定後，孫國境二話不說，深深一個鞠躬。

「我孫國境謝謝你，真的謝謝你。」孫國境說：「都在酒裡了。」

他對南舟一舉啤酒罐，咚咚一口灌下去了大半。

南舟叼著吸管，往奶茶裡面輕輕吹泡泡。

孫國境放下啤酒罐，一抹嘴，「謝謝你，救了我兩回。第一回就是剛剛，第二回是在宿舍裡，要不是你給我解釋，老子的 sin 值就要沒了。」

南舟：「……」是 san 值。

但南舟沒有打斷他高昂的興致：「嗯。」

「你 sin 值挺高的吧。」孫國境的舌頭已經喝得大了一圈，咬字也不很清晰：「我看你不咋怕。你是個爺們兒，以前的事兒，是我孫國境做得不地道，我想交下你這個朋友……」

南舟：「……」

他飛快往後閃了一步。他皺眉想，現在的人真輕浮，「朋友」也是能隨便當的嗎？

孫國境已經喝高了，當然察覺不到南舟的嫌棄。他虛著一雙眼，發現焦距裡失去了南舟的蹤影。他踉蹌了兩步，哈哈大笑著，捏著啤酒罐，繼續去找他的兩個好兄弟去了。

酒氣實在醉人。再加上南舟他們想驗證一下齊天允的推論是否為真，所以也沒有離場。

不多時，南舟漸漸睏倦起來。眼前明亮的燈光也變成了一團團散亂

的、毛茸茸的光暈。

他撐著最後一絲意識，想要找兩把椅子拼起來躺一躺。

可他剛一動身，腦袋就被一隻手輕摁住，引導著向一側歪斜去，枕到一片溫熱的皮膚上。

江舫低頭看著他，笑道：「怎麼躺到我腿上來了？」

南舟：「……」

——不是我主動躺的。好像有哪裡不對。算了。

夜半，三個有過命交情的兄弟酩酊大醉。

李銀航坐在地上，上半身趴在旁側的椅子上，睡得安然。

南舟枕在江舫腿上，規律地吐息著。

而江舫靜靜坐著，指尖輕輕撫摸著南舟眼下的淚痣，清醒至極地審視著周遭的一切。

孫國境醉倒在階梯上。他趴在冷硬的地板上，旁邊扔著十七、八個空了的啤酒罐。醺然酒氣從他的呼吸中濃重地噴吐而出。

他睡得有些不舒服，扭了扭腰，抓了抓毛衣下襬上捲後露出一截的小腹，將身體向另一側翻去。

而就在此時。

沙——沙——沙——

「沙沙」的細響，發生了微妙的變奏，變成了拖長的音節。像是指甲摁在黑板上，慢慢拉動，劃出長而細的銳響。

但孫國境睡得太香了。他沒有聽到。

江舫自然也聽不到那響在孫國境耳側的細微之聲。

在天邊泛起魚肚白時，他撐著頭，給自己留了半個小時的休息時間。

一夜，就這樣過去了。

羅閣是被齊天允叫醒的。他茫然看看狂歡後狼藉一片的教室，顯然還沒能消化眼下的情境。

羅閣擦了擦嘴角的口水，「怎麼睡到這兒來了……」

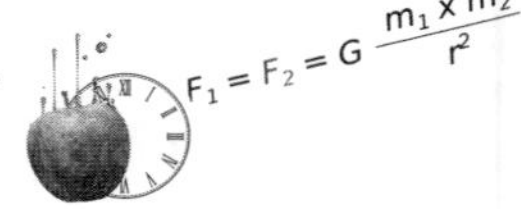


這時候，南舟剛剛醒。他一邊醒神，一邊給江舫按揉他據說被枕麻了的腿。

齊天允和李銀航在忙著用空塑膠袋清理殘跡。

「噢！」經過短暫的回憶，終於找回斷片前記憶的羅閣興奮地一揮拳頭，「我們是不是找到解決問題的辦法了？」

齊天允也是一臉的喜氣洋洋，「是的，這樣最好。今天晚上咱們再來一次……」

說著，他看向了江舫，「江舫，是吧？你的次數最少了，今天晚上你可以再來一趟，替你們隊裡的兩個隊友分擔分擔！」

江舫摁著大腿根部，唔了一聲，像是應下了。

齊天允拎起裝滿了的垃圾袋，抓起放在桌上的鑰匙，自然地對羅閣說：「我們走吧！」

眼看著他們兩個出了 403 的門，李銀航也見到了希望，回頭笑說：「我們也走吧！」

南舟扶著江舫站起身來。

江舫往前跳了兩步，頸項處閃出一道細微的駁光。

南舟望向懸掛在江舫頸間的那串【第六感十字架】，眉尖輕輕一凝……這個道具，是他從誰身上拿過來的呢？

在南舟思考這個問題時，他已經扶著江舫走出了 403。

齊天允反鎖了門，晃著鑰匙，搭著羅閣的肩膀，笑著走向外面豐沛的陽光。

而階梯上的孫國境，在拉緊了窗簾的、漆黑無光的 403 教室，無知無覺，酣然而睡。

一場酣夢過後，孫國境張開了眼睛。

他盯著雪白的格狀天花板，心裡空茫茫的一片。

酒精帶來的麻痹感，摻和著昨晚殘存的、找到生路的記憶，讓他滿足又安寧地飄飄然著。

真正喚醒他思維的，是一道長長的酒嗝。

孫國境猛地翻身坐起，鼓著腮幫子，轉著眼珠四下尋找垃圾桶。

可四周的冷清景象，讓他幾乎要湧到喉嚨口的穢物全部回流，壅堵在咽喉以下、胃部以上。

胃液火辣辣地灼燒著他的食管。但孫國境的身軀如墜冰窟……人都去哪裡了？

他強忍著宿醉帶來的不適，跌跌撞撞奔向唯一的出口。

門是老式門鎖。裡面沒有簡易的一擰就能鎖上的鎖鈕，只能靠鑰匙，從內或者從外上鎖。

孫國境把手壓在門板上，頓了頓，才敢緩慢向下使勁兒……

咔噠。

門鎖發出窒澀的響動。鎖舌牢牢咬住鎖銷，動也不動……

門被反鎖上了。

但孫國境彷彿看不到一樣。他死咬著後槽牙，瘋狂地大力擰了幾下門把手。狂擰演變為搖晃，搖晃又演變為不顧一切的撞擊。

他用肩膀一下又一下去撞擊，門軸和牆壁交界處的白灰淅淅地抖落到地面上，和他的肩膀、頭髮上，但眼前的門非常結實。蠻牛似的孫國境在肩膀被撞到麻木時，終於停了下來。

他丟了魂似的，在階梯教室裡困獸般的轉著圈。偶一抬頭，他甚至有了自己的影子還在一下下撞門的幻覺。

昨天合力想出的逃生之法，難道只是自己的一場幻夢？

他是自己主動來到 403 教室的，還是被那股力量永久囚禁在了這裡？先後消失的胡力和左嘉明，他們也是像這樣被困在了某處嗎？……孫國境已經搞不清楚了。

伴隨動盪崩塌的思維而來的，是狂降的 san 值。

4、35、19、08……

他要逃離……對，逃離這裡。只要逃離這裡，別的他什麼都顧不上

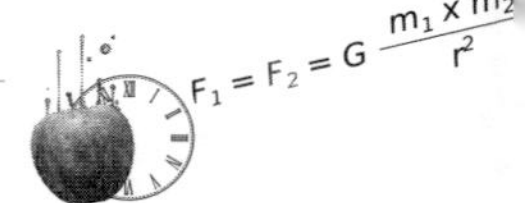


了……必須逃離，立刻，馬上！

孫國境綻滿血絲的視線中，出現了那一排窗戶。

——逃離！！

在判斷出危險性之前，孫國境的身體已經在極度恐慌中，先於他的思維做出了行動。

他疾步朝窗戶奔去，用撞門的力道，瘋牛似的衝向了窗邊。

他忘記了一件事，玻璃實在要比門脆弱太多。伴隨著玻璃的破裂聲，孫國境的世界在一瞬間倒錯了。

他被陽光籠罩。他看到遠處走動著說笑著的人群。看到窗旁飄黃了一半的樹梢上掛著無主的鳥巢。

然後他被地心引力牽引，上半身傾出窗臺，直直向下墜去。

就在失重的、看到了地面迫近的那一瞬間，孫國境竟清醒了過來。

——我在幹什麼？我……

在「老子要完蛋了」的念頭冒出的同一刻，他下墜的勢頭居然止住了——他的外套，恰好掛在了窗鈕上。

孫國境就這麼保持著向下傾斜的姿勢，直視著堅硬灰白的水泥地面。

——不行，不行不行不行！

這樣頭朝下掉下去，他真的會死！

孫國境幾乎已經幻視到了他的腦漿和灰白色的地面融為一體的樣子。求生的本能讓他愈發張皇失措，想要退回去，但重心的轉移不是那麼簡單的事情。

轉眼間，孫國境的大半個身子已經全部掛在窗臺外面。唯一牽繫著他性命的，是一個呈平滑半圓形的、根本不足以提供有效救援的鎖鈕。

然而孫國境只是不甚緊密地掛在上面，他甚至只需要扭一扭身子，就能輕易和它脫鉤。

孫國境的腰部已越出窗外，無法懸空發力，只有整條小腿還倒栽蔥似的，懸留在 403 教室內。

他揮動著雙手，想要撐住外牆，但他僅僅是稍一傾斜，就聽到了外套在他生命的吊鉤上大幅滑動的摩擦聲。

孫國境不敢再動，扯著嗓子，慘聲大叫：「救命！救命！！！」

在他耳中，他的叫聲已經在清晨略顯空曠的校園中激盪出了回聲。

然而，遠處晨跑的人聽不到他。

百公尺開外打掃落葉的清潔人員也聽不到他。

孫國境一息尚存，卻好像已經提前和這個世界喪失了關聯。

孫國境的臉因為倒立憋脹得通紅，氣管彷彿也變窄了，只能呼出尖聲的氣流。

他再度出現了幻覺。有他小時候跟同學打架惹禍、媽媽牽著他去上門道歉時的嘮叨聲。有一塊錢一根的冰棒化在嘴裡的味道。有和羅閣、齊天允蹲在大排檔角落裡划拳吹水時周圍的喧吵。

還有……

他已經來不及回顧了，因為徹底失重的感覺再度襲來……

他的身軀和窗銷，脫鉤了。

他閉起眼睛，等待頭顱四分五裂的命運。

然而，一秒過去了、兩秒過去了。疼痛感遲遲未到，反倒是他在後知後覺中，體會到了腳踏實地的感覺……剛才的失重感來自於後方。

他被人抓住衣服後領，從生死一線上生生扯了回來。

CHAPTER

# 02:00

## 唯一且效率最高的獲勝方式，是讓自己沒有對手

南舟打量著被自己拽上來、卻已經雙目空洞的孫國境。

「醒醒。」南舟晃了晃他，「醒醒。」

看孫國境毫無反應，他舉起巴掌，同時禮貌地看了一眼尾隨而來、已經驚得三魂出竅的羅閣和齊天允，徵求意見。

兄弟倆快急瘋了。要不是南舟走出一段路後，完全從睡夢中清醒了過來，開始點人，並拉著所有人回憶昨天進入 403 的具體人數，他們真的要把孫國境徹底遺忘在 403 裡了。

他們不知道南舟這一眼是什麼意思，只胡亂求著南舟快救救他。

南舟「嗯」了一聲，默念兩聲注意控制力度後，一巴掌掄到了孫國境臉上。

羅閣、齊天允硬是被這一巴掌發出的動靜齊齊震懾住了：「……」

孫國境臉帶頭、頭帶脖子地被搧得往旁扭了 90 度，頸骨還發出了清晰的啪喀一聲。

南舟不動聲色地嚇了一跳，出於亡羊補牢的心理，馬上把他的頭扶正，並悄悄探了探他的鼻息。

——還好，活著。

孫國境根本不知道發生了什麼事。在巴掌上臉的一刻，他眼前還在萬花筒一樣衍變的幻視瞬間滅了燈……俗稱「眼前一黑」。

無力軟倒在一邊時，孫國境腦瓜子嗡嗡的，像是腦袋裡炸了個馬蜂窩。緩了很久，他眼前虛茫的世界才慢慢有了色彩。

這一巴掌也發揮了力挽狂瀾的功效，生生把孫國境掉到了 01，隨時會歸零的 san 值搧回了 05。

孫國境清醒了 80% 左右時，南舟已經背著手挪到了一邊去。

孫國境一隻眼睛高高腫了起來，費勁兒睜了半天，依然無果。

他恍惚地看著離他最近的南舟。

南舟咳嗽一聲：「你醒了。」

孫國境想說話，但是腮幫子又腫又麻，說話也像是松鼠嗉囊裡被強塞

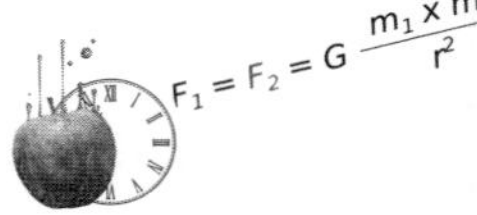


了個大栗子：「我……」

南舟接過他的話：「你活著。」

江舫看南舟略心虛的模樣，忍不住笑了一聲。

南舟回頭看他。

江舫馬上嘴角翹翹地做了個把自己的嘴用拉鍊拉上的動作。

劫後餘生的孫國境無暇關注自己的臉。他微弱道：「你們怎麼還會回來找我……」

南舟扭回頭來，「發現少人了，就回來了。」

孫國境語帶哭腔：「我沒有死嗎？」

南舟：「嗯。」

孫國境還沒有到徹底消失的地步。就像胡力，據他說，是在聽到第六次沙沙聲後，看到了站在孫國境床頭的自己。他發出撕心裂肺的慘叫，但慘叫被空氣全部吞沒，像是進入了真空。

後來，胡力通過暴力肢體動作強行晃醒了其他人，還是和他們發生了交談和對話的。也就是說，聽到第六次沙沙聲後，人並不會死亡。只是存在感會被進一步稀釋，能夠外界溝通的介質也會大量減少。

孫國境哆嗦著嘴唇，「那你們現在能看到我了嗎？」

南舟：「還看得見。」

孫國境卻還是眼圈通紅，僵在原地，狐疑地看著南舟。

南舟探出一根手指，輕輕地在他肩上拍了一下。

這一根手指，讓孫國境這條一米八壯漢的心理沙堡全線潰散崩塌。孫國境一把抱住他，扯著嗓子小孩子似的嚎啕大哭起來。

南舟被撲了個猝不及防，本能地就想給個抱脖過肩摔，但在品出他沒有惡意後，就安靜了下來。他雙手背在身後，安靜地垂下頭，一側的頭髮微捲著落在孫國境的肩膀上。

他在想，為什麼？到底是哪裡出了問題？

重新和兄弟們攙扶著走入陽光下，孫國境手腳還在，心底卻是一片冰涼。他的精神受了極大打擊。但其他人也好不到哪裡去。

孫國境的遭遇，給他們帶來了危險的信號：他們的推斷又出了問題。

但南舟精神依然穩定。

因為他堅定不移地確信著一件事：他們遇到的不可能是無解的副本。而且，他們昨晚的思考方向，他也不覺得是錯誤的。

鬼在殺傷力、行動力和無實體上是無解的，那必然在其他方面有解。

甚至包括齊天允昨夜提出的副本解法，南舟都覺得是合理的。他們可能只是錯了一步。只要找到這一步錯在哪裡……

另一邊，齊天允和羅閣已經一邊一個，把自己的手腕和孫國境的綁了起來。

被繩子綁上的時候，孫國境卻試圖掙扎開來，「別了。太危險了。」

羅閣寬慰他道：「老孫，你想開點。只是我們看不見你而已，就算你完全消失了，只要跟著繩子走，我們也能知道你還在。」

大多數人在遇到生死問題時，腦子都會比平時更靈透些。孫國境也不例外。

他苦笑一聲：「真到了那時候，你們徹底忘了我，就會覺得這條繩子累贅，會自己把繩子解開的。」他又補充：「再說，萬一我被拖走，一帶二，不值得。便宜那個鬼了。」

羅閣呆呆地「啊」了一聲：「……不至於吧。說不定，這個副本就是純嚇唬人呢，那個鬼搞不好根本沒有殺人的本事，只會把人弄沒見。我們只是看不見你而已，只要熬到副本結束……」

「可能嗎？」孫國境異常清醒，「如果是這樣，為什麼副本的通關要求是我們不要『死掉』，也不要『瘋掉』？」

「說白了……還是玩家會死。」

「我已經聽到第六聲了。我感覺，我差不多要到時候了。」

「每三次沙沙聲響過去，那個鬼就會整個大的……我想，我的進度已經過半了。也許，再聽到三次，我就真完了。」

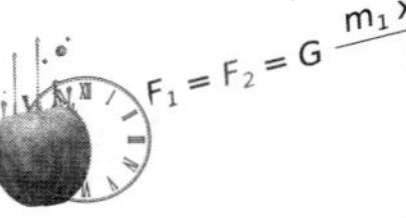


「只要我的通關要求滿足不了，就離不開這個副本……我寧肯死得徹底一點，也不想一輩子留在這裡，活著就像死了……」

說著，孫國境睜著微紅的眼珠，定定看著兩個過了命的兄弟，小聲說：「等我再聽到兩聲，你們就殺了我吧。」

齊天允默然許久，緊了緊手上的綁帶，打了個死扣，說：「到時候，來不及解開，咱們倆一塊死。」

羅閣飛快抹了抹鼻子，在旁邊起鬨：「可去你的吧。當初跟南舟對上的時候誰跑得最快？老齊你精得跟鬼一樣……」

齊天允不好意思地垂下頭，但他的話卻很堅定：「怎麼都不分開。」

「怎麼都不。」

今天是週六，上午 8 點時，校園還不曾完全甦醒過來。

體育系某間宿舍的門從外被輕輕鑿響，有禮貌且規律。

一個男生頂著雞窩似的亂髮，趿拉著人字拖拉開了門。開門後，他見到了一位英俊的小白臉。

小白臉戴著黑框眼鏡，眉眼間寫滿了「好學生」三個字。他很斯文地推一推鏡架，「請問這裡是常山河的宿舍嗎？」

開門的男生啞著一副還沒清醒的破鑼嗓，對身後漆黑一片的宿舍吼了一聲：「山炮！有人找！」

常山河打著哈欠，一邊用鑰匙打開體育倉庫的門，一邊向身後自稱學生會體育部新成員的人詢問：「真差一筐籃球？」

謝相玉指著倉庫門邊用油性筆寫著「常山河」的白板，「少了。昨天倉庫就是你收拾的，竇教練讓我找你。」

常山河嘀咕著「不應該呀」的同時，體育倉庫的門吱吱扭扭地開啟。一股膠皮的淡淡味道迎面撲來。

常山河往裡走去，「真丟了籃球，竇教練咋不跟我打電話……」

謝相玉跟了進去，回道：「我不知道。反正你要是找不到，你就得負起責任。」

常山河在心裡暗罵，學生會的人真他媽的個個會擺譜。他一隻手就能捏個半死的小崽子也敢在他面前咯咯噠。

腹誹著的常山河繞過一層放著約有一個人那麼高的厚厚軟墊後，站住了腳步。他轉過身來，「這不是三筐籃球嗎？哪裡少……」他再也說不出哪怕半個字來了。

謝相玉手持著一樣大概有食指和拇指圈圍起來粗細的筆狀物。

現在，筆狀物的帽子被摘下了，裡面安裝了一個擊發式的鐵彈裝置。一按尾端，就會有類似油性筆筆頭粗細的鐵杵以彈子的速度猛然彈出。

常山河喉間的軟骨，被這突然抵上他咽喉的鐵杵搗了個粉碎。

謝相玉「呼」了一聲，自言自語地讚許道：「好用。」

自製的小玩意兒，頗花了些工夫，好在效果拔群。謝相玉揪扯著常山河的頭髮，在他不間歇的抽搐中，安撫地拍了拍他的後背，就近往軟墊後面一搡。他鐵塔似的身體踉蹌兩步，面朝下倒下了，被堆積如山的軟墊遮擋了個結結實實。

在 NPC 身上試驗出的武器效果很叫他滿意。謝相玉準備離開。但他看到一個影子逆光站在體育倉庫門口，擋住他離開的唯一路徑。

與此同時，「沙沙」的細響，再次在他耳邊奏鳴。對謝相玉來說，這是第六次沙沙聲了。

他看到了那個影子當著他的面，扭曲成了四肢著地的樣子。

他也看到了那影子四腳並用地向自己衝來。

但他始終把手插在褲子口袋裡，笑盈盈的。

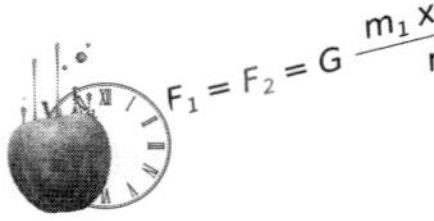

當那扭曲的怪物衝到自己面前時，謝相玉抬起腳，準確地踩了下去。他踩碎了一團空氣。

「你好。」謝相玉站在空無一人的倉庫內，語帶笑意：「我等你很久了。」

現如今等到了，他也終於可以做自己想做的事情了。

他走出體育倉庫，妥善地鎖好門，掃平了身上衣物的一切皺褶。沒有人知道他來過體育倉庫。準確來說，現在，哪怕是能目擊到他離開體育倉庫的人，都對他的存在視若無睹。

謝相玉踏著輕快的步伐，走向他真正的目的地。

從刷卡進入公寓內的美國女孩身邊輕巧一轉，謝相玉毫無阻攔地突入了留學生宿舍內。他單手把玩著他精心設計的小道具，旁若無人地踏入留學生宿舍的管理處。

管理員是個燙著大波浪的外國女人，正在看著雜誌喝咖啡。

謝相玉路過她身邊時，無聲地把手抵在太陽穴上，略微俏皮地一點腳尖，算是跟她打過招呼。

在女人背後，謝相玉堂而皇之且肆無忌憚地搜查著每一個抽屜、每一個角落。他邊找邊低低哼著曲調歡快的歌曲：「We Wish You A Merry Christmas……」

他絲毫不擔心被人發現，因為這是不可能的事情。

樂聲終止在找到他想要的東西的時候，他從抽屜裡取出一遝房卡。房卡上寫著名字。

原名：洛多卡蒙托洛卡。

中文名：江舫。

他抽出這份他想要的禮物，藏入掌心。

在腳步輕捷地走出管理員宿舍時，轉椅上的管理員恰好回過頭來。

她疑惑了片刻：剛才……自己有打開抽屜嗎？

週六。

他們進入副本的第四十七個小時。

儘管南舟和江舫都認為，這股力量本身存在的悖論性質，決定了不會在現實世界裡留下它產生的源頭。但李銀航還是有點不放心。

她用津景大學加上各種關鍵字，在瀏覽器上檢索了近十年來學校裡出現的異常死亡事件。

她還去了圖書館，在報紙雜誌區流連了整整一個下午。

但綜合看來，鬧得頂了天的就是十幾件自殺事件。因情、因畢業、因家庭矛盾。每一件都和 403 教室沒什麼關係。哪怕是鬧得最沸沸揚揚的行政樓跳樓自殺事件，距離 403 教室也有整整半個學校的跨度。他們連選擇自殺地點都不會選擇使用率極低的東五樓。

而被選中的九個人，的確也都是再普通不過的大學生。其中設定人品最有問題、玩得一手好霸凌的「體育系三人組」，針對的也是偷窺女生宿舍的「謝相玉」，屬於惡人自有惡人磨。

其他人連期末作弊、夜不歸宿的記錄都沒有。

學酥李銀航勤勤懇懇做了八頁筆記，才終於承認學霸的結論是對的。所有和津景大學相關的、曾危及過人身安全的事件，都與他們當下遇到的沙沙聲毫無關聯。

南舟也來了圖書館，在李銀航斜後方的書架上挑選書籍。他從書叢中探頭出去，看到李銀航一邊做筆記一邊抓頭髮，就又縮了回去。

他對身側的江舫說：「她是在做無用功。」

這次他們遇到的鬼，沒有一個明確的源頭。更準確地說，只是純粹的惡意而已。再說句極端點的，哪怕把建校以來所有發生在學校裡的人命事故加起來，把十幾個未經世事、一碰到失戀、延畢就要死要活的大學生的咒怨全算在內，也不該達到這樣強烈的詛咒和抹殺效果。

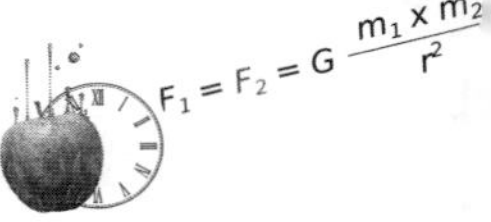


南舟一本正經地說：「按照能量守恆定律，這不科學。」

江舫笑說：「我知道。」

江舫又說：「但這樣能讓她有點事做，也好打發一下時間。」

說話間，南極星嫌熱，挪著圓滾滾的屁股想從南舟的衛衣後領口鑽出。

江舫從後面輕輕勾住他的領子，幫了南極星一把，若隱若現地露出了南舟後頸的那一片牙印。

南極星三跳兩跳，竄上他的肩膀，選了位置和觸感最好的左側鎖骨，屁股一沉，把自己舒舒服服地窩了下去，細長的小尾巴風車似地擺個不停，安逸得很。

江舫問南舟：「想看哪一本？」

「我不是來看書的。」南舟說：「我想事情的時候，就喜歡來書店走一走。」說著，他輕輕吸了一口氣。獨特的油墨氣味，他很適應也很喜歡，這有助於他思考。

江舫陪他在叢叢書海中步行穿梭，問道：「在想什麼？我或許可以幫幫你。」

南舟：「謝相玉。」

江舫：「還在想他？」

南舟側過半張臉來，「不是想他。是在想你。」

他直白的話語，混合了飄浮著薄薄輕塵的陽光，讓江舫有種心臟被光射上了一箭的錯覺。

江舫用單手輕捂住心口，「啊，我的榮幸。」

南舟：「你說過，你能明白他在想什麼。」

江舫失笑。

南舟不大開心地陳述事實：「你總是笑我。」

江舫：「要不是我知道你的性格，我會以為你是故意……」

故意這樣說話、故意吊著他、故意這樣……讓他心癢。

南舟困惑：「嗯？」

江舫岔開了話題：「你問謝相玉？」

南舟：「嗯。」

江舫摸了摸下巴，「如果我是他……」

南舟卻在這時主動打斷了他一回，反問：「你不是他。然後呢？他要怎麼做？」

江舫抿著嘴微笑。他不想毀掉自己在南舟心目裡的形象，所以一直有意掩藏著自己內心深處的某些想法。但南舟的種種言行，總讓他平白產生將自己的一切真實都向他敞開的勇氣，或者說，衝動。

所以，江舫還是沿用了被南舟否定掉的說辭：「如果是我，我也會利用孫國境這樣的人。一來，他們能為我探我不願走的危險路，二來，通過竊聽他們和我們的交流，可以判斷和瞭解我們的調查進展。」當然，後者的目的在被江舫發現時，就失去了意義。

「然後，我不會嘗試去化解那種力量的戾氣，也不會去從無限死門中找出一扇生門。最簡單的方法，就是殺掉一個按次序來說，本不該死的玩家，嘗試徹底打破那股力量的規律。」

南舟挑了挑眉，「啊。這也是個辦法。」

「是非常有效的、有性價比的辦法。」江舫說：「還有，南老師，別忘了，我們在玩遊戲……一個需要用玩家積分來做最終排名的遊戲。分數超過對手，並不是獲勝的唯一且效率最高的做法。最好的做法，就是讓自己沒有對手。」

「謝相玉只要把我們全殺了，他就會在最終排名裡減少六個敵人，相當合算了。」

在南舟思考時，江舫把自己還沒有說出口的話盡數嚥下。

如果是他，他不會像謝相玉這樣遠離眾人。他能以現在的狀態，完美融入和大家的合作中，並有把握讓孫國境他們對自己死心塌地。他能確保孫國境等人死亡的時候，還以為自己死於鬼魅之手。

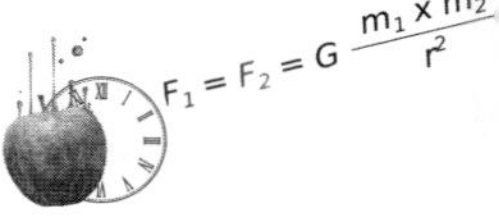


南舟一副「原來是這個樣子」的恍然神情。

江舫問：「怎麼樣，很惡劣吧？」

南舟卻是神色如常，「沒什麼惡劣不惡劣的。不過是另一種玩法而已。」他又說：「殺了隊友，不就少了積分了？還是不划算的。」

江舫反問：「如果這個副本裡的設定是獎池積分制，隊友越少，最後能從獎池裡拿到的積分越多呢？」

聞言，南舟慢條斯理地捧起手裡的保溫杯，慢慢地喝了一口，裡面是蜂蜜水。

他說：「那如果是這樣的話，其他隊伍肯定要先殺我們的。」

「他們不動手，你就不動手嗎？」

「是的。」南舟嚴肅道：「不然我們不就不占理了嗎？」

……江舫有被南舟微妙地可愛到。

南舟說：「這種玩法很簡單。但我不喜歡。」

那種把和自己長得一樣的人的脖子扭斷的感覺，一點都不快樂。

「對。我知道。」江舫說：「所以，我不會去做……」

說到這裡，江舫突然按住耳朵，小幅度吸了一口氣。

南舟面色一緊，「怎麼了？」

江舫看他戒備十足的模樣，低下頭來，單手撐在了一側書架上，作搖搖欲墜狀，「……又聽到了。」

這是江舫的第四次了。

上午他獨自去洗手間的時候，聽到了第三次「沙沙」聲。於是，他當時正在行走的那條走廊，變成無盡的回廊。兩邊牆壁上懸掛的偉人頭像，眼珠死死鎖定在他的身上，隨著他的行走緩緩轉動，目光怨毒森冷至極。

江舫嘗試走過一圈半後，當即決定閉上眼睛，向後倒退而行。不一會兒，他就回到了拐點。

見江舫又聽到了那種聲音，南舟的騎士病當即發作。他用一貫的性冷淡腔調予以安撫：「你不要害怕。一會兒就過去了……」

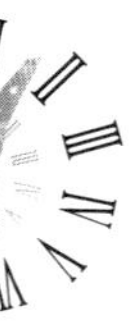



然而，下一秒，他的目光驟然轉向不遠處的一角。

南舟周身氣質明顯一凜，像是一隻被侵犯了領地的貓科動物。

江舫也察覺到了他神情的劇變，循著他的目光看去，但他目光的落點分明空無一物。

南舟低聲說：「有人。」他補充道：「……我感覺。」

江舫舔了舔嘴唇，把本來就豔紅的嘴唇抿濕了一點，說：「你太緊張了。今天晚上還是留在宿舍好好休息吧。」

南舟轉過來，和江舫對視片刻，似乎從他的眼中讀出了某種信息，專注地應道：「好。」

距離兩人兩層書櫃開外的地方。木製書架旁側的一層薄灰上，落了三枚不甚清晰的指印。

謝相玉剛剛才來。他並沒有像第一次險些被南舟抓包時的躲閃，而是立在書架之後，隔著兩層書林，堂而皇之地打量著南舟的臉。

半長捲髮下耳朵的輪廓。側面喉結鼓突的弧線。被衛衣覆蓋住仍然形狀分明的肘骨尖兒。下垂的手腕上微藍的靜脈。被白襪包裹著的、細長得讓人想去握上一握的腳踝。一切都是那麼完美，完美得像是從畫中走出來的人。

謝相玉最喜歡吃黃桃蛋糕，在吃蛋糕時，他總喜歡把最喜歡的黃桃留在最後。於是，他將目光投向了江舫。今天晚上，或許自己可以先解決掉不重要的人。

南舟剛才關心江舫的表情，實在太動人了，動人得讓謝相玉有些迷戀。他很期待南舟一覺醒來，看到江舫喉骨碎裂、死不瞑目的表情。

一定，非常，讓人愉悅。

這份愉悅，一直持續到日落月升，夜沉時分。

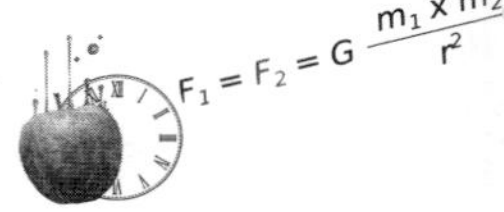


謝相玉在留學生宿舍樓的天臺邊欣賞了許久的月亮，惋惜離滿月還有10天左右，並精心構思好了自己送走江舫時的告別詞。

「江舫，你好。」

儘管那個時候，江舫未必能聽到自己的聲音，但這種儀式感必須要有。過去23年的生活，謝相玉都是在乏味的生活中無聊度日、虛磨時光，所以他愛這個讓他煥發活力的遊戲《萬有引力》。

他也有必須要完成的心願。所以，殺掉南舟也是他的訴求之一。

謝相玉承認，他的確對南舟有著近乎狂熱的興趣。然而南舟這樣的人，幾乎是註定能走到遊戲最後的，到時候再和他碰上，可沒有這樣天時地利人和的條件了。

南舟必須死，只是不能在今天。

懷著這樣隱祕又熱烈的期待，謝相玉來到了熄燈一小時後的留學生宿舍。他知道，南舟和李銀航這兩天都住在這裡。

門內一片漆黑，人應該早已睡下。

謝相玉左手握緊他的碎喉筆，從口袋裡摸出那張他偷來的、江舫房間專屬的房卡。他將卡面抵在刷卡器上，等待著那聲愉悅的「滴」聲，伴隨著「准許通行」的綠燈一起響起。

然而，迎接他的卻是豁然亮起的紅燈，和在深夜走廊上略顯刺耳的「開鎖失敗」的連聲銳響。

謝相玉來不及反應，眼前的門便閃電似地向內開啟。迎面而來的，居然是一潑……麵粉。

根據麵粉鋪撒開的形狀，以及在空中受阻的面積，江舫準確找到謝相玉的喉嚨位置，準確地一把扼住，在謝相玉還沒來得及做出任何有效的反抗或逃跑動作前，將他狠狠拖入宿舍內。

麵粉上留下謝相玉的腳印。而門以一個不大紳士的動靜關上了。

此時，身在四樓樓梯間、正帶著李銀航一路向上爬的南舟隱隱聽到從七樓傳來的悶響，猛然抬起頭來。

李銀航也覺得有些不妙：「怎麼回事？」

南舟不是說，今天晚上不回留學生宿舍那邊，在熄燈前去他的宿舍待一會兒嗎？怎麼突然又改了主意？「我擔心他」又是什麼意思？

但南舟無心解答她的問題。他無聲無息地加快速度，三階一步，向上跑去。

謝相玉在劇烈的掙扎間，看到了除江舫之外、空無一人的留學生宿舍。電光石火間，他已經明白究竟發生了什麼——江舫根本什麼都知道。

江舫早早就在宿管那裡換掉了自己的房卡。

他拿到的，是壞掉的房卡。

這手法簡直再簡單不過了。江舫只需要破壞自己原先房卡的部分元件，再謊稱自己的卡丟了，去一趟一樓的管理處，一個轉手，就可以用壞掉的舊卡直接替換成備用卡。

江舫一直在防著他。甚至……有可能也想過，要利用這股副本裡力量的機制，除掉什麼人。

江舫將謝相玉死死抵在牆上。

在一片漆黑中，從江舫淡色的眼睛裡，根本讀不出絲毫感情。相較於他暴力的動作，他的嗓音還是一樣優雅、低沉、平靜，大提琴似的悅耳：「謝相玉，你真讓我失望。占了先手，你就只能想到這樣的玩法嗎？」

謝相玉喘息著笑了起來，抖了抖頭上的白色粉跡。

「你約束了他。」謝相玉說：「你浪費了他的才能。」

江舫眼睛一瞇，「……什麼意思？」

謝相玉：「字面意思。你白白浪費了南舟的能力。」

謝相玉抓住了江舫的手腕，「如果是我，我會好好對他。畢竟，他是那麼有趣的……」

江舫神情一寒。

如果說江舫之前只是考慮過讓謝相玉這個副本中的不穩定因素，神不知鬼不覺地消失掉的話，那麼現在他打算付諸行動了。

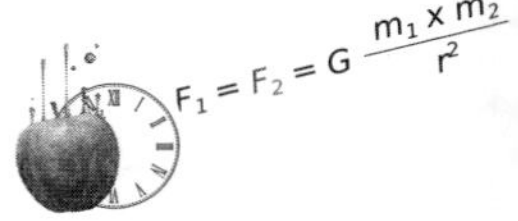

然而，門外匆促的腳步聲打斷了江舫的計劃。

熟悉的足音讓江舫立即鬆開手。

時刻伺機待動的謝相玉抓住機會，立即一個反手擒拿住了江舫。只是他的新武器太短，只適合出其不意的近戰，這樣的姿勢實在是施展不開。這個擒拿姿勢太不標準。

按江舫的經驗，他有九種方式反制並把此人按在地上暴打。可在看到南舟站在門口的逆光剪影後，江舫放棄了一切抵抗動作。

他保持著被控制的姿勢，把側臉壓在冰涼堅硬的桌面上，悠閒開口：「寶貝兒，救我。」

謝相玉的反應竟然比南舟更快。在察覺到南舟的到來後，他即刻鬆開江舫的手臂，向陽臺大步奔去，猛地撞碎玻璃，直直從七樓縱身躍下！

事實證明，他對危機的預判完全正確。

轉瞬間，南舟已經追到他的身後，匕首沉默凌厲地一揮，尖刃卻只來得及沾上一線血。

失重的下墜感和微涼的、夾雜著夜露的寒風撲面而來。在距離地面只剩三、四公尺時，謝相玉掌心一翻，一把修長黑傘憑空在他手中撐開，傘尖直對地面，釋放出高頻音波。

無聲的音波短時且劇烈地衝擊地面，抵消了大半衝擊力。他的身體被聲波向上硬推出半公尺。

而伴隨著這次消耗，這件道具僅剩的一次使用次數也沒有了。在謝相玉落地的瞬間，黑傘化為一段流光，消失無蹤。

他的身形借下落的勢頭一翻一滾，徹底消弭在夜色中。

南舟用匕首尖支在窗臺瓷磚縫隙間，注視底下空茫的夜色許久。

他想，他們沒有推測錯。現在的謝相玉也可以像聽到六次「沙沙」聲響的孫國境一樣，隱匿自己的身形了。但大概是因為僅僅聽過六次沙沙聲，所以他的存在還不會完全被遺忘和抹消。

這也進一步驗證了他們的推算是對的——那股力量，確實是根據他們扮演的角色進入 403 教室的先後次序來決定死亡順序的。

所以，齊天允昨天提出的、在特定時間內重新進入 403、重新打亂那股力量排序規則的解決方式，本來該是有效的。

——為什麼會無效？是哪裡出了問題？

而成功從他們的視野中脫離後，謝相玉並沒有馬上離開。他單膝蹲在黑暗中，仰頭望著南舟。

從南舟丟失了具體對象、來回遊移的目光中，他判斷自己安全了。

謝相玉正準備起身，就低低嘶了一聲。他探手往自己的膕窩一摸，一手溫熱。南舟的刀刃只差分毫就能割斷他的肌腱。

謝相玉把沾滿溫熱的手掌壓在膝蓋上，嘴角的笑意無論如何也壓不住。他往後一坐，自言自語道：「親愛的，這也太狠了。」

——不就是殺過你嘛，何必這樣斤斤計較？

之前，他想過，要是南舟認出自己來，那可不妙。所以他處處躲著南舟，也想除掉他，為自己遊戲的最終勝利減少後顧之憂。可他現在想要改變主意了，如果南舟能夠成為他的隊友，那可真的是再好不過的一件事。

謝相玉覺得自己並非異想天開，自己的優勢委實太突出了，因為他是唯一知曉南舟祕密的人。

難道江舫會知道南舟是什麼人嗎？

難道和他在一起的那個女孩子會知道嗎？他一定很孤獨吧，沒有同類、沒有理解他的人、沒有欣賞他才華的人。

江舫、李銀航這種普通人，只會抑制他的能力，讓他笨拙且蹩腳地進行無聊的角色扮演和過家家。

——何必要逼著自己扮演普通人？你本來就不該是普通的人啊！

興奮感讓謝相玉渾身燥熱，簡直無法控制自己嘴角上揚的弧度。

他深深望著南舟，直到南舟回到宿舍，仍久久地注視著、凝望著，不捨得將目光挪開分毫，像是巨龍望著偶得的珍寶。

南舟折回宿舍內時，江舫上半身還倚在桌子上，輕輕活動著肩膀。這

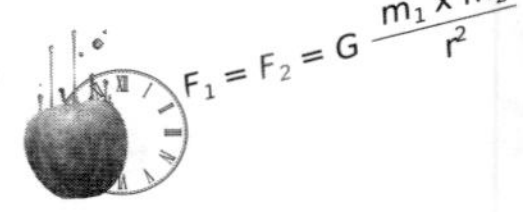


個姿勢讓他的腰線顯得格外分明柔韌。

南舟走近了些，面上神情淡淡，「他傷到你了嗎？」

「唔。」江舫搖頭，同時注意到南舟手上匕首尖的殘血，「……匕首還挺快的。」

南舟把刀收了起來。用單手攬住江舫的腰，半抱著扶他在床上坐下。

江舫將一隻胳膊自然搭在南舟脖子上，「謝謝。」

很快，管理處的老師接到隔壁寢室的噪音投訴，上來查看情況。

江舫說是自己新買了棒球，明天想和朋友出去打幾棒。因為朋友沒接觸過棒球，他們就想先在宿舍裡小小練習一下，沒想到失手砸碎了玻璃。理由還算充分。

津景對留學生的管理一向寬鬆，況且江舫認錯態度良好，並主動承諾會掏錢補好玻璃。於是舍監老師再三確認了沒有人受傷後，叮囑江舫要注意安全，不要在宿舍裡做體育運動，便轉身離開了。

這場本來致命的風波就這樣平息了大半。江舫這才有時間向兩人講述剛才發生的一切。當然，他選擇性跳過那段自己占據絕對優勢的時間。

李銀航聽得後背直冒冷汗。

她以為 PVE 遊戲模式下，人心至少會單純一點。但居然忘記了，在排名競爭的關係下，任何人做出任何事都不奇怪。

她第一次開始慶幸自己即將聽到第六次沙沙聲。到那時，自己的存在感被削弱，謝相玉可能也不會注意到自己了吧？雖然被那股力量纏上同樣頭痛且凶險，但被瘋子纏上，更沒有道理可講。

南舟倒不關心謝相玉如何。他對江舫說：「你臉色不好。」

李銀航聞言，才特地留心看了一眼江舫的臉……她什麼都沒看出來。

江舫的皮膚是冰天雪地的高緯度地區裡養出來的象牙白，只一張唇血色格外充盈。

李銀航左看右看，都看不出來他哪裡臉色不好。

江舫：「沒事。」

南舟：「你今天一直和我在一起，為什麼不跟我說你的計劃？」

江舫：「我怕被偷聽。那個時候，謝相玉大概就已經在我們身邊出沒了。就像在圖書館裡……」

南舟：「你可以偷偷寫在我的手心裡，也可以給我發短信。但你什麼都沒有做。」

江舫沉默了片刻：「你在生氣嗎？」

南舟：「是的。我隱瞞聽到過『沙沙』聲音的時候，我也向你認錯過，我要一個道歉。」

江舫把架在椅背上的左臂收回，微微彎腰，鄭重道：「對不起，是我的錯。」

南舟抿了抿嘴。

江舫久久沒有等到南舟的回應，抬起頭來，「是態度不夠誠懇嗎？」

南舟：「你的手，怎麼了？」

李銀航：「……」大佬是 X 光機是嗎？

江舫看向自己剛剛架起的左臂，恍然地「啊」了一聲，笑問：「是我剛才收回來的時候動作不夠自然嗎？」

南舟沒有再和他說話，抓住江舫的手，將他寬大的黑色毛衣袖子向肘尖捋去。他藏在袖子內的小臂上裹著的厚厚繃帶，以及繃帶表面透出的一點殷紅，讓南舟眼裡的一雙寒星微閃了閃。

李銀航一陣吃驚：「這是……」

繃帶紮得不是很緊，再加上剛才的激烈動作，繃帶鬆脫了些許。從間隙裡，南舟瞥見裡面的部分內容。那是「南」字的半邊，用南舟給他的瑞士軍刀劃上去的。不是輕微疤痕的程度，是皮肉被深深割破、深入肌理的程度。

南舟：「……你和我分開，是為了做這個？」

江舫不甚在意，隨意地一頷首，「嗯，一部分原因吧。」

不知道為什麼，南舟覺得自己的心情更差了。輕聲說：「沒必要刻上

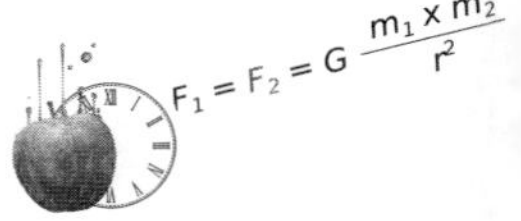


去，寫上去就好。」

江舫輕鬆地聳一聳肩，「寫上去怎麼夠？如果那股力量夠強，讓我看不到我自己留下和你相關的資訊，怎麼辦？」

「還是這樣好。」他舉起左臂，「哪怕看不見，也會疼。疼的話，摸上去，就知道有你在了。」

無聲良久。

南舟問：「為什麼？」

江舫：「嗯？」

南舟：「……」

江舫笑開了。他用抬起的左手絞了絞搭在肩側的蠍子辮，「是你說過，不要我忘記你的。我答應了，那麼這個承諾就永久有效。」

南舟：「……」

江舫注視著他輕擰著的眉頭，輕鬆的口氣軟化了下來：「這個，也需要道歉嗎？」

南舟眨眨眼睛，突然覺得心口有點堵，像是打上了一個結。他抬手揉了揉，沒能解開。再揉了揉，那結反倒扭得更結實了些。

南舟不說話，拉過江舫的手臂，端詳著染血的繃帶，說：「你明明知道，我剛才不是想問這個的。」

江舫不語。

……南舟說對了。他想問的是，自己為什麼要為他做到這樣的程度。

江舫很想說出自己的理由，但滑稽的是，他說不出口。

要是被從前認識江舫的人聽到他這樣說，怕是要笑出聲來。

江舫是什麼樣的人？他擅長用模棱兩可、圓滑討喜的話語，討得所有人的歡心，成為聚光燈下那個唯一的焦點。誰都覺得他是浪蕩的、瀟灑的、信步遊走在花花世界裡的。地下賭場裡的 Joker。冰球賽場上的蒙托洛卡副隊。貨車公司中的洛多卡先生。

江舫習慣了八面玲瓏，舌燦蓮花。他看起來和所有人都是那樣要好，

他能說出所有人想聽出的最悅耳動聽的話。但當他笑著揮揮手，毫無留戀地離開，自認為是他的「朋友」的人開始冷靜回味時，才發現自己從未走進江舫的內心。

這樣的江舫，卻有一項嚴重的心理問題……唯獨那些直白的、剖出內心的話，他說不出口。

他始終不願把自己真心的主動權交割給誰。直到……

經過並不明顯的激烈心理鬥爭，江舫勉強給出了一個答案：「……因為，我想做你的朋友。」

南舟：「你有很多朋友嗎？」

江舫不知道南舟為什麼要這麼問。

他還是答道：「不算少。但我想讓你……做最特別的那一個。」

這對江舫來說，已經是使出近乎透支的力氣去跨越那道山海一樣的心理壁障了。

結果，南舟不吭聲了。他沒有對江舫的話再進行任何點評，只是埋頭整理江舫手臂紗布的外緣。

儘管後來，江舫反覆試圖和他搭話，和他分析謝相玉的奇怪之處、分析謝玉相到底為什麼不混入他們中間，在博取充分信任值後再下手，南舟都是一言不發。

李銀航抱著昏昏欲睡的南極星坐在一邊，竭力降低自己的存在感。但她此刻澎湃的心潮，大概只能用兩個字來形容。

——哇哦！

另一邊。

孫國境他們好不容易做出了些像樣的推理，當然也不肯輕易放棄自己的猜測。

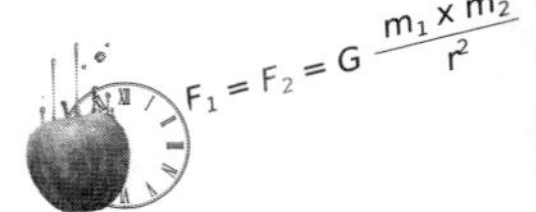


當夜，7 點半。他們再次按照順序，讓聽到沙沙聲次數最少的齊天允最先進入 403 教室，然後是羅閣拉著孫國境一起進入。

三人心驚膽戰地在裡面躲過了一夜，誰也沒敢闔眼。

結果仍不盡如人意。

苦熬一夜，在進入副本的第六十五個小時、週日的早上 8 點鐘，孫國境在無盡恐怖的想像中，遲遲迎來了自己生命的倒數第三聲沙響。

那股力量似乎非常喜歡留給人不斷反芻的時間，充分體味死亡降臨前的恐懼。

但大概是險些墜樓、和死亡擦肩而過一次的緣故，這次的孫國境冷靜了許多，沒有過度抓狂，san 值在短暫的下降後，也馬上回升了。

只是他們滿心迷茫，不知道要怎麼做才好了。他們的推斷到底是哪裡出了錯？怎樣才能結束這個副本？ 120 小時的遊戲時長才過半，但孫國境的生命，好像只剩下今天一天了。

頂著三雙黑眼圈、遊魂似地晃出東五樓唯一的出口時，他們迎面看到南舟。

南舟就坐在樓門正對面的一棵楓樹下，腳邊放著一套素描工具。他看起來應該已經在這裡坐了一會兒了，因為他右手腕側突出的一截骨頭被炭筆染黑了一小片，和袖口上挽的黑色毛衣一起將他的皮膚襯出了異常明亮的白……他看起來睡得挺好，甚至有閒心換了一套新衣服。

南舟跟渾渾噩噩的三人組打了個招呼：「早。」

他特地提醒自己去注意孫國境。凝目許久，才看到那個被齊天允和羅閣護在身後的人。

孫國境是聽到沙沙聲最多的人，是最值得觀測的指標人物。

南舟在總結「沙沙」聲對人影響的規律，在聽過三次沙沙聲、見過一次靈異現象時，人的存在感會被削弱，就像那天回宿舍備考的南舟自己。但這種變化很淡。如果不夠敏感，有可能根本察覺不到。

質變產生在聽過第六次沙沙聲後。人本身的存在感會銳減，和外界溝通的能力也會被嚴重削弱。客觀上如此，在他人心目中也是如此。

那天早上，之所以會發生集體把孫國境遺忘在 403 教室裡的事件，是因為大家的狀態恰好都不怎麼 OK。羅閣和齊天允宿醉剛醒。江舫只睡了半個小時，腦供血嚴重影響判斷。李銀航睡得腰痠背痛，夜間還驚醒好幾次，醒來昏昏沉沉，乾脆當了小尾巴，綴在自己和江舫後頭，也沒怎麼動腦筋。

至於南舟，他醒來後的相當一段時間都是不怎麼容易清醒的。

好在聽到六次「沙沙」聲後，並不至於被判處死刑。儘管在進入這個階段後，不通過和他人的肢體接觸，或者折騰出什麼驚天的動靜，就很難再引起旁人注意。

然而，至少大家心目中仍然是有「孫國境」這個概念的。總而言之，他們會下意識忘掉孫國境的存在。但這種「下意識」並不是不可克服。

這個副本，會以三次「沙沙」聲為一階段，一階段一質變。等到了第九次，大概孫國境也會變成胡力和左嘉明一樣的存在，因為徹底不存在，而被系統判定為「死亡」……甚至更加淒慘。

胡力和左嘉明是重要的線索人物，是遊戲解謎的一部分。

但孫國境一旦「死亡」，南舟擔心大家會徹底忘記關於他的一切。包括他這個人，以及在他身上觀測到的規律和線索。他們甚至要像尋找左嘉明和胡力一樣，從頭尋找一遍，孫國境是誰。一旦出現這樣的情況，就太麻煩了。

說到底，對南舟來說，他根本不認為自己還有五十多個小時的遊戲時間。只要孫國境死了，他的遊戲就等於失敗了。

其他兩人牽著孫國境，走近思考中的南舟，詢問：「……南老師，在做什麼？」

這稱呼是他們從江舫那裡學的。口吻雖然彆扭，但態度足夠誠懇。

南舟舉一舉手上的速寫本和炭筆，「我們建築系每週要交房屋結構手繪作業。」

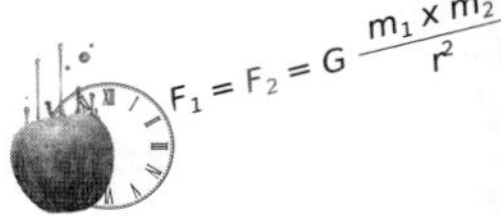


三人組：「……」

牛逼。

服氣。

這角色扮演給他玩真是物盡其用。

齊天允又問：「你的那兩個朋友呢？」

南舟筆鋒微頓，又繼續畫了下去，「我也有很多朋友的。」

齊天允摸不著頭腦：「……啊？」頓了一下，「啊……我說的是你兩個隊友。」

「舫哥和銀航找謝相玉去了。」南舟低頭說：「舫哥說，可能因為少了一個人，所以我們那天才沒有成功。」

三人聞言，精神齊齊一振。

對啊！這個副本本質是 PVE，或許就是需要玩家間進行高度的配合呢？找到謝相玉，湊齊七個人，再進 403 教室，或許就能成功！

三人被指明了下一步行動方向後，馬上告別南舟。對他們而言，現在哪怕只有一線希望，哪怕是地獄裡垂下的一根蛛絲、漩渦裡出現的一根稻草，他們也要牢牢抓死。

三人離去後，南舟繼續完成他的作業。

他的空間感很強，下筆肯定且精確，繪出的線條也相當乾脆俐落。但他不像專業的美術生畫速寫，先用鉛筆打好透視構圖，再用針管筆豐富細節內容。而是定下幾個基本的點後，從一樓選了一扇窗戶，以它為原點出發，迅速平推出一整幅圖。

完成後，南舟舉起速寫本，對照了一番。但他的餘光卻停留在身後。

他單獨來這裡，不單單是為了完成作業。南舟不相信謝相玉打定殺人的主意後，一次失敗就能讓他放棄。這是他選擇的玩法。既然已經斷絕了合作的道路，謝相玉就只能走到底。

謝相玉現在的優勢尚存，所以更要抓緊時間行動。否則，一旦孫國境被那股力量殺死，下一個輪到的就是他。

而自己的落單，就是特地為謝相玉創造的機會，只是不知道他會不會上鉤就是了。

如果讓南舟走謝相玉的那種無差別殺戮流，他的首選下手目標會是自己。先解決最難解決的那個，接下來的會方便很多。

但他不是謝相玉，不能確定他的行為模式，所以只能稍作嘗試。最差的結果，也不過是沒能等到他。不過即使如此，自己至少把原主的每週作業完成了，也是划算的。

南舟可以說猜對了一半。謝相玉的首選殺戮目標的確不是他，但他的釣魚舉動很有效果。

謝相玉現在正無聲無息站在距離他半步開外的地方，背著手把玩著自製的碎喉器，笑盈盈地俯身欣賞南舟剛剛完成的速寫大作。但看著看著，謝相玉的表情發生了微妙的變化。

他若有所思：「喔……」

幾乎與此同時，南舟的眉心也皺了起來。將目光停留在樓身上，又放在自己的作業上。來回看過幾遍後，他站起身來，走到東五樓前。

「或許……」南舟自言自語：「或許。」

謝相玉在旁建議：「不如試一試？」

南舟聽不到。但他如謝相玉所說，採取了行動。

東五樓是一棟紅黑啞光磚面的四層教學建築，坐北朝南。其外觀不算端正的四方形，四個角都呈現有點鈍的圓弧狀。

入門處就是樓梯間，直上直下，內部也並沒有什麼特殊的花巧，沒有回字廊，形制偏簡潔，只有直通通的一條走廊，一排排的教室錯落相對。

南舟的速描並沒有什麼問題，任何細節和眼前的東五樓都對應得嚴絲合縫。

南舟走到東五樓外的一個角落，閉上眼睛。儘量遮蔽外在感官對自己的感知的干擾，扶著外壁牆磚，一步步往前走去。

一步、兩步、三步。

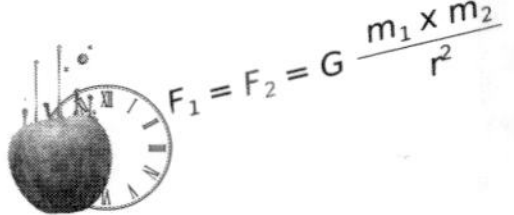


而謝相玉就在他身側，跟著他的腳步，和他做一樣的事情。

默念，計步，盡力保持步幅恒定。

南舟從樓的東頭一路走到西頭，記下了個大概的資料後，他進入東五樓內部。

無人的走廊靜悄悄。早晨的光源帶著一點飛揚的塵埃，像是一張溫柔的光網，盡數灑在南舟身上，形成一個將他捕獲在掌中的虛影。

在一樓，南舟重複了剛才的動作。從東到西，他用自己的步子一點點測量過去。

折算掉一些建築本身的面積，一樓走廊的長度和外面的相差不多。

然後他直接來到四樓。

謝相玉背著手，跟他一起上樓，從旁邊注視著他的側顏，心裡又欣賞又雀躍，幾次都忍不住想托住他的下巴，用碎喉器對他漂亮的喉結來上一下。但每次他都用意志力克服了。

南舟照樣站在四樓走廊一端，面朝向另一端盡頭透著光的落地大窗。

403 是整棟樓裡唯一的階梯教室，在走廊的中心位置。除此之外，放眼望去，它的格局、長度，和一樓的走廊別無差異，也完全符合樓梯側面貼著的東五樓教室布局圖。

南舟閉上眼睛。走廊彼側透來的光，在他眼睛的毛細血管上織就一片薄薄的血網。他扶著牆，緩步向前走去。

之所以會想做這樣一番嘗試，是因為南舟在看自己的作業時，意識到了一件之前他沒有留意過的事情。他的空間感相當不錯。所以，他發現，記憶裡東五樓四樓的走廊，好像比外面看起來的更長一點。

目前，幾乎所有的短信交談內容都提到，他們進入副本前 7 天的聚會地點是在東五樓的某間教室。

胡力在他的傾訴短信中，說的也是「自從我們進了那間教室，一切都變了」。

之前，他們為什麼會理所當然地認為他們去的是 403 教室？因為 403

教室是體育系上大課的地方。403 教室的鑰匙由孫國境掌管。聚會又是體育系四人組組織的。

按順序來說，第一個進入那股力量影響範圍的是胡力，第二個是左嘉明。最關鍵的是，齊天允讓謝相玉把燒烤送到 403 室去，所以，他們理所當然地得出了結論：他們的聚會就在 403 教室。

可是，去過一次階梯教室的南舟發現，階梯教室實在是過於寬闊，能夠被他們利用起來的，不過是桌椅和講臺中間的那片不算大的空間。

雖然有投影螢幕，可以用來看電影，但根據那天他們攜帶的大量桌遊來看，他們的主要目的並不是電影。換言之，那裡並不適合多人聚會。

而且，403 室的鑰匙一直在孫國境那裡。可那天第一個到達東五樓的，並不是孫國境，而是胡力。

如果，踢完球、提前到達東五樓、等待孫國境來開門的胡力，無意間在四樓找到了一個更適合聚會的地點呢？它也許就和 403 相鄰。也許沒有上鎖。也許比起一間規規矩矩的階梯教室來說，更適合聚會。

它不存在於東五樓的結構圖上、不存在於夜晚 7 點之前。它就靜靜地在東五樓的某個角落裡蟄伏著、呼吸著、生存著，無人知曉。只在偶爾露出了冰山的一角，無聲地向一無所知的胡力敞開了門。

所以，左嘉明才說，他們去到的是一個「不存在的地方」。

南舟摸到走廊盡頭的窗櫺。他扶著窗戶，睜開眼睛後，再次走回原處、再次出發。

南舟拿著自己畫好的圖，按照窗戶的排布，在四樓來回走動了數圈。

明明從外面看來走廊是一樣長的。然而，四樓比外面多出了十五步的距離……比一樓多出了十二步的距離。

經過反覆測量，南舟確定那多出的十二步，就在 403 教室旁邊。只是那裡沒有門，外面也沒有窗。

這兩天的無用功，找到緣由了。

原因很簡單——他們根本就走錯教室了。

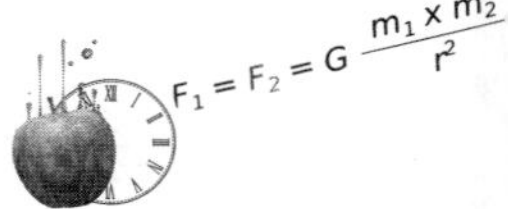


多番試驗後，南舟呼出一口氣，揉一揉眼睛，打算給江舫打個電話。他視線旁移，旋即細微地一頓……他看到了與自己的倒影隱約相疊的另一個影子。還有他手中提著的、古怪的筆狀物。

南舟將速寫本和炭筆就近靠放在消防栓上。

他倚靠著寬大的窗玻璃，撥通號碼後，將手機輕放在耳邊，「舫哥，到我這兒來。」

那邊的江舫貼著他的耳朵，輕輕舒了一口氣——好像是放下了什麼心裡的重擔。

這十個小時沒講話的重擔隔著電波，像是羽毛一樣輕而酥地拂著南舟的耳尖，有點癢。

江舫問：「你在哪裡？」

南舟摸摸耳朵，「403 教室這邊。」

江舫：「不找謝相玉了？」

南舟：「嗯。他就在我旁邊呢。」

謝相玉：「……」

還沒等他做出什麼像樣的反應，南舟就把電話暫時挪離開耳側，對落了影子的方向說：「你可以跑。但如果不加入我們，孫國境一旦被成功替位，我們這邊重新洗牌，下一個順位輪到的就是你。你考慮清楚。」

說完，他把手機重新貼到耳邊，「舫哥，你不用急著來，把孫國境他們三個一起叫來。我等你們。」

掛斷電話後，南舟再次抬頭，看向空蕩蕩的走廊。

明暗的光影很妙，隨物宛轉，幻化視界，將走廊劃割成明顯的陰陽兩面。這讓他很想畫一幅速寫。

然而，原本疊在自己影子上的影子消失了。

謝相玉也沒有回應他的話。

南舟有些遺憾。他想，剛才也許不應該打草驚蛇，應該先抓住謝相玉的頭髮，往旁邊的牆上撞一下，再和他說話。

但他很快否決了這個想法。萬一撞死了，不好。

好在他並不擔心謝相玉對自己下手。在戒備狀態下，除非他樂意，除非是滿月，否則沒人能對自己做什麼。

南舟走向樓梯口的同時，打算掀開新一頁速寫紙，把樓梯口掛著的教室分布圖再臨摹一遍。

然而，走出一步後，南舟就站住了。

空白的紙面上並看不見什麼字跡。但他在翻頁時，指尖在右下角碰觸到了一種微妙的浮凸感……有字。

他撫了撫紙面，用指尖讀取了上面的留言。別的不說，字形是遒勁漂亮且陌生的。

能貼著自己的身、留下這種肉眼難以識別的資訊，想必只有謝相玉了。問題是，謝相玉什麼時候留下資訊的？

南舟細想片刻，淡淡地「啊」了一聲……是自己將速寫本和筆隨手放在消防栓邊的時候。

除了一串電話號碼外，還有兩個字。

南舟將那兩個字用指尖反反覆覆讀了多遍。他長睫輕輕一眨，流露出一點困惑神情。

下一秒，南舟刺啦一聲，將整張速寫紙撕下，快速揉成團狀塞進衣兜。撕扯的聲音很大，在空曠筆直的走廊上，甚至形成一點點迴響。

江舫一行人來到東五樓前時，南舟正坐在楓樹前，對著速寫本落下最後幾筆。

一切都和孫國境三人離開前沒有什麼分別。

南舟甩了甩手，把重新繪製好的東五樓房屋結構圖遞給眾人，並沒有提及被撕毀的那一幅畫。

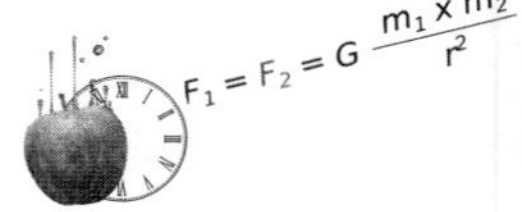


在大家傳閱時，南舟簡單講述了自己的發現。速寫本傳到江舫手裡時，南舟已經差不多讓孫國境他們理解破局的方法了。

江舫留意看了一眼從紙縫間隱約透出沒撕乾淨的上一張素描紙的鋸齒輪廓。但他沒有翻過去，只是用指尖緩緩撫摸著這一張紙面，指尖在紙面右下角停滯片刻後，自然垂下，好似從來沒有發現這點線索。

一群人重新進入東五樓，將南舟的猜想紛紛驗證了一遍。

四樓確實存在一個怪異的空間。它不存在於人的視覺、不存在於教室分布圖中，它是不存在的存在。

而齊天允那天想的辦法也沒有錯。他們只要在正確的時間，改換次序進入正確的「教室」，就有極大的可能性平安過渡這個副本。

三個大老爺們兒的眼睛亮得驚人，看著南舟的眼神再沒有一點彆扭，滿含著無限的感激和仰慕。

江舫倒是很在意某個不在場的人：「謝相玉呢？」

南舟說：「他走了。」

本來面露喜色的孫國境聞言不禁又憂心起來，「這⋯⋯少了一個人，可怎麼辦？」

南舟說：「不要緊。他會來。」

齊天允思路還算活泛，被南舟啟發過一句後，馬上反應過來。

「他原來是想靠殺人打亂順序的，可他畢竟不能保證這個過關方法絕對正確！現在有了更好的辦法，如果我們真的少了人，他的方法也不奏效，那他也就完蛋了！所以他只能加入我們！」

說著，齊天允熱切地看向了南舟，顯然想從他這裡得到一個肯定的答案。

「沒有。」南舟無情道：「我沒有這樣想。」

齊天允：「⋯⋯」

南舟直接道：「副本也會考慮到有人死掉的情況。如果孫國境死了，我們就徹底少了一個人。難道只要死了一個玩家，這條過關的路就會被堵死？其他全部的玩家就只能等死？」

「遊戲不可能做出這麼不平衡的設定。所以，人員齊不齊，我認為影響不大。我讓舫哥去找你們，集合起來。只要讓謝相玉找不到機會下手，就只能跟著我們的節奏走。」

說到這裡，南舟看向齊天允，「不過有一點，你說得對。除非他想用自己的死換我們全體任務失敗，否則他一定會加入我們，因為他只有一個人。行動再方便，也沒有隊友能跟他替換順序。」

想到他昨天晚上直接跳樓的舉動，南舟補充道：「他很惜命。」

孫國境還是忍不住犯嘀咕：「可他還是跑了。」

齊天允拍了拍孫國境的肩膀，「老孫，別琢磨了。如果你是他，現在你敢直接跑來跟我們說要加入我們嗎？」

孫國境：「……」

一想到那個小兔崽子半夜跑到他們宿舍裡，口口聲聲跟自家三個兄弟交好，結果一是來查線索，二是哄著他們來探路，三還打著在關鍵時候背刺他們的主意，就恨得牙根直癢癢。如果謝相玉現在在他眼前，他一定要把謝相玉的後槽牙打到嗓子眼裡。

齊天允繼續說：「……我是他的話，肯定要躲起來，等到 7 點，『那個地方』開門了，我再偷偷跟進來。」

「他媽的。」孫國境忿忿不平道：「等我們進去，就馬上把門給他關了！」

南舟對孫國境等人的發洩和抱怨不大感興趣。他簡明扼要地陳明了他們的行動方向：「現在，就是要等。」

經過反覆測試，那多出來的八步「不存在」的空間，正好緊鄰 403 教室的右側。

於是，403 教室又一次被徵用了。他們要一直在這裡等到晚上 7 點。現在，對他們來說，需要的僅僅是耐心而已。

為了消磨時光，他們打算玩飛行棋。但是把棋子都拿出來後，才發現

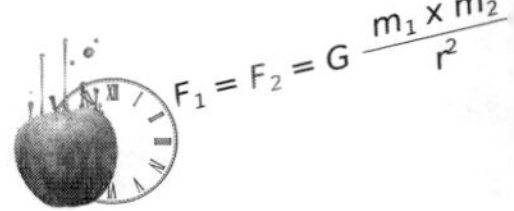

丟了棋盤，遍尋不著，只能作罷。最後，他們選擇了鬥地主，每局的賭注是請一頓飯。

李銀航不大會玩，選擇在旁觀戰。

羅閣一晚上都沒睡著，現在精神放鬆了，趴在桌子上睡得像頭死豬。

孫國境和齊天允雖然也是一夜沒睡，但眼看著峰迴路轉的生機近在咫尺，他們興奮得根本睡不著。

孫國境嘮叨著，這回一出去就要去紙金城的斗轉賭場賭一趟，賭他媽的，最好一把贏個大的。

他咬牙切齒道：「只要贏了，就不用玩命了。」

江舫和南舟對視了一眼……斗轉賭場的客戶就是這麼來的。

經歷過一場在生死邊緣的掙扎過後，誰都會怕，都會心裡發虛。所以，越恐懼，越想逃避，人就會更想走捷徑。哪怕那捷徑是懸在百丈懸崖上的一道蛛絲，是獵者的獸夾、是釣者的誘餌，他們也會為了「十賭九輸」中的那一贏，去硬著頭皮搏上一搏。

南舟提醒他們：「賭博會輸。」

「嗨。」孫國境無所謂道：「我要是這回能平安活下來，運勢可就頂了天了。」

南舟望了一眼江舫：你看他們。

江舫會意，微笑著將洗好的牌往前一遞，「那就抽牌吧。」

只要是和牌沾邊的遊戲，多稀奇古怪的玩法江舫都能上手，更別說這種大眾化的紙牌遊戲了。

他不出千、不舞弊，用了最規規矩矩的打法，僅用了十把牌，就把孫國境想去斗轉賭場、化身賭神贏個痛快的念頭給打了個煙消雲散。

南舟先前沒玩過這種紙牌遊戲。

他勝在態度認真，腦子靈活，一點就透。

敗就敗在牌運太差。連著好幾把，摸到的要麼是小牌，要麼是根本沒法連成順子、對子的垃圾牌，東缺一張、西漏一張。

別人手裡的牌出完了，他手裡的牌還是一大把……遊戲體驗不可以說極差，基本上可以說沒有。

南舟的好勝心也一點點被激發出來，但他的運氣實在不好。

終於，在拿到第十二副牌時，南舟抿了抿嘴唇，認真將手裡的牌排列組合了一遍。

搶到地主的江舫拿著手裡的四個二和兩個王，笑著問南舟：「牌不錯？」

南舟盯著牌面，表情非常慎重：「嗯。」

出過幾輪雜牌後，南舟打出了一個三帶一。

他手裡有他好不容易抽到的四個三，很小的一個炸彈，還有一個順子。打出順子他就贏了。

垂頭喪氣地拿了一手爛牌的孫國境和齊天允都表示要不起。

輪到江舫了。他看了一眼南舟抿得微微下彎的嘴唇，嘴角愉快地輕翹了起來。

江舫算牌向來很準，他甚至能猜到南舟有哪些牌，以及打算接下來怎麼出牌。

於是江舫打出了他的牌，「三帶一。三個二帶一個二。」

南舟聽到「三帶一」，眼睛就微微亮了起來。他順理成章地打出了四個三的「炸彈」。

三個人都表示要不起。

南舟打出順子，終於贏了一局。他臉上沒什麼表情，但心裡很快樂。

江舫直接將手裡的牌混入已經打出的牌，對南舟優雅地一笑，眨了眨眼睛。

看他這樣，南舟又有點手癢，想要玩他的睫毛了。

孫國境和齊天允一個晚上沒睡，又輸得昏了頭，再加上江舫的語氣太過理所應當，以至於他們一點沒察覺出三個二帶一個二這種騷操作有什麼問題。

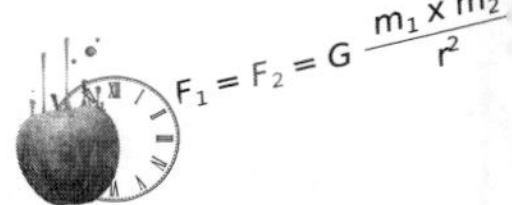


孫國境把手裡的牌一扔，剛要說點什麼，突然大叫一聲，整個人從地上彈站起身，大口大口地喘起氣來。

和他用繩子綁著腳的齊天允差點被他拖倒在地。

南舟抬頭，「怎麼了？」

孫國境的眼圈全紅了，喉管的肌肉高度痙攣，根本說不出話來。

半晌後，他才啞著嗓子道：「……你們、你們聽到了嗎？」

「我聽到了……」孫國境全身的力氣都用來發出聲音，他高大的身形慢慢顫抖著軟下來。

「第八聲……沙沙的……倒數第二聲……」

從他破碎斷續的言語中拼湊出有效訊息的眾人臉色大變。

李銀航第一時間抓起手機，查看時間。

現在是中午 12 點半。到晚上 7 點，還剩六個半小時。

孫國境的喉嚨裡發出恐懼至極的咯咯空氣聲。他捂著雙耳，試圖抵禦那綿綿不絕的沙沙聲。

「又來了……它不想要我活了……」

齊天允扳著他的肩膀，咬著牙勸慰他：「老孫！你冷靜點！等到 7 點！等到 7 點，一切都會好的！」

孫國境煞白的嘴唇哆嗦得厲害，冰冷的牙齒和高熱的嘴唇碰觸在一起，讓他周身冰涼。

他呢喃道：「……我還等得到 7 點鐘嗎？」

牌打不下去了。孫國境貼著兩個兄弟坐著，一言不發。

越臨近 7 點，孫國境的焦慮越是嚴重。拇指指甲被他啃到肉後，他開始頻繁地摳拇指上的倒刺。

哪怕摳到鮮血淋漓也停不下來。

幾乎每隔一分鐘，他就要看一眼時鐘。

時間每走過一秒，就像是有一隻螞蟻從他身上爬過。

5 點半了。

6 點了。

6 點一刻了……

孫國境不住聲地祈禱，反省了這輩子自己做過的所有錯事。

他在腦內虔誠地求過了他認識的所有神仙。

他希望，7 點早點到來。

CHAPTER

# 03:00

江舫擁有的看似很多，
但只有他知道，
自己只是遊戲人生罷了

時鐘在孫國境神經質的瞪視下，終於勉強指向了 6 點 50 分。

還有 10 分鐘！孫國境一口牙早就咬得痠軟了，汗出如漿，眼角都湧出了淚花。地獄一樣的煎熬和等待要結束了……

還有 7 分鐘！

還有 5 分鐘！

4 分鐘！

終於，孫國境忍耐不住了。他豁然起身，去抓身側齊天允的肩膀，「我們去走廊裡等吧！！」

但在他脫口發聲的那一刻——

「沙——」索命的細響，在孫國境耳膜深處響起。似乎是怕他聽得不夠清楚，那聲音再次戲謔式地重複了一遍，「沙——」

接下來，孫國境眼睜睜看著自己的手從齊天允的肩膀上穿了過去。而齊天允正盯著手機上的倒數計時讀秒。

幾根連接著他與齊天允和羅閣的繩子，也統統從自己的手和腳上脫落下去。

孫國境茫然地立在原地，又抓了好幾次齊天允的肩膀。他還能站在地面上，但繩子牽不住他了。他也握不住其他的什麼東西了，任何能讓他和其他人產生溝通的東西，他都碰觸不到了。

在短短數秒的怔愣後，一道白影出現在孫國境的餘光裡。

孫國境轉頭一望，瞳孔驟然緊縮。他慘叫一聲，快步向後倒退而去——孫國境終於明白為什麼左嘉明要逃跑了。

因為在第九次沙沙聲響起的那一刻，他看到了，有一隻怪物從 403 教室的入口探出頭來。

那是一種難以名狀的物體。數不清的、分不清頭尾的雪白的人形，拱趴在地上，糾纏成一個龐大的、令人作嘔的條狀物體。

那好像是無數個曾寂然消失在這世界上的靈魂，不分頭尾地絞在一起，在地上爬行。無數條人形的腿、手摩擦著地面，拖動著蜈蚣似的身

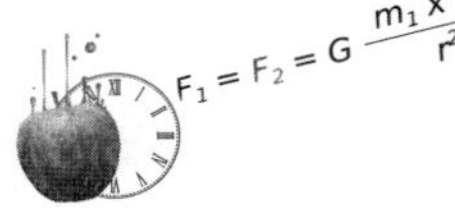

體，發出不間斷的細響。

沙沙。

沙沙。

沙沙。

像是怨毒的呼喊、像是冥府的召喚、像是左嘉明死亡留言後的那句近乎詛咒的低喃：「……我去了。孫國境，你什麼時候來？」

孫國境慘叫著狂奔到 403 教室後方。

那雪白的怪物不緊不慢，柔軟靈活的足肢彼此摩挲著，蛞蛹一樣攀上臺階，沙沙地向孫國境爬來。

而其他五人各自做著自己的事情，根本看不到孫國境正面臨著什麼。

身處無法依靠他人的絕境中，孫國境爆發出驚人的求生欲望。他猛然跳到桌子上，險險避開向他凌空抓來的一隻人手，在階梯狀的桌子上踩出極大的聲響，一路向下疾衝，抬腿跨過地上蠕動的白色莫名怪物，衝出了 403 教室！

唯一還能確證孫國境存在於這世上的，只剩下走廊上的感應燈。

燈光亮起。

懷著最後一絲期待和希望，孫國境出門右拐，向他們進入 403 教室前估算的、不存在的空間的所在地奔去。

然而，孫國境的希望，像是火柴上的一點光芒，被風驟然吹熄……那裡還只是一方黑沉沉的牆壁。沒有門！沒有門！孫國境扭頭看向 403 教室，冷汗順著膕窩瘋狂流下。

怪物已經從 403 門口挪動著爬出，將整條走廊塞滿了，緩緩向他爬來。沙——

孫國境心一橫，大步衝向走廊盡頭的窗戶，毫不減速，團身撞破了玻璃，從四樓徑直跳下！

上次他是頭朝下。這次，他希望自己能平穩落地。

拜託，救救我，救救我……

誰都好，救救我……

南舟沒有看時間，一直在盯著孫國境。但他也不知道自己什麼時候跑了神。

好像孫國境一直就在那裡，沒有移動。也好像……他從頭至尾只是在盯著一處空白出神。

直到門外的感應燈無端亮起，南舟抬眼看去，神情一凝。

一直和他做著同樣事情的江舫也發現了什麼。他霍然起身，聲音難得急促起來：「……孫國境呢？」

此時，他們對孫國境的認知，只剩下這淺淺的一線了。

聞言，一群人頓時騷亂起來。

羅閣和齊天允注視著不知道何時脫落的繩索，面色轉為鐵青。他們前後奔出 403 教室，卻發現緊鄰著 403 的地方，不知何時敞開了一扇門。

那是一扇最普通的教室門，內裡透著融融的暖光。門就這麼敞著，在樓道走廊中，發出無聲的邀請……請。請入甕。

上週週五晚上，最先到達的、沒有拿鑰匙的胡力，是否就是受到這樣的蠱惑呢？

南舟快步來到門前。門上沒有任何標誌牌，沒有任何可以證明它功能的東西。僅僅是一間無名的、不該存在的小教室。

他一眼就看清了門內的場景。門裡是一間空蕩的小房間，沒有桌椅，大約 8、9 公尺長，6、7 公尺寬。裡面還殘留著狂歡過的痕跡，角落裡扔著幾個飲料瓶，地上散落著燒烤吃剩下的辣椒碎屑，飲料灑落形成的斑駁糖漬……還有靜靜躺在一張桌子下的飛行棋棋盤。

手握上那扇不存在的門的門把手時，一股沁涼的寒意透過他的掌心，刀刃似的直絞入南舟的腦中。

他們正站在那些雪白人體從門內絲絲縷縷、蛛網似的延伸出來的軀幹和手腳之上。

眾人看不見，南舟也看不見。

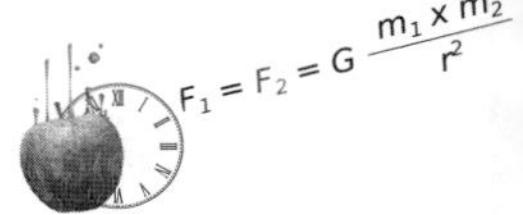


齊天允拉了一把羅閣，顫聲道：「我們快進去！老孫還有救！！」

江舫卻拖住齊天允的手，「沒救了。」

齊天允暴怒：「你他媽才沒救了呢！」

江舫也不氣惱，反問道：「他為什麼會消失？」

在這一句提醒下，齊天允在頓悟的瞬間，臉色轉為慘白……孫國境，聽到第九聲沙沙聲了！

就算他們現在進去，他也已經被那股力量完全糾纏住了……真的……沒救了……

在齊天允和羅閣雙雙坐倒在地、雙目呆滯時，孫國境的慘叫無聲地從樓梯間一路響了過來。

他淪為被蜘蛛網捕獲的獵物，閃亮的毒牙即將向他咬來。

而南舟還站在門前，手握著冰冷刺骨的門把手，反覆推拉，似乎在試驗著什麼？

他把門關上了。內裡的光源瞬間消失，門縫裡漆黑一片，透不出絲毫光來，像是一堵厚牆。

他又把門拉開了。門內重又透出鵝黃色的暖光。

好像這間教室，就依附著這扇憑空出現的門而存在著似的。

誰也不知道南舟究竟在想什麼？

眾人猜不透南舟的心，也聽不到、看不見孫國境眼下面臨的死局。

他們只能看到，原本沉寂的聲控燈，從樓梯間的彼端一盞盞亮到了他們眼前。

如雲一樣翻捲著的陰白手腳，滿意地拉扯著它的獵物，向門內回攏。

就在孫國境的腳距離這扇門只有半公尺之遙時，攥著門把手的南舟猛然抬腳，狠狠踹向門軸處。

在一聲刺耳斷裂聲響起的瞬間——

「回收。」南舟吐字清晰道：「……我說，物品回收。」

被他一腳踹得半脫落的門發出了一陣異常的震顫，突然在眾人眼前消失無蹤……突兀得就像它出現時一樣。

那雪白的怪物也駭然停止了動作，發出一聲怪異變調的獰叫，從孫國境的腳上抽離開來，消失殆盡。

孫國境一隻腳踩在了剛才那扇門的牆壁邊緣，勉力做著最後的抵抗姿勢。但腳上的巨大拉力卻在下一刻蕩然無存。

孫國境軟躺在地上，汗水淋漓地張開眼睛，竟然重新看到他以為再也見不到的齊天允和羅閣。

然而，齊天允和羅閣在和狼狽地躺在地上的他對上視線時，表情居然比他還驚愕。

「……老孫？你怎麼……」

孫國境來不及想到底發生了什麼，就徑直撲向兩個兄弟的懷抱，嚎啕痛哭。

此時，沉寂已久的遊戲系統提示音也在南舟腦海中響起。

「恭喜玩家南舟……」

「恭喜……」

「恭……」

看著那扇躺在物品格裡，被白色人體狀的物體糾纏、裝飾著的門狀物，物品系統再次卡殼了……這又是個什麼玩意兒？

物品系統斷斷續續卡殼了大約 5 分鐘後，當場自閉。它放棄了分析這東西的成分，在留下了一段亂碼標注後，啞火了。

剛才跳樓逃生時，孫國境一條腿給摔成骨裂。

不過在大悲大喜的刺激下，他兩條腿軟得跟熟麵條似的，連自己直立動物的身分都遺忘了大半，想要自行行走都困難。

在兄弟兩人的攙扶下，一行人一起踉踉蹌蹌地回到 403 教室。

緩了好一會兒，孫國境才在一片混沌中慢慢意識到南舟做了什麼……丫是不是把那扇門給收了？

南舟卻好像並不覺得自己做了多麼了不得的事情。

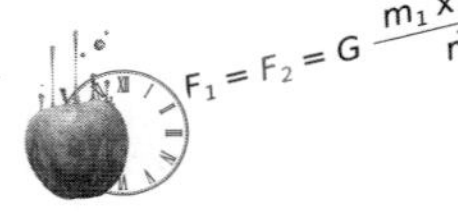

他回來後，用帶來的濕巾擦了擦手，一心認真地吃蘋果補充能量。

孫國境哆哆嗦嗦地問：「門……呢？那個怪物呢？」

南舟把蘋果核放下，「什麼怪物？」

他壓根沒看見怪物，他只看到了門。

孫國境：「……」

接下來的 5 分鐘，他窮盡了自己語言能力的極限，極力描述了那個怪物的可怖形貌。每一張畸變的人臉、每一根扭曲的肢節，綿軟鬆弛的、死人皮膚一樣的觸感……

他跳下東五樓的窗戶，往校園內尚有燈光的地方一瘸一拐地奔去，卻被那無數隻手中的其中之一抓緊了腳，一路拖行回來……

透過他的描述，讓其他未曾看過那怪物全貌的人都不禁毛髮悚立，心悸難言。

南舟看著他，面不改色：「啊。」

孫國境：「……」「啊」是什麼意思？

南舟彷彿並不能和他的抓狂共情，還安慰他：「它已經不在了，你不用怕。」

孫國境：「嗯？」是這個問題嗎？

李銀航也是驚魂未定。不確定地問南舟：「那個怪物……放在倉庫裡，安全嗎？」

南舟對隊友的問題倒是肯多說些話：「那個時候，我有仔細觀察過那扇門。」

「門關閉的時候，裡面透不出一點光，好像門的背後就是一堵牆。再打開的時候，裡面就又有光了。我想，四樓走廊比其他走廊多出十二步，這個我們經過測試就能感覺到，唯獨這扇門，是我們平時看不到的，只能在特定的時間點出現。」

「按你說的，那隻怪物是靠不斷拉伸白色的物質來抓人的，所以它的本體應該還在這扇不存在的門裡面。那股力量和這扇門一樣，是共體同生

的生物。」

「看來這扇門也就是那股力量的通路，是入口、是介質，恰好又是可以碰觸到的實體。倉庫可以收藏實體，我就拆下來，用倉庫寄存它，反正孫國境那個時候已經快要被抓進去了，試一試也沒什麼，最壞也不過是無法收容。」

三人組：「……」合情合理。但他媽的總覺得有哪裡不對勁。

孫國境不可思議道：「你不怕它爬出來找你啊？！」

南舟看了一眼自己的倉庫，說：「它好像不能。」

那門上纏繞著的雪白人體快樂老家慘遭搬遷，現在又似乎是隔空聽到南舟的話，氣得肢體糾纏的幅度和速度都加快了，發出嘰咕嘰咕的皮肉蠕動聲。

但這恐怖的景象，在倉庫的小視窗裡顯得毫無威脅力，配合著下方說明的一串亂碼，像是一座動感的微縮景觀。

李銀航：「……」如果她是那頭怪物，現在恐怕已經被氣死了。

江舫笑說：「倉庫是《萬有引力》的官方基礎工具，只規定可以放入各種實物，並沒有規定不能把副本 boss 放進來吧。」

——廢話。哪個神經病玩家會抓副本 boss 放背包啊？哦對，那個神經病玩家就在他們眼前。

三人組內心震撼不已，表面上呆若木雞。

南舟點了點頭，認同江舫的判斷。

「倉庫已經接受它了，那就不能再吐出來。不然，這就違反倉庫本身的規則了。」說到這裡，南舟突然輕輕吸了一口氣。

三人組還以為他又想起了什麼重要的事情，不由屏息，側耳細聽。

「我們還有一天半的時間。」南舟看向江舫，「我們會有很多積分獎勵，是不是？」

江舫看向南舟。

他說這話的時候，冷淡平靜的表情裡難得透出幾分天真。誰也看不出

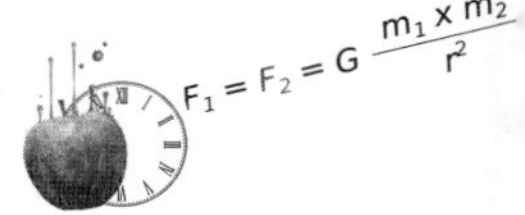

來他身上正揣著一頭正在扭曲和憤怒著的怪物，也看不出來他正散發著蘋果香氣的手指能輕易拆下一扇門來。

江舫看他的時候，他也毫不避諱地盯著江舫，在等一個認同的答案。

江舫伸手摟住他的頸窩，揉了揉，「在要表揚嗎？」

南舟坦坦蕩蕩地：「嗯。」

他覺得江舫與他是勢均力敵的。所以得到他的認可，會比其他任何人的認可都更有價值一些。

江舫沒說什麼，搭在他肩上的手，在他左耳處打了一個響指。

南舟循聲望去，卻感覺江舫的指尖在他耳下快速一點，蓋下了一個印章，像是一個蜻蜓點水的吻。

南舟：「啊？」

江舫笑著看他，「先記下。」

南舟沒懂。但他明白，江舫的意思是先記下，回頭給他買甜點做獎勵。他摸摸耳朵，覺得被江舫摸到的地方散著溫熱舒適的感覺。但一想到他有很多朋友，而自己不過是他眾多朋友中的 N 分之一，南舟就抿了抿嘴，不再多說什麼。

李銀航：「……」

三人組：「……」對不起，告辭。

原本打算把所有人關起來的副本 boss 反被囚禁起來，失去了興風作浪的能力，施加在玩家身上所有的負面影響自然被盡數抵消。

過了許久，孫國境才覺出腿疼，齜牙咧嘴地被羅閣和齊天允扶去校內醫務室。

然而，副本還是規定了 120 小時的生存時間。

他們現在要做的事情非常簡單——等待副本結束。

南舟對那個在自己的物品槽裡瘋狂表示著憤怒的 boss 毫不介懷。他揣著它，睡了又沉又好的一覺。

他沒有做夢，只在恍惚間感覺有人摸著他的耳朵，耳朵在反覆摩挲下變得愈發溫熱。

南舟往前蹭了蹭，靠在一個正面迎對著他的懷抱上。

南舟問：「不睡嗎？」

江舫說：「等會兒。我在想一件事。」

南舟很睏。雖然面上不顯，但他這一天還是挺累的。

南舟問：「想你的朋友們嗎？」

江舫失笑：「我在想我的一個朋友。他曾經是很愛我的。」

南舟：「……哦。」

江舫：「但也許過得太久了。我記反了。」

南舟不服氣地想，我也有朋友。那個朋友在我的窗前種了蘋果樹。

但他很睏倦，來不及反駁，就又睡熟了過去。

江舫的指尖碰著他的耳朵，一下一下的，宛若親吻。

他聽不到江舫在對他輕聲說「對不起」。

週一一早，上週五的期中考測試出成績了。

南舟穿著江舫的睡衣睡褲，站在他的洗漱間裡洗漱時，放在一側的手機嗡嗡震動不休，催命一樣。

他拿起手機看了一眼。消息來自他的宿舍群，群裡的一幫兄弟炸了營，個個捶胸頓足、痛徹心扉。

南舟你他娘的不講義氣啊！

背著兄弟們複習你心安嗎！！

滿分啊！《外國建築史》這種純靠背的玩意兒你考滿分像話嗎？！

南舟認真把每一條訊息看了一遍。

然後他在群裡回了一句：我沒說我沒複習。我只是問你們，考哪門？

群裡一片緘默：「……」還真是。

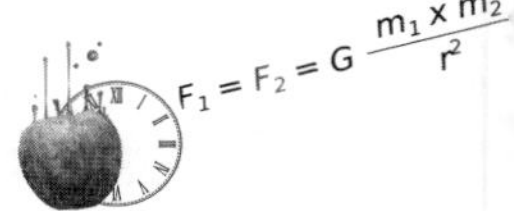


但群裡很快就又喧嘩起來。

不講義氣就對了！請吃飯！

請吃燒烤！

老子點二十串大腰子！

南舟回了一句：好。

隨即他把手機放在盥洗臺邊。

站在鏡子前，他把水龍頭打開，展開了那團被自己撕下來的東五樓素描圖。

失去了那股力量的影響，速寫紙右下角的字跡重新變得清晰可見。南舟左手指尖一個個讀著上面的數字，右手握著手機，他撥通那個號碼。電話只響了一聲，就被接了起來。

那邊謝相玉的聲音含著令人如沐春風的笑意：「祝賀你。我昨天看到全程了，很漂亮的破局。」

南舟不想和毫無副本參與感的人談論副本：「你有話要跟我說？」

謝相玉爽朗地笑開了，並發出邀約：「今天晚上 12 點，留學生宿舍樓的頂層天臺見。」

南舟掛斷了電話，繼續洗漱。

李銀航打著哈欠走進來，含含糊糊地對他說了一聲「早」。

南舟也向她點點頭。

在南舟看來，這只是一場再平常不過的約會罷了。

一天就這樣平平淡淡地過去。危機就被南舟揣在口袋裡，平穩過渡。

南舟去上了課，坦然接受外國建築史老師的表揚，請了室友吃飯，晚上還偷偷給自己加了一對蛋撻的餐。

他沒有向任何人提及他今天晚上預定好的行程。

11 點 50 分，在確認江舫和李銀航都睡熟了後，南舟爬起身來，披起江舫的外套，貓似的無聲無息向外走去。

在他輕捷無聲地擰開宿舍門、讓走廊的一線光透入室內時，唯一被驚醒的是南極星。牠迷迷糊糊地唧了一聲。

南舟把食指抵在唇邊，低低地：「噓。」

沒睡醒的南極星搖搖晃晃地挪動著小短腿向南舟跑來，順著他的褲腳哧溜一聲鑽了進去，抱緊了他的腳踝。

南舟低頭看著牠搭在自己鞋面上肉乎乎的小尾巴，沒說什麼，帶著牠一起離開了。

謝相玉站在天臺邊上，看向體育系的宿舍方向。那裡亮著警車的紅藍色光，一明一滅，光怪陸離，像是隻急促眨動著的獨眼。

「真逼真。」謝相玉感歎：「像極了一個真實的世界。」

南舟走到他的近旁，看到了他正看著的場景。

南舟問：「發生了什麼事？」

謝相玉說：「聽說失蹤了一個體育系的學生。真可憐，不知道去哪裡了。」說著，他看向了南舟。

這也是南舟第一次看清謝相玉的臉。

野營社照片裡看到的那張臉，終究是副本裡設定的角色「謝相玉」，不夠生動。眼前的這張臉，英俊、狂妄、年輕，透著股無堅不摧的自信和張揚。

南舟瞇了瞇眼，覺得這樣的神情、這樣的五官組合，有點眼熟。但他記不起來，於是他問：「你是怎麼進來的？」

那股可以讓人存在感歸零的力量消失了，謝相玉再想要大大方方地通過留學生宿舍的門禁，可不是一件容易的事。

謝相玉從口袋裡夾出一張留學生宿舍的房卡，在他眼前晃了一晃。

南舟明白了。當初偷舫哥的房卡的時候，他大可以順手牽羊，隨手多拿一張。

南舟問：「你有什麼事情？」

謝相玉：「既然你來赴我的約，那你應該知道我想做什麼。」

南舟看著他，沉默地搖了搖頭。

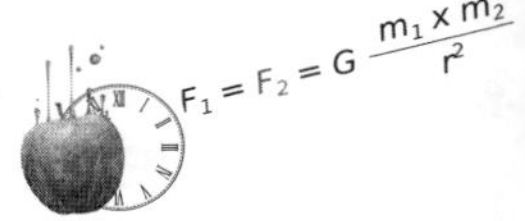


謝相玉對他伸出手來，眼中帶著明銳又熱烈的光，「南舟，做我的隊友吧。」

南舟看著謝相玉向他伸出來的手。在稀薄的弦月光芒下，修長漂亮的腕骨、整齊乾淨的指甲，很容易帶給人天然的好感。

他卻想，沒有舫哥的手好看。

南舟並沒有去試圖接收或理解他這份沒來由釋出的善意。事實是，謝相玉眼神裡極力克制的狂熱感，讓他感覺很不舒服。

他問：「我為什麼要做你的隊友？」

謝相玉持之以恆地舉著手，面對南舟，一字一字道：「因為你需要同伴。江舫和李銀航，誰真正知道你是什麼？他們只知道，你是得力的隊友、優秀的幫手，可他們知道你的身分嗎？在他們面前，你永遠需要偽裝；在我面前，你不需要。」

「我欣賞你。我說這話可能你不會相信，但是，在我心目裡，你是近乎完美的存在……」

謝相玉語速加快，臉頰微紅，心跳也比剛才加快了許多。

綜合他的種種身體反應判斷，南舟相信他說這些話是全然出自真心的。將他的勸說全部聽進去後，南舟恍然點了點頭，「……啊。」

謝相玉見南舟沒有排斥他的樣子，面露欣然，又向他伸了伸手。

謝相玉的眉眼間淨是堪稱傲慢的自信，「江舫沒有辦法滿足你的一切，我能做到。」

南舟穩穩抓住了他伸過來的手，「你提起舫哥，讓我想起一件事。」

不等謝相玉反應過來，他被握住的手就被向旁側擰去，發出喀啦一聲沉悶的骨響。

南舟活動了一下另一隻手，虛虛握了個拳後，不加絲毫猶豫，一拳橫揮到眼前人英俊而錯愕的臉上。

謝相玉踉蹌一下，整個人重重撞在天臺的鐵絲網上。

南舟把力氣控制在很小的區間內，擔心把眼前的積分直接給打沒了。

他甩了甩手，簡短給出了自己揮出這一拳的理由，「你傷到舫哥了。」要知道，舫哥肩膀都被他擰紅了。

揍過謝相玉，南舟此次赴約的目的也就達成了。天還是有點冷的，南舟背過身去，打算下樓回家。

這時候，本來掛在兜帽裡的南極星被震醒了，昏沉沉地探了個腦袋，恰好看清謝相玉的臉。牠嘰的一下從南舟肩頭跳出來，衝著謝相玉汪汪尖叫著，松鼠色的毛炸得像個團子。

南舟有點納罕，側過臉去問牠：「幹麼？」

南極星緊盯謝相玉，展露出了小動物十足的戒備心。

謝相玉好不容易從眼前一片昏天黑地的亂碼中恢復視覺。他將口腔裡的一股血腥氣勉強嚥下，用拇指揩了揩嘴角溢出的血絲，笑著感嘆一聲：「真疼。」

他抬眼看向南舟，扶住鐵絲網，指尖將柔韌的鐵絲網壓得微微下陷，「我知道，你還恨我。」

南舟本來想走，聽到謝相玉此番高論，不禁回頭。

謝相玉用舌頭輕輕頂了頂受傷的地方。

望著南舟的臉，他的血液再次沸騰起來，「但你要相信，我是第一個認真研究過你的人。我知道你有多孤獨，所以我想到了幫你解脫的辦法，雖然曾經失敗過，但現在不會了。我大概能猜到你想要什麼。你跟我走，只要我們能贏得這個遊戲，我的心願實現，你的也能……」

南舟用心看了他幾眼……仍然沒看出個所以然來。

「抱歉。」他打斷了謝相玉的高談闊論：「……我認識你嗎？」

謝相玉的話音戛然而止。

南舟見他僵在原地、不可置信的表情，眨了眨眼。

因為不喜歡眼前的人，所以並不真正感興趣謝相玉是什麼人。他隨便問問而已，也不知道謝相玉要維持這種呆若木雞的狀態多久？

好冷。南舟把江舫的外套裹得更緊了些，「我要回去了。」

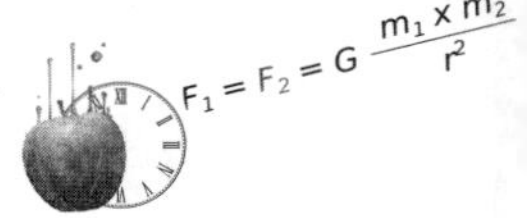


謝相玉胸腔一陣劇烈的起伏，斷聲喝道：「……等等！」

南舟再度回過頭來，用目光詢問他還想做些什麼？

謝相玉神情緊繃，面上的紅跡和嘴角薄薄的血線清晰可見。

南舟看出來，他似乎非常生氣。但經南舟仔細回想，自己剛才打他那一拳時，他好像也沒這麼生氣。

謝相玉的聲音是竭力維持在崩潰邊緣的、發著抖的鎮靜：「你不記得……我是誰？」

南舟：「嗯？」真誠發問：「我為什麼要記得你是誰？」

謝相玉急促喘了一口氣，抬手指著南舟，手腕都有點發抖，「你……為什麼赴約？你忘了過去……你忘了你是什麼人了嗎？」

南舟承認：「過去我都記得。赴約是因為你留給我的那兩個字。」

謝相玉：「那你怎麼會不記得我？」

南舟：「……你很重要嗎？」

「──哈？」謝相玉一口氣差點沒喘上來，原本自信傲慢的笑顏完全開裂。

他想過南舟會拒絕他，甚至會憤怒，會因為自己過去的舉動掐住他的脖子。謝相玉甚至做好了被他殺死的心理準備。但他無論如何沒想到，南舟給予他的，竟然是徹徹底底的遺忘。

「你不記得我？」他攥緊了拳頭，「你怎麼能不記得我？！」

他的語氣愈發激烈：「我們在副本裡第一次見面的時候，在野營社的走廊上，你不是注意到我躲在樓梯間嗎？！」

當時，謝相玉自己還笑盈盈地對著空氣打過賭。

「我猜你知道我在這裡。」

他是真心以為南舟隔著百公尺之遙，認出了自己這個故人。南舟只是因為怕身分洩露，才假裝沒有捕捉到自己拐入樓梯間時，故意留給他的一閃即逝的身影。

所以，他才不願在南舟面前輕易現身，而是一面尋找恰當的時機，一面去找孫國境那三個蠢人合作。

可如果南舟不記得他，那他這幾天的躲藏，意義何在？這不就變成了一場滑稽的小丑獨角戲嗎？！

然而，南舟的話無情地打碎了他最後的幻想。

出於尊重，南舟仔細回想了一下那天的情節。

那天，舫哥進入野營社詢問謝相玉的相關情況，而自己和銀航留在走廊裡。他那時，的確在看樓梯間的方向沒錯，但那是因為他看到樓邊的一棵樹，樹梢上停了一隻翅膀很漂亮的蜻蜓，就忍不住多看了幾眼。

把情況捋清後，南舟反問：「你原來就藏在那棟樓的樓梯間嗎？」

南舟覺得自己說的都是實話。誰料聽了自己的話，謝相玉身體顫抖得更加厲害，像是遭受了什麼莫大的打擊一樣，眼圈都給氣紅了。

南舟：「……」走了。這人好奇怪。

第 N 次抽身欲走時，他聽到了背後傳來謝相玉氣急敗壞的聲音：「我殺過你！」

聞言南舟終於駐足下來。他回頭，仔細研究了一下謝相玉的長相。

大概是先前自信過頭的緣故，南舟對他的無視造成的打擊又過於毀滅，前後的情緒落差，氣得謝相玉眼角泛起了微光。

南舟想了半天，還是沒能想起謝相玉是哪一號人。

於是，他淡淡地針對謝相玉的憤怒回應道：「放寬心。你又不是唯一的一個。」

謝相玉全然沒了風度，被南舟雲淡風輕的幾句話逼得一雙手直哆嗦。

說話間，南舟又想起了一件滿重要的事情。

他問：「你會和舫哥和銀航講我的事情嗎？」

謝相玉氣得幾近哽咽：「我要說早說了！我要你心甘情願跟著我，他們知道了，對我有什麼好處？！」

南舟：「哦。也對。」

南舟：「那就好。」

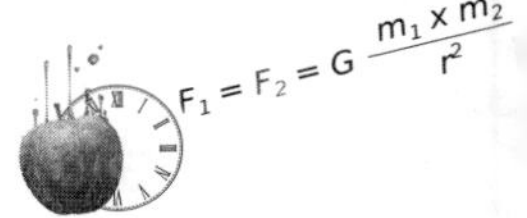


南舟：「再見。」

不得不說，系統對南舟接近滿分的嘲諷值估算非常到位。

謝相玉被南舟氣得腦袋嗡嗡作響，失態地猛捶一下鐵絲網，「我這輩子都不要見到你了！」

南舟沒再理他，踏出天臺的鐵門，扶著牆壁，一步步下樓。

從樓頂到天臺的這段臺階的感應燈是壞的，目前還沒有人來維修。轉過最近的那處樓梯拐角，南舟正要邁步向下時，突然感應了一股異常冷肅且不祥的氣息。

走廊，臨近樓梯間的某處門間，正藏著一個人。

南舟保持著繼續邁步向下的動作，腳點在了下一階樓梯上的瞬間，猛然抽身，快步向回襲去！

等徹底回身時，南舟都不由一驚……那道鬼魅似的高大身影，竟然不知道什麼時候無聲無息地從藏身處閃出，立在他的身後！

漆黑一片的走廊間，他準確擒住那人的領口。他的手正要去托對方的脖頸，手腕卻被提前制住。

因此他只能向前疾衝，將人狠狠摔砸在地。脊骨和堅硬的地面碰撞，發出一聲沉悶的轟響。

可那人腰力驚人，一雙長腿發力一頂，將南舟本來想頂向他小腹的膝蓋徑直撥開後，向側邊一滾，直接將南舟反制在身下。

在劇烈動作下，來人的前襟被扯開，露出大片結實漂亮的胸膛。南舟動作一滯，他嗅到了一股清爽淺淡的柚子香味。

在掌心的撲克牌鋒芒即將切入南舟咽喉時，江舫也認出了眼前人的身分。他動作猛地一錯，撲克牌立即被他收入倉庫，因此半掐半落在南舟脖頸上的，只有他的手指。

南舟的脖子被他抵得微微向上昂起，將對生物來說最脆弱的部位完全暴露出來，但他沒有再反抗分毫。

江舫眼裡灼人的火苗順勢熄滅，化成一片氤氳的軟霧。

江舫：「我還以為是……」謝相玉。

南舟：「我還以為是……」副本裡新的怪物。

江舫從南舟身上翻身坐起，半跪著向他伸出手來。南舟也把自己的手交給他。

江舫：「你睡覺不夠專心。」

南舟有點不服氣：「你也是。」又問：「你知道我出來？」

江舫：「知道。你起來的時候我就知道。我擔心你要做什麼冒險的事情，就跟過來了。」

南舟抿了抿嘴，「你剛剛……聽到什麼了嗎？」

江舫笑說：「站得有點遠，只聽到謝相玉好像在哭。所以我以為他會先下來。」

兩個人都有些心虛，一時無言。

江舫給他整了整凌亂的衣領。想著他滿身猙獰的傷疤掩蓋在柔軟的睡衣之下，江舫的心也跟著軟了，率先提議：「回去嗎？」

南舟點點頭，「回。」

南舟想，他或許不該問江舫，為什麼會拿著致命的撲克牌，在這裡靜靜等待謝相玉。

所以他並沒有多問。南舟感覺，今天自己好像見到了不一樣的舫哥。

然而……這種被人無條件保護和偏袒的感覺，很少見。他不討厭，很喜歡。但是，也正是因為喜歡，有些事，也愈加不好宣之於口。

南舟把手探進口袋，無聲攥緊，將屬於自己的祕密謹慎地藏進了手心。那裡藏著被他團起來的東五樓房屋結構圖。圖上右下角，有謝相玉的電話號碼，還有兩個漂亮的、意味不明的字——「永晝」。

沒有驚動床上的李銀航，兩人裹著一身寒氣，重新鑽進被窩。

南舟的身體在江舫的幫助下慢慢回暖。然而，他的心情並不很好。他在想謝相玉的話。

以前，他並沒有很認真地想過這個問題，謝相玉卻讓他不得不想了。

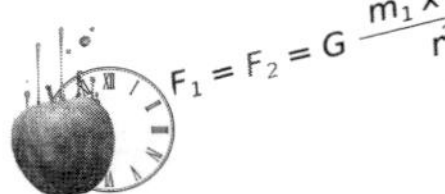

如果……舫哥和銀航知道自己的身分了呢？他們會很在意嗎？

南舟翻了個身，他不喜歡隱瞞。之前，是覺得沒有必要說。現在，他承認自己有點在意了。

只是關於自己的事情，南舟不知道怎麼開口，也不知道怎樣說才好。

黑暗中，江舫一直在注視著南舟的背影。

南舟顯而易見的不開心著。江舫大概能猜到緣由。

在長久的、溫柔的注視後，江舫無聲深呼吸幾下，做足了心理建設後，抬起手來——他鬆開了自己 choker 的鏈扣。

choker 順著他流線的肩頸滑落到枕頭上，銀鏈發出細碎的響動，吸引了南舟的注意力，他微微側斜過身來，「還沒睡嗎？」

江舫低低笑了一聲。

南舟：「啊。我也是。」

江舫靠近了一些，溫熱的呼吸拂到了他的側頸。

他含笑說：「睡不著的話，我跟你講個睡前故事吧。」

南舟翻過身來，「嗯。你……」

他突然發覺江舫的 choker 不在原位了。

窗外淡淡的月光淅淅瀝瀝地灑過江舫的身體，將他頸部優美的線條和凝白的光澤烘托得格外鮮明，堪稱完美。但在那完美之上，卻落了幾筆烏黑的陰霾。

江舫似乎沒有讀懂南舟眼中的疑問，自顧自開始了他的故事：「你知道我為什麼叫江舫嗎？」

南舟好奇地想去撫摸，卻被江舫半路截住手腕。

「……江是我母親的姓。我父親叫克魯茨蒙托洛卡。」

說著，江舫拉著他的手腕，引導著他將食指落在自己頸間的那片陰霾上。江舫半閉著的眼睛在細微地發著顫，另一隻手拳心攥得發燙。

他強忍著內心的羞恥和掩蓋住自己不完美的強烈衝動，把受傷的頸側完全展示給他，由得南舟用指尖好奇地摩挲自己頸側的刺青。

江舫努力平穩了情緒，溫聲說：「他的名字縮寫，是這樣的。」

——K&M。

南舟用指尖感受著他頸部的刺青，和刺青掩藏下的淡紅色傷疤。

指尖下的皮膚溫熱柔軟，但只有那處的皮膚，因為傷痕，摸起來是緊繃滯澀的。

江舫輕聲說：「他去世很多年了。」

南舟按著他的刺青，輕輕揉著，想要替他緩解那種異樣的緊繃感，「你把名字刻在這裡，是很愛他嗎？」

江舫：「是的，我很愛他……但是，我的那點愛，無論如何也比不上我的母親。」

江舫的童年，是十分幸福的。

他早已淡忘了他父親的職業，因為在他有限的記憶裡，父親是那樣的無所不能。

他們一家生活在基輔州的一處小教堂旁。父親並沒有什麼特別的宗教信仰，他唯一的信仰，就是他的家庭。

父親帶他去世界郵票展，教他用簡單的比利時話詢問引導員關於他感興趣的那張舊郵票的歷史。

父親會在下班後來小學接江舫放學，父子兩個在街邊分吃一個基輔肉餅，拉鉤不告訴母親後，再牽著手回家。

父親喜歡冰球，母親不答應給他買門票時，他會小孩兒似的抱著母親的手臂撒嬌。

在江舫的印象裡，父親是豐富、生動、充滿活力的烏克蘭青年。他溫和，爽朗，總是喜歡大笑。

相比之下，江舫對母親的童年印象就很單一。

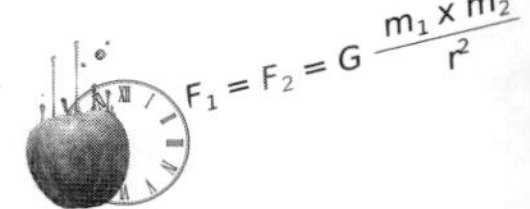

他只記得她很美，是所有人交口稱讚的那種美。還有，她非常非常愛父親。小時候的江舫覺得這是一件天大的好事情。

有一年情人節的早上，母親因為遲遲沒有聽到父親的「情人節快樂」而生了氣，故意把碗碟的聲響弄得很大。

本來想把告白留在晚上的克魯茨先生提出了約會，卻被氣鼓鼓的母親拒絕了。

克魯茨先生走出廚房時，小兒子剛剛喝完麥片。他抬起頭來，小大人似的用烏克蘭語問：「我們的天使生氣了嗎？」

克魯茨先生：「好像是的。」

小兒子說：「100 荷林夫那。我幫你把天使追回來。」

克魯茨先生爽朗笑道：「哦，我聽到什麼了？這是一筆再好不過的交易了。」

小洛多卡先生，年僅 8 歲的江舫拍拍他的腰，轉身回到房內，快速換上一身小西服，取了一枝玫瑰花來，款款走進廚房。

「年輕的美人啊。」他大聲道：「請妳買下我手裡這枝花吧。」

江女士回過頭來，看到兒子這副打扮，不禁莞爾：「小先生，請告訴我，我買下這枝花的理由是什麼呢？」

江舫一本正經：「我可以掙到錢，交給我身後這位先生，這樣他就能帶您出去約會了。」

母親笑著拍了一下他的腦袋，抬眼望向站在他身後、笑意滿滿的克魯茨先生，面頰浮出一絲動人的酡紅。

江舫曾在她眼中見過這世上最好的愛情的樣子。所以，他從很小的時候就常想過，將來，如果他有了愛人，該怎樣對待 TA，怎樣讓 TA 每天都開心。

這種對於愛人的代稱，也是父親教給他的。

父親告訴過他，不論和任何性別的愛情，都是愛神賜予的禮物。對於禮物，就要大膽展示，不吝讚美，才不辜負。

江舫對這份禮物的嚮往，終結在了 12 歲的那一年。

那本該是一場愉快的暑假親子登山運動，一場突如其來的暴風雨毀了它。察覺到天象變化的克魯茨先生在即將抵達山頂時提前發現了異常。

經驗豐富的前登山社社長急忙帶著兒子從一條他走熟了的、最便捷的登山小道下山。他擔心雨勢大了，今晚他們會回不了家，結婚後從未獨自在家過夜的妻子會擔心。

但克魯茨先生對天氣的預估出現了嚴重失誤。走到一半時，他們恰好撞上瓢潑而降的雨勢。

他一面鼓勵因為登頂失敗而心情低落的小江舫，一面用大半的雨具給他遮擋風雨，沿著濕濘的山路一路下行。

或許是因為太在意兒子，走在靠山淵一側的克魯茨先生踩中一灘爛糟糟的濕泥，腳底一滑。他急忙伸腳踩中崖邊的一塊土地。然而，經過雨水的大幅沖刷和長年的風蝕，這塊土地早已鬆軟異常，他的身軀不受控制地朝懸崖底部栽下去！

小江舫心裡猛然一空，下意識去抓父親的手臂，但他過於高估自己的力量了。父子兩個，一道墜入深谷。

江舫的身體較小，崖邊的藤蔓救了他一命。但叢叢藤蔓沒能挽救住他父親急速下墜的身體。

江舫被吊在距離崖頂十來公尺的地方，身體整個懸空掛在百丈高崖之上。他的臉頰被擦出血痕，胳膊、腿都有不同程度的挫傷，痛得根本動不了。他也不敢動。

哪怕只是稍稍動一下，紮根在岩石中的藤蔓就撲簌簌地帶下一大片泥土，劈頭蓋臉地澆在他的頭髮上。所以，他能做的事情只有等待。救援隊在母親報告失蹤情況的 3 天後才到來。

江舫是靠吃植物的根莖、喝渾濁的雨水，給自己唱歌，才勉強捱過這地獄般的七十二個小時。

而父親四分五裂的屍體，是在一個星期後，才從崖底被找到。

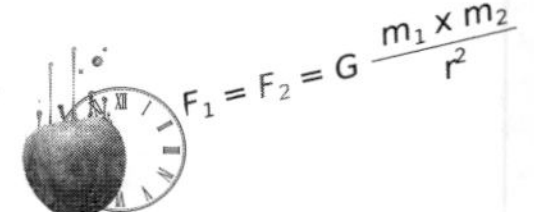


母親哭得幾乎要暈過去。她拒絕履行任何手續，拒絕承認眼前了無生機的屍體是自己的丈夫。最終，她尖叫著，被拉去打了一針安定。

江舫的眼淚幾乎在懸崖邊上流乾了。因此現在的他只是呆滯著，用打著繃帶的手顫抖著簽了死亡確認書。

但在夜半時分，被強烈的不安感喚醒，來到浴室，看到吊在半空中的母親時，江舫還是哭了。

他衝上去抱住母親的腳，竭盡渾身的力氣，把她往上舉起。江舫窮竭了全部的力氣。

因為他還記得，就是因為自己沒能拉住父親，他就沒有了父親。

母親打的是死結。所幸，江舫這回的援救成功了。

母親昏沉著躺在地上，呼吸聲很輕，像是想讓自己自行窒息死去。

江舫不敢哭得太大聲，只是跪在母親面前，捂住她喉頭刺眼的繩索擦傷，肩膀一抽一抽，任眼淚一滴一滴打落在地板上。

「別扔下我。」他輕聲飲泣，「媽媽，別扔下我。」

母親雙眼空洞，看不見他，只喃喃念著父親的名字。

失去所愛之人的江女士被抽離了魂魄。她很快因為長期且無理由的曠工，被她工作的超市開除。

家裡失去了唯一的進項。而父親生前是堅定的瀟灑生活主義者，沒有購置任何保險，手頭只有一份存摺——江舫的大學資金。

這些日子，醫藥費，以及雇傭搜救隊的救援金，很快將這筆用於他的未來的資金揮霍一空。

江舫經過計算才發現，他的學費已經沒有了。而且，如果再沒有收入的話，他們過不去烏克蘭的這個冬天。

學是上不了了。於是，12 歲的江舫決定輟學，偽造一份身分證明，開始了自己的打工生涯。

江舫想，他要陪著母親度過這最難捱的一段時間。等母親振作起來之後，自己肯定還有上學的機會。

可江舫想不到，母親的愛情不是熱烈、不是永恆。而是溢出、是過剩，是永無休止的燃燒。

很快，她迷戀上了可以麻醉自己的一切東西。菸、酒、違禁藥品。

江舫是在發現自己拿回家的錢始終沒有被存入存摺時，察覺到母親的墮落。

起初，他認真勸過母親。起初，母親也是聽得進勸的。

她痛哭失聲，向江舫道歉，不停訴說自己對父親的愛，說這種愛要把她折磨瘋了，說她至今都不相信父親已經離開。江舫陪在她身邊，和她一起掉眼淚。

結果，這種迴圈並沒有終止。母親依舊在重複酗酒的生活。

糟糕的生活——痛苦的懺悔——傾訴她無休止的愛——繼續沉溺。

在曠日持久的輪迴中，江舫也慢慢掉不出眼淚來了。

他學會了藏錢，但母親也學會了偷。

他學會了將錢藏在外面，不拿回家來。母親則學會了賒帳，放任討債的人找上門來，逼得江舫不得不掏出錢包。

他們的日子，過得活像是彼此折磨，卻又無法放開。

童年的那點溫暖，江舫不捨得放。父親離開了，母親變成這副樣子，他又怎麼能不管？

某一天。

因為他的臉蛋和笑容，江舫拿到了一筆不菲的小費，歡喜地拿回家去，卻在剛一進門時，就踢倒了一個半空的酒瓶子。洗碗池裡的碗碟和著嘔吐物，堆積如山。母親靠在沙發邊上，將醒未醒，神思混沌。

江舫忍了忍，挽起袖子，走向了洗碗池。然而，嗅著滿屋濃烈的酒氣，江舫終於是忍無可忍了。他將水龍頭開到最大，對母親說：「媽媽，忘掉爸爸吧。」

「我不希望妳被酒精傷害……這個世界上，妳不止擁有爸爸，還有我。拜託妳了。」

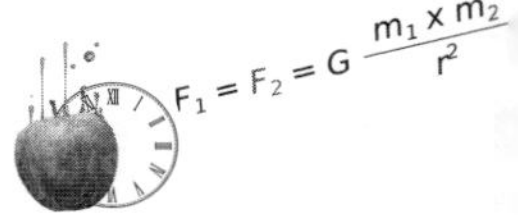


身後沒有傳來任何回應。江舫低頭繼續洗刷碗筷，想留給母親充足的時間思考。

然而，當他清洗完碗碟，擦盡手上的水珠，回過頭去時，駭然發現——母親陰冷冷地站在他身後，手上提著一把還帶著蘋果過夜的汁液的水果刀。

母親是個美人。美人披頭散髮，仍然是美人。然而，那天的母親，狀如女鬼。

她刺耳的尖叫，和抵在他脖子上的冷銳鋒芒，成功造就了江舫今後歲月裡的無數次噩夢。

「明明是你害死他的，你為什麼還要我忘掉他？！」

「你是不是已經忘掉他了？！」

「你給我記起來！記起來！」

她把兒子的頭按在案板上，用水果刀在他的側頸上生生刻下了父親的姓名縮寫。

只要她稍微偏向一點點，或者下手再狠一點點，江舫或許就不用再看到這樣的她了。

江舫靜靜伏在案板上，沒有抵抗，像是在崖間等待著救援一樣，等待著死亡的命運降臨……可惜，並沒有。

母親扔下了沾著新鮮血液的水果刀，緊揪著頭髮，神經質地在房內來回奔走、踱步。

江舫慢慢爬起身來，坐在冷硬的地板上，拉過廚房用紙，將被血沾染的鎖骨一點點擦乾淨。他想，果然還是沒有用的。

大約 10 分鐘後，母親竟然叼著一支菸走了過來，破天荒地領他出了門。在附近街區的背陰角落裡，她找到一間沒有營業牌證的華人刺青店。她把還在流血的江舫推了進去。

客人陰沉著的一張俏臉，和被她推在身前的狼狽的孩子，把正在抽菸的刺青師嚇了一跳。

他問：「……客人，有什麼需求嗎？」

母親拿菸的手哆嗦得厲害。她一雙殷紅的唇吁出雪白的菸霧，將自己的眼前籠上一層繚繞的霧障。

好像這樣，她就能徹底遮擋住自己的視線，看不見眼前江舫脖頸上的鮮血淋漓。

「他太想念他的父親了，把這個名字，給他做成刺青吧。」

因為沒有牌照，這裡並沒有那麼多忌諱。刺青師見江舫沒有表達異議，也不大好多問什麼。

「脖子這邊的神經很多。」他說：「會很疼。」

見客人和孩子對此都沒有什麼反應，他只好開始默默地準備工具。

江舫躺在消毒過後的床上，對一針針刺進頸部的細刃毫無反應，好像是很鈍感的樣子。

刺青師輕聲稱讚他：「勇敢的孩子。」

江舫的長睫眨了一眨，整個人顯得有點木然，像是一尊漂亮的人偶：「謝謝。」

那一天，正好是江舫的 14 歲生日。

幾日後，他的頸部還束著繃帶，在餐館裡端盤子時，被一家來餐館吃飯的地下賭場的二老闆相中。

經過兩週的特訓過後，江舫撫摸著眼角一滴粉色桃心形狀的淚，定定看著鏡中的自己。

為他化妝的兔女郎很為自己的作品滿意，「怎麼樣，好看吧？」

江舫笑著回過頭去，眼底的笑容真摯到有些虛偽，說：「好看。謝謝姐姐。」

在放棄用精神救贖母親的打算後，江舫想，至少要給她最好的生活。他開始從夾縫裡尋找自己的生存之道。

算籌碼、記賠率、發牌、搖骰。江舫將每一項工作都完成得盡善盡美。除了第一次上桌發牌的時候有點手抖外，江舫的敏捷思維、應變能力

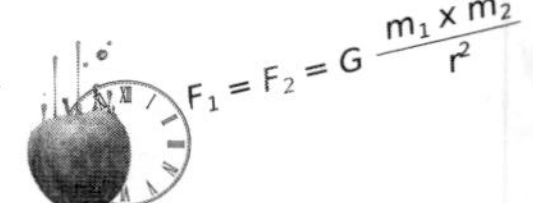

和他天生對完美主義的要求，已足以應付一切。

在剛剛進入賭場的上百個深夜，他騰出一隻手，練習單手切牌、轉牌、變牌、落牌、拇指扇。

另一隻手在做飯、在洗碗、在打掃碎掉的酒瓶。

同時，他傾聽著母親酒醉後的夢囈，聽著她傾訴對父親的愛意和想念。偶爾，母親的夢話也有一兩句是說給他的，她含混不清地唱著搖籃曲，哄著她幻想中的幼子。

而江舫早已不是孩子了。

江舫總是未語先笑的模樣。這一副紳士優雅的表相，是他父親一手栽培的。

東方的美人基因綜合了烏克蘭的血統，自成一段風情，是賭場裡一道相當值得駐足的風景。

然而，來賭場的人都講究運勢，而且大多抱持著殘缺不全的畸形觀念。就比如說，江舫唯一一次挨打，不是因為算錯了籌碼，而是因為自己脖子上的那道刺青。由他發牌的一方賭客慘敗，撲上來就打了江舫一耳光。理由很簡單：他脖子上的那個刺青看著礙眼，從而給客人冥冥之中帶來了霉運。

不過，這算是小機率事件。在江舫買來一副 choker 戴上後，情況就好轉了許多。

一旦江舫發到好牌，有些興奮得老臉通紅的賭徒還會歡呼著將一把把籌碼塞進他工作服的口袋。

江舫看過上萬局德州撲克，上千局老虎機。

每天，高達千萬的籌碼流水一樣從他指尖淌過。在他掌中靈活翻滾的骰子，輕易裁決著一個人的一生。

江舫在最物欲橫流的地下世界裡冷眼看著世間種種。

披頭散髮的鋼管舞女郎在高臺上褪下蕾絲內褲，用內褲紮起頭髮，身姿搖曳地走向今日運勢最佳的賭徒，香唇吻上他酒臭味十足的嘴唇，好換取一筆不菲的小費。

剛才還贏了幾萬塊、得意洋洋的賭棍，頃刻間倒賠進百萬，奮力捶打著吞噬了他一生努力成果的機器嘶吼哭喊。

年邁昏聵的老賭棍，抱著一張產權證，試圖向其他賭客推銷兜售他僅有的房產，好換取翻身的最後一點機會。

慈眉善目的高利貸者，笑著看了看狗一樣跪在地上的年輕人，搖頭嘆息一聲，隨即對身後的人揮揮手，把殺豬一樣嗥叫著「再給我點時間」的人拖入封閉的小房間。

賭徒們紛紛好奇地去看那間據說是處刑室的房間，豎著耳朵，企圖品嘗和細嚼別人的苦難。

江舫埋頭整理牌面，面無表情。他作為工作人員，去輪值打掃過那間專門給出千者和欠債者使用的處刑室。他在牆角掃到過被斬斷的手指，也擦盡了桌面上殘餘的鮮血。

江舫能感覺到，自己的心在不知不覺間變硬。

下一秒，他嘴角噙笑，拉了一手漂亮的花牌，將跑神的賭客們的注意力吸引回來。他博得了滿堂喝采，喝采聲掩過了處刑室中聲嘶力竭的慘叫。瘋狂旋轉的賭場霓虹燈下，江舫眼角的亮粉閃爍著不熄的明光，像是撩人的眼波，也像是細碎的眼淚。

江舫的固定收入是每小時 30 刀，小費則不計其數。很快，他賺來的錢就足夠支付戒酒中心和戒毒中心的高昂費用了。

母親被強制送去戒酒中心那天，說了很多哀求的話，以及難聽的話。江舫沒多大往心裡去。

他只是在母親上車後，獨自在公寓下的臺階坐了很久。坐到腿稍稍發麻後，他起身回到空蕩的公寓，收拾物品，疊放衣物。

下午 6 點後，街燈準時亮起，透窗而入，照亮了屋內明的、暗的、一切什物。和路燈的嗡嗡聲一道鳴響的，是閣樓上窮困潦倒的小提琴家的演奏聲。

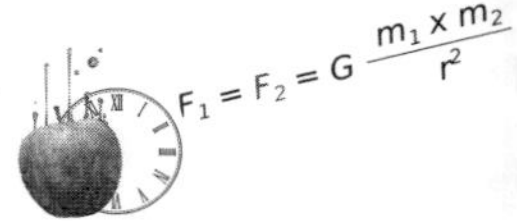


父親生前愛書，小說、雜誌、插畫集、漫畫、科學報紙，占據了整整一面牆。

江舫在收拾乾淨的床鋪上仰面躺下，任窗戶和書櫃尖銳端方的棱光倒影落在他的臉頰上、銀髮上。

他像是一束被冰結的死火，在殘留著濃郁酒氣的公寓裡，隨著伴奏，緩緩呼吸，靜靜小憩。

賭場多是在晚上上班。在不用分神照顧母親後，江舫又擁有了一段可供自己利用的時間。

江舫的學籍早已註銷。而在回到學校後，他就不會被允准打工了。

江舫開始在生活和工作中，探索找尋屬於他的平衡之道。

晚上，他為賭場工作。白天，他佩戴著自己製作的「督學證」，穿著賭場為他訂做的一身考究的西服，隨便挑選一間看著不錯的學校，堂而皇之地進入隨便一間教室，在教室一角坐下。

當時，基輔州嚴查教育，經常會有督學不定期、不定時來各個學校巡視教學情況。

江舫身量高䠷，通身的氣質沉穩優雅，毫不心虛，還在當地的教育網站上背下了許多相關資料。

即使面容略顯青澀，但在精心打理過髮型和服飾後，再戴上一副冷感的克羅心細邊方片眼鏡，江舫也擁有了一個煞有介事的公務員形象。

他甚至在他混過的某一節高中課堂上，見到了晚上來賭場賭得欠了一屁股債的物理老師。

老師並沒有認出他來，還對年輕的督學先生脫下帽子，鞠了一躬。

江舫微微欠身還禮，他覺得這很有趣。但這不耽誤他在他偽造的「巡視記錄」下記錄學習筆記。

除此之外，江舫還會替一些不擅學業的大學生簽到，替他們聽課、記筆記、寫論文。

當賭場不輪到他上班時，他就去劇院當巡場員。江舫經常一邊抱著胳購欣賞《莎樂美》，一邊構思某個音樂專業的學生的論文作業。

16 歲時，荷官江舫因為過硬的技術，在地下賭場擁有了自己的花名。

Joker。像極了他這些年來的雙面寫照。

17 歲時，他接到了一單生意。有個到烏克蘭讀書的留學生，家裡很是富有。富有到他高中幾乎保持著全 C 的成績勉強讀完，依舊靠著父母的捐贈和一份偽造的運動員證書，進入當地一所相當優秀的大學。

為了慶祝被錄取，他在國外玩得忘乎所以。等他驚覺不對時，距離他的大學報到截止時間只剩下半天光景。沒辦法，他緊急聯繫一圈自己的狐朋狗友，找到了本地代課行當中口碑相對最好的江舫。

富二代請他拿著自己的備用鑰匙，取一下自己的報到資料，替他報到一下，順便幫他上幾天課。

大概半個月後，他吻別了火辣的美人兒，心滿意足地拍拍屁股，從陽光燦爛的夏威夷回到基輔。

但一回來後他才知道，自己居然在毫不知情的情況下，成為學習小組組長、手風琴社社員，以及本校冰球隊的 enhancer。

他大驚失色，忙找到江舫興師問罪。

在咖啡廳裡，江舫不急不躁地端起杯子，看著對面比他還大上兩歲的年輕人，反問道：「這樣不好嗎？」

「你要的是學歷和光鮮的履歷，是留學國外的四年時間。至於你學到了什麼，並不重要。」江舫說：「而我相反。我想要上學，我要的是這一段體驗。」

他把下巴輕輕抵在交叉著支起的手背上，「我們各取所需。這對你、對我，都會是一筆合算的交易。」

富二代吞了吞口水。這無疑是一個巨大的誘惑。

他回去悶頭考慮了兩三天，又和自己的狐朋狗友商量一陣，覺得花一筆錢，買上四年放肆自在的快樂，好像也不壞。打定主意後，他打電話聯繫了江舫。

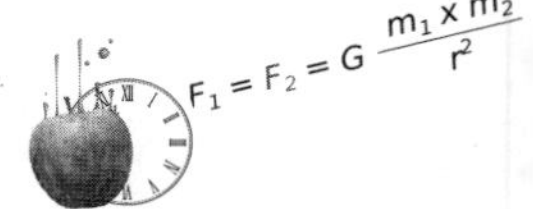


那邊的江舫則早有預料。他坐在圖書館裡，嘴角勾起漂亮的弧度。

「那，卡賓先生，祝我們長期合作愉快。」

江舫獲得了一個穩定的大客戶，代價是暫時失去自己名字的使用權，不過這並不要緊。

四年間，江舫盡職盡責，在學校、冰球隊、手風琴社團和地下賭場中各自流連，偽裝得非常完美。

他神祕溫柔的氣質，他拉的一手漂亮的手風琴，他偶爾的魔術小把戲，他對世界上各種酒類的深刻瞭解和品鑑能力，讓他在任何時間、任何地點，都顯得那樣魅力四射。

尤其是在他成年後，願意同他調情曖昧的男女前仆後繼，如過江之鯽。冰球隊裡，有向他當眾表白的啦啦隊隊長。賭場裡，從不缺對他吹著下流口哨的男男女女。

按理說，江舫不該感到孤獨。他大可以放縱，但他誰也不喜歡、誰也不靠近。關鍵是，他從不會給人疏離冰冷的感覺。任何人在他身邊都會感到發自內心的愉悅和舒服，哪怕被江舫拒絕，都覺得還能和他做上一生一世的好朋友。

這些人甚至要在很久很久以後，才會恍然意識到，他們和江舫其實連「同類」都不是。

江舫有廣博的社交圈，知悉每一個朋友的情況。他對每個人的境況都能如數家珍、娓娓道來。但相反的，誰也不知道他是什麼樣的人。

誰也不知道，當他回到家，看著醉倒在門口結了冰的嘔吐物中的母親時，是什麼樣的心情。

可能就連江女士本人都不知道，長久的酒精依賴症早就摧毀了她的理智和大腦。這幾年間，她反覆出沒在各大戒酒中心和戒藥中心裡。出來，又進去。無非是戒了再喝罷了。

江舫哪怕親自送她去戒酒互助會，在旁監督她，她也能藉著上廁所的工夫中途逃出，在某個不知名的小酒館中喝得酩酊大醉。

久而久之，江舫也不再多去約束她。

他用黃銅鑰匙打開沉重的防盜門，沉默地將她打橫抱起，將她抱到床上，用熱毛巾擦過她的頭臉，又親一親她的額頂，對她柔聲道一句晚安。然後，他再一次撥通了戒酒中心的電話。

在他和工作人員溝通過後、掛斷電話時，他聽到母親用烏克蘭語喃喃低語：「我，是不是……是不是對不起你？」

江舫撫摸著她過早乾枯發白的頭髮和眼角的深深紋路。他沒有正面作答，而是像小時候那樣，輕聲說：「我的天使。睡吧。」

酗酒者的反省和愧悔往往短暫得如同曇花一現，江舫不會再輕易相信什麼。他像哄騙任何一個「朋友」一樣，哄騙著他的母親，讓她今晚至少能醉得心安理得。

好在，他還有冰球。冰球是一項紳士且暴力的運動。你可以選擇做揮舞著球棒、在冰上起舞的玫瑰詩人，也可以選擇做冰上綻開的鮮血之花。

江舫將滿腔積蓄在優雅和紳士之下的壓抑，都發洩在這片父親生前最愛的冰球球場上。

「Joker 是天生的格鬥家。」

一個俄羅斯退伍老兵，在江舫工作的地下賭場裡擔任保安，他是這樣評價江舫的。

江舫身量輕盈，肌肉柔軟，兼具東歐人的蠻力和亞洲人的靈活。

在冰上，護具沉重且闊大，不容易使出力氣，冰球賽中的互毆，往往只能你來我往，一拳一拳，黑熊一樣笨重且粗暴地互砸。

江舫則不同。他斯文優雅的身姿看上去更像是控球的主力，卻能在別人向他挑釁時，輕鬆扯掉手套，一丟球杆，矮身一拳，猛轟上去。他曾經這樣一拳砸碎了半邊對方的面部護具。

當然，磕磕碰碰中，難免負傷。

如果江舫的手指受了傷，紅腫到不能屈伸時，會向賭場請一天假。

第二天，他會用一次性的玫瑰紋身擋住傷口，在客人面前將一手飛牌玩得出神入化，博得一片尖叫和口哨。

大三時，江舫在一場比賽中的勇猛表現，被基輔州騎兵冰球隊相中。江舫和他們簽訂了一份為期一年的合約。原因是報酬豐厚。

江舫其實早就不知道自己為什麼要掙錢了，他只是覺得母親或許需要。所以，他要更多。

基輔的其他學校和社區的冰球隊早就聽說過「卡賓先生」的名聲。他們都知道，這是一個瘋子一樣的、攻擊性十足的美人 enhancer。沒人敢輕易去招惹他。因為他打起架來，好像命不是自己的。

騎兵隊的奪冠之路並不算多麼困難。比賽結束的那天，江舫如約拿到了一大筆獎金。

然而，在那天下午，背著球包回到家時，江舫在公寓門口看到曾和他打過許多次交道的、戒酒中心的工作人員。在看到自己時，他脫下了帽子，鼻子通紅，有些侷促地擦了擦鼻尖。

江舫站住了腳步。一道他曾設想很久，卻遲遲未到的陰影，慢慢將他籠罩起來。

如他所料。母親在戒酒中心去世了，因為睡夢中突如其來的腦溢血，幸運的是沒有痛苦。

那一年，江舫 22 歲。

社區裡儘管沒人知道江舫的真正職業，但他們都知道，江舫一直在為了養活他的母親而工作。

然而，這個在旁人眼中溫和的、孝順的、傾盡心血供養了母親數年的年輕人，在葬禮上沒有流出一滴眼淚來。

江舫用童年體驗過的所有溫暖，透支一樣治癒、代償著他傷痕累累的少年時期。

現在，他最後的一點光亮燒盡了。

江舫想，他自由了。

那之後，江舫為卡賓先生完成了他的畢業論文，交上了幾乎全 A 的

成績單。

再之後，江舫賣掉了他們家的房子，辭去賭場的工作，踏上了他漫漫的獨行之旅。

江舫的足跡遍布烏克蘭的角角落落。他獨身一人在廢棄的高速公路上練習長板，背後是無法再噴發的死火山。他戴著黑色的運動手套，俯身過彎時，指尖在粗礪的地面上輕輕點過，高速摩擦的溫度，讓他感覺到了短暫的刺激。但這份刺激感不過是稍縱即逝。

幾個月後，江舫考了貨車司機的執照。因為他聽說，某家公司的運貨路線中有一段路，那裡的風景再好不過，看上 10 年也不會膩。但不過幾個月，他也就辭職了。

烏克蘭他玩夠了。於是，江舫辦理了護照，離開他從小生活的地方。

他在吃、玩、住上肆意揮霍，毫無節制。沒錢了，他就會踏入當地的賭場，無論規模大小，隨便賭上幾把。

有的時候，江舫會因為贏得過多，被人盯上。不消一刻鐘，就會有人請他到賭場的貴賓室裡暫候。

賭場的小經理會向他客客氣氣地遞上一筆錢，言下之意是交個朋友，見好就收。這是行業的潛規則。賭場一旦碰見有手上本事的人，輕易不會撕破臉皮，常見的辦法是給上一點錢，然後和平地送客。江舫想掙的就是這筆錢。

江舫彈一彈掌心的鈔票，在經理虛偽的笑容中步出聲色喧囂的賭場。

站在巨大寬廣的深藍色天幕下，他覺得孤獨。但他又覺得，孤獨不也就是那麼回事兒。

江舫擁有的看似很多，夢想看似也很多。但只有他知道，自己只是遊戲人生罷了。

CHAPTER

# 04:00

## 他們倆扮演的可是情侶！<br>這算是被系統認定的恩愛嗎？

江舫溫和對南舟道：「我叫江舫。『舫』的意思，是『不繫之舟』，取的是隱居的意思。這些年，也一直隱居在人群裡面。」

南舟張了張嘴，想說些什麼：「我……」

江舫對他笑了笑，輕輕噓了一聲，把南舟想說的話輕描淡寫地堵了回去，「每個人都有自己的故事……」

江舫將手搭放在南舟的肩膀上，他的手指用南舟無法察覺的力道，在他頸後的齒痕周邊逡巡一圈。

「什麼時候講，取決於自己。」

「比如，我今天覺得月色很好，就想把我自己講給你聽。」

「什麼時候，你覺得時間到了，也可以把你講給我聽。」

「什麼時候……我都會很樂意聽。」

南舟眨眨眼睛，看著江舫浸在黑暗中的臉，目光新奇又認真，彷彿是生平第一次認識他。

江舫問：「在看什麼？」

南舟：「睡前故事很好。我想睡覺了。」

江舫自如笑道：「很榮幸能幫到我們南老師……」

下一刻，他的身體猛然滯住。

因為南舟毫無預兆地抱了過來，不帶任何羞恥地攬住他的肩膀。

發現自己的身高和體型並不能很好包裹住江舫後，南舟便順勢把腦袋搭在他的肩上，一隻手自然地穿過他的胳膊下方，摟住他的腰。

江舫的血液失去了流通的能力。能讓他片葉不沾身的那些談笑自若、八面玲瓏，在南舟面前，江舫統統使不出來。

他澀著聲音，低低問：「你……做什麼？」

南舟坦然道：「睡覺。」

說著，他抬起頭來，冷淡的眼眸裡沁著兩顆銀亮的寒星，「我小時候，如果感到孤獨了，就會想，如果能被人這樣抱著就好了。」南舟公平公正公開地徵求他的意見：「你想被我這樣抱著嗎？」

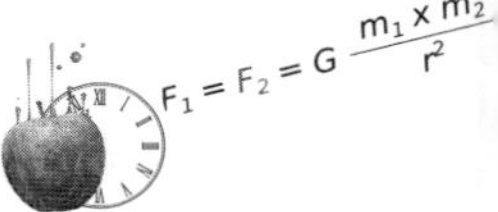

江舫：「……」

他閉上眼睛，感覺被南舟的手摟著的腰部的肌膚灼熱發燙，燒得他腰側的肌肉都在微微跳動。

南舟：「你不高興可以推開我。」

江舫：「……」

南舟枕在了他的肩上，「那麼，晚安。」

江舫的那聲「晚安」，直到南舟睡熟後，才小聲在他耳邊說起。

江舫的指尖輕輕拂過了南舟的頭髮。他一下下地撫摸著，力道不輕不重。他把說話的聲音放得極輕極輕，恍如耳語，生怕驚醒了南舟。那樣，江舫或許就會喪失說出心裡話的勇氣。

「我很討厭愛上一個人的感覺，那通常意味著我對自己失去了控制。我恐懼過，害怕會變成我母親的樣子。」

「瘋狂地、要了命地去愛一個人，是一件再危險不過的事情。我親眼見過那種瘋狂，所以我以為我不會重蹈覆轍。」

江舫頓了頓：「但我好像錯了。遺傳的力量是偉大的。所以……南老師，我大概是瘋了，才會喜歡你。」

江舫身上很是暖和，比南舟的體溫高上許多。

經南舟親身測試，人體的溫度助眠效果堪稱一流。

由於窗簾沒有拉得很緊，天剛矇矇亮時，一線薄光就落在南舟的側臉上。在光芒的刺激下，南舟悠悠醒轉過來，只是他的「醒」和旁人的「醒」不大相似。

南舟在睜開眼睛後，其實並不會馬上清醒過來，他可以洗漱、說話、傾聽，但在不是必須要馬上清醒過來的情況下，比如那次他剛睡醒就撞見一個蘑菇站在自己身旁，在相當長的一段時間裡，南舟的思維都是線性、放空而破碎的。

自從見過了謝相玉，南極星就表現得十分沒有安全感，抱著南舟的腳踝才酣然睡過去。

半夜，睡熟的小東西沒能抱穩，咕嚕嚕滾了下來，肚皮朝上地睡了大半夜。眼看著天亮了，牠終於覺出睡得冷了，小爪子在空中虛虛抓了幾把，滾到南舟的膝窩間，用腦袋拱了上去。

南舟覺得腿間毛茸茸癢絲絲的，低低「嗯」了一聲表示不滿。他屈起腿，往江舫那邊蹭了蹭，試圖離這扎人的毛團子遠一點。

南極星不滿意體溫的流失，跟了上去。

南舟繼續往江舫身上貼。漸漸的，他覺得有些不對勁兒——自己小腹靠臍上的那地方，被匕首一樣硬戳戳地抵住。這讓南舟本能感受到了一絲威脅，忍不住低頭看去。

這時，江舫也張開眼睛，漂亮的眉頭擰了擰。察覺到身體這嚴重不符合紳士規範的反應，思緒尚不清醒的江舫用烏克蘭語懊惱嘀咕了一句：「……（該死）。」

南舟攬著他的腰，平靜道：「唔。你也早上好。」

江舫將手背貼在額頭上，稍稍降溫後，忍不住淺淺笑出聲來：「……對不起。」

南舟：「你要去解決一下嗎？」

江舫挪動了一下腿，輕輕吸了一口氣：「……恐怕是的。」

南舟很理解地拍了一下他的肩膀，「去吧。」

發現江舫淡然起身，窸窸窣窣套上襯衫和西褲時微紅的耳廓，南舟面不改色地安慰並鼓勵道：「晨間勃起是正常的男性生理現象。我第一次出現的時候也很緊張，但不要緊，很快就會好的。」

江舫：「……」他深呼吸一口，注視著南舟的眸光深了很多，「……謝謝南老師指導了。」

南舟點了點頭，目送著江舫拐入洗手間。他盤腿坐在原地，抬起手在

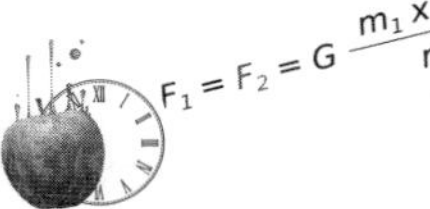

空中比劃起來。

他用兩根豎起的食指比出一段長度，觀察了一會兒，發現這個資料不大準確，秉著實事求是的態度，又各自向兩端延伸了一點。

——嗯，差不多有這麼長。

南舟對著這個長度，開始科學審慎地思考，它的分量、大小等因素會不會對人的行動造成什麼影響。研究著研究著，他突然福至心靈，放下去偷偷和自己的比較了一下。

南舟：「……」

他把雙臂架在膝蓋上，低著腦袋，自閉了一小會兒。

直到南極星徹底睡醒，哼哼唧唧地趴到他身上要吃的，南舟才緩過勁兒來，拿出昨天在超市裡買的槐花蜜，倒了一小木匙，看牠抱著木勺子舔得如癡如醉。

南舟不知道的是，在僅僅與他一牆之隔的地方，江舫背靠著浴室的牆壁，單手撐靠住一側的牆壁，另一手發力握住規整的皮帶扣。

他草草套上的襯衫，領口邊緣還鬆鬆垮垮地掛著昨天沒來得及解開的黑色領帶。

江舫將領帶末端咬在口中，任憑唾液將一小片緞面的領帶染出深色。細碎的汗水在他頸部閃著薄光，隨著一下下無意義的吞嚥動作而細微晃動。即使在這種時候，完美主義發作的江舫也不允許自己的褲子狼狽地掉到膝蓋以下。他俯下身去，摁住微微發抖的大腿，然而無論怎樣加快速度，還是無法快速助推那股熱意的消散。

投餵過南極星後，南舟也拿出了昨天買的吐司，準備倒些蜂蜜上去，做個夾心麵包。

但在他動手倒蜜時，突然隱隱聽到了什麼。他停下動作，側耳細聽。

南舟聽到，一把略啞的、帶著微微喘息的聲音在叫自己的名字：「南舟……」

那聲音的調子、語氣，和平時實在不大一樣。因此南舟花了點工夫，才聽出那是江舫的聲音。

就在他一個愣神時，晶瑩透明的槐花蜜慢慢溢出麵包，即將從邊緣滴落。南舟用指尖接住連絲滴落的蜜糖，順勢餵到口中。他拿著麵包，起身走到盥洗室門口，輕敲了敲門，「舫哥？」

不多時，江舫從裡面拉開了門。他的頭髮已經被重新梳理過，溫馴地披在肩上。襯衣紐扣繫得一絲不苟，襯衣平整，領帶端正，皮帶扣在最後一個扣，腰線被勾勒出完美弧度。他就是「衣冠楚楚」的鮮活寫照。

南舟直視著他的眼睛，「你在叫我嗎？」

江舫正動手將銀髮撩到後面，露出光潔的額頭。聞言，他的動作不禁一頓，「是嗎？」

——聲音這麼大嗎？

南舟肯定道：「是的。」

江舫的目光落到他被吮得還帶著一點光澤的食指指甲，嘴角輕翹了翹，「啊，是。我叫南老師的確有事。」

南舟：「什……」

江舫往前邁出一步，將頭低下一點，很紳士地吻了南舟的額頭。

他溫和道：「早上好。」

南舟拿著麵包，「……」這句話早上不是說過了嗎？

隨著李銀航的甦醒，這點小插曲很快被南舟拋諸腦後。

昨晚的事情過後，謝相玉去向更加不明。

南舟也不是特別關心他在哪裡。

上午，他們又和孫國境三人組見了一面。

經過江舫的親身打擊，孫國境總算打消了去「紙金」搏一搏的念頭。

他們準備去「鏽都」，找個便宜的地方，大吃一頓，再好好睡上三天三夜，再作其他打算。

眼看就要告別，以後恐怕也沒有再見的可能了，三人組心情不無複雜和惆悵。

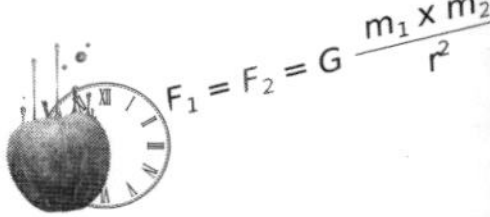


南舟是反打劫了他們的道具的人，也是最後救了他們性命的人。

昨晚，他們商量到半夜，想送他點道具作酬謝。但他們盤點一圈，發現，他娘的，他們手裡的道具全是南舟曾經挑剩下的。

所以他們一大清早就去了超市，買了一大袋雞蛋糕，全部送給了南舟。南舟也沒有拒絕，收下他們的這份心意。

告別時刻即將來臨。

孫國境望著南舟，不無嚮往道：「要是我們只有兩個人，怎麼也得跟你們一塊走。」

南舟目光澄澈地看著眼前的孫國境。

「放心。」南舟拍了拍他的肩膀，以示安慰，「你們就算有兩個人，我們也不會要的。」

孫國境、羅閣、齊天允：「……」

——操，太直接了吧！

深受打擊的三人組灰溜溜地夾著尾巴離開後不久，南舟他們終於聽到久違的系統提示音。

「叮叮叮咚——」

大概是先期為了營造恐怖氣氛，系統將所有的獎勵都壓在了最後發放。所有積攢在獎池裡的獎勵一股腦兒傾瀉而出。一個個獎勵提示，像是一口氣砸碎了盛得滿滿當當的撲滿，叮叮叮的提示音不絕於耳。

【祝賀「立方舟」隊完成副本「沙、沙、沙」！】

【恭喜「立方舟」隊員南舟、江舫、李銀航成功生存過 120 小時，分別獲得 5000 積分！】

【恭喜「立方舟」隊員南舟捕獲 S 級 boss「門」！】

【恭喜「立方舟」隊、玩家謝相玉完成「角色扮演」之課業任務，獲得獎勵「好好學習，天天向上」，各獲 500 積分！】

【恭喜「立方舟」隊完成「角色扮演」之日常任務，獲得獎勵「相親相愛」，各獲 500 積分！】

獎勵宣布到這裡時，李銀航隱隱覺得哪裡不對。

自己扮演南舟「好朋友」這個角色，還算盡職盡責。他們倆扮演的可是情侶！這算是被系統認定的恩愛嗎？

【恭喜三支隊伍玩家，在120小時的遊戲時間內，提前43小時50分鐘找到出口，各獲1500積分！】

【當前任務主線探索度達100%。完成度95%以上，即可判定完美S級！滴滴——S級獎勵為各1000積分和任一隨機道具，道具將會在3日內發送到各位玩家的背包】

【請各位玩家做好準備，在3分鐘內選擇傳送地點，進行傳送——】

經過短暫的商量，三人決定傳送到遊戲中除了「鏞都」、「紙金」之外的第三個中繼站——「松鼠小鎮」。

一個據說充斥著各種童話元素的治癒之地。

但剛剛結束傳送、還沒來得及用小鎮的景色治癒一下身心，三人組就聽到同一聲悅耳的提示音。

眼前的操作面板也跳出了一個巨大的提示框。

《萬有引力》發布重大更新補丁。

一般人看到這個占據了大半個版面、不更新就根本沒法使用操作面板的提示框，都會下意識先點下去。反正他們身為這個見鬼的遊戲的玩家，並沒有選擇不更新的權利。

但南舟和江舫誰都沒動。

南舟說：「銀航，妳先更新一下。」

李銀航乖乖應了一聲，點擊了更新按鈕。

南舟則點開更新提示框右下角的一點灰色的、小得不能再小的「更新須知」，他在長達三十二頁的隱私協定和更新說明中孜孜不倦地尋找有效線索。在冗雜的更新說明裡，去掉大片大片的無效資訊，總結起來，也只有兩個更新項目。

第一，增加「世界」頻道，允許每個玩家進行留言溝通。

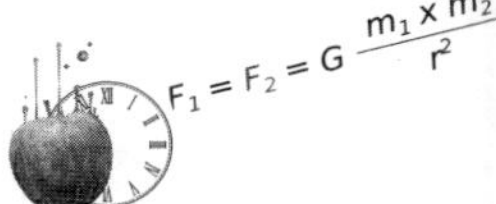

第二，增加了副本生物和倉庫的非相容性。

換言之，不許玩家抓 boss。

李銀航：「……」什麼是排面啊？

他們在松鼠小鎮找了間餐廳休整。

南舟點了一份紅糖鮮奶麻糬，糖分十度。這讓李銀航一度懷疑，他血管裡流淌著的其實不是血，是糖漿。

餐廳裡身形小巧的人形松鼠侍應生好像非常喜歡南舟。在贈送給南舟一塊有著松鼠鎮 logo 的巧克力鬆餅後，牠還額外在餐巾紙上附贈了自己的地址，並用卡通式的、生著三根長長睫毛的圓眼睛對南舟拋了個讓人毛骨悚然的媚眼。

如果換個人來，恐怕要被這恐怖谷效應嚇得一咯噔。但南舟對牠態度良好，還很有禮貌地對牠點了點頭。

松鼠侍應生心情大好，一蹦一跳地抱著空托盤離開了。

南極星好奇得搖頭擺尾兩眼放光，想要跟上去時，被南舟輕輕捉住尾巴，倒提著放進口袋。

此時，餐廳裡的其他玩家也收到了更新通知，鄰桌的一雙隊友正在興高采烈、兩眼放光地議論。

「更新後會獎勵 500 積分啊！」

「求求他們多搞點兒更新吧，抓點 bug，省得其他人占便宜，對我們也好哇。」

他們對於「隔壁桌就坐著此次 bug 的製造者」這件事顯然並不知情。

抱著這樣想法的不止一個人。

新上線的世界功能裡，大家討論的內容起碼有一半是針對此次更新的。當然，也有不滿的聲音。

「就 500 積分？打發叫花子呢。」

「他媽的，把我們拉來玩命，給點甜頭就樂成這德行，賤不賤啊？」

「我們不玩這個遊戲！要退出！」

「退出！退出！」

當然，遊戲幕後的主使者是不會理會他們的。

不過，玩家憋忍多時的情緒也在這裡找到了出口，不管有沒有用，都紛紛對著空氣大段洗版、激情辱罵。

這反倒將一些有用的資訊沖得七零八落。

有些腦筋靈光的玩家，利用這條突然開闢出來的便捷資訊通道，發布自己擁有的道具資訊，想要進行交易，也被充斥著憤怒情緒的重複性文字快速頂了上去。

這些情況都是李銀航現場直播給他們的——南舟和江舫都沒有選擇更新。但在聽了一會兒後，三人達成一致共識：目前並沒有什麼太有營養的資訊。

李銀航吃了一口帶著松鼠圖案的紅豆年糕湯，重重嘆了一口氣。

南舟覺得，對於這筆意外的進帳，李銀航應該比現在表現得更高興點。他問：「賺到了 500 積分，不高興嗎？」

「這叫什麼賺到了。」李銀航的省錢雷達穩定運作，一點不受聊天頻道裡普天同慶的氛圍蠱惑：「大家都有，等於大家都沒有。」

反正大家是一起漲的積分，對他們這一隊來說並沒占到什麼優勢。

江舫說：「至少多了 500 點買必需品的積分。」

李銀航嘀咕：「這樣說倒是沒錯……」說著，她稍稍壓低聲音，抱怨道：「但這不是明擺著占我們便宜嗎？」

在上一個副本裡，他們明明已經發現了過關的辦法。只要找到那個正確的、不存在的教室，重新更替進入教室的順序，他們就能順利苟過那 120 小時。

要不是那個會發出沙沙聲的怪物在他們之前動手，要不是為了救孫國

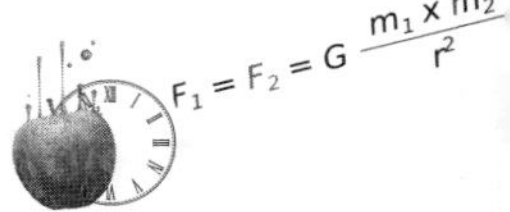

境，南舟根本不會想到暴力拆門這回事。

捕獲怪物，對遊戲系統來說是意外，對他們玩家來說何嘗又不是意外？結果，南舟剛抓了一個副本生物，遊戲系統的補丁轉眼就跟上來了。這說明，南舟發現的這個 bug 是背後的運營者始料未及的，也是相當重要的。為此，它甚至不惜從幕後跳到了臺前。

一旦更新了，嶄新的倉庫系統由於添加了和副本生物的非相容性，那麼這個至今在他倉庫裡還是亂碼的副本 boss，將會被直接抹除。

《萬有引力》的遊戲官方——姑且這麼稱呼它——幾乎把「我是你爹」四個字輕描淡寫地寫在臉上。

它不僅打算直接拿走這個副本 boss，還給所有玩家都發了 500 積分，一點多餘的好處都不肯留給他們「立方舟」。

儘管還沒想到抓到這個怪物、除了白占一個儲物槽外有什麼具體用途，但李銀航秉持著「別人捨不得給你的東西一定是好東西」的理念，真情實感地覺得虧得慌。

在李銀航頗感不平時，南舟也正在盯著自己的控制臺研究。

商店介面是灰色的。排行榜還是他進入上一個副本時看到的，沒有刷新排名。積分頁面甚至沒有計算他上一個副本的得分，任何需要交互的頁面，都是停滯的。

他唯二能操縱的是倉庫介面，以及冷冰冰的、似乎帶著嘲諷微笑的更新介面。之所以遊戲還保留著倉庫系統的操作介面，是因為倉庫和玩家的氧氣系統是高度綁定的。一旦把倉庫系統關閉，來不及選擇更新的玩家會直接窒息。

當然，策劃遊戲的幕後主使顯然並不擔心玩家不更新。畢竟，不更新，商店系統就不會開啟。商店不能使用，意味著玩家沒辦法購買生存必需的氧氣，沒辦法花時間在中轉站裡休整、沒辦法享受系統更新帶來的便利和新功能。

說白了，要麼別呼吸，要麼給老子更新；要麼帶著舊系統，馬不停蹄地投入下一關遊戲，要麼給老子更新。你還別生氣，老子還給了你 500 點積分做安慰獎呢。

李銀航精準地概括道：「每個遊戲都是同一個德行。」

眼下看來，遊戲方對這個更新有著十足的自信。但李銀航並不大想慣著它們，「反正我們在上個副本裡已經休整過一天多了。」李銀航說：「這回我買選關券。我們馬上進副本做任務去。」

南舟淡淡地：「……唔。」

他把奶白色的麻糬從糖汁中舀出，又取來兩個小碟子，均勻分給江舫和李銀航一人一勺。江舫的那團稍微大了一點。

他比較了一下，偷偷用勺子把江舫那團麻糬的邊緣往中間攏了攏，好讓兩團看起來差不多大……好像眼前遊戲對他們這份勢在必得的嘲弄並不多麼重要似的。

李銀航有些著急，雙手壓在桌子邊緣，加快了語速：「南老師，快點決定吧。」

南舟一愣。

「……這個很好吃。」南舟說：「但我不會給妳更多的。」

李銀航：「……」她反應了一下，才意識到，南舟是在護食。

她一時間哭笑不得：「我說的是，我們要趕快進副本！」

南舟：「然後呢？」

李銀航：「……啊？然後……就做副本任務啊。南老師你離開『紙金』的時候買過一次氧氣，現在只剩下十二個小時的氧氣時間了；舫哥剩下的時間也只有八個小時了。如果確定這回不更新，我們就趕快走。」

南舟深深看了李銀航一眼……她甚至比他們自己都要更瞭解他們的氧氣剩餘量。

他意識到，當初他選擇李銀航做隊友，是一件非常正確的事情。

但南舟還是不著急，他把糖水裡的麻糬撈盡，又端起漂亮的玻璃杯子，慢慢地喝裡面的糖水，「這不是辦法。」

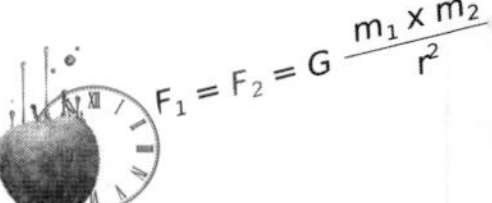


李銀航：「有什麼辦法我們進了副本再慢慢想嘛，不浪費氧氣，也有的是時間……」

話是這麼說，但李銀航心裡是一點底氣都沒有。說白了，他們現在不過是嚥不下這口氣而已。

打個比方，好不容易從獎池裡抽了個看起來挺極品的獎勵，正常人都不想讓簡簡單單的一個更新按鈕白白占走了便宜。

但如果系統就這麼限制著、噁心著他們，不讓他們進倉庫也不讓他們在中轉站休息，身為玩家，他們再心不甘情不願也只能乖乖打上補丁，被安排得明明白白。

南舟的思路卻與她迥然不同，他問：「時間拖得越長，真的對我們有利嗎？」

李銀航：「……」說的也是。

他們如果不更新，等他們下一次做完任務回來，系統說不定能不經同意，直接強制更新全部玩家的背包系統。

「做補丁需要時間，」南舟說：「他們做這個補丁，用了四十多個小時對吧。」

說著，南舟嘀咕了一句：「……研發能力的極限也就這樣了。」

李銀航：「……」

如果她沒有聽錯的話，南老師正在用他高達 8 點的嘲諷能力對系統的能力進行否定。

南舟對此毫無自覺，再次向李銀航確認：「我們還可以在松鼠小鎮活動八個小時，對嗎？」

李銀航眉頭直跳……她有種大佬想要搞大事的直覺。她滿懷不安，求助地看向江舫。

江舫接收到了她釋放出的訊號，對她安撫性地一頷首。旋即，他笑著對南舟舉了舉紅茶杯，「你做什麼選擇，我跟票就是了。」

李銀航：「……」她就多餘看江舫這一眼。

「除了這個，我更關心另一件事。」江舫將紅茶杯輕輕放回茶碟，發出一聲清越的陶瓷碰撞聲，「之前，《萬有引力》的遊戲策劃者一直躲在幕後。現在又因為南老師的誤打誤撞，不得不現身。」

「所以，在幕後操縱我們的，拉我們進入遊戲的，究竟是什麼？讓我們決出勝負、實現心願的目的，又是什麼？還有……」江舫頓了頓：「如果，那個副本真的只是一個副本而已，副本 boss 也真的是他們的資料，他們為什麼要這麼在意一段可複製性的資料？」

「重新再做一個不就 OK ？為什麼要緊急出補丁，更新倉庫，限制玩家？」說著，他托著腮，對南舟露出了一個漂亮的笑容，「不弄明白這些，我也不想這麼輕易地把門先生交出去啊。」

選擇「松鼠小鎮」這個休息點休整的玩家，並不算少。不同於「鏽都」的城市繁榮、不同於「紙金」的聲色犬馬，松鼠小鎮是休閒安逸、色彩濃郁的童話風。

建築風格是歐式城堡，主色調則是溫暖的橙棕色和粉紅色。

不得不說，在經歷過生與死、血與火後，「松鼠小鎮」美好得彷彿一個不真實的夢境。

大多數玩家都會選擇固定的城市歇腳。《萬有引力》中的五個主題城市，各有其特色。

習慣了普通都市生活的玩家，會選擇和他們日常生活習慣最為相近的「鏽都」。

想縱情聲色的、找尋刺激的，會選擇貧富差距懸殊、一秒天堂、一秒地獄的「紙金」。

再狂野一點的玩家，會選擇「古城邦」。據說那裡是斯巴達式的荒壁殘垣，中心點設置有一個巨大的圓形露天鬥獸場。那是正常版本的《萬有引力》中遊戲競技場的所在地。

玩家會選擇在競技場進行 PK，贏家可以獲取積分和道具獎勵。當然，玩家也可以發起單方面的挑戰，用各種道具來進行押寶對壘，全憑自

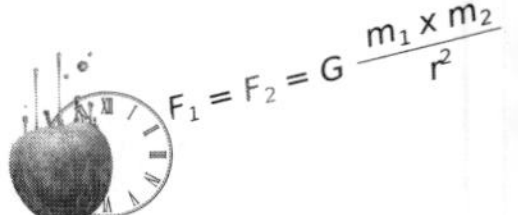


願和實力進行 PK，勝者為王，敗者為寇。也不知道在當下這款遊戲裡，這個競技場被幕後的運營商改版成了什麼鬼樣子。

「松鼠小鎮」作為最具少女心的童話島嶼，與「家園島」這座魯濱遜式的種養殖島一起，成為了遠離其他三處浮華俗世的夢幻之地。

四周海浪聲聲，海鷗嗚嗚。來到「松鼠小鎮」的玩家，會被固定傳送到一段綿延數里的圓弧形白沙灘，手裡則會自動刷新出一張門票。

一切都和現實世界進入遊樂園的步驟一模一樣，儀式感十足。

玩家只需要在大門處刷電子票入內，就能在椰海、歐風、沙海、城堡中盡情徜徉。

相對來說，「松鼠小鎮」的實際功能性是弱於其他四個中轉站的。它原先的主要功能，是為 12 歲以上、18 歲以下的玩家提供遊樂場所，以家庭娛樂功能為主。小鎮中央，那座水晶堡造型的親子電影城最受歡迎，可以用來播放闔家歡電影。其他玩家只需要戴上家庭版的 VR 眼鏡，就能直接體驗全家一起看電影的快樂。

因其自帶的功能性和娛樂性較弱，在現在的《萬有引力》選擇「松鼠小鎮」落腳的玩家，都是不想爭奪的鹹魚型玩家。

當然，也有利用相對和平的環境，來謀求屬於自己的生路的玩家。他們積極投入精力，努力發掘出「松鼠小鎮」的商業功能。「鏗鏘小玫瑰」就是其中的一支創業隊伍。

這是一支由四人組成的女性玩家隊伍。她們原來有五個人，在硬著頭皮參與過一次副本、丟了一個成員後，她們就打死不肯再去了。

現在，她們靠販賣副本情報、換取積分為生。說實話，這個生意並不易做。

首先，玩家都有私心，他們並不願意主動分享出自己的副本經驗。說到底，大家都是競爭關係，誰願意把自己千辛萬苦、甚至犧牲了隊友的副本通關經驗隨便告訴別人？別人知道關竅，輕輕鬆鬆過了，那親身試錯的他們豈不是虧大發了？

不過，要分享，也可以。得加錢。「鏗鏘小玫瑰」手頭上的情報積累並不多，充不了闊，也不好去花高價買情報，更怕情報爛在手裡沒人買，賠了夫人又折兵。所以，她們選擇了最簡單的方法——

在一些餐廳、酒吧裡，點一杯白開水蹲點，聽剛剛從副本裡回來的玩家吹牛。

有些人的副本過得不算很難，收穫頗豐，再加上劫後餘生導致的神經興奮和強烈傾訴欲，他們會更願意無償地談起自己的經歷。

她們就躲在附近，豎著耳朵，偷偷記錄下來。不得不說，這種行為雖然略有猥瑣，但也的確靠這一途徑積累了一批情報。

當然，這種二手情報，難免添油加醋，細節失真。如果不主動上前搭話，補充更多的細節，到手的情報也可能沒什麼作用。

有些和她們同行的情報販子為了避免麻煩，乾脆化身寫手，根據一耳朵聽到的零星資訊，自行杜撰捏造通關副本的辦法，把一套連編帶造的副本情報賣給玩家。

「鏗鏘小玫瑰」當然也動過這種小心思。畢竟，就她們目前聽取到的情報而言，還沒有兩隊玩家經歷過同樣的副本。就算把編造的情報賣出去，也不一定有害到人的機率。

但因為這一行徑實在太過齷齪，她們負不起人命關天的責任，幾個女孩多番商量爭論後，還是下不去這個黑手。

於是，她們只好另闢蹊徑，選了她們中間最漂亮的那個人，一旦聽到有玩家在討論有價值的副本，在靠偷聽收集到一定情報後，就主動出擊。

作戰方案各有差別。如果對方是男性玩家，馬上各種星星眼表達仰慕，給予充分的讚美。如果對方是女性玩家，馬上態度誠懇，認真請教。

女性玩家給她們的尊重和善意，相對來說更多一點。「鏗鏘小玫瑰」甚至和三支以女性玩家為主的隊伍達成較為穩定的長期合作關係。她們在從副本回來後，會把副本資訊低價賣給「小玫瑰」。

「小玫瑰」也會盡己所能，免費提供給她們一兩個自己手頭的副本資

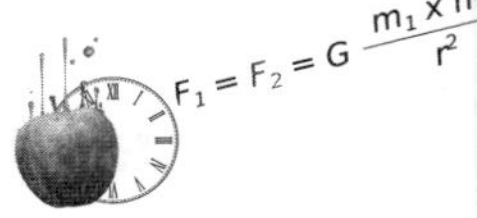


訊。情報來源這就算是有了，但她們的日子並沒有好過多少。如何賣出副本資訊，同樣讓人頭疼。

大多數會來買副本資訊的玩家，手頭都不怎麼寬裕。他們會質疑副本資訊的真實性，懷疑這裡面的資訊是摻了假的，擔心是其他隊伍故意提供摻了水分的虛假資訊，好害死其他隊伍的玩家，自己能在排行榜上多升上幾位。百般挑剔，千般嫌棄。

但說來說去，真正不相信出售的副本資訊的玩家隊伍，根本不會浪費寶貴的時間來她們這裡詢價。

詢價後又來跟她們磨嘰的，無非就是希望「鏗鏘小玫瑰」降點價、打點折，爭取用最低的價格獲得情報。

起先，「鏗鏘小玫瑰」還一邊自我安慰著「有生意不做王八蛋」，一邊蠢蠢地壓價打包，賣出了不少資訊。結果一轉頭，從他們這兒買到資訊的人，就用遠高於她們出售價的價格把資訊倒賣給其他的冤大頭。

四個姑娘得知這一情況，差點被氣出小葉增生，打落牙齒和血吞後，她們長了不少心眼。

但長心眼，也並不能讓生意好做一點。她們即使挖空心思，四處推銷，生意依然寥寥，賺得的積分僅夠她們溫飽和呼吸。

即使和「斗轉賭場」的曲金沙曲老闆同為最早進來的那一批玩家，到現在為止，她們手頭上積攢的積分，加起來也不過 10000 點，綴在排行榜的後排位置，勉強度日。

和諧又美好的「松鼠小鎮」就是她們的日常活動地點。

今天，隊長邵倩起得最早……但也已經 9 點了。

她躡手躡腳地起床，用昨天的剩飯，和著即將過期的火腿炒了一鍋飯。她想到有點感冒的門面妹子楚微，猶豫了再猶豫，還是狠狠心，敲了兩個雞蛋進去，打算給她補一補。

在雞蛋炒散的時候，邵倩接收到更新通知。她看也沒看，隨手就點擊了更新……反正她們這種小蝦米玩家也沒有反抗系統的必要，等更新完畢，再看看究竟更新了什麼吧。

幾分鐘後。她拿著鍋鏟，盯著更新過的頁面，愣了十數秒。

接著她飛快關了火，撲到床上，把三個睡眼惺忪的姑娘挨個揉醒，「醒醒！醒醒！」

這次更新，對四個勉強靠小生意維生的女孩來說，算得上喜憂參半。

天降的 500 積分，只讓她們體驗到短暫的快樂。真正讓她們感受到威脅的，是「世界頻道」這個新功能——有了這個即時交流的工具，玩家之間不就能繞過她們這些情報小販、直接實現溝通交流了嗎？一旦有了溝通的管道、走出封閉的資訊圈子，人民群眾樸素的智慧就會呈指數級增長。他們能交易道具，必然也能交流副本資訊。到時候還要她們有什麼用？做不了中間商，賺不了差價，她們接下來要怎麼過活？

「鏗鏘小玫瑰」決定，絕不坐以待斃。

以前在廣告部工作的妹子陳美冰迅速著手擬定宣傳稿，打算借一波世界頻道剛開的東風，把售賣優質副本情報的小店——「鏗鏘小玫瑰」的名氣打出去。

值得憂慮的是，她們的競爭對手實在不少。好在隊長邵倩更新最早，在時間上占了一點優。

所以她們更要快，要抓住第一波宣傳的時機。陳美冰和邵倩緊鑼密鼓地商量廣告要怎麼打比較炸。慢跑愛好者盧璐露則會在吃過早飯後，按慣例出門，繞小鎮慢跑一周，繼續查看有沒有可以合作的生面孔，順道去確認一下「松鼠小鎮」今天有多少玩家進入。

而楚微則裹著毯子，緊盯著世界頻道，觀察有沒有其他情報販子先於她們發布廣告資訊。

看了一會兒，她突然一擰眉毛，「……咦？」

邵倩馬上緊張地抬頭，「怎麼了嗎？已經有人發廣告了嗎？」

楚微：「不是……」她吸了吸塞得厲害的鼻子，「世界頻道裡，有個人說了一句很奇怪的話。」

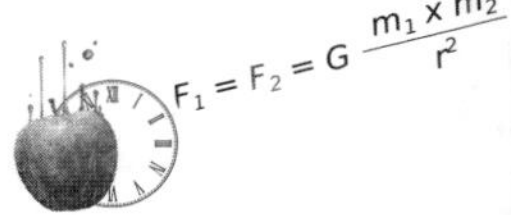

剛上線的世界頻道裡，說話的人實在不少。所以邵倩向上刷了好幾下，才看到楚微所說的……那句「奇怪的話」。

立方舟 - 李銀航（李 bank）：請現處於「松鼠小鎮」內的玩家，在 8 小時內離開小鎮。

下面只有一個人象徵性回了個問號，這句話就被淹沒在海量的信息中。邵倩根本沒往心裡去：「不用理它。」

5 分鐘過去後。

一直盯著世界頻道的楚微再次發出疑聲：「……咦？」

立方舟 - 李銀航（李 bank）：請現處於「松鼠小鎮」內的玩家，在 7 小時 55 分鐘內離開小鎮。

與此同時，邵倩也看到了。

她也被勾起了一點好奇心：「這人想幹麼呢？」

這時，盧璐露慢跑回來了。

邵倩隨口問她：「三鹿，小鎮裡現在有多少個玩家？」

盧璐露用白毛巾擦一擦汗，答道：「一千九百九十個。怎麼啦？」

這一資料，是從小鎮門口即時更新的遊客數量電子牌得來的——和那些遊樂園、景區一模一樣的設施。

聽到這個資料，邵倩不禁笑著搖了搖頭。

大家在小鎮裡休息得好好的，憑什麼撤出去啊？再說，憑這個玩家一句話，就能在八個小時內把快兩千個人撤出去？鬧呢？

這一天，松鼠小鎮幾乎所有玩家，在看到李銀航刷出的前幾條內容高度相似的提醒時，想法都和邵倩相差無幾。

——妳誰啊？有病吧？

但是在第十二次看過這句每隔 5 分鐘就會精準出現一次的提醒後，大家的心理不約而同地發生了微妙的變化。

楚微有點坐不住了，她看向邵倩，「邵姐，這個李銀航想幹麼？」

邵倩還是硬著頭皮：「別管。」

然而，完全置之不理是根本做不到的。她們摸不著李銀航和她背後的「立方舟」的底，心中的不安與時俱增。

要知道，即使在相對來說安全係數最高的「松鼠小鎮」，「鏗鏘小玫瑰」也見過喝醉的兩支隊伍爆發衝突，互相拉扯著消失在夜幕當中。第二天，一具不知道屬於哪支隊伍的屍體就漂在海灣間。

遊戲系統只規定，不能在中轉站中使用副本道具，可是不用副本道具弄死人的方法有千千萬萬。五座中轉站，並不是什麼溫馨美好的安樂窩、避風港。想靠一句似是而非的話就驅逐近兩千人、意圖騰空這個小鎮？這個「立方舟」到底想幹什麼？

恰逢世界頻道剛剛開啟，這個時間點，新功能獲得的矚目永遠是最多的。諸多疑問在眾人心中盤桓了一個小時左右後，終於有人按捺不住了。

立方舟 - 李銀航（李 bank）：請現處於「松鼠小鎮」內的玩家，在 6 小時 55 分內離開小鎮。

東海 - 王尚月：@ 立方舟 - 李銀航（李 bank），請問為什麼要我們離開「松鼠小鎮」？

對方並沒有回覆。活像是一個設定好程式的 AI，只負責精準報時，並不具備答疑解惑的功能。

這不免讓「小玫瑰」中脾氣最火爆的廣告專員陳美冰暴躁起來：「他們到底想幹麼啊？！」

楚微小心翼翼地提議：「要不，我們去『家園島』待一段時間吧？」

「憑什麼？！」陳美冰心情很不好。

她一起來就被安排緊急加班，結果精心編纂完投放出去的廣告，收穫的反響零零星星，在世界頻道的討論度還不如一個莫名其妙的報時器。

她氣鼓鼓道：「我們不走。這人讓我們走我們就走啊，神經病啊。」

楚微是女孩們中最漂亮的，但性格是標準的軟妹，壓根兒沒有什麼攻擊性。她擔憂道：「這個隊萬一是想幹點什麼呢？」

陳美冰嗤了一聲：「他們能幹什麼？把小鎮給炸啦？」

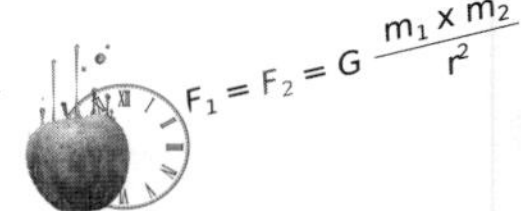


邵倩抬起頭來，「……倒也不是不可能。」

她示意自己的隊員去看更新後的排行榜。

在眾多隊伍裡，「立方舟」的排名居然挺靠前……團隊排名第 121 位。三位團隊成員中，個人積分排名最高的叫南舟，不多不少，正好第 500 名。

雖然「立方舟」的團隊排位，和位於團隊榜榜首的「。」的積分數相距甚遠，雖然對混跡於「鏽都」、「紙金」和「古城邦」三地的某些副本瘋子來說，這個隊伍的積分還不算特別能入眼的……

但在以鹹魚玩家為主要成員的「松鼠小鎮」，絕大多數玩家還真惹不起他們。

陳美冰看著對方的 121 名，再看看己方 300 名開外的排名，一時無語凝噎。

關鍵時候，邵倩身為隊長，還是穩得住的。她對盧璐露說：「三鹿，再去看看門口的牌子。現在有多少玩家離開了？」

盧璐露正好坐得焦躁，有點事情去做分分心，總歸是好的。她往門口位置跑去。

在這期間，李銀航的時間倒數一直沒有停止。

這種感覺並不美妙。就像是你在一個 24 小時開放的公園裡逛得好好的，突然有人用大喇叭反覆通知你，閉園了，請遊客迅速離開。哪怕從來沒聽說過閉園這種規矩，哪怕根本不知道是誰在發號施令，但普通人還是會下意識揣測，是不是要發生什麼事情了？

在得不到解答時，這種無形的憂慮和不安會自動驅使人做出趨利避害的選擇。

她往「松鼠小鎮」的入口跑去時，已經有三三兩兩的玩家結伴往門口的傳送點走去。人不算多，並沒有形成像樣的人潮。

盧璐露上前打聽一番，確定這些玩家都是自行選擇離開的。雖然他們都不知道發生了什麼，但多一事不如少一事。別人讓他們走，他們就走。

雖然聽上去沒什麼尊嚴，但安全至上，要什麼尊嚴……鹹魚玩家大多都是這樣的。

盧璐露嘆了一聲，加快步伐，往門口的電子顯示牌處趕去……有個身影，比她更早立在顯示牌前。

盧璐露一眼匆匆看過去，原本跳動頻率還算穩定的心臟瞬間失序。她硬是大喘了一口氣，調勻呼吸，才勉強控制住沒有岔氣。

年輕男人也注意到了她的存在，淡淡看她一眼，就挪回視線。

盧璐露微紅了臉頰。任誰看到這種畫裡才能看到的人，哪怕是被他這樣冷淡地剔上一眼，第一時間也不會有被冒犯的刺痛和不滿，只會覺得有薄薄的一層冰雪灑在心尖上，又冷又酥麻。

她走到了男人身邊，看向顯示牌——

現在是怪異播報開始後的 1 小時 20 分鐘。鎮上的一千九百九十個玩家，只陸陸續續走了二十幾個，不算很多。

盧璐露說不好這值不值得高興，她只知道自己更迷茫了。於是她試圖跟身旁的年輕男人搭話：「……您好？」

南舟看向了這個陌生的玩家。他不會主動跟別人攀談，但當別人主動和他談話時，他也會認真地予以回應。

他說：「您好。」

盧璐露：「……」受寵若驚，她還以為這個高冷系的美人帥哥會徑直走開。

她急忙問道：「您也看到頻道裡的那個人講的話了嗎？要我們馬上離開『松鼠小鎮』什麼的……」

南舟：「嗯，看到了。」

盧璐露：「……你怎麼看？」

南舟一個磕巴也不打：「如果是我，我會離開。」

盧璐露：「……啊？」

南舟望著她的眼睛。他的眼睛很黑很深，但同樣清澈，有種處在不尚

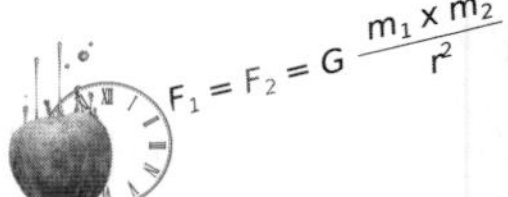


修飾和濃墨重彩之間的矛盾感。

他說：「還記得今天的更新內容嗎？」

盧璐露點點頭。

南舟說：「系統突然修改規則，不允許玩家捕捉副本生物。那麼，換個思路，是不是已經有玩家捉到了副本裡的生物？是不是……」

說著，他淡淡往小鎮內投去一瞥。

簡簡單單的兩句話，再加上一個眼神，說得盧璐露恍然大悟之餘，冷汗直落。

南舟轉回頭去，看著顯示板，輕描淡寫道：「……這裡也許會發生很恐怖的事情。」

盧璐露無心再欣賞美人了，匆匆道過謝，快步向她們的落腳點奔回去。但在即將抵達目的地時，她忽然想，既然那個男人打定主意要走，還一個人留在那兒幹什麼？

如果他是想把自己的想法說給別人，直接在世界頻道裡開麥豈不是更好？不過，這個念頭也只是在她腦海中一閃而過。人家也算是為她指點了迷津，自己還懷疑人家，實在太不像話。

她回去後，立刻把南舟的話鸚鵡學舌給了其他三個姐妹聽。直到把自己的想法說完，她才發現，三人的面色都不大好。

邵倩讓盧璐露去看世界頻道。

她憂心忡忡道：「大家的推測都差不多。」

果然。此時此刻，許多玩家正就更新原因進行熱烈的探討。

冰川 - 張海：為什麼會有這種更新內容？

角龍 - 曾強：真有人傻逼到把副本裡的那些鬼東西抓到背包裡嗎？

大雁 - 葛燕飛：不要命了吧？再說，抓來副本生物也根本沒法用吧？它們難道還能聽玩家指揮不成？

回家 - 李雋星：如果沒法用，他們難不成是要在「松鼠小鎮」裡把這個東西處理掉？

不得不說，世界頻道讓大家原本只能閉塞在小隊內部的交流開闊了許多……當然，資訊多了，各類爭端和心思，也正以肉眼可見的速度蔓延。

有人開始勸「松鼠小鎮」的玩家留下。

白金玩家 - 莫朝勇：太杞人憂天了吧。

白金玩家 - 莫朝勇：怎麼會有人幹這種缺德的事情，再說副本生物被帶出來後，如果被算成「道具」，也未必能在中轉站裡派上用場啊。

白金玩家 - 莫朝勇：我就在「松鼠小鎮」。反正我是不會因為一個似是而非的可能性離開的。

當然，發出如上高論的莫先生沒有注意到，每個在世界頻道發言的人的姓名旁側，都會有一個不甚起眼的、裝飾模樣的小小圖示，標明自己的即時位置。

這人的姓名旁邊是一把鋼刀，而不是一個 Q 版的松鼠頭。換言之，此人其實現在身在「古城邦」。只能說，他的心思足夠毒辣，想騙其他玩家留下來看看情況。吃虧就吃在對世界頻道的運用還不夠熟練。

有些玩家也抱持著和這位莫先生同樣的想法：他們想要「松鼠小鎮」的人留下。

反正把副本生物放出的後果不需要他們來承受，如果真的有「松鼠小鎮」的玩家被副本生物殺死，讓自己能在排行榜上前進一兩名那可是皆大歡喜的事情。這是不需他們髒手的減員行為，他們完全可以坐山觀虎鬥，坐等排名上升，有百利而無一害。

此時，身在「松鼠小鎮」內的「鏗鏘小玫瑰」，無形的焦慮情緒在沉默中遞迴傳染開來，就連剛開始強烈反對離開的陳美冰也不說話了。

邵倩環顧四周，「怎麼樣，我們要走嗎？」

暫時無人應答。

而真正促使她們下定決心離開的，是半分鐘後，再次跳出的提示。

立方舟 - 李銀航（李 bank）：請現處於「松鼠小鎮」內的玩家，在 6 小時內離開小鎮。

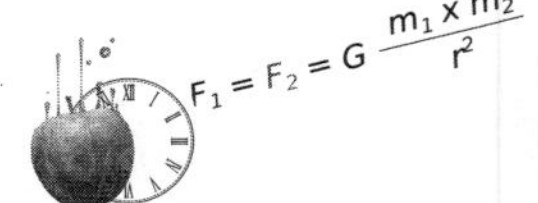


「鏗鏘小玫瑰」最終選擇離開，去最近的「家園島」暫時躲避。

在她們往海灘方向走去時，和她們同時撤離的隊伍比盧璐露剛才所見的龐大了數倍。

大家心中的算盤，此刻運轉的方式幾乎完全一致：他們不過是換一個地方休息，或是做生意。

如果 8 小時後沒什麼事情，那他們大可以再回來。每個人的命都只有一條，他們可不想稀裡糊塗地扔在這個童話城堡裡。

隨大流往外走時，楚微怯生生地叫邵倩：「邵姐。」

邵倩：「嗯？」

楚微：「如果那個『立方舟』……真的有心想弄死我們，為什麼會提早通知呢？」

邵倩被問住了，她支吾了一陣：「可能是……」

一旁的陳美冰冷冷道：「或許，他們想算計的不是我們，是那些人。」她抬手一指。

幾個女孩子抬眼望去，發現在這種情況下，居然有逆著人流、從「松鼠小鎮」外往裡進的玩家。

那些人無一不是面相凶惡、肌肉虯結的樣子，正警惕打量四周境況，研究和記憶小鎮的建築布局。顯然，他們來到這裡是有圖謀的。

邵倩愣了一愣，豁然開朗。

一些有隊友的玩家，並沒有馬上更新自己的頁面，他們可以通過隊友已更新的頁面來獲取相關資訊。如果『立方舟』真的抓到了副本生物，且真的打算在「松鼠小鎮」把這東西放出來，這些人當然也可以用未更新的倉庫，重新把它抓走。

在這之前，沒人敢拿僅有的一條命做賭注去涉險抓副本生物。碰上了，他們跑還來不及。

現在，有人實踐過，且成功了，他們自然會想依樣畫葫蘆地嘗試一番。一個副本生物在手，說不定會是一個有力的籌碼。

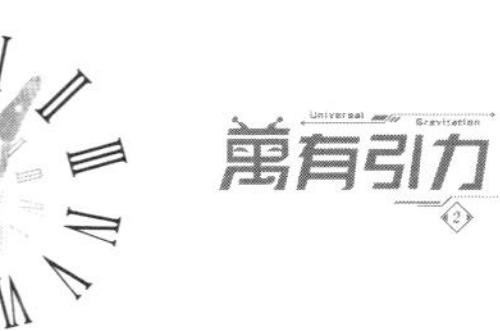

「想得可真美。」陳美冰說：「如果『立方舟』抓到的那個東西夠強，不是狼人、喪屍這種單靠力氣就能降伏的怪物的話，這些人……就是來白白送死的。」

說著，她瞥了一眼那幾個看上去悍不畏死的彪形大漢。

這些人的到來，這也在「立方舟」的盤算之中嗎？或許，「立方舟」根本沒打算殺死她們這些等級比他們低的鹹魚玩家。他們想利用副本生物這個噱頭一網打盡的，是這些積分排名靠前的玩家。

楚微可想不了這麼多。她被嚇得吐了吐舌頭，「快走快走，反正跟我們沒關係。」

準備離開時，盧璐露忍不住瞥了一眼電子顯示牌的位置。

兩個小時過去了，小鎮的人數，銳減到 1000 以下。而且即時人數還在不斷跳動著變換，穩定地減少著。

至於原本站在那裡的男性美人，也早就不見了蹤影。

盧璐露稍微有些遺憾，扭過臉來，把自己的注意力重新集中到世界頻道上。

就在剛剛，李銀航又報了一回時。盧璐露不由得出了神：不過是一條 5 分鐘一更新的資訊，就能把整塘水攪得這樣天翻地覆……

與此同時。

本來打算在鏽都好好休息、睡上個三天三夜的「龍潭」三人組，現在一個比一個精神。

剛剛更新介面的羅閣和齊天允正目不轉睛地緊盯著螢幕。

「……日。」羅閣表情有些扭曲，「他們幹什麼呢？」

說著，他伸手去推正閉著眼睛在一旁睡覺的孫國境，「老孫你還睡？！他們要把那個怪物放出來！」

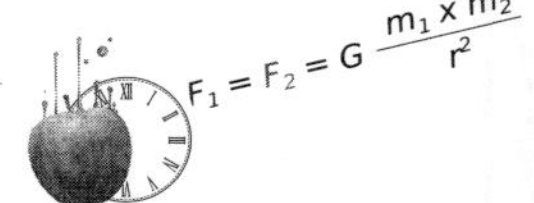

孫國境懶懶道：「放唄。老子現在在『鏽都』呢。再說，副本都結束了，它還能殺我？」

——這倒也是。

但羅閣仍不大放心，他提議說：「要不我們在世界頻道上聯絡他們一下？問問他們想幹什麼？」

「你管他們呢！」孫國境翻身跳起，抄起枕頭矯健無比地抽了一把羅閣的腦袋，「他們想幹啥，關咱們什麼事兒？」

齊天允也贊同孫國境：「老孫說得對。再說，要是暴露咱們是知情人，難免會惹麻煩上門。『鏽都』不比『松鼠小鎮』，人多嘴雜，沒必要自找沒趣兒。」

孫國境跟齊天允對視一眼，互相擊了一下掌，他重新蒙上枕巾假寐。

其實，孫國境才沒想這麼多。南舟、江舫、李銀航救了他一條命，他們哪怕真想把那個島上的玩家全給收了，他也不會去搞事情拖他們後腿。況且，那三個人哪裡是那樣的人呢。

原本還想再觀望觀望的玩家，在看到七八隊看上去就不是易與之人的玩家出現在小鎮中，也馬上改變策略，腳底抹油。

擁有近兩千名玩家的「松鼠小鎮」以難以想像的速度，在短短三個小時內被清成一座空城。而報時器似乎並沒有要停止的意思。

眼看著日影移過正中，那些玩家確認了一遍門口的計數牌，確定不相干的玩家應該已經盡數撤去。

平素人滿為患的童話小鎮，由於過度的寂靜，就連路邊卡通雕塑上揚到誇張幅度的嘴角，都帶了一點說不出的邪意。

石油 - 方晃：人走得差不多了。

導演 - 支荀：「立方舟」的，出來。

先鋒 - 林奇兵：我們可以先談談，約個地點。

有三支隊伍不約而同向「立方舟」發起了邀約，態度不一，但目的一致。在他們的認知中，所謂 8 小時的寬限，不過是「立方舟」故弄玄虛的手段而已。等小鎮裡的其他玩家走得差不多了，他們也該動手了。

三方耐著性子等了 1 分鐘有餘。等來了一句——

立方舟 - 李銀航（李 bank）：請現處於「松鼠小鎮」內的玩家，在 4 小時 40 分內離開小鎮。

眾人：「……」

不過，他們都是久在副本中混跡的，怒氣並不會輕易地被挑起，大家各有安排。三四支隊伍的人各自挑了酒吧和餐廳休息，補充營養。幾個小時，他們等得起。

另外幾支隊伍互不交流，卻默契地在小鎮內各自散開，搜索「立方舟」可能的落腳點。

採取不同行動方向的人都在暗自笑話對方。

休息的人認為「松鼠小鎮」這麼大，白白搜索在這種事情上浪費體力，簡直蠢得不能再蠢了。

搜索的人認為，花時間在休息上，就是暴殄天物的行為。

「立方舟」的坐標系明明白白的就在「松鼠小鎮」裡，李銀航每隔 5 分鐘還要報時一遍。只要這人姓名旁邊的 Q 版松鼠頭一直在，就不怕「立方舟」他們從小鎮上跑掉。找到他們的蹤跡、先下手為強，提前想辦法控制住他們，讓他們交出副本生物，那些現在優哉遊哉的人就只能乾瞪著眼在一旁羨慕了。

雙方心照不宣地辱罵對方：大傻逼。

身在「松鼠小鎮」上的玩家自顧自地各行其是，倒是讓身在局外的人浮躁起來，起鬨架秧子的人開始多了起來。

「縮頭烏龜！」

「非要等八個小時幹什麼？是不是逗人玩呢？」

「『立方舟』也不一定有副本生物吧，這都是大家的推測吧？」

「就是，人家隨便報個數，就有一幫傻子被哄得跑過來跑過去啦～」

島上的人沒被李銀航這個沒有感情的報時機器激怒，卻個個被世界頻

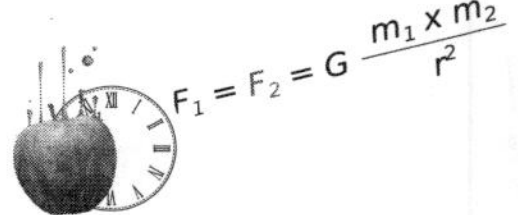


道裡這些聒噪又陰陽怪氣的傢伙氣得不輕。

有兩組本來想原地等待副本生物出現的玩家硬是改變主意，動身投入了搜索之中。要是找到那個「立方舟」的李銀航，不論男女，先痛打他們一頓再說！

在城堡影院叢叢的水晶尖頂掩映間的一小片平臺上，江舫抱臂靠立在遠離平臺邊緣的一端。

他和南舟一樣，並沒有更新遊戲介面，但眼下的局勢，與他和南舟推導的局面幾乎完全相合。

所以江舫想也知道，世界頻道裡目前是怎樣一副亂象。

面對連篇累牘的辱罵，李銀航面不改色地喝了一口水，在系統時間指向確切數字的瞬間，指尖一動，將早已編輯、審核多遍的倒數計時發送出去，她無比忠實地執行自己的角色功能。

江舫閉著眼睛：「那些話，不用放在心上。」

李銀航莫名其妙：「啊？什麼？」

她的視線聚焦在那些快速劃過的惡毒文字上，才意識到江舫的指向，滿不在意地揮了揮手，「嗨，這算什麼。」

在李銀航的工作生涯中，早就對語言這種武器的殺傷力麻木了。曾經，她也是一個天真爛漫的小客服，直到生活一巴掌摑醒了她。

她還記得自己剛入職的時候，和一個口音濃重的大爺進行的一番對話。大爺第一次打電話來的時候，還挺慈愛，迷惑性極強：「我的卡，能在會澤取到錢吶？」

李銀航答道：「請問您的姓名和銀行卡號是……」

大爺極為警惕：「憑啥告訴妳吶。妳就告訴我能不能取？」

李銀航只好拋棄了話術：「您好，是可以的。」她還非常不合時宜地皮了一下：「雲南是我國不可分割的一部分。」

大爺的第二通電話是同事轉接過來的，李銀航也不知道他是怎麼記住自己的工號，他張口就說：「取不出來。」

李銀航再次詢問：「您的銀行卡號是什麼呢？這裡可以為您提供諮詢哦。」

結果，大爺瞬間炸了毛，把李銀航劈頭蓋臉一陣痛罵，彷彿她問的不是卡號，而是他的銀行卡密碼。

李銀航被罵得半個小時沒回過神來，好不容易走出陰影，第三通電話又進來了，還是同一位大爺。

大爺小聲道：「妳不會騙我吧？」

為了能讓大爺取到錢，李銀航愣是把自己祖宗十八輩兒的清譽都賭咒發誓上了。

大爺終於扭扭捏捏、極不情願地報上自己的銀行卡號。

李銀航呆愣了片刻，說：「您好……這裡是光明銀行。您的卡是工商銀……」

電話那邊一片沉默，然後咵地一下掛上了。

回想起過去種種，李銀航竟覺得，那遙遠得像是上輩子的事情。

一旁的江舫閉著眼睛，後背貼著身後大塊的粉水晶裝飾壁，鼻尖微微沁出汗珠來，他抓握著自己手臂的手指讓衣料大片下陷。江舫的整體姿態是故意粉飾過的、能瞞過人眼的放鬆。但唯有他自己知道，他的肌肉是如何緊繃，耳畔是如何充斥著藤蔓細微的、讓人牙酸的晃動聲。

每次站到高處，他都會有自己還留在當年父親墜崖地點、被懸掛在生死一線的幻覺。無人救援、無人理會、無人……

突然，一隻手突然從旁側伸出，抓住他的衣角。身體細微的失衡，讓江舫瞬間產生強烈的應激反應。

理智像是父親踩踏過的那片泥土，坍塌的剎那，江舫已經閃電般握住那隻手的腕部，猛然發力……

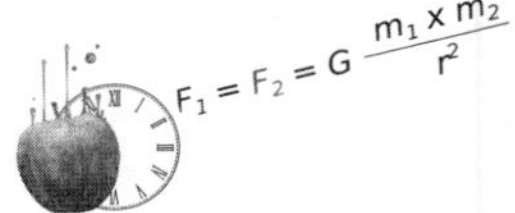


清脆骨響響起的一刻，江舫幾近脫韁的情緒也在同時回籠。他心尖一悸，回過頭來，正好看進南舟一雙沉靜中帶著點淡淡詫異的雙眼。

南舟咔吧一下把被江舫抓卸掉的手腕接起來。動作之快，讓李銀航根本沒意識到剛剛發生了什麼。

南舟說：「安全了。城堡裡的人都走了，正在往東邊的錫兵道走。我們下去。」

他們早就對眼下的局面有所估計。實際上，來「松鼠小鎮」上的人，比南舟和江舫當初推測的還少了些。

他們事先錨定了幾個起碼有兩個出口的藏身點，但還是碰到了變數。在轉移的路上，有兩支隊伍好巧不巧地同時封堵住他們事先選好的兩條路。不得已，他們撤回中央城堡，躲上了城堡尖頂叢中的視覺死角位置，觀望那些人的走向，也好判斷他們下一步該往那裡走。

「對不起。」

放下被他們藏起的暗式的閣樓梯，重新回到城堡內部時，南舟一邊和江舫並肩，沿著旋轉設計的水晶階梯拾級而下，一邊跟江舫說話。

他冷著一張臉，認真分析自己的錯誤：「我也不想上那麼高，如果不是沒有路的話。」

江舫：「我好像沒跟你說過⋯⋯」我恐高這回事。

南舟偏著臉看向江舫，略帶疑惑地一眨眼，「需要你跟我說嗎？」

江舫心尖一片柔軟酸澀蔓延開來，他想要去抓南舟的手，「手還疼⋯⋯」

問句沒有結束，南舟的手就抬了起來。

「啊。」他碰了碰面前的控制臺，「系統又給我發了一條私信。」

江舫抓了個空，倒也不尷尬，指尖輕擦著南舟的後背一路上移，自然地搭上他的肩膀，「說什麼了？」

南舟言簡意賅：「⋯⋯漲價了。」

從大約一個半小時前，南舟的後臺就接到一份官方口氣很重的聲明。

內容一板一眼，基本可以歸結為，目前我們推出了即時更新送福利的任務，現在更新，不僅可以獲得 500 積分，還能隨機獲得一份道具。道具等級最高可達 S 級。希望你不要不識抬舉。

南舟想也沒想就把私信已讀後丟進垃圾箱。道具等級最高可達 S 級，意味著最差可達 D 級。南舟不吃這個虧。

這已經是第二封系統發來的私信。口吻和剛才相比，發生了微妙的變化……至少會用敬語了。

親愛的玩家。

目前在您的背包中檢索到了具有高度危險性的異物，建議您立即清除。如不按時清除，將有可能導致收容系統崩潰。

請於 1 小時內更新系統補丁，否則後果自負。

很快，這一封私信和上一封去垃圾桶裡相親相愛了。

李銀航在旁詢問：「還要發倒數計時嗎？」

南舟把面板關閉，「繼續發。」

系統所說的「高度危險性」當然不假。它危險到系統連續花了 40 小時去打更新補丁，就是為了合理地阻止南舟攜帶它進入休息點。

這樣強烈的反應，反而向南舟傳達了一個資訊：和一旦進入「鏽都」、「紙金」、「古城邦」、「家園島」、「松鼠小鎮」這五個休息點，就會被禁止使用的道具系統不同，在遊戲最初的設定裡，副本 boss 並不算道具。

它甚至可以算是被程式師完全忽略掉的……某種 bug。因此在休息點，它仍然有極大可能會保持它的活性和殺傷力。

鑑於此點，南舟大可以把這扇詭譎的門安放在「松鼠小鎮」那唯一的入口旁，讓它成為小鎮的「門」。一扇虛假的、通往死亡的地獄之門。它自會找到方式生存、扎根下來，就像它和東五樓教學樓自然而然地融為一體一樣。它自身的特性，本來就是無來源、無理由、無法覺察的，最純粹的惡意。

就連南舟也無法和閘內之物正面對抗……要不是門內之物非要和一扇門藕斷絲連的話。

以它的實力，它能肆意抹殺、吞噬每一個不慎通過它進入「松鼠小鎮」的人。而進入小鎮的玩家，甚至會在不知道發生什麼的前提下，被從這個遊戲中徹底擦除。

其他隊伍的人也會遺忘他們，這是再乾淨無痕不過的殺人手段了。

坦誠說，南舟從一開始，針對的就不是被他們一系列操作折騰得一頭霧水、議論紛紛的玩家們。

他賭的是，系統不允許他這樣幹。因為倘若這事兒真的讓南舟做成了，南舟就從根本上摧毀了五分之一個休息點。

在毫無線索、毫無頭緒、沒有道理、沒有規則的惡意面前，遊戲的平衡性將被完全打破。

如果「立方舟」想，他們甚至可以誘導一些高分玩家前往「松鼠小鎮」送死。彼時，《萬有引力》積分榜存在的意義、遊戲規則設定的意義，將遭到全方位的破壞和否定。

面臨這樣的窘境，系統背後的操控者當然是十萬分的著急上火。但在南舟規定的 8 小時的時限內，系統想再添加新的補丁，明顯力有不及。

這八個小時的博弈和倒數，不是數給玩家看的。是南舟用著系統親手打造的世界頻道、當面一點點數給系統看的……時間不多了，快點出價。

系統顯然在高度關注南舟的動向，因為第三封私信無縫發送了過來。

親愛的玩家……

南舟審視著這封私信，依稀看到遊戲製作者咬得直發抖的腮幫子。

鑑於您背包中存在價值較高的珍稀材料，您可前往特定地點進行物品交易及兌換。

兌換金額為 2000 積分。

機會難得，不要錯失哦～

南舟想，換了一個比較可愛精乖的文案。這措辭可謂轉進如風，立即就把「高度危險性」的物品變成了「價值較高的珍稀材料」。

他把第三封私信讀了一遍，又一遍。吊足了暗中觀察的未名之人的興趣後，他手一滑，把私信再一次毫不留情地飛到垃圾箱裡。

遊戲策劃者：「……」呔。日你先人。

在南舟和系統暗中角力、並不斷否決它提出的交換條件時，剛發完一條倒數計時的李銀航隨口問了江舫一句：「要是系統真的不肯花大價錢跟咱們兌換系統，那我們該怎麼收尾呢？」

聽到她的疑問，江舫轉過臉來。他現在的情緒很不對勁，因為他剛從高處下來，而且還沒有握到南舟的手。

江舫淡灰色的眼睛裡盈著溫柔的閃動的光，「那就放啊。」

他的語氣太過自然溫和，李銀航愣是反應了一會兒，才意識到他究竟說了些什麼。

「就算有玩家死了，只要我們最終能贏，他們還是能復活的。」江舫無比坦然地笑說：「銀航的心願，不就是希望一切死去的玩家活過來，一切回歸原點嗎？」

一股寒意從李銀航腳底直接衝上心頭，「……」

江舫雙眼微微一彎，「……我開玩笑的。」

李銀航信了他的邪，下意識往南舟的身側躲了一步。

剛丟完私信的南舟注意到李銀航的動向，自然地迴護了她一把，側身問江舫：「怎麼了嗎？」

江舫眨眨眼睛，很無辜溫良的樣子。

——的確也沒怎麼。

李銀航只是突然感覺，江舫剛才第一次摘下屬於他的那張面具，似笑非笑地望了她一眼，又很快不著痕跡地戴了上去，把自己隱藏在溫柔的完美之下。

為什麼呢？大概因為南舟正在看著他吧。

CHAPTER

# 05:00

## 枕個大腿而已，<br>怎麼搞得跟睡過了一樣

進入「松鼠小鎮」四個小時後。

一組一無所獲的玩家，在路邊的長椅上稍作休憩，整頓精神。他們四人身上無不散發著濃郁的懊喪之氣。

其中一個留著尖茬茬刺蝟頭的人用指尖煩躁地刮著頭皮，粗魯罵道：「他娘的，真夠憋屈的！老子一背包道具，一撂出來，十個『立方舟』我也能給他抓回來！」

另一個說：「別忘了，五個休息點裡都有限制，道具用不了就是用不了，別嘰歪了。」

刺蝟頭正心煩得很，聽了這不客氣的話，張嘴就要回懟。

他們之中唯一一個更新系統的女隊員一個眼刀丟過去，及時阻止了爭端爆發：「別抱怨了。那個李銀航剛才又報時了。現在趕快做決定：是找個地方先休息，還是繼續找？」

商量的結果是，再堅持堅持，找半個小時。找不到，就休息。

他們只好不甘地站起身來，挑了一個方向，慢慢離去。

刺蝟頭的抱怨聲漸行漸遠：「……他們仨屬貓的嗎？一藏起來就找不見影子？！」

此時此刻。

三個屬貓的人，正排排坐在距離他們的休息點二十幾公尺開外、修剪成梅花鹿造型的綠植景觀下。

南舟探出腦袋確認他們的行蹤。江舫將手撐在他的身體和植觀之間的空隙處，下巴輕輕蹭著南舟的髮旋兒，和他一起觀察外面的境況。

南極星湊趣地跳到江舫的頭上，小爪子扒住他的頭髮，學著他們的動作，向外張望。

兩人一鼯疊在一起，和諧無比。確認安全。

「把石頭放下。」南舟回過身來，一邊摘著掌心的碎草，一邊對身後的李銀航說：「我在這裡，會讓你們去打架嗎？」

李銀航應了一聲，把沁著掌汗的石塊輕輕擱在草叢邊緣。這處梅花鹿

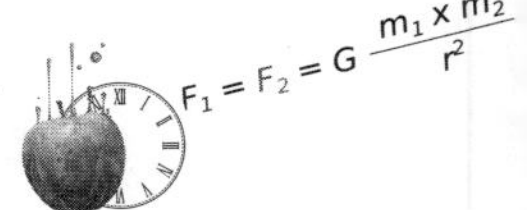


綠植不很高大，並不適合做藏身地。剛才在路上，險些和那波人喜相逢，讓她著實捏了一大把汗。

李銀航吁出一口氣，剛想說點什麼，就眼睜睜看著江舫將自己的一絲銀髮從南舟的大腿處撚走。

「我比較高，頭髮顏色又很顯眼。」江舫誠懇道：「剛才有沒有壓壞你？」

南舟唔了一聲：「還好。你又不沉。」

躺在腿上的時候，還很賞心悅目。

李銀航覺得這一幕很草。枕個大腿而已，怎麼搞得跟睡過了一樣。

她揉了揉鼻子，想幹點正經事兒，問道：「南老師，系統那邊的開價多高了？」

南舟答：「5000。」

李銀航：「你的理想價位是多少？」

南舟豎起了一根手指。

李銀航表示贊同：「10000？挺好。」

這都能頂一個副本的收入了，她在進帳這方面相當知足，甚至有點怕要多了價，得罪系統，系統盯上他們，反手給他們的選關卡上做手腳，專門分配給他們困難關卡，那就得不償失了。

抓住這個 bug，向系統要個 10000 點補償，李銀航覺得還算合理。

南舟冷靜道：「一百萬。」

李銀航：「……」

江舫模糊地笑了一聲，把跳到他掌心裡的南極星當做南舟輕輕 rua 頭。

「怎麼了？」南舟看到李銀航瞠目結舌的樣子，「我只是抬價。他可以還價。」

怕引起剛離開的一行人注意，李銀航捂著嘴巴，竭力壓低聲音叫道：「……世界上沒有你這麼抬價的！！」

這哪裡是抬價，這分明是騎臉挑釁啊。

南舟皺起了眉頭，十分疑惑不解：「可妳跟『紙金』城寨裡的那個住店婆婆還價，還了那麼多，最後也還是成功了。」

李銀航：「……」大佬就是這點不好，在擅長的領域格外揮灑自如，在不擅長的領域又格外認死理。

面對南舟「求解答」的真誠視線，她本來想拍拍江舫的胳膊，示意江舫上去當一把南老師的老師。

但回味起幾小時前那一瞬的凜然，李銀航不大敢動手動腳地造次，只給他使了個眼色。

江舫會意，抱著南極星，和南舟溫聲講解起來。江舫沒有從人情世故的角度入手，他說：「南老師，你定的那一百萬的價格，足夠把我們送上積分榜榜首了。」

南舟反問：「這不是很好嗎？」

江舫：「那遊戲系統已經等同於幫我們作弊了。反正左右都要失去遊戲的平衡性，還不如乾脆犧牲一個休息點呢。」

南舟沉吟片刻，又完美地回到自己的邏輯，反駁：「我又沒有不讓他們還價。」

江舫笑吟吟的：「那我們南老師心裡價位是多少呢？」

南舟認真道：「不能告訴你。」

江舫饒有興趣：「為什麼？」

南舟一本正經：「遊戲的策劃者說不定能聽到我們說的話。我們要守住底線，不能暴露我們的底價。」

江舫衝李銀航聳了聳肩膀，表示自己說服失敗，無能為力。但他有被南舟的可愛大大地取悅到，也算是額外的收穫。

李銀航：「……」

遊戲策劃要是真能聽到這番對話，恐怕要在探究到南舟的底線前先被氣死了。

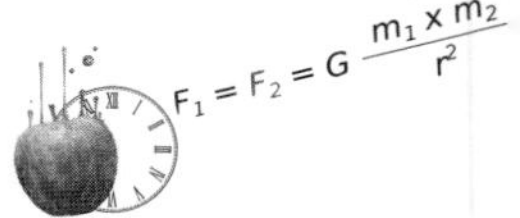

但她還是有些不安，「我們……會不會做得太過了點兒？」

李銀航頗有些憂心忡忡，道：「今天鬧了這一場，我們至少引起了全服的一半關注……就算我們真的拿這個系統 bug，交換到了我們想要的分數，系統和其他玩家都會格外關注我們的。」

南舟詫異地看了看李銀航，彷彿對她的擔憂很是奇怪。

江舫溫和地開口詢問：「怎麼會這麼想？」

李銀航：「你們想啊……現在有這麼多玩家，都在盯著我們的一舉一動。如果我們一下子獲得了過多的積分，他們很快就會發現，系統更新的『禁止捕捉副本生物』，和我們獲得的大額積分有直接關係。」

「現在還沒有下載更新的玩家還有很多。他們如果發現了 bug 的作用，也許會立刻投身到副本中抓 boss 和副本生物，引起連鎖反應，都和系統做生意，我們的優勢不也就沒有了……」

「很好的擔憂。」江舫笑說：「但是，不會有這樣的情況發生。」

李銀航：「為什麼？」

江舫回道：「很簡單，兩點。我們有籌碼、我們有時間。其他玩家沒有。」

李銀航被這三言兩語一點撥，豁然開朗。

是啊。對遊戲策劃和主持者來說，南舟留給他們的時間並不多。強制玩家更新的補丁，對方並沒有趕製出來。8 小時的工夫，完全不夠他們亡羊補牢的。

在他們看來，「立方舟」完全可以在發現無法達成交易、氧氣耗盡的時候，把這扇見鬼的門往「松鼠小鎮」門口一丟，直接選關撤退，刷副本去也。

反正對「立方舟」來說，不管是和系統做交易，還是把 boss 留在小鎮上禍害其他玩家，對己方都是有大大的好處。

但其他眼饞副本 boss 的玩家就沒有這個機會了。他們就算馬上明白過來發生了什麼，並帶著還能捕捉 boss 的舊系統進入副本，也是要耗費相當長一段時間去通關下一個副本的。

在這段時間內，系統有充裕的時間趕製新補丁。

再說，捉 boss 是件九死一生的事情。

就算其他玩家真有冒死帶著 boss 出來的能力，然而，他們可能剛出副本，兜頭迎來的就是全面推廣開來的強制更新補丁。

江舫笑說：「所以，這個 bug 帶來的利益，只能有一支隊伍擁有，那就是我們。」

南舟點點頭，「舫哥說得對。」

同時，他轉向了李銀航，「我們總歸會成為第一的。到了那種時候，想不引人注意都很難。」

南舟聲音很淡：「……銀航，妳要儘早習慣。」

聽他這樣說，李銀航心中的塊壘一下被衝開了。她注視著這兩個人，第一次意識到他們是如此相配。無論他們的性格如何、外貌如何，他們骨子裡的自信，讓他們的靈魂並肩而立的時候，都是一樣的神采飛揚。

她迅速走出了重重焦慮，積極道：「那我接著發倒數計時！」

這個原本逼格飛天的副本 boss，毫無尊嚴地淪為砧板上的豬肉，由得兩方根據它的身價討價還價。

私信的文案到後期雖然越來越不耐煩，但最終還是勉強保持著文質彬彬的樣子，咬著後槽牙，不情不願地和他們達成了一致。

在李銀航倒數到最後 15 分鐘，而系統發了第十三封私信時，成功在拉鋸戰中達成交易。

它價值 75000 積分，平均每個人可均攤到 25000 積分。外加三個 A 級道具。不過從這個數字背後映射的含義來看，顯然可見系統極力壓抑著的憤怒。

李銀航不理會它的無能狂怒，開心道：「它罵我們三個二百五呢。」

南舟疑惑地看了李銀航一眼，數了數進帳的積分卡，一本正經道：「沒有，明明是兩萬五。」

積分是以積分卡的形式進入他們的背包的。目前，主動權全部掌握在「立方舟」手裡。系統要先給獎勵，他們在確認接收後，才會手動更新到最新版本。

看到倉庫裡的新增積分卡和道具時，「立方舟」三個人心思各異。

南舟認真地猶豫了一下，自己要不要耍流氓，拿了積分，不給 boss。

但這個 boss 他們拿在手裡，一是不知道怎麼用，二是浪費了一個儲物槽，三是等到系統開發出相應的補丁後，它還是會被回收。

所以他挺痛快地點擊了倉庫更新的按鈕，眼睜睜看著那猙獰扭曲的怪物，咻的一下消失在自己的儲物槽中。

大概是由於南舟剛才那「一百萬點」的漫天要價，李銀航看到這面值 25000 點的積分卡，腦子裡第一時間冒出一句：「……就這。」

但她馬上在心裡搧了自己一記耳光。這可是 25000 積分！李銀航妳清醒一點！！

為了分散自己的注意力，她忙問：「現在還在『松鼠小鎮』裡找我們的那些玩家……該怎麼辦？」

東西拿到手，她開始擔心他們的人身安全問題。

江舫笑道：「他們很好對付。把妳的積分卡用掉就好了。」

李銀航：「……啊？」

南舟：「對，用掉。」

李銀航暫時想不出來原因，索性聽了大佬的，手腳麻利地將剛入帳的 25000 點面值的積分卡點選使用。

8 小時倒數計時眼看著將要結束，起碼上千人的注意力，都不約而同放在「李銀航」這個玩家身上。所以，她如同坐火箭一樣暴起的分數和排名，被上百個人幾乎同時捕捉到了。

片刻的死寂過後，世界頻道裡炸鍋了。

「看吧！他們手裡真的有副本生物！他們真的在和系統交易！我猜得沒錯！」

「對！『松鼠小鎮』那種養老玩家待的地方，哪裡有能讓積分漲這麼多的遊戲項目！又不是『紙金』的斗轉賭場！」

「副本生物是可以抓的嗎？？？」

「啊啊啊啊啊操！早知道我就不更新了！」

「松鼠小鎮」裡各有所圖的玩家們，也同時接收到了這段訊息。他們不得不面對這個殘酷的事實。

事實是，他們被人當成傻逼給溜了。而且，人家這倒數根本是數給系統看的，他們巴巴跑過來，純屬自己犯賤。

他們本該勃然大怒的。但現實是，在短暫的一番爭論後，所有在松鼠小鎮裡搜索「立方舟」的、野心勃勃的玩家團隊，做出了同一個決定：撤出「松鼠小鎮」，去副本裡搶 boss ！

並不只有他們這樣想。許多分散在其他四個休息點的玩家，無論是在世界頻道裡發過聲、沒發過聲的玩家，在此刻都做了統一的選擇：進副本，抓副本生物。

而許多沒膽子進副本招惹麻煩，又把「松鼠小鎮」當做常駐落腳點的玩家，忌憚還留在島上的「立方舟」和其他團隊的人，決定在外留宿一兩個晚上，暫觀情況。

「立方舟」只用一個動作，就引得和他們素未謀面的玩家跟隨他們，傀儡一樣紛紛起舞。如今的「松鼠小鎮」真正變成了一個真空的、只有他們三人在的休閒天堂。

這些玩家採取的行動，哪怕不用看的，江舫都能預料得到。他點選使用了積分卡後，才將倉庫系統升級。在頁面處在升級狀態、無法操控時，他看向和李銀航一起嘀嘀咕咕地盤點他們新增庫存的南舟，眼底裡淨是溫柔的暖光。

按他的想法，是沒有將門還給系統的必要的。毀掉小鎮，和贏得積分，是毫不矛盾的兩件事。積分補償，是系統應當為自己的 bug 所付出的代價。

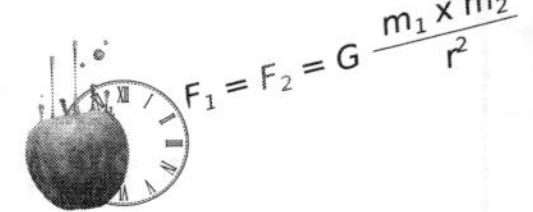


利用 boss 清除部分玩家，是他們合理利用系統 bug，為奪得最後的勝利清除障礙的有效手段。

競爭對手的確值得尊重，值得用更公平、更體面的方式對待。但……不得不說，死了的競爭對手，才是真正好的競爭對手。

不過，一切都是南舟說了算。反正，那些有野心的人貿然進入副本，抱著功利的心接近 boss 和副本生物，總會死掉一批的。就算他們活著帶 boss 回來，系統也不會再允許他們的討價還價。

想到這裡，江舫優雅地直起腰來。

總體來說，他的心情還算是愉快的。

他看了一眼時間，笑說：「兩位，我們去中央廣場吧。」

南舟：「去中央廣場做什麼？」

「『松鼠小鎮』每天下午六點會有煙花大賞，現在差不多要開始了。」江舫向南舟發起了邀約，「我們可以去慶祝一下。」

聽到這話，李銀航一時覺得有哪裡不對勁。可具體是哪裡不對，她又說不上來，所以她沒太往心裡去。

南舟則停下了手裡的動作，輕聲叫他：「……舫哥。」

江舫嘴角微翹的完美笑容微微一僵。在南舟叫出他名字的同一刻，他意識到，自己剛才露出了怎樣的破綻。

南舟的目光直直望到他的眼睛裡，問：「你怎麼知道『松鼠小鎮』每天下午六點會有煙花？」

南舟很疑惑。自從他們進入遊戲後，還是第一次來到「松鼠小鎮」這個休息點。在這之後，江舫一直和他們在一起，沒有單獨行動過，也沒有更新過世界頻道。

因此，他能獲取到的資訊和自己應該是等量的，甚至自己要比他更多些，南舟自認觀察周邊環境的水準尚可。但是，無論是他們三人一起行動的時候，還是在自己單獨脫隊，去門口查看「松鼠小鎮」門口顯示牌上的玩家人數、去尋找藏身地的那段時間，他都沒有看到「松鼠小鎮」有任何的公告顯示晚上六點鐘中心廣場會有煙花大賞。

江舫用舌頭輕輕頂住上顎。

「……我以前對《萬有引力》這款遊戲很感興趣。」他態度極其坦然：「『松鼠小鎮』的專屬宣傳PV裡面，有報時的鐘聲和煙花的場景。」說著，江舫看向李銀航，「妳還記得嗎？」

這個謊，江舫自覺並不高明，他甚至在心裡不滿地「嘖」了一聲。因為他先前不慎透露了「六點」這個過細的細節，所以，他不得不把「報時的鐘聲」這個略顯贅餘的細節也同樣放進他的謊言中。這樣，他的謊言也做不到完美了。

江舫以為自己還需要後續的解釋，於是自行在腦中構思了四種不同走向的應對方式。

但南舟黑白分明、冷且清澈的眼睛只多望了他片刻。

隨後，他就垂下了視線，「……啊。這樣。」

李銀航則壓根兒沒想太多。因為購買《萬有引力》這款遊戲根本不在她的人生規劃裡，所以很少去關注，除非宣發推送到她眼前，才會點開看上一兩眼，瞧瞧熱鬧。

再說，她覺得這沒什麼要緊的。大佬不管在哪裡看到煙花通知，那都是大佬的本事。有一筆大的進帳，還有煙花看，是好事情啊。

他們剛剛才從中心廣場那邊過來，現在的「松鼠小鎮」又被人為清空成了一座空鎮，不必擔心有人暗算，因此李銀航放心地在前領路，江舫和南舟綴在後面。

少了一雙耳朵，江舫也不必維持那拙劣的謊言了，大方地對南舟說：「我撒謊了。」

南舟點點頭，「我知道。」

江舫略意外地一挑眉，「那為什麼不繼續問下去？」

南舟坦然道：「因為你剛才已經給過我理由了。你說你看到了……什麼PV。」

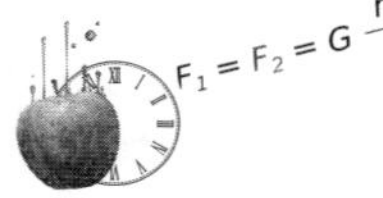


江舫：「我說什麼你就信什麼嗎？」

南舟望向江舫，目光中有些理應如此的光，「嗯。」

「你是舫哥，也是我很重要的合作者。」南舟說：「我現在知道你有隱瞞我的事情了，但不要緊，這樣的祕密我也有。只要不影響我們最後拿到第一，怎樣都好。你能瞭解小鎮、瞭解遊戲，對我們來說是好事情。」

江舫想到了南舟對著許願池虔誠的模樣，忍不住問：「你就這麼想贏這個遊戲嗎？」

南舟：「嗯。」

江舫笑說：「你許下的，一定是個很好的心願。」

南舟不置可否。

江舫溫和地笑，「那麼，我們一起。」

一起去幹的第一件事，就是看煙花。

「松鼠小鎮」的煙花，不同於其他的地方。它不在晚上燃放，而是以噴塗式的絢彩晚霞為底色，在夕照最輝煌燦爛的時候定時綻放。

彗星小尾一樣的銀色光線狀在天空炸開，散出萬千陸離的光影。這些光影的背景色不是單薄的深黑，而是熾烈的、遞進的、漸變的金紅瑰霞。

在這樣的背景之下，原本就無盡絢爛的煙花，愈發顯得熱烈而狂放，像是一個個小行星壯烈地碰撞、爆開、迸濺的星塵。

盛大的煙花，對寄住在「松鼠小鎮」已久，還要費心考慮生計的玩家來說早就看膩了。

然而，向來人來人往的中心廣場上，此刻清淨無聲。這種完美的觀看體驗，從《萬有引力》開服以來，恐怕沒有任何一位玩家體驗過。

李銀航盯著這幾乎占據了整個天幕的火樹銀花，看得移不開視線，只恨手頭沒有照相機。

就連南舟也望著天空，和蹲在他肩膀上的南極星保持著同一個角度，仰望燦爛無盡的天穹。

只有江舫對天空不感興趣。他側著臉，雙手撐在身側，凝望著南舟黑色眼瞳中倒映著的溢彩流光。

南舟目不轉睛看著煙花說：「我以前的速寫本沒有帶來，不然一定畫下來。」

江舫低低「嗯」了一聲，眼睛卻不捨得從南舟身上移開分毫。望著南舟時，他眼底裡是煙花塵燼一樣溫柔又疲倦的目光。

南舟欣賞煙花欣賞得很專注。所以江舫相信，他越過紳士界限、放肆打量的行為，是可以被暫時允准的。

煙花持續了整整一個小時。

天黑了，這一場放得暢快淋漓的煙花才漸漸停下。

這或許是李銀航莫名其妙進入《萬有引力》這個見鬼遊戲以來，過得最舒心、最安心的一個小時了。證據就是她看倦了煙花後，居然靠著一側憨態可掬的漢白玉松鼠小雕像睡著了。

南舟和江舫無意吵醒她，就地躺下，欣賞煙花塵霧散開後、逐漸清晰起來的漫天繁星。

南舟輕聲跟掌心的南極星說話：「南極星，你看看，哪顆是你？」

南極星四腳朝天地躺在他的掌心，東張西望地在天上尋找著自己，黑亮亮的眼睛裡映滿星辰的碎鑽淺光。

江舫知道，南極星是輕易看不到的。哪怕是在最好的天氣、最清澈無瑕的天空裡，想要看到它，也需要絕佳的運氣。它的位置處於肉眼可見範圍的極限。

儘管心中再清楚不過，江舫還是接了南舟的話：「我們幫南極星找一找啊。」

南舟沒有給他回應。

但他的手從側旁無聲摸了過來，先扯住江舫的袖子，確認過位置後，把自己白天被扭脫臼的那隻手準確交送到了江舫手裡。

江舫：「……」

南舟：「今天在樓梯上，你想握我的手。我看到了。」

南舟：「給你握。」

江舫的聲音頓了頓，透出一點微妙的乾澀：「……為什麼？」

「我看你沒碰到，不大高興。」

南舟的話直白得叫人心癢。偏偏他還是一副認真公事公辦的模樣，把手往江舫手心裡揣了揣，腕部突出的小骨頭輕輕蹭著他的掌心。

南舟認真道：「讓合作者保持心情愉快，也是我要做的事情。」他輕輕晃了晃手，「現在你開心一點兒了嗎？」

江舫不知道該不該笑。最後還是輕輕笑出了聲來，他的笑聲好像帶著熱度。

南舟乖乖把手給他揣，另一隻手輕撚了撚自己的耳垂……熱乎乎的，很奇怪的感覺。

江舫輕輕捏一捏他的腕骨，問他：「疼不疼？」

南舟直白道：「疼。以後你不要傷害我。我這個人疼狠了，容易控制不住自己。」

江舫：「對不起。」

南舟側過臉，看著他帶著內疚的煙晶色眼睛，眨眨眼睛。

「也沒有那麼疼。」他還在自己的骨頭上比劃了一下，說：「很快就接上了。」

牽著手的兩人一時無言。此刻，他們的心思都不在星星上了，只有南極星活潑地在南舟和江舫身上跳來跳去，練習短距離的飛翔技巧。

就這樣靜靜待了一會兒，南舟突然問江舫：「你身體還好吧？」

江舫的一隻胳膊搭在眼睛上，大腿的肌肉繃得發硬發燙。如果南舟還要繼續牽著他，江舫擔心自己骨子裡那頭蟄伏著的怪獸會嚇到他。

誰想，南舟還真是一點也不自覺。

他湊過來，用指尖輕戳了戳他的肋骨位置，「心跳得特別快。」

他皺起眉頭，「……這樣不健康。」

南舟的舉動，不含任何肉慾或是情慾的意味。他就是慎重地在和江舫討論身體健康問題。

南舟十分擔心他的心跳頻率：「你摸。又快了。」

江舫深呼吸一口，側過身來，學著他的樣子，把手搭放上南舟的心口，聽他的心跳。

他說：「我在摸。」

勻速、穩健、沉靜的心跳，在他掌心輕微地頂動、鼓噪。

南舟不大明白江舫這樣做的含義。

「你放心。」南舟認真道：「我的心臟很健康。我可以保護你們很久。」

做完這番保證後，他意外發現江舫的心臟跳得更快了。

南舟不免憂心。

原先，在南舟看來，李銀航是小動物，江舫則是強一點的小動物。

現在，他的認知版本更新到了 2.0 版本。舫哥是雖然強一點，但身體不好的小動物。

騎士南舟什麼都沒說。

但他已經開始迅速在腦內草擬小動物的保護計劃。

此時此刻。

身在「鏽都」的「龍潭」三人組正睡得酣然。住在他們隔壁、隔壁的隔壁的人都積極地跑去下副本了，他們才不管。

他們剛剛才從一個怪物手底下保住了命，深刻體驗了「活著才是最好的」這一硬道理，才不會拿自己的命去賭運。

另一邊，謝相玉出了副本，餘怒未消，倒頭就睡。

一覺睡醒，他才發現自己錯過了怎樣的精彩劇情。他又氣又恨，咬著枕頭滿床打滾。

「順風」三人組這時剛出副本，也恰好錯過這段精彩。瘦猴受了點傷，沈潔給他上藥，疼得他齜牙咧嘴地亂動彈。被沈潔狠狠剮了一眼後，他也不敢輕舉妄動了。

為了分散注意力，瘦猴開始翻看剛剛更新完畢的世界頻道，津津有味地欣賞兩個曾經在副本裡結下梁子的隊伍線上互噴，問候老母。

他突然「哎」了一聲：「沈姐，他們在討論李銀航和『立方舟』……」

沈潔動作一頓，「嗯？講給我聽聽。」

瘦猴一邊翻看歷史記錄，一邊口述複盤著不久前發生在「松鼠小鎮」的一切。

在「古城邦」的某處，虞退思坐在黑暗中，他幾乎是觀看了江舫和南舟的全程操作。以他謹慎的性情，他不會對副本 boss 產生多餘的興趣，也不可能會去冒這種險。

房間的門鎖咔噠一聲響了，進來的人躡手躡腳，似乎是怕吵醒誰。

虞退思關閉了頁面的同時，摁亮了門廳的燈。

小心翼翼地背身鎖門的陳夙峰被突然亮起的光線打了個措手不及，扭過頭來，心虛地叫了一聲：「虞哥……」他欲蓋彌彰地擦了擦唇角，但還是抹不去破損的傷口。

虞退思知道小孩兒趁自己午睡時去了龍蛇混雜的競技場，也知道他給自己下安眠藥，再跑出去跟別人玩命，已經有足足三天了。

他同樣知道，自己勸不住他。他和自己一樣愛著陳夙夜，那份必須要哥哥復活的願望實現的決心，他不輸給自己。

虞退思的身體狀況擺在這裡，奈何不得他，所以只能坐在這裡，等他回來。

「洗洗臉。」面對陳夙峰窘迫得脹紅了的臉，虞退思靜靜道：「然後吃點東西吧。」

而在另一個未名的空間內。

無數活動著的絲線狀的深藍、淺銀色光充斥了整個空間，交錯湧動，疾湧時宛如萬頃怒濤，平靜時宛如涓涓溪流。

這裡無聲得像是一處鬼螢橫飛的墓場。兩道瘦長虛影置身其中，靈流穿梭在他們的身體當中，彷彿它們也是無數垂直的射線交織出的兩隻幽靈，身形偶爾隨著光的波動而搖曳晃動。

它們無聲地進行著屬於它們的交流。

「中國區最後的情況怎麼樣？」

「來不及了。『門』還是沒能送回去。那種生物離開副本超過了6個小時，活性已經徹底消失了。」

「那個副本的設計師一定很生氣吧。」

「當然。那可是那位高級設計師先生精心設計了20年的文明副本，正在一處校園中試運行，很快將會感染傳播到整個世界。那將會是一個長期的、恐怖的、極具可玩性的吞噬型副本，可以平穩運行百年之久。現在呢？啪，全部毀掉了。」

「可以再設計一隻嗎？」

「不。那隻怪物是在副本奠基之初就做好的設計，是副本的根源，現在死亡了，也不可能再設計出另外一隻。現在，裡面那些原本用來增加遊戲可玩度的高智慧類人生物都自由了。」

「那麼，副本又只能被廢棄了？」

「大概吧。」

「真是一次失敗的聯動合作。那位設計師先生恐怕非常後悔和我們簽約，會向我們索賠的。」

「這是他自己的設計漏洞。把怪物和隨處可見的『門』綁定在一起，的確是很好的創意，但他居然沒有預料到有玩家拆門的情況出現。」

「我們也沒有預料到會有玩家把副本boss利用我們的倉庫捕獲的情況出現。」

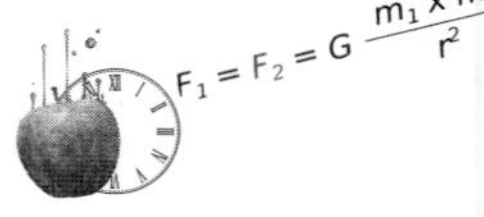


「安心吧。這個 bug 已經修正了，強制更新的程式也在緊急製作。而且……」

那全然由光流擬態出一個人形的生物，看向了萬千細流中的某一處。

「『立方舟』的勝率也升高了。現在押他們贏的，在中國區排名第三，在地球全服……排名第十九。」

「……這真是一支有特色的隊伍。」

南舟並不清楚，他為了保住孫國境這一條命的積分而捕獲的 boss，讓他的價值翻了多少？

他牽著江舫的手，遙望著虛擬的星空。和江舫靠得很近時，他的心境也會自然地平和下來，甚至能平靜地想起過去。

南舟以前的生活，具有豐富的衝突性。一方面，是無趣的、機械的、重複的。另一方面，是可怕的、扭曲的、異常的。

於是他才愛上了繪畫。這種愛好，最能直觀地記錄生活裡哪怕一絲一毫的不同，也能很好轉移自己的注意力。

素描好說，但色彩不好學。小地方，沒有賣顏料的地方。所以，南舟常會去找一些帶著色彩的礦石或是玻璃瓶，徹底打碎，加上核桃油，研磨成自己想要的目數。

南舟把自己家的閣樓折騰成了一間畫室。他的畫算不上什麼作品，他看到什麼就畫什麼，能找到什麼就往上畫。掉了把的杯子，壞掉的半扇門，紙殼箱的內部。或者是廢紙、牆壁、天花板。

南舟畫過最滿意的一張畫，就是那個種蘋果樹的女人。

他把她的身影畫在街道一截雪白的牆壁上。那是一個晴天，白晝如火，晴熱的光烤著他的後背，身後是來來往往，不會理會他的小鎮人群。南舟自顧自畫他的畫。

女人的嘴唇很漂亮，因此非常難畫。

南舟索性坐下來，慢慢用核桃油調著色，想調配出一種最適合的顏色來。在他調到第八種紅時⋯⋯

「嘿。」有人跟他搭話，話裡帶著笑音：「畫得不錯。」

南舟抬起眼來，迎著燦爛到一片雪白的強光，看向那張陌生的面孔，淡淡地回應了他的讚美：「謝謝。」

⋯⋯南舟突然翻身坐了起來。

李銀航剛剛結束她的安心小憩，正抱著小松鼠雕像醒神。南舟驟然有了這麼大的動作，唬得她一個激靈，殘餘的睡意跑了個一乾二淨。

江舫一直沒睡著，始終留了一部分心思觀察周邊情況，並沒發現有人靠近。

他問南舟：「怎麼了？」

南舟看向江舫，「⋯⋯是他。」

他終於想起來謝相玉是誰了。謝相玉的臉，和南舟記憶裡的那張有些區別。現在的謝相玉更生動、更年輕⋯⋯最重要的是，那個時候的謝相玉，比現在的這個要高上許多。

所以他才沒能在第一時間對上號。

江舫感興趣地上揚了聲調：「『他』是誰？」

南舟眨眨眼睛，「不能告訴你。」

江舫：「朋友？」

南舟不贊同地看他一眼，「我沒有朋友。」

江舫學著他的表情和語氣：「啊，這樣。」

南舟：「⋯⋯你學我說話。」

江舫一挑眉，向來穩重紳士的神情裡多了一點俏皮。

他站起身來，將修長的胳膊和腿伸開來，舒展出賞心悅目的身體弧線，「餓了。吃夜宵去？」

「松鼠小鎮」的夜景，和任何現實裡的嘉年華是一樣的華彩流光，但

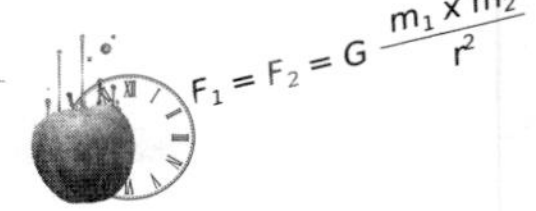


這裡和現實終究是不一樣的。

如果是現實，他們身在空蕩蕩的、沒有遊客的小鎮，或許會感到一絲詭異和恐怖。

然而，玩家之間畢竟是競爭關係。沒有玩家的小鎮，反倒能給人一種格外的安心感。

他們去了早上去的那家餐廳。

松鼠服務生是一個低功能的 NPC。客人在牠的店裡一出一進後，牠的記憶就會自動刷新，全然忘卻對方。牠執行著模式化的任務，蹦蹦跳跳地來點菜，又一次含情脈脈地對南舟拋了個媚眼……並再次給南舟留下了電話號碼。

南舟將第二張寫著電話號碼的餐巾紙揣入口袋，望著牠搖動著遠去的蓬鬆大尾巴。

牠這樣無憂無慮，因為牠最多只擁有短短一頓飯的記憶。今刻事，下刻忘，這樣的本事是真的讓人羨慕。

他低下頭，靜靜地吃自己盤子裡的波絲糖，一口一個，勻速下嚥。

此刻，安靜下來的其他兩人也各自懷著心事。

自從他們更新介面後，李銀航花了相當長的一段時間，把排行榜目前一萬餘個姓名 ID 從頭審閱了一遍。她看到了他們曾經遇見的「順風」和「南山」，他們都還好好的，一個都沒有少。

只是，從頭看到尾後，李銀航沒能在排行榜上找到她失蹤室友的名字。她想，她或許已經不在了。

就連他們進來時，那個總積分排名第一的「永生 - 張頤」，也徹底從排行榜上消失了。第一的位置，換成了一個叫做「永生 - 蘇堤」的人。

「張頤」，不知是男是女，不知死在哪個副本裡？不知死因為何？

李銀航有些怔忡。她經歷的兩個副本，隊友無一傷亡，這給了她一種錯覺，彷彿他們真的可以和和氣氣地一路通關，到達榜一。

然而這兩個發現，打消了她不切實際的幻想。想要達到第一的位置，必然會踩著他人的骨血上去。

李銀航暗地裡握了握拳，「立方舟」一定要贏。所以，她也要有決心和覺悟，在關鍵的時候，絕不要拖團隊的後腿。

此時的江舫也在看排行榜。但他沒有看單人的，他點開了處於團隊榜第一的隊伍，名字是「。」。一個簡潔的句號。

對於非好友的隊伍，系統不會給出太過詳細的資料。唯一的資訊可知，這個隊伍是雙人組，積分未知。

總之，排名第二的隊伍更替了幾輪，始終也沒能搖撼它第一的位置。

世界頻道裡也正有人正在討論這個號的來歷。絕大多數隊伍，參照「斗轉」賭場老闆曲金沙的發家史，都是有跡可循的。只有這個「。」一開始就排在榜首。

沒人和他們組過隊，也沒人見過他們。更奇怪的是，有人耐心翻遍了整張單人榜，也看不到有用「。」做首碼的玩家。

討論過一陣兒後，大家得出的結論是，這個「。」很大機率是系統測試用的 GM 號。

有人猜測，也許在團隊第二名的分數超過「。」的時候，遊戲規則就會發生變化。有可能哪一隊先超過「。」，哪一隊就算獲勝。誰是第一，會以那時的單人榜和團隊榜排名為準。

但也有人不同意。因為單純靠過副本、比積分，客觀上來說，先來的就是比後到的占優。證據就是現在單人和團隊排行榜上靠前的，都是來得更早的。

如果按誰先贏過「。」，誰就獲勝這個標準來的話，後來的隊伍就太吃虧了。所以有一部分玩家認為，這個「。」是遊戲系統為他們設置的一道門檻。跨過它後，系統可能會在選關上對他們進行限制，比如搞一些強制 PVP 之類的淘汰賽之類的。

世界頻道的開發，的確是有好處的。這裡不止會有爭執、辱罵、交易，還會有各種思路碰撞時的火花四濺。

就比如現在。玩家們討論過一段「。」的來歷和作用後，又開始討論幕後策劃者把他們囚禁在這裡強制遊戲，究竟有什麼目的了。

看著熱火朝天的討論區，江舫沒有發表任何意見。他指尖微屈，在操作面板上輕輕碰觸著「。」的隊名，一下一下的，動作親昵而溫柔……像是在入骨地懷戀著什麼。

直到兩天後，「松鼠小鎮」裡的玩家才逐漸熙攘了起來。

因為沒有暴露過自己的真實面目，所以三人哪怕光明正大地走在大街上，也沒有人會想到他們就是前兩天單靠報時就把一群玩家折騰得東奔西跑的「立方舟」。

其他玩家甚至在旁邊毫不避諱地談論著他們的事蹟。

坐在噴泉邊休息的李銀航認為這種感覺頗為奇妙，鵪鶉似的默默地低頭玩系統，儘量保持低調。

南舟則陪著南極星玩，放任南極星爬到樹上，和牠用樹上的松果和自己玩拋接球的遊戲。

很快，他覺得有人正盯著自己看，那目光也不屬於身邊的江舫。

將視線轉過去時，南舟在一家旅店的二樓窗戶裡，意外看到一張有些熟悉的臉……是兩天前，他在公告欄前遇到的那個女孩。

南舟一眼掃過去，那女孩的臉就紅了，咻的一下從窗邊閃開，溜得比兔子還快。

南舟：「……啊？」

——為什麼？我長得醜嗎？

「鏗鏘小玫瑰」的盧璐露此時縮在一扇窗戶側面，眼前晃動的淨是南舟那清清冷冷、彷彿帶著細細的小鉤子的一眼。

她摁了摁胸口，隔著衣服都能瞧見自己的心跳幅度。她覺得自己被那一眼看得滿心溫熱。

兩天前，在電子顯示牌那裡見到他時，他說他要走。現在他居然和自己一樣，都回到「松鼠小鎮」來了，這就是緣分嗎？

在她開始胡思亂想，要不要下樓去和他攀談兩句、續上這段緣時，身旁不期然傳來了陳美冰的聲音：「哎，『三鹿』——」

盧璐露：「……啊？」

陳美冰指了指窗外，「你也看那個人眼熟，是不是？」

盧璐露愣了愣，才反應過來，陳美冰正和剛才的她一樣，正直勾勾盯著窗外的南舟。

盧璐露忙去拍她的胳膊，滿臉羞澀，說：「哎呀，妳別看！他要發現我們了！」

陳美冰：「……」無語地斜了她一眼，繼續看向樓下。

南舟正對著樹舉著手，示意南極星跳到他的手上來。南極星不想下來，抱著小樹枝磨嘰，滾圓的身體把樹枝壓得一搖一晃的。

南舟沉默地對牠搖頭，拒絕三連。

——不行，不玩，快下來。

注視著他的側顏，陳美冰眉頭蹙得更厲害了，「我覺得他特眼熟。」

邵倩正在忙著整理昨天新收集到的副本資訊，聞言笑道：「長得好看的妳都覺得眼熟。」

「不是。」陳美冰嘖了一聲：「我真的見過他。」

她自言自語：「到底在哪裡見過呢……」

然而，並沒人能解答她的疑惑。

隨著那 75000 積分一併到帳的三個 A 級禮包，都挺敷衍的。

分別是共用的十張選關卡，500 小時的氧氣使用權，以及二十張可以在任意休息點使用的住宿免費券。

相比之下，他們更期待【沙、沙、沙】副本的獎勵。在這一副本裡，「立方舟」獲得了 S 級的評分。

又過了一天，道具禮包姍姍來遲。

這回，李銀航的運氣不錯。她居然開出了 A 級道具，抽到的是攻擊類武器。

【道具名稱：光線指鏈（右手）】

【用途說明：出色的近遠戰道具，出色的無限續杯能力，出色的進化能力，出色的裝飾性……】

【總之，就是出色的武器！】

【不過，是 0 級的出色的武器。】

指鏈共有五個莫桑石花型的銀色石戒，完美契合使用者的手指，可以依次佩戴在右手手指上。

這玩意兒如介紹所說，是個進化型武器。當她屈起手指時，戒指會在某個特定角度巧妙地折射出光芒來，而她能操作這段光。

但這段光只是軟趴趴的，被她甩來甩去，像是拴著悠悠球的絲線。沒一會兒，光就消失了……怎麼說呢？這功能還怪澀情的。

但這件道具除了驗證她運氣尚存之外，簡直一無用處。

李銀航自知無法駕馭，索性把它交易給了南舟。而南舟把自己抽到的 B 級道具交換給她。

【道具名稱：石灰粉（24 包）】

【用途說明：扔出去就行了！】

【街頭流氓鬥毆必備產物，無 CD，可盡情使用。】

【——除你視力！】

李銀航覺得這種簡單粗暴的攻擊方式更適合自己，因此十分滿意。

偏偏只有江舫抽到了 C 級道具。

【道具名稱：愛美之心，人皆有之】

【用途說明：鏡子裡的我說，我也愛你。】

【理論上可無限取用。】

【因為愛美的心是不會停止的。】

江舫拿著自己的道具，頗有些哭笑不得。

南舟卻認真說：「很適合你。」

江舫摸摸自己的臉，感覺心情好一些了：「謝謝。」

結束了長達 7 天的休息日，用從系統那裡抓來的 boss 騙取了系統大量積分後，「立方舟」再次選擇了進入副本。

這次用的還是系統送他們的選關卡。這次，他們選擇的遊戲模式依然是 PVE。

現在李銀航已經放棄「不要抽到靈異」這種無謂的許願了，走一步看一步吧。

點選。使用。

系統隨機抽取關卡中……

【親愛的「立方舟」隊玩家，你們好～】

【歡迎進入副本：……】

南舟豎起耳朵，想要仔細傾聽遊戲的相關資訊。然而，他似乎感應到了什麼怪異的東西，耳畔嗡的一聲，彷彿有什麼東西爆裂開來，瞬間湧入的劇烈的、針刺似的耳鳴，讓他什麼都聽不清了。

細碎的冷汗貼著脊背緩緩流下，在腰窩處蓄出一點熱意。被風一吹，皮膚又迅速冷了下來。

他似乎聽到那個熟悉的機械音在徐徐講述副本規則，但現在的南舟根本無法集中精力了。

熟悉的不適感席捲他的身體，用幾乎要將他溺斃的力量，將他的氣力剝離，拉扯進無盡的黑暗，或者無盡的光明中去。

南舟對於痛苦的耐受力很強，尋常的不適很難顯露在他臉上。他只是發力握住拳頭，平靜地吞嚥下一聲聲溢到喉嚨口的呻吟。

等他睜開視線模糊的眼睛，率先映入眼簾的是五個模糊的人影。腳底下踏著的是堅硬的地面，帶著陳舊水泥的氣息……他們似乎正置身在某間樓宇內，這就是南舟現在能感知到的全部了。

和第一次【小明的日常】的副本一樣，他們和要搭檔的隊友直接處於面對面的狀態。然而，這回他們遇到的隊友，和之前的都不大一樣。

為首的男人身量一米八上下，腰桿筆直，氣質卓群，透著股沙漠白楊似的挺秀勁兒。他走到三人面前，啪的行了一個軍禮。

「您好。」那人說話透著股乾淨爽利的氣質，「青銅大隊隊長，賀銀川，是國家此次失蹤事故成立的志願行動小分隊之一。任務是協助群眾完成遊戲，最大程度保衛人民群眾生命安全。」

繃著臉做完例行的自我介紹後，賀銀川爽朗一笑，露出漂亮整齊的牙齒，「你們好。賀銀川，S 市消防支隊前任隊長。」

李銀航有些沒回過神來：「……」

對這樣組織的出現，她竟然一點都不感到意外。但她因為進入陌生環境而緊張的心，因為這撲面而來的親切感驟然放鬆了下去……甚至想叫一聲員警叔叔好。

江舫感興趣地挑起眉毛。這種情況，有些超出他的常識認知……為什麼會有人志願進入這種地方？他看向南舟，想看看他好奇地眨眼的樣子。

下一刻，江舫的臉色徹底變了。南舟身後，恰好是一扇開著的窗戶，窗外有一輪巨大到堪稱恐怖的圓月。月亮被放大了百餘倍，甚至能看到其上坑坑窪窪的坑洞。

巨大的壓迫感從天際降下，宛如某種怪物俯視人間時、露出的巨大而冷漠的銀色面龐。

在圓月明亮的銀輝之下，南舟輕輕發著顫的眉眼顯得更漂亮了……簡直給人一種易碎的錯覺。

面前的五個人，不用什麼證件去表明身分，氣質就和尋常玩家不同。他們往那裡一戳，骨頭都是頂著往上長的，旗幟一樣的挺拔，這就是最好

的名片了。

他們快速做了自我介紹。

賀銀川，26 歲。23 歲時因傷退役的特種兵，擔任一年消防隊長後，在一次任務中連續三回出入甲苯洩露的工廠救人，最後是抱著個被媽媽帶來廠房玩的小孩，被爆炸的殘餘氣浪掀出來的。

等他傷好了，領導實在怕了他拚命三郎的勁兒，硬把他塞進了文職崗位，所以算是前隊長。他的代號是「勾踐」。

跟在賀銀川身後，比他高上半頭的男人叫周澳。

他的自我介紹簡明扼要：「S 市消防支隊現任隊長。」

他原來是副隊長，和賀銀川是同一單位的正副隊。他正好接的是賀銀川的班，現在兩個人又搭上夥了。

大概是在上一個副本裡才受過傷，他雙手的小臂上團團地纏了一圈繃帶，把整個手和手臂都裹得很緊。他因為不愛說話，被賀銀川自作主張要了個代號「編鐘」，盼著他能多發出點兒響動。

陸比方，警校大三生。雖然體能優越，但按他的成績，將來很大機率是個調解家長里短的派出所小民警。

187 的大高個，和他一開口和陌生人說話就忍不住臉紅的性格，形成滿鮮明的反差。代號「奔馬」。

梁漱，身為軍醫，並不大像軍醫，像模特。她氣度很沉著，配上她始終微微上揚的唇角，滿臉寫著「這事兒難嗎」的溫柔反問，看一眼就很能叫人安心。她的代號是「宮燈」。

林之淞，軍校電信工程學院的在讀生。大概是和電路板和資料這類死物打交道久了，是個整體氣質有點神經質的娃娃臉，縮在所有人最後面。

介紹的時候，他一言不發，全程由賀銀川代勞，只在恰當的時候，掐著話尾巴點點頭。

他的職責是進行副本資訊的全面收集，專門記錄副本中的各種資訊。代號「蟬紋」。

$F_1 = F_2 = G \frac{m_1 \times m_2}{r^2}$

他們的代號，都是和隊名「青銅」相關的物件，倒也應景。

自從失蹤事件大面積擴散開來後，國家發起了志願者徵集令，以軍隊、軍校、現任及退役員警隊伍為主，徵集搜尋失蹤者的志願團隊。

失蹤的人，總得有人去找回來，但失蹤的人從沒有回來過的。所以，這個志願團隊幾乎算是敢死隊。

尋找的方式也很簡單。志願者們以三、四、五人為一組，驅車在已經漸趨空蕩的城市、鄉村中緩緩遊蕩，主動去尋找那個消失的契機。

有些時候，志願者們會安然無恙地回到「繭房」。有些時候，他們會無聲無息地消失在城市的某個角落。

在和他們簽下志願免責書的同時，上級也盡可能賦予了他們高度的行動自主權。可以說，每個志願者在進入遊戲前，都留好了遺囑，做好殉職的萬全準備。

青銅大隊運氣還不錯，是整建制進入《萬有引力》的。

在過了兩個副本、大致摸清楚遊戲的相關情況後，他們決定以盡可能保護副本玩家為己任，並不打算分頭行動。他們五個磨合得挺好的，專攻PVE，打配合也相當默契，過關速度很快。

他們甚至沒有給自己休假的時間。所以，在他們剛剛結束上一個副本，經過 12 小時的簡單休整後，他們就馬上開啟下一個副本。

換言之，他們並沒來得及從世界頻道上知道「立方舟」的存在。

南舟留意觀察著面前的每一張臉。他剛才沒能聽清副本的任務要求。但看大家都還站在這裡，好像並不急於探索的樣子，他推斷，這回應該是像【小明的日常】，系統留給了他們一段時間的準備期。

幾句官方的客套和介紹，用盡了隊長賀銀川所有的正經。

「你們還挺好說話的。」賀銀川喜歡笑，一點不見工作時把命不當個值錢玩意兒的拚命三郎作風，「上次我們碰見一隊玩家，死活要查我們證件。我們拿出來，又說我們是偽造的……光掰扯身分就掰扯了半天……」

周澳碰了碰他的胳膊，「正事。」

賀銀川咳嗽一聲，收斂了一些：「嗯，正事兒正事兒。」

他環視一周，「首先，三位，誰體能不行，勞駕舉個手吧。」

李銀航抿了抿嘴。認真評估了一下自己的體能，覺得自己處於「行」和「不行」的邊緣，她的耐力放在普通女生裡沒多大問題，但放在這種環境中……

她還在認真考慮要不要主動承認自己有可能拖後腿時，一隻胳膊從她身邊悠悠舉起。

南舟坦坦蕩蕩道：「我。」

李銀航：「……」

——大佬你又要搞咩啊？

然而，不看身高，南舟的確是文氣款的長相。

他本來就很白，白得像是薄胎的瓷玉，給人一種輕輕一捏就會有細碎裂紋綻開來的錯覺。

在月光之下，他連修長蒼白地垂在身側的指端都是嚴重缺乏血色的樣子，直到他稍抬起下巴，賀銀川一行人才從光芒過剩的月光剪影中辨認出他的長相。

看清他的面目後，五人都是明顯一愣。

看著這張微透著虛汗、極需呵護的臉，他的說辭可謂十分有說服力。

而站在直線距離南舟最遠的「蟬紋」林之淞，在看清南舟的大半張臉後，竟然主動往前走了幾步。他認真端詳著南舟的面容，眼中淡淡亮起感興趣的光。

簡單詢問過南舟的姓名和職業後，賀銀川轉頭吩咐道：「小陸，人交給你了。」

「奔馬」陸比方還沒來得及應聲，就聽林之淞說：「把他交給我吧。」說著，林之淞就大步接近南舟。

但在即將來到南舟身前時，一道身影橫踏一步，不容置疑地將他們兩人隔離開來。

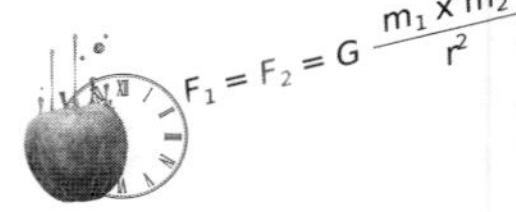

「不好意思。」江舫對著林之淞微微點頭，「我可以照顧他。」

窗外存在感過強的月光，的確大大阻礙了一行人的視物能力。青銅大隊剛才還以為，江舫的銀髮是由於髮色偏淡導致的視覺差問題。

賀銀川瞇起眼睛，「外國友人？」

江舫只望著林之淞，「……謝謝。」

賀銀川背過身去，跟周澳耳語：「……要是沒能保護好，會不會牽涉外交問題啊？」

周澳面不改色，「都保護好不就行了。」

賀銀川也很快捋順了思路：「那行，各自顧各自。小陸，你做翼護，時刻關注他們的情況。」

陸比方「哎」的應了一聲，眼睛卻直直望著江舫的方向。

江舫接收到他的視線，轉過眼睛來，對他斯斯文文地一點頭。

陸比方下意識躲開了他的視線，好像在迴避什麼。

江舫略略挑眉，但他很快就把全副精力都轉移回虛弱的南舟身上。

李銀航這邊，當然不會覺得大佬真有什麼問題。她堅定認為，南舟是有自己的打算的，正在這裡 cosplay 弱雞而已。

所以，她儘管覺得青銅大隊是非常值得信任的，但也只是把他們當個有力的外援，屁股還是穩穩坐在己方不動彈。

「我們各自找物資去吧。」李銀航看向陸比方，衷心感謝道：「員警叔叔，謝謝。」

陸比方：「……」我……22 歲……

但他還是脹紅了臉，乖巧地嗯了一聲。

南舟默默觀測著周邊的環境。兩隊玩家，目前正身處一所簡陋的水泥製兩層小樓上。

這層樓搭建的工藝相對粗糙，嗅著內裡冰冷腐朽的氣息和被生生凍裂出龜裂紋，卻無人維護的防寒玻璃，就知道這裡大概廢棄許久了。

這次只有他們兩組玩家，共計八人。他們打算兵分兩路，各行其道。

陸比方本來打算留下做翼護的，但看「立方舟」好像沒有帶他一起行動的意思，猶豫一番，還是跟上了自己的隊伍。

賀銀川和周澳走在最前面。另外三個綴在他們身後，習慣性地拉開戰術距離。

軍醫梁漱輕聲問他：「不跟著他們去嗎？」

陸比方：「這裡也算是安全區。我跟著你們找些物資，看有哪些好用的，一會兒優先拿去給他們用。」

說著，陸比方不禁回過頭去，看向還站在窗邊、喁喁低語的三人。

梁漱看出了些什麼，「……小陸？」

陸比方之所以離開他們，也是有話想說。他怕一會兒任務真正開始後，就沒有機會說了。

梁漱身形窈窕修長，陸比方不用多低頭，就能和她耳語：「梁姐。我好像見過那個人。」

梁漱：「誰？」

林之淞接過話來：「你說那個美術老師？」

陸比方詫異地看他一眼，道：「不是。是那個外國男人。」

林之淞哦了一聲，扭過頭去。性格使然，他對自己不關注的人毫無興趣，連一點眼神都不想給。

所幸陸比方性格寬厚，一點都沒留意到他的彆扭，接著說：「我看他特別眼熟。」

「嗯。」梁漱很信任這個隊伍裡倒數第二年輕的隊員的判斷，「你先跟著他們。好好想想，不著急。」

說完，梁漱又轉向了倒數第一年輕的林之淞，追問：「你呢？你又發現什麼了？」

林之淞眼前晃著南舟淡色的、形狀有些鋒利的薄唇，若有所思：「……我也慢慢想想。」

這邊，李銀航總算弄明白，南舟並不是裝的了。

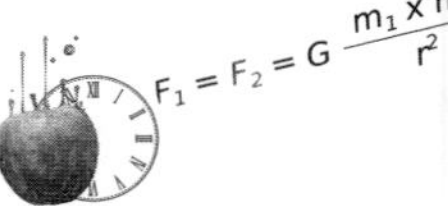


她著急起來：「怎麼回事？」

江舫攬著南舟的腰，「高海拔引起的高原反應。不分什麼體質，都擋不住。」

李銀航拍拍胸口，「幸好遇到他們了。」要是他們這回攤上的隊友是謝相玉之流，他們恐怕會被當即拋棄祭天。

「耳鳴得厲害。」南舟捂著耳朵，「副本任務是什麼？」

李銀航心想：有這麼嚴重嗎？

但她沒有多說什麼。她就近快跑到一間房裡，取來一件又厚又硬的黑色防寒毯，囫圇給南舟罩上後，才再用目光徵得江舫同意後，推開那扇距離他們最近的、已經從中心開始開裂出蜘蛛網一樣花紋的窗戶。

南舟一直以為，剛才雪白到泛光的外景，全部是那輪大到恐怖的圓月造成的。直到窗戶開啟的那一刻，他才真正看清楚外面的境況。

未見其形，先聞其音。窗戶開啟前，南舟耳畔聽到了幽幽的低音，像是嗚咽，又像是風笛的樂音。窗戶開啟的剎那，他才聽出，那是風聲，連綿不絕的、沒有盡頭的罡風。

儘管早做好了準備，南舟還是狠狠打了個寒顫。

望不見盡頭的晶瑩雪山，像是一群趴伏著靜靜休憩的怪物，矗立在他面前。連鉛灰色的雲層都被低溫攫住了形影，難以流動，凍固在了天際。

撲面而來的雪氣嗆入他的肺部，讓南舟驟然嗆咳起來。每咳嗽一聲，他的臉頰就更蒼白透明一分，幾乎要與外面漫天漫地的雪白融為一體了。

江舫隔著毯子，輕輕為他按著胸口，另一手迅速關上窗戶。

月光被隔絕了一部分在外時，南舟的狀態才稍好轉一些。他通紅的手指壓著毯子，扶在凍得發黑的窗框邊，咳得眼尾濡紅。

渾身痠痛，肌肉發顫，一點力氣都使不出來。他討厭這種感覺。

南舟緩了一口氣，手背抹了一下潤濕的唇角，「副本叫什麼名字？」

江舫答道：「圓月恐懼。」

南舟回味了一下這個名字，又問：「遊戲時間？」

江舫：「我們需要在這棟樓裡找到足夠的物資，兩個小時後，任務正式開始。開始之後，副本時長總計 12 小時。」

——12 小時？

南舟似有所感：「……那麼，任務？」

江舫抬手，隔著窗戶，將隱沒在風雪中幾點烏黑的帳篷指給南舟看，「在 12 小時內，和那裡的一支登山隊競速。哪一方領先，哪一方獲勝。」

他們對抗的，是副本裡的 NPC。

這是一個短時副本。12 小時的遊戲時間，卻要整整兩個小時的準備時間……

圓月……恐懼……

為什麼雪山競速關卡，要起名叫做【圓月恐懼】？

眾多資訊在南舟腦中交梭時，陸比方顛顛地從樓上跑下來了。

他懷抱著三套抓絨保暖衣褲、三套衝鋒衣褲，口袋裡塞著三雙防寒手套、三個防寒帽，肩上搭著三雙鞋帶交綁在一起的雙層登山靴，腋下還夾著一個便攜氧氣瓶，渾身上下披掛得像棵聖誕樹，再加上跑得太急，在三人面前站定時，難免有些氣喘。

他把物資迅速卸貨分給三人後，又單獨把氧氣瓶遞給南舟，「你臉色不好。梁姐怕你高反，先給你吸著，我們再找幾個氧氣瓶存著。到時候先緊著你用。」

南舟把氧氣瓶抱在懷裡，他的思路被眼前的人打斷了，但南舟也不怎麼生氣，只直勾勾地望著他。

陸比方看他一臉懵，馬上反應過來，取出塑膠袋裡裝著的吸氧面罩，套上瓶口，飛快且利索地扣在了南舟臉上。

他指點著出氣按鈕，耿直道：「按呼吸節奏，一下下來。」

南舟乖乖地捏住按鈕，含混地問：「……為什麼？」

他不大理解。身為同陣營的人，當然可以在照顧好己方隊伍的前提下，給予隊友適當幫助，這才是合理的。可陸比方進來時穿的衣服並不

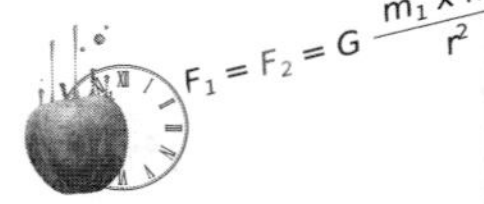


厚，薄薄的一件毛衣罷了。

南舟在去拿氧氣罐時，指尖擦過他的皮膚。從他的體溫判斷，他也應該是冷的，為什麼他們不先給自己裝備好呢？

陸比方：「……啊？」

「群眾優先」這種被他當作常識理解的事情，讓他不大能理解南舟的思路，一時有些懵然，和南舟一起眨巴著眼睛遙相對望。

還是江舫出聲，打破了這短暫的僵持：「你們的計劃是什麼？」

陸比方很認真地看了一眼江舫，但還是沒能想起來在哪兒見過他。

「就……先在樓裡搜裝備，半小時之內搞定。」他答道：「然後我們就向山頂出發。」

「找完裝備出發嗎？」

「嗯。」陸比方答道：「副本說兩個小時後，任務正式開始，又沒規定我們必須在兩個小時後出發。」

這話絕對是賀銀川說的。南舟都可以想像到那位隊長不正經地抱臂下達這個命令的表情。

南舟再次和他確認：「半個小時後出發？」

「嗯，差不多。」

陸比方頓了頓，又補充道：「我和梁姐先護送你們出發。隊長、副隊，還有小林再觀察一下環境，視情況隨時跟進。」

「副本雖然沒說，我們如果真的落後在那群 NPC 後面會發生什麼，但儘量還是一個人都別落下為好。所以你們辛苦一下，先去找一點護膝、頭燈、雪鏡之類的必需品，拿來就行，我教你們佩戴。也不用帶太多東西，我們輕裝簡行。」

南舟還算認可這個安排。儘管這意味著他不得不放棄和調整部分自己的計劃。

他點一點頭，說：「那你稍等一下我。」

陸比方：「……嗯？」

南舟一邊往身上套衝鋒衣，一邊隨手一指遠處那沒有亮起風燈或篝火的幾處高山帳篷，「我去那裡一趟，一會兒就回來。」

他的語氣輕鬆得像是我回趟娘家，或是我去趟洗手間。

以至於陸比方反芻了一下，才明白他要去幹麼。

陸比方不可置信地瞪大了眼睛，「……等下，你要去哪兒？」

南舟絲毫不慌亂，把自己包裹得暖暖和和的，說：「我要去找我們的對手看看情況。」

在顯眼的橘色抓絨衣映襯下，他一張臉更顯得白生生的動人，看上去年齡小了不少。

CHAPTER

# 06:00

兩人就這樣互相依靠著，
放縱心緒在雪野上野蠻瘋長

相比陸比方的驚訝，李銀航這才恍然想起，大佬自我介紹的時候說他23歲……比24歲的自己還小那麼一點。

之前，李銀航壓根兒沒敢把他往弟弟那個定位去想。直到他換了這副毛茸茸的打扮，再加上那股淩厲感被體虛削弱了七成，李銀航才勉強有了一點當姐姐的實感。

反應過來後，陸比方馬上提出反對意見：「不行不行，太危險了！」

南舟認真同他講道理：「遊戲沒有說明不能提前出發，小樓的面積並不很大，留給我們的準備時間也太寬裕了。這不合理。」

陸比方想想，覺得有道理，但他還是不贊同：「要去也是我們去啊，怎麼能叫你們去冒險？」

「不行。」南舟戴上手套，「這和副本達成的完整程度有關係，我們不能讓給你們。」他看了看自己的手套，稍稍改換了態度：「但也可以帶你們一起去。」

陸比方：「……」太直接了吧？

但是對方把訴求表達得這麼清楚，不搞那些虛頭巴腦的彎彎繞，對他來說反倒輕鬆些。

他抓抓頭髮，「那你們先等等哦，我去請示一下隊長。」

注視著他噔噔噔奔上樓去的身影，南舟繼續穿戴手套。

沒想到，江舫一把握住他的手腕。

南舟一愣，試圖掙脫。然而，即使江舫沒使多大力氣，也能輕鬆把現在的南舟圈得動彈不得。

江舫略低下頭來，問南舟：「你現在真的能去嗎？」

「我也反對。」見江舫也表態了，李銀航馬上跟進：「南老師，要是你沒有高原反應，我肯定一句話都不帶說的。但現在你去那裡探查會很危險。」

「誰也不知道那裡是什麼情況，可也能想到，和我們比賽的不會是人，就算真要調查對手，你也不能去。你要是不放心，不如我和舫哥去……」

南舟抬起眼睛，盯著江舫，輕聲說：「……疼。」

李銀航被他這一聲難得一見的示弱刺激得心尖一顫。

她剛有一點心軟的趨勢，就聽江舫低低一笑，說：「我手上有準頭的。南老師，別撒嬌啊。」

南舟見忽悠他撒手不成，抿一抿嘴唇，「我只是有一點不舒服而已，不是不能行動。」

李銀航：「……」

怎麼說呢，大佬還真是能屈能伸。

南舟發現江舫真的沒有放開他的打算，眨著略有些潮濕的睫毛，依舊是那副沒什麼起伏的冷淡語調：「……還有，你問我能去嗎？那我也問你，你能去嗎？」

李銀航愣了一下，馬上掉頭看向江舫。

大概是已經將自己的不完美暴露給南舟，江舫並不大介意地向李銀航坦誠了他的弱點：「……我恐高。」但他很快又說：「爬個山，還不至於，又不是攀岩。」

「嗯。」南舟：「至於。」

看兩個人都這樣固執地對視，李銀航有些頭痛了。她現在總算搞明白，南舟和江舫在這個副本裡，由於各種各樣的原因，原本應有的優勢都被封印了。

她來不及去思考他們是不是因為在「松鼠小鎮」占系統便宜占得太過分，而被系統特殊針對了的問題。目前問題的麻煩在於，南舟的推想的確是有道理的。

本次的副本性質，是以「競速」為主，對方是副本設置的 NPC，想必是登山的專業團隊。如果他們不仔細調查為什麼要和他們比誰爬得快，也不瞭解對方的底細的話，是很難獲勝的。

然而，眼下的情況是，江舫擔心南舟，南舟也擔心江舫。

如果誰都不肯讓步的話，再想要前往對方營地調查，他們三人只能被迫分開。

要麼是李銀航一個人跟著「青銅」的人前去調查，要麼是南舟留在這個為期兩小時的庇護所裡休息，江舫和李銀航一起去。

前者，李銀航自己發虛，也不敢保證，憑藉她自己的能力真能問到什麼有用的東西。

後者，就等於把戰鬥力歸零的南舟一個人留在了陌生的地方。

哪怕「青銅」已經非常有誠意地表明了自己的身分，出於謹慎考慮，南舟和江舫也無法立即做到全方位、無條件地信任他們。畢竟上一個副本他們碰到的隊友都相當一言難盡，他們不得不保持應有的警惕。

三人對視了一會兒。

南舟率先表態：「我真的可以跟你們一塊去。就算我現在不能動用武力，我的腦子也還算清醒，可以去跟那些紮營的人聊一聊。」

擁有了「大佬是個比自己年紀小的人」這種認知的李銀航，也敢跟他開玩笑了：「與其帶你，還是帶舫哥更好。舫哥活潑一點。」

李銀航實在擔心南舟一開口就把 NPC 氣到提前比賽時間。

聞言，南舟頂著一張冷淡的臉，眼中露出一絲不服氣，反駁：「我也很活潑。」

江舫一時沒能繃住，笑出了聲來。

南舟抓住他的袖口，一臉莊重地搖晃了兩下，「一起去吧。」

江舫往後一靠，嘴角噙著一點無可奈何的笑意。

南舟確認道：「帶我去嗎？」

江舫用雙手撐起柔軟的防寒帽邊，貼著他的耳朵為他戴好，並輕輕攏住他的耳朵。

南舟眨眨眼，「還是不放心我？」

「當然不放心。」江舫指尖微屈，捏了一下他冰冷的耳尖，「不過，隊友不就是在這種時候派上用場的嗎？」

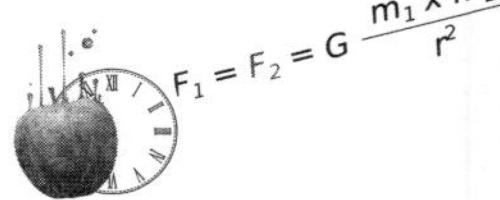


就在這時，樓上再度響起了陸比方匆促的腳步聲。他又帶回一些物資，以及賀銀川隊長的批覆。

「隊長讓我跟你們一起去。」

將搜羅到的所有防寒用具穿戴整齊後，四人一起踏出水泥小樓。

也多虧他們做好了防護工作，小樓內外，溫差起碼有 45 度以上。

走出十幾公尺後，南舟舉目回望。在海拔 4500 公尺的雪山間，這座人工小樓在天然雕飾的茫茫雪山中格外突兀。

兩個小時後，這處副本特地留給他們休整的安全區，或許就會被從地圖上強制抹去。

儘管臉被雪鏡遮蓋了大半，南舟還有部分皮膚裸露在外。

強烈的月光和著冰冷的雪風落在南舟身上，就像是白磷，在他皮膚上縱情濺落燃燒，襯得南舟的臉色越加蒼白，透著股一觸即碎的脆弱。

細碎的雪霰粒打在臉上，有些痛。

南舟討厭自己這種異常敏感的狀態，於是儘量把身體蜷縮在江舫的肩膀後。江舫也主動護在南舟的身前，把自己戴著厚厚保暖手套的手交在他手裡。

同時，江舫也悄悄深呼吸著，用清新的、帶著潮濕氣的雪風，強迫自己忘記因身在山中而引發的輕微眩暈。

橙紅色的頭燈，只能照亮眼前的一片扇形區域。頭燈之外的地方，都是一片淒厲的白，純粹的白，有的時候比純粹的黑還要讓人恐懼。

即使知道現在還處於安全時間內，陸比方對於他們此行的結果心裡也沒底。

他小聲地指出：「他們沒有點篝火。」

但剛一開口，他就喝了一肚子風，牙齒凍得發糝，不得不馬上閉嘴。

不過，即使沒有篝火，他們也不至於迷失方位，找不到對手紮營的位置。畢竟在巨月之下，天地間被映照得一片雪亮。

對方的營地和水泥小樓的距離並不遠。

大約 15 分鐘，他們就抵達了對方營地的集中點。

南舟雖然體力流失得厲害，但他的判斷力並沒有因此下降。

帳篷數量不多。三個雙人帳篷，最多住了六個人。他們紮營得非常潦草，沒有任何為了取暖或是驅趕高山野獸而點燃的篝火。

帳篷上肉眼可見地有數處破洞，一處帳篷的釘子竟然鬆脫了，半面帳篷正在被剛才驟起的一陣雪風吹得噗啦噗啦狂響，像是一面破損的戰旗。

這裡更像是一處被廢棄了的營地。

李銀航壯著膽子，正想上去看一看，便有一個身著明黃色登山服的中年男人從另一處帳篷裡悄無聲息地鑽出，走到那處被風吹塌了一半的帳篷前，一手操著一把巨大的登山錘，把飄飛的帳篷布攏回原位，動手固定帳篷釘。

剛一打上照面，李銀航心裡重重打了個突。那人鳩形鵠面，極度乾瘦……看起來不像活人，像一具走屍……這就是要和他們比賽的 NPC ？

她下意識就想原地告辭。但往後退了一步後，她才想起，南舟和江舫現在都不是最佳的狀態，身為隊友，她必須得支棱起來。

李銀航吞嚥了一下口水，走得近了些，鼓足勇氣，揚聲道：「……大哥，你好。」

大哥專心釘帳篷，彷彿對眼前的四個大活人視而不見。

小年輕陸比方心裡也不免敲著鑼打著鼓，不安得很。他跨前幾步，護在李銀航身前發問：「同志，您好……」

這位同志也對他的招呼充耳不聞。

南舟收回了打量營地的視線，他隔著十來公尺遠，對中年男人說：「借問一下，我們想要上山……」

中年男人霍然抬起臉來，直勾勾盯住南舟。

近距離看到他年輪一樣的黑眼圈和枯槁到近乎青黑色的雙唇，李銀航險些驚叫出聲。

男人緊盯著眼前的四人，聲帶震顫，和著山風，幾乎形成了嗡嗡的共

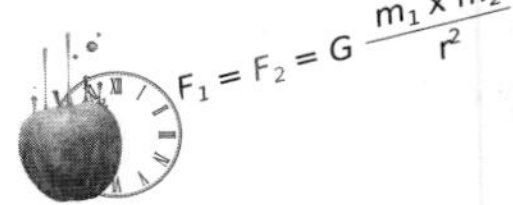


鳴回音。

「不要……上山。」

「上山，會被神明懲罰。」

南舟扒著江舫的肩膀，略略踮腳，用不高的聲音接著詢問：「什麼神明？」

男人抬起手來，似乎要指出什麼，但馬上意識到了什麼，驚懼地把指尖回縮到袖中。

他提著能把人的腦袋輕易鑿碎的錘子，盯著地面積雪反射的月光，歪著腦袋，低低地、神經質地囁嚅著。

「上山，就會被月神……懲罰。」

「誰都不可以上山。不允許上山……」

「上山，死。」

進行了一番簡單的對話後，南舟在腦中劃掉了自己列出的備選行動項目之一。

他考慮過，如果和他們對抗的是思維正常、體能強悍的人類型NPC，如果能說服他們留在原地，那他們只需要在比賽結束前，設法占據比他們稍高一點的海拔，就能獲勝。

但對眼前枯瘦得像是從雪窩裡爬出來的萬年老殭屍，顯然沒有什麼道理可講。

南舟往前走出幾步，想再把問題問得更細些。

鬆軟的、剛落地的雪霰在他腳下發出脆亮且詭異的碎響，咯嘰咯嘰，像是直接踏在了大地的肌體之上。

但南舟還沒靠近那怪異的登山隊員兩步，江舫就輕輕抓著他的後頸，把他拎了回來。

江舫：「別走太近。就站在這裡說。」

南舟不滿地看他。

——你居然管我。

江舫貼著他的耳朵低低道：「事先說明，你如果想留在這裡，假裝加入他們，給他們拖後腿，我不答應。因為現在的你身體條件根本達不到你想要的效果。」

南舟：「……好，我知道了。」

儘管有些不捨得，南舟還是悄悄劃掉了江舫所說的那個選項。

陸比方可不知道南舟腦袋裡正轉著什麼玩命的念頭。南舟的問話讓陸比方確信，對方應該還是可以交流的。他環顧了一圈這紮得宛如深山群墓的帳篷群，鼓起勇氣問：「同志，咱們這隊裡有幾個人？」

男人：「和你們有什麼關係呢？」陰惻惻地說：「……你們，要上山去嗎？」

男人的聲音被寒風吹得七零八落，只能聽出幾個飄散的、空靈可怖的尾音。

陸比方能感覺到四周空氣驟然的壓縮和緊逼。他不想自己區區一個小問題能引起這樣大的反應，下意識地護著一行人後退。

這一退不要緊，帳篷裡又鑽出兩個人來。

其中一個，南舟仔細辨認半晌，才敢確認那是一個女人。

她看上去和錘子男一樣，都是瘦得驚人的排骨相，一張半青色的肉皮緊緊貼在骷髏上。

在看到幾人後，她也不說話，只用一把前端凝著黑色的尖銳冰鋤支著上半身，慢慢從帳篷睡袋裡探出半個身子，跪在地上，仰頭看著一行幾人。她的動作，像極了某種動物。

她的眼珠很大，烏溜溜地盯著人看時，給人感覺非常不舒服。而她手裡的那把冰鋤，尖銳的前端沾染著黑紅色、半凝固狀的物體，叫人不敢細想這物質的成分。

另外一個帳篷裡出來的是一個男人。

男人的身量像是一頭壯碩的黑熊，單論肩寬，足足抵南舟的一個半。他身高約莫兩公尺出頭，顴骨平且高，看起來應該是有蒙古人種的血統。

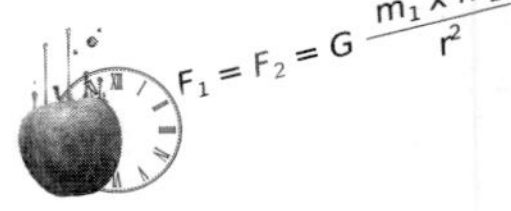

但他的右小腿似乎有傷。他站著的時候，身體重心明顯向左歪斜，而且……

南舟注意到，他右腳的登山靴，對他來說有一些大了。和實實在在地把登山靴撐鼓起一截的左靴相比，他紮入右靴中的黃色登山褲顯得有些晃晃蕩蕩的，有一截褲腳還滑在了外面。更準確地來說，他的右腿好像比左腿更細些，像是肌肉發育不良的樣子。

而他的氈毛質地的登山靴尖上，沾著些色澤暗沉的液體。

南舟用心地觀察他們的裝束，對他們的逼視熟視無睹。但其他人正被三雙詭異的目光剮得不知該去該留。

這些 NPC 看人的眼神統一是直勾勾的，彷彿魚鉤一樣，明明看不出什麼惡意和殺意，但就是偏偏帶給人一股背脊發寒的雞皮疙瘩感。

一時間，氣氛更加凝滯，甚至有幾分劍拔弩張。

陸比方雖然還是個警校學生，經驗相當不足，但想到身後的三個普通人，也不由得他再往後退了。

他硬著頭皮，站定腳步，把手背在身後。

他這次來，也是帶著任務來的。

陸比方努力讓自己的聲線在呼嘯的寒風裡不顯得怯場，但再穩健清冷的聲音一出來，也被這夾雜著冰粒兒的罡風吹得沒了根基。

他索性拔高了聲音：「我們沒打算上山！就是看到這裡有人！來問問情況！」

新出來的一男一女都保持著探照燈似的注視目光。

倒是提著錘子的男人，囁嚅著乾癟得能看見絲絲血道子的嘴唇，乾巴巴地給出了回應：「哦。不上山，那就好。」

這時候，風又大了起來，只將破碎的資訊吹入他們的耳中。

「我們，過一會兒，上山，去……巡山。不能讓人，上山。」

南舟想，他大致明白規則是怎麼一回事了。

這副本裡，他們的目標，是要確保他們攀爬的高度，要比這隊詭異的登山客們更高。

剛才陸比方把手背在身後時，即使需要瞇著眼睛，南舟還是看清了，他手裡正拿著一個防凍的 GPS，這大概是他們剛才搜索物資時拿到的道具。GPS 顯示幕上清晰顯示著這群詭異登山客所在位置的即時海拔。

4513 公尺。

南舟回頭比較了一下，更確信了自己的判斷。他們剛才被傳送進的水泥小樓，和這處營地在視覺上幾乎是平行的。

也就是說，兩支隊伍的出發點，被系統拉到了相近的位置上。

但首先，從這些所謂疑似「月神」信徒的人的表現來說，他們決不會允許他們爬山。其次，就算己方原地不動，對方一旦開始向上巡山，就必然占了領先位置。

己方之中，恐怕並沒什麼人有攀登雪峰的經驗。而且這群登山客看起來顯然不怎麼像人，誰知道他們會不會精於攀登呢？

南舟著意看了一下眼前三個形態各異的類人生物……單看他們孱弱伶仃的皮包骨相，一時間還真難以判斷他們的實力。

李銀航的理解則更為通俗。

副本要求的所謂競速，站在這群登山隊員的角度來說，說白了，就是我追你，如果我追到你，我就給你一錘子。這些登山隊員個個長得都不是善男信女的款，一個比一個的邪教徒長相，按照他們這種陰冷作風，恐怕不會輕饒了敢冒犯所謂「月神」的「僭越者」……

李銀航心裡正犯著嘀咕，就聽南舟在她身後幽幽提問道：「月亮裡有什麼神呢？嫦娥嗎？兔子嗎？」

精神緊繃的陸比方和李銀航：「……」

「……神，就是神。」

談起「神」的時候，面前三人的眼裡總算添了些光彩。神經質的、狂熱的。

那熊似的男人終於開口了。他說話透著股遲鈍的勁兒，但結合著他臉

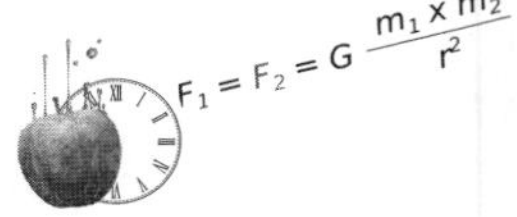


上的神情，交織出一股別樣的恐怖意味。

「山頂，月神就等在山頂。」

「最先靠近祂的，會成為祭品，被吃掉、被吃掉。」

「所以，不能上山，誰都不能上山——」

南舟想了想，替他們盤了一下邏輯：「你們不希望其他人上山，成為月神的祭品，所以不允許任何人上山，否則……」

對方用宗教式的狂熱神情，各自握緊了手上的冰鋤和錘子。

錘子男喃喃道：「成為神的祭品，很可怕。所以我們要說明那些犯錯誤的、想要接近月神的人，要給他們一個痛快，不能、不能再成為神的祭品……」

見狀，江舫不覺有些好笑。他想到了自己曾經看到過的某條新聞——XX 州員警為阻止一少年舉槍自殺而將其射殺。

偏偏這時，南舟篤定地回過頭來，摸一摸凍得微紅的鼻尖，精準概括道：「腦子有點問題的。別怕。」

江舫悶笑出聲，忍不住抬手捏了一下他的鼻子。

南舟：「……」

他覺得有點氣悶。因為他是很認真地在讓江舫別怕，結果他有種被自家養的小動物哄了的感覺。

南舟向來不會很輕易地沉溺在個人情緒裡。但相對的，他倒是非常容易陷入屬於他自己的思維怪圈裡，他感興趣地追問。

「月神是男是女？你們見過嗎？」

「是兔子嗎？」

「月神只負責這一座山嗎？」

「我們如果去爬其他的山，行不行呢？」

三人組不回答了，只直勾勾看著南舟他們，一字不出。不知道是不想回答，還是被問懵了，還是 NPC 只能為他們提供這麼多訊息。

確定問不出別的什麼了之後，南舟趁人不備，偷偷鑽了個帳篷。

他看到了他們破爛的登山道具，都是陰慘慘、髒兮兮的舊物。這些人就像是在這皚皚雪崖間攀爬上下了千百遍。

要不是江舫及時把小野貓抓回去，那熊似的男人就要發飆了。

他們不得不打道回府。

幸運的是，回去的時候，風小了許多，但大致瞭解了任務難度的幾人並未能感到哪怕一絲一毫的輕鬆。

比例嚴重失調的巨月冷冷掛在天際。那股壓迫感叫人無法抑制地頭暈腿軟，心率加快，尤其是他們走動時，幾乎像是背著這麼一顆可怖的行星在行走，從心理上就沉重到窒息。

由於它太過龐大，和以往遠在天邊的時候相比，轉動的弧度清晰可見……甚至像一隻咕嘰咕嘰轉動著的巨人之眼。

在這樣的無形壓力之下，即使沒有高原反應的李銀航，也不得不走一段、歇一段。

為了分散對那看起來隨時可能墜落、把他們砸成齏粉的巨大圓月的恐懼，李銀航開始碎碎念。

「我們要信他們的話嗎？」

「山上真的有『月神』這種怪物的話，我們爬上山，豈不是找死？」

「可不爬山留在原地的話，我們還是會輸……」

可惜，目前大家心中各自有懷疑，沒有人能為她解答疑惑。

陸比方是個挺實在的小孩，把想不通的地方認真記下，打算回去跟隊長副隊一一彙報。大致記錄完畢後，他又將目光投向把手紳士地虛虛攔在南舟腰後，護送他一步步前進的江舫。

他出聲叫他：「江先生？」

江舫彬彬有禮地回覆：「嗯，我在。」

陸比方提了提氣：「你……以前是做什麼工作的？」

江舫笑盈盈的：「我嗎？無業遊民。」

陸比方追問：「你之前在哪裡生活？」

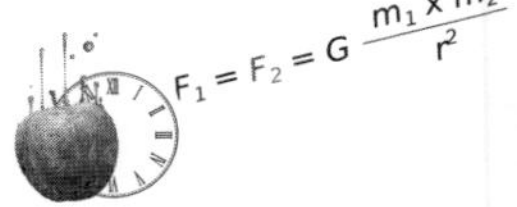


江舫：「烏克蘭的基輔。」

陸比方：「……回中國之後呢？」

江舫：「就到處走一走，看一看啊。」

陸比方有心趁機敲打出他的來歷，好幫助自己回憶出究竟是在哪裡見過江舫。

他問一句，江舫答一句，十足的配合，態度上是一點兒也挑不出錯來。但陸比方還是有一種一拳一拳搗棉花的無力感……

到底是沒有工作經驗的學生警，說話還透著股天真不懂掩飾的直率。

南舟忍著身體不適的痠痛，乖乖地吸著氧走路。

他自顧自想著許多事情。他想著月神是否真的是兔子？他想著其實他們在短短的 12 小時內，根本沒有時間去換爬另外一座山峰。他們對山路不熟，何況風高雪急，除非有熟悉地形的人帶隊，體力也充沛，否則不可能另換山頭，倒極有可能在這大風雪中迷路。

他想著他們究竟該怎麼樣開始這場競賽？他想著這次造訪對方的營地，到底是得益多一點，還是打草驚蛇多一點？他想著那個怪異的女人，以及那熊似的男人左右腿微妙的違和感。

他們距離棲身的小樓越來越近時，陸比方開始拿出那 GPS 重測即時的海拔資料。

果然，同樣是 4513 公尺，雙方的起跑線是一樣的。

而在多數人的注意力集中在 GPS 上時，南舟目光一瞥，無意間掃到二樓水泥外牆邊一團隱沒在陰影中的黑。

起先，南舟以為自己是看花了眼，但走出幾步後，他終於看清了那東西的具體輪廓。

南舟沒說話，靜靜站住，朝上一指。

大家本來就分出了一部分精力，特意關注著身體不適的南舟，他一有動作，大家都循著他手指的方向往一處看去……

等李銀航看清那團影子，她的心臟在經歷了倏忽間停跳後，又瞬間頂住她嗓子眼裡的小舌頭嘣嘣亂跳，惹得她喉間發癢，胸口沉窒。

有一個骷髏樣、穿著被磨成淡灰色、只能看出絲絲縷縷的暗黃色的登山服的人，乾瘦的身體緊貼著外牆，站在二樓的某扇窗外。

他的身體、臉色、頭髮都是統一的灰青色，加上影子的庇護，幾乎和水泥牆色融為一體。

要不是南舟眼尖，恐怕誰都不會注意到這個水泥色澤的偷窺者。

他的枯瘦風格，和那營地中的三人組如出一轍。他手裡挽著一條磨得微微發白的登山繩，站在窗旁寬約兩指的防水邊上。

他窺視著的那扇窗，內裡透出融融的暖光，正映著梁漱搜羅物資的窈窕身影。而暖光所不能及的陰影處，就是窺視者的立足之處。

那人也很快注意到了樓前駐足的四個人。

然而，他好像一點也不因為被抓了現行而緊張，他低頭看看四人，死樣活氣的臉上浮現出一絲奇異的微笑。

在陸比方反應過來、呼喝一聲，大步向他奔去時，他手中繩子一抖，單薄的身體遊牆壁虎似的翻過二樓，消失在樓頂上。

南舟的心緊盯著他消失的地方，若有所思。

那群人，從一開始就發現他們的存在了。在己方去查探對方情況時，他們也在觀察、提防、戒備著自己。

——還有，爬得真快。真羨慕。

其他人的心態就遠沒有南舟這種 san 值怪物平和了。

剛才那一幕，是無數孩子童年凝望窗戶時，都曾出現過的恐怖幻想——深夜時分，在搖動的窗簾陰影中，會徐徐探出一顆充滿著窺視欲望的頭來。

連陸比方都有點毛了，大跨步衝上樓，將他們調查到的所有情況和剛才目睹的一切盡數彙報給了賀銀川。

賀銀川卻淡然得很。

「我知道。」賀銀川伸手一勾，親熱地搭住了周澳肩膀，「小周五分

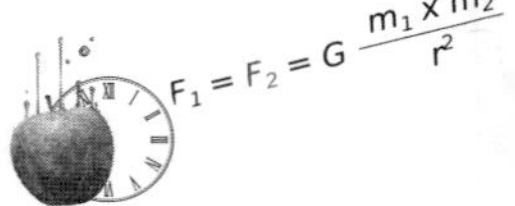


鐘前就發現那玩意兒了。」

周澳：「……」我比你大兩歲，謝謝。

陸比方憂心道：「那要怎麼辦？」

周澳惜字如金：「有辦法。」

「剛才，小周發現有人在外面偷聽，跟我打了手勢，我就耍了個心眼。」賀銀川挺俏皮地一眨眼，給周澳簡明扼要的話做了個注腳：「我故意跟小梁和小周聊天，說我們從山底上來的時候，看見有人要爬山。」

陸比方緊繃繃的一顆心頓時放鬆了下來。

這麼一來，那個前來探查的人，拿到的就是虛假訊息。這群登山客既然這麼在意爬山的人，必然不會對這個消息坐視不理。

南舟呼吸不大穩當：「他們至少有四個人，不會全部離開營地下山查看情況。」

賀銀川的認識倒很清晰，並不多麼沾沾自喜：「能少一點是一點。我們在討論下一步怎麼行動。」

隊友非常省心，且周詳地安排好了一切，南舟也稍稍安心些了。他身體晃了晃，用近乎掙扎的力道勉強摘去了風鏡。

剛才來回超過半個小時的路程，且全程都沐浴在銀亮的巨月之下，這消耗他太多的體力了。他也不發聲，只一邊靠住江舫，一邊單手撐住牆，一聲聲喘得直惹人憐。

南舟本來就是文質風流的長相，現在睫毛上落的雪被室溫迅速融化後，看起來是個淚汪汪的委屈相。

注意到南舟滿頭虛汗的梁漱眉心一凝，對江舫迅速打了個手勢。

江舫會意，將南舟打橫抱起。

南舟：「……」

他可從來沒享受過這種待遇。

就像第一次被人肚皮朝上抱起來的貓，他頻頻側身看向地面。倒不是因為害羞，他擔心江舫抱不穩他，把他摔下去。

在被抱到一個只剩下空床架的房間，被安放在冷硬的床板上時，南舟整個人還有點沒能回過神來。

梁漱是軍醫出身，根據她的屬性，系統分配給她的道具也多是醫療器械。她用簡單的儀器測過南舟心跳，又測了血壓，「你平常血壓多少？」

南舟靜靜搖頭。

對他的動作，梁漱面露不解，「沒測過，還是不知道？」

南舟抿嘴不答。

梁漱按了他頭部的幾點穴位，「頭疼嗎？」

南舟又搖頭。

問過幾個問題後，梁漱嚴肅的面色有所放鬆，貓似的尖眼尾自然彎起，回歸了含媚帶情的神態。

梁漱：「我就感覺你不大像高原反應。」

一路尾隨進來的李銀航倒是挺緊張的：「那是什麼問題？」

梁漱斟酌道：「目前看起來……應該只是體虛。」

李銀航：「……」神他媽的體虛。

她有點想不通，如果不是高原反應，為什麼南舟會有這麼嚴重的不適症狀……簡直就像換了個人似的。

「慶幸吧，高反是會要人命的。」梁漱笑道：「體虛不會。」

南舟反應淡淡的：「現在這種時候，體虛也會要命。」

梁漱說的話確實是安慰成分居多，但她也沒想到南舟這樣清醒，不由失笑，「你放心。管你體虛還是別的什麼，按我們賀隊那個個性，扛也會把你扛上去。」

「不是誰扛誰的問題。」南舟：「那些登山客的身體素質都很不錯，單跟他們比體力，不一定能贏。」

梁漱聳聳肩，半安慰半認真道：「素質不錯，腦子可未必。」

她站起身來，輕輕拍拍南舟肩膀，一副不欲多談的樣子，「好好休息，賀隊他們會拿出好主意的。」

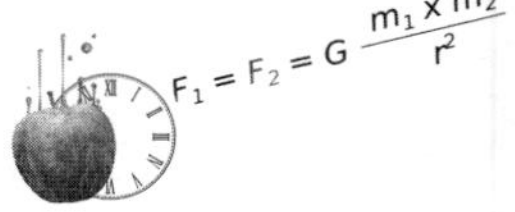


五人組完全是將他們放在保護位置上。這是出於好意，也是當前最有效率的方式，所以南舟並沒多說什麼。

帶上門後，梁漱一轉臉，不出意外地在門邊看到了林之淞。

林之淞拉著梁漱走出了幾個房間遠，才謹慎地低聲詢問：「……怎麼樣？」

梁漱知道他問的是誰。

她據實回答：「心跳過速，體溫偏低，口唇蒼白，冷汗多出，身上也沒有外傷。單純的體虛而已。」

林之淞目光閃爍了一下，「喔。」

梁漱看出他的心事，把手套緩緩戴上，「放心，不是裝的。」

林之淞輕輕一點頭。

梁漱：「你到底在哪裡見過他，想起來了嗎？」

林之淞發出一個意義不明的音節，不知道他是想起來了，還是隨便給梁漱發出一點聲音作為回應。

梁漱笑。這個林小弟性格怪得很，不至於不合群，但就是典型的無機質男，很容易沉浸在自己的世界裡。

林之淞跟在梁漱身後，亦步亦趨地往賀隊所在的房間走去。

他突然問了一句：「梁姐，他說他叫什麼？」

梁漱：「誰？南舟？」

林之淞會意地一頷首，又不吭聲了。

梁漱早就對他的古怪習以為常，頭也不回地往前走去。

跟在梁漱後面，林之淞無聲念著這個名字：南舟……南舟？

連名字也很熟悉。

李銀航抱著床欄，看著嘴唇慘白的南舟捧著一壺剛剛陸比方送來的用

加熱棒熱好的 70 度開水，一口口抿著，嘴唇逐漸回血，心裡安定了不少。

不得不承認，有了「青銅」做後盾，她的精神也不自覺鬆弛了下來。

儘管清楚那五名登山客身手靈活，很是詭異，但待在員警叔叔們身邊，她很難提起強烈的危機感來。

南舟倒是擺出一心一意喝水的樣子。

他心裡轉著什麼念頭，沒人曉得。無處不在的月光從窗外投入，將他的輪廓鑲嵌成了毛茸茸、軟乎乎的樣子。

江舫輕易看穿了他，「在想什麼？」

南舟放下綠色的行軍壺，「為什麼副本要叫【圓月恐懼】？」

李銀航想插下嘴，勸他好好休息，身體不舒服就不要想那麼多，但想一想，她還是乖乖收了聲。

她知道，無論是南舟和江舫，都不是會選擇依賴別人的人。

江舫點出他心中所想：「你認為，月亮才是破局的關鍵？」

「當然。」南舟單手比劃出半個圓，認真說道：「它那麼大，肯定是有原因的。」

江舫笑出了聲。

南舟的思路總是奇怪而有趣，偏偏又還有那麼點道理。

南舟看他，「……笑話我。」

江舫順毛摸：「沒有。」

南舟把目光重新移向行軍壺。壺內搖曳著細碎的銀光，盛著半壺水，半壺月，但一想到那來源不明的巨月，這剩下的半壺水對南舟來說也沒什麼吸引力了。

他慢慢旋上瓶口，自言自語道：「還有，他們為什麼要殺人？」

按登山客們的說法，月神是吃人的怪物。真正的信徒，應該一句都不提醒南舟他們，送祭品給自己敬仰的神才對。

可他們明顯是連「上山」這個動作，都不允許他們做出。這樣一來，誰給月神上貢？月神不會餓死嗎？

南舟直覺自己這番推測說出來，又要招江舫笑了。他不希望江舫笑話自己的想法，可江舫笑起來又很好看……真是兩難。

江舫將他手裡的水壺接過來，又擰了兩圈，壺塞才被真正擰緊。

南舟看著他的動作，「你好像沒有受到很大影響。」

他指的是江舫的恐高症。

江舫笑道：「幸虧我們只是登山，不是攀岩。」

南舟坦誠道：「嗯。我放心了。」

江舫看他這樣嚴肅地講出「放心」兩字，忍不住隨口笑道：「怎麼這麼關心我？你心裡有我不成？」

南舟摸摸自己的胸口，仔細估量了一下，慎重道：「我心裡當然是有你的。」

江舫：「……」

李銀航：「……」不是，你們現在說這種話已經不避人了嗎？

南舟疑惑反問道：「這需要問嗎？難道你心裡沒有我？」

江舫：「……」

他被這一記直球打得有點耳鳴。

江舫低咳一聲，臉頰微紅，迅速岔開話題：「餓嗎？剛剛我還找到了一點壓縮餅乾。」

南舟：「嗯，吃。」

從小樓裡找到的壓縮餅乾，口感和味道都差到驚人，要說滋味，跟吃加厚版的草紙沒有太大區別。

但南舟抱著餅乾袋咔嚓咔嚓地咬，沒什麼嫌棄之色……總之，非常好養活的樣子。

南舟慢吞吞啃完一包壓縮餅乾，把怕冷的南極星從倉庫裡放出來透了透氣，餵了牠幾口餅乾屑，又對江舫招了招手，看他能不能把自己放進倉庫裡去……結果，意外地不行。

南舟身上這一身防寒道具，都是系統為任務提供的臨時道具。按系統的演算法，每一個防寒道具都是獨立存在的，就連手套都分手套（左）和手套（右）。

換言之，即使南舟他們拿到了全套防寒道具，這些臨時道具也並不能算作他們身體的一部分。

其結果就是，江舫想把南舟拉進倉庫裡去的時候，進入儲物格的南舟全身的防寒裝備都被爆了，劈裡啪啦掉了一地。

外面是零下 30 度左右的死亡低溫。而且看月亮移動的角度，目前距離天亮還有很久，一天內最冷的時刻還沒有到來。

也就是說，副本競速一旦真正開始，在極限的寒冷下，南舟只要選擇被裝進倉庫，就不可能再出來了。不然，他甚至來不及在冰天雪地裡穿上這厚重麻煩的裝備，就會在極短的時間內被凍傷凍僵，更進一步地影響行動力。

這也就意味著，如果他選擇進入倉庫，就只能把命運全盤交付給別人。對南舟來說，不到萬不得已，這不是最優選擇。

南舟走出倉庫，又一次穿戴裝備……硬是穿出了一身大汗。

等他穿完衣服，靠在床頭準備休息片刻時，全副武裝的賀銀川推開了門，神采飛揚地對三人一挑眉，比了個口型。

「收拾收拾，我們準備走了。」

壁虎男人回去報告了山下還有登山者行蹤的情報後，隊長模樣的錘子男皺眉思量許久，讓黑熊男和壁虎男下山去查探情況。

錘子男和冰鋤女留下了。

兩個小時後，那座水泥小樓憑空消失了。

但錘子男和冰鋤女的臉就像是被這雪山罡風吹得面部神經麻痹了似的，面無表情，彷彿這樣的神跡對他們來說是司空見慣了的。

茫茫雪野上，有八個身影忙著架設帳篷，一副打算在原地安營紮寨的樣子。

錘子男隔著雪叢，定定注視著他們的每一個動作。

——他們，是有可能上山的人。

——他們的話不能相信。

——全部是謊言。

大概是因為有熟手的原因，他們的防風帳篷很快搭建了起來，內裡的防風燈也暖融融地亮了起來，將雪地映出了一片耀眼的澄金色。只是有了月亮的先聲奪人，那片金色也被銀色奪去大半，顯得黯淡了不少。

帳篷裡的幾道黑影晃動一陣後，就各自睡下了。防風燈熄了兩盞，只剩下一盞，影影綽綽地照出有人影在帳篷中坐著，大概是守夜的人。

在沒有眼部護具的情況下，長久注視著這樣的雪原，很容易出現雪盲症。但留守營地的兩人，就這樣瞪著乾澀的眼珠，齊齊看向數百公尺開外的帳篷。就和天上的月亮一樣，他們的眼中沒有感情，只是目不轉睛地投去注視和觀測的冷光。

大約一個半小時後。熊男和壁虎男重新出現在營地帳篷旁。

他們沉默地搖頭，表示自己並沒能尋找到目標。

錘子男低下頭，烏黑如死木的眼睛緊盯著面前的雪堆，轉也不轉，恍若一具屍體。

他霍然起身，一路踩著雪，劇烈喘息著，一路朝他們觀測了近兩個小時的營地拔足奔去。

咯吱、咯吱。鬆散的雪被他粗暴地踩得塌陷下去，又在轉瞬間快速結冰，凝成骯髒的足印。

那個帳篷裡守夜的人，不知道從什麼時候開始，就再也一動沒有動過。

衝到帳篷前，他猛然撩開帳篷簾幕……

裡面赫然擺著幾個被塞滿厚厚防寒褥的訓練急救的睡袋，還有兩個穿著全套防寒行頭的等比例模擬假人，真得連頭髮都仿得清清楚楚。

這是梁漱慣用的道具人偶。B 級道具，醫者替身。既可以用來練習急救，又可以在關鍵時候起到迷惑作用，限量五個，這是最後的兩個。

帳篷內，空無一人。在錘子男陰惻惻的注視下，尾隨而來的熊男也看清了帳篷內的景況。

他低吼一聲，徒手一抓，將一百多斤的人偶凌空提起，隨手一攥，就將那顆頭顱響脆地當場捏爆。

錘子男握住錘子的灰青色手指收緊了，「……追。」

「不能讓他們見到……月神……」

「絕不能……絕不能。」

按照周澳在他們占據視野優勢的水泥小樓裡繪製的地形圖顯示，距離小樓 50 公尺處有一座雪丘。

根據 GPS 的資料和剛才陸比方測出的營地方位資料，林之淞著手建模，模擬出了一條較為精確的、專門針對登山客營地視角的視覺死角路徑。只要來到雪丘後，就可以慢慢繞行至山的另一面，徹底消失在那幾名詭異登山客的視線中。

按賀銀川的計劃，他們需要用亮燈的帳篷吸引對方全部的注意力，再假裝休息，熄滅兩盞燈，將身形隱蔽入燈影難以照及的暗處，依次從後方開口處匍匐著爬出帳篷，藏身到 50 公尺開外的雪丘後面，再按預定路線，迂迴前進，離開他們的視線範圍內……俗稱「當面逃跑」。

但在小樓消失、開始架設帳篷時，他們才意識到一個棘手的、被他們忽略了的問題。

在冰冷月光的映射下，從他們的紮營點到雪丘，一切都是那樣一目了然——沒有遮蔽物，他們根本無從逃離。

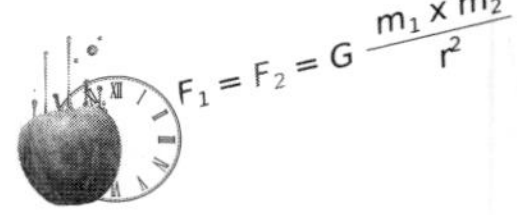

但他們並不是變色龍。小樓裡提供的生存道具，顏色也大都是最適合雪山救援的、扎眼的橙黃色和迷彩色。

正當他們身處瓶頸時，大致休養好精神的南舟提出了一個頗為匪夷所思的主意。正是有了他的幫助，計劃才得以成功執行。

逃離時，他們身上披著用南舟的道具【馬良的素描本】畫成的遮蔽物——一片 8x8 平方公尺的雪地。

起初，「青銅」的五個人還有些擔心，南舟要怎麼畫出一片固定面積的雪地？

直到南舟簡單粗暴地在素描本上寫了個面積計算公式

——這樣也行？

事實證明，這樣真的行。

不過，即便有了遮擋物，留給他們的時間也並不很多。【馬良的素描本】只是 B 級道具，維持的時間只有 3 分鐘，好在，繞到雪丘後，目測不超過 50 公尺。

只是，一邊要注意隱蔽，一邊要拖著巨大的登山負重，一邊還要在高山雪地凝結了 10 年以上的凍土上爬行，耗費的體力之巨不言而喻。

所幸在副本正式開始時，風雪驟起。狂風吹得他們睜不開眼的同時，為對方形成一定的致盲效果，也掃去了他們所有的足印，

至於「體虛」的南舟，乾脆是被人直接拖過去的。

即使如此，越過雪丘時，南舟半條套著橙黃色衝鋒褲的褲靴，還是因為遮蔽物的突然消失，直接暴露在雪丘外。

幸虧南舟反應極快，迅速團身，自發滾進了丘內的死角處。

爬到雪丘，幾乎已經精疲力竭的八人橫七豎八地躺了一地，足足緩了 7、8 分鐘，才弓著腰，排成一行，按照既定路線，慢慢向側邊摸去。

接下來的一段路，他們依舊不敢魯莽，行進的速度很慢，幾乎是弓腰貼地前行。

因此，當他們有驚無險地繞到一處再也看不到對方營地、呈凹葫蘆狀

的雪谷時，大家累得幾乎連腰都直不起來了。但誰也沒有提出要休息。

往上爬出約 100 公尺時，因為海拔高度的進一步提升，南舟有些呼吸不過來，產生了輕微的眩暈。

注意到他情況不大好，大部隊這才稍作停歇，進行簡單的休整。

南舟用便攜氧氣瓶勉強續上了呼吸。

江舫沒說什麼，輕輕拍撫著他的後背，幫助他恢復呼吸能力。

月光之下，南舟的臉色慘白到能看清他頸部的細細絨毛和皮膚下的藍色靜脈。但南舟始終朝著月亮，若有所思。

賀銀川低喘著，來拉南舟的手，「行不行？」

江舫禮貌地一翻手，覆住南舟冰冷的手，淡淡替他答道：「他行的。實在不行，還有我。」

一旁的梁漱強逼著自己吃了兩片壓縮餅乾後，正想去問問南舟的身體能不能扛得住，剛一起身，臉色遽然一變。

倉庫裡，原本顯示著淡淡灰色的道具【醫者替身】，先後消失了！被發現了！

梁漱驀然喊道：「勾踐！」

喊出任務代號的瞬間，原本還算輕鬆的氛圍瞬間凝滯。

周澳最先起身，自覺站在最前，邁步向上而去。

賀銀川則自覺繞行到隊伍最後，準備殿後，在嘶吼的寒風中一迭聲低低催促：「快快快！快走！」

南舟會意，正要站起身來時，沉重的衝鋒衣壓得他膝蓋一彎，險些重新栽倒在雪堆裡。

在他的身體即將接觸到雪地時，一股力量把他從地上徑直拽起，單手一抱，直接上肩。

南舟：「啊？」

江舫抱著還沒反應過來的南舟，紳士道：「冒犯了。南老師，別亂動。」

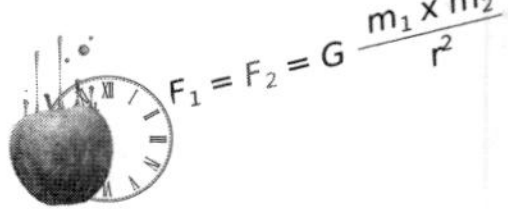


南舟聽話地蜷在他的肩膀上，低頭看向江舫開始踏雪而行的一雙腿。從這個角度看，江舫的腿格外長，他忍不住分神想，真像北極兔。

月照之下，幾個黑色的點綴在反光的白雪之上。廣袤的雪峰在他們腳下，巨大的月亮在他們背後。

他們夾在無垠的天地之間，一俯一仰間，很容易讓人感覺自己不過是一隻渺小無助的蟲蟻。

這種海拔高度，鮮有生命能夠存在。

他們像是在生命和世界的盡頭，攀登未知之巔。

他們沒有一味浪費體力往上攀登，而是在離開方才稍顯開闊的地帶後，找了一角避風的雪岩稍事休息，並思考下一步的動向。

賀銀川當過兵，雪山、荒漠都走過。

但眼下的情形讓他也忍不住皺眉。

幾近鵝毛大小的驟雪，紛紛揚揚，將他們視野的能見度削減到只剩方圓十幾、二十幾公尺。

賀銀川觀察了一陣地形，一語點出他們最重要的困境：「……我們不瞭解地形啊。」

偏偏他們的對手看起來經驗相當豐富，對這座山的瞭解程度恐怕也不是他們能比的。

儘管他們已經設法繞出登山客們的視線之內，漫天的大雪也替他們掃清了足跡——實際上，那四名登山客已經失去了追蹤他們蹤跡的倚仗——但這並不能讓人格外安心。

周澳緊了緊繃帶，撩起一把雪，洗了洗露出來的皮膚，提議：「分頭走嗎？」

賀銀川：「不分。」

周澳：「不分，八個人目標太大。」

賀銀川：「分了，容易各個擊破。」

在高海拔的雪山上攀登，完全不同於地面。哪怕他們是輕裝簡行，能儘量少帶東西就少帶，單就說十幾斤的防寒服，就足夠累去人的半條命。

江舫扛著南舟快步趕出了近 300 公尺，剛一停下，就俯身喘息不止，索性靠在南舟的肩膀上閉目休憩。

看他睫毛輕顫的樣子，像是累極了。但從他胸腔裡心平氣和的心跳來看，他早在坐下休息的片刻之後就緩了過來。

南舟聽出來了，但並不介意江舫枕著自己的肩膀，甚至把自己的肩膀放低了一點，遷就著他，好讓他靠得更舒服一些……現在的江舫像收起了腿又雪融似的盤成一團的乖巧北極兔。

南舟抬手，為他撣了撣髮尾上的一點積雪，江舫會意地露出一點輕笑。兩人就這樣互相依靠著，心照不宣，也不和內心的情感多做對抗。只是放縱心緒在雪野上野蠻瘋長。

罡風橫吹，雪山無徑。

陸比方頂著強勁風雪，去前面探路回來，把簡單繪製的地形圖給隊長和副隊看。

他們現下所在的，是一片葫蘆型的山坳。正上方被一片巨大的雪簷蔭蔽著，倒是擋去了一部分月光。往斜上方攀爬大約 200 公尺左右，繞過雪簷，視線就開朗了一些。

那是一片稍平緩開闊的平臺，接下來約莫 600 公尺的攀援距離，和這片處處可供藏身的地方不同，毫無岩石、凹坡一類的遮蔽物。這段開闊地，是他們上山避不開的必經之路。

賀銀川和周澳手持地形圖，橫看豎看，計劃了半晌，只覺得頭大如斗。眼下他們面臨的局勢，可謂四難。

如果他們就地挖個雪窩，躲在這裡，倒是能大大減少和那登山客四人組正面衝突的機率。

但是，他們躲躲藏藏地走了這一程，實際上並沒有爬得多高。就地蟄伏，基本等於自動放棄比賽。

然而，如果往上走，一旦來到那片開闊地後，他們被四人組發現的機

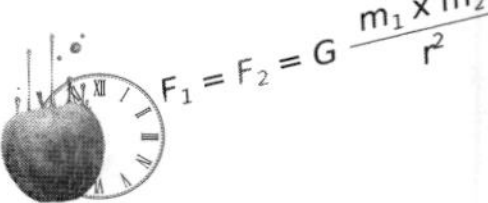

率就會增加。

熊男、錘子男和冰鋤女的底細，他們並不知道。但那個壁虎遊牆男的行動之靈活，陸比方是清清楚楚看在眼裡的，他們決不能掉以輕心。

除此之外，賀銀川還在擔心一件事情。

倘若那四人組足夠聰明的話，大可以一路爬到山頂，從一開始就占據最佳的優勢，只等著他們靠近即可。

更何況，山頂上還可能有什麼見鬼的「月神」……

賀銀川越想越心焦，脫口道：「媽的，要是能帶槍進來，我們還能慌那四個奇形怪狀的東西？」

他們進來的時候都是配足了槍棍刀和子彈補給的，但大概是出於平衡戰力的原因，系統禁用他們使用副本允許範圍外的武器。

要是有了槍，那四個老殭屍，還真未必能從他們手裡討到好。

周澳看他一眼，「素質。」

賀銀川這才驚覺旁邊還有人民群眾，忙低咳一聲，正色道：「看地圖、看地圖。」

陸比方花了近一個小時探路，儘管他體力超群，也難免有些透支。跟隊長交過任務後，他手腳並用地爬過鬆軟的雪堆，和南舟、江舫、李銀航坐到了一處。

李銀航想給他讓個位，他卻靦腆又疲倦地擺了擺手，自己老老實實地靠在岩石邊側。

歇下來後，暫時沒什麼事情可做，陸比方索性打開了自己的倉庫。

他們從外面帶進來的有用的東西不多。陸比方特地花了300積分，妥善地把自己隨身的一面小鏡子放在了一個儲物格裡。

他取出鏡子，仔細地用手擋住鏡面，免得反射出光斑，暴露他們的行蹤。陸比方真正想看的，是鏡子後面的一張三人照。

注意到一旁南舟投來的好奇視線，陸比方也不介懷，大方又驕傲地向他介紹照片裡除自己之外的其他兩個漂亮姑娘。

「我妹。陸栗子。」

「還有我女朋友。」

只有在這種時候，他才流露出一點略顯得意的青年心性，無形的大尾巴晃蕩來晃蕩去的。

「這是我大二那年，我們仨一起去遊樂場的時候照的。」

李銀航有些驚訝：「有女朋友，你還報名來……」

「啊——」陸比方本來懷著一點炫耀的小心思，沒想到李銀航關注點清奇，他摸摸後腦杓，不好意思地笑道：「……來都來了嘛。反正最後，我們肯定要帶著所有人一起回……」

「青銅大隊」進來的時候，經過簡單的商討，先讓陸比方在許願池許下了他的勝者心願。

他許下的心願就是，希望他們獲勝後，所有遊戲參與者，無論彼時生死與否，都能和他們進入這個世界時一樣，返回現實世界。

陸比方話音未落，南舟就一反手，捂住他的嘴。

陸比方：「唔？」

「這樣的話不要多說。」南舟說：「一般拿著照片想念親友談論將來的人，很快就會……」他想了想，還是把「死」換了個相對溫和一點的說辭：「出危險。」

被捂住嘴的陸比方：「……」

他不是不覺得「任務結束後就回老家結婚」這種話不吉利，但也只是隨口一說。但看南舟謹慎的神情，好像是非常認真地在摁著他的腦袋給他拔 flag。

陸比方不覺笑開了，心裡對南舟多了一點親近之意……但他也更多了幾分歉疚。

剛才，就在他交付完地形圖、準備離開休息時，隊長身旁的林之淞在他口袋裡塞了一個小型答錄機和一張紙條。

紙條上寫：你跟他們走得近。幫我問問南舟的情況。

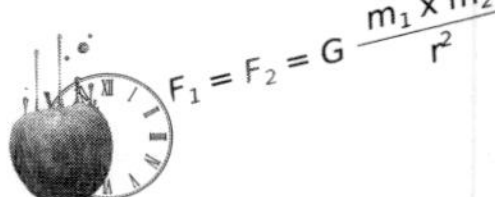


陸比方略微詫異地一抬頭。

——這……不好吧？

但等他將目光投向賀銀川時，卻發現這個年輕的隊長也微不可察地點了一下頭。

林之淞這人，雖然神經質、不合群，但他對南舟這樣在意，必然是有原因的。身為隊友，他們都信賴林之淞的這份直覺。他懷疑南舟，不會是無的放矢。

於是，身負竊聽大任的陸比方不得不頂上去了。

他輕聲問：「南老師，你呢？你家裡有什麼人？」

南舟：「父母，還有一個妹妹。」

陸比方心神一鬆。他也有妹妹！這樣話題就好打開了！

他積極詢問：「你妹妹乖嗎？我妹別的地方都挺好，就是從小特愛和我搶吃的，饞嘴。」

南舟報之以沉默，似乎是在回憶著什麼。

陸比方期待地等著他的回應。

在詞庫裡翻找半晌，南舟總算找出了一個相對合適的形容詞：「……煩人。」

陸比方：「……」

南舟：「挺凶的。」

陸比方咬著牙生聊：「……是不是被寵壞了？」

南舟：「嗯……應該是。我沒有打死她，說明我很寵她。」

陸比方的性格本來就不擅長搞無間道那一套，而南舟這種一頓一頓式的卡碟式對話，更是完全打亂了他的節奏。

他也想不到什麼更高明的問題了，隨口問道：「你妹妹叫什麼呀？」

本來已經洞察了他的目的，準備迎接他高水準、高難度提問的南舟微妙地一愣。

南舟：「南……南船。」

陸比方：……聽起來怎麼這麼像現編的？

事到如今，他倒是有些理解為什麼林之淞會懷疑他了。

陸比方還想追問時，一直靠著南舟肩膀休息的江舫像是養好了元氣，直起身來，望向陸比方，「想好接下來怎麼走了嗎？」

只一個問題，就打散了陸比方的盤問計劃。江舫問的是有關副本勝敗的正事，陸比方自然是聊不下私事了。

再加上他是個耿直老實的個性，實在做不了間諜這個行當，索性當場放棄，支支吾吾地說去問問隊長，就拍拍身上的雪，顛顛離開了。

南舟自然知道自己剛才露出多少紕漏，轉頭去看江舫。

江舫繼續枕靠在他肩上，閉著眼睛，繼續養神。

李銀航自然也是聽到了的，但她什麼也沒有問。

南舟垂目。他想起，在第二個副本裡江舫曾跟他說過的那些話。

他說，關於自己的故事，是屬於自己的。想什麼時候說都可以。

南舟輕咬著舌尖，隱隱有些猶豫。

倏忽間，一股奇怪且濃烈的感覺直襲上了他的心頭。

南舟沒有回頭去查看，而是一手一個抓起身側的江舫和李銀航，使盡了自己微薄的餘力，帶著他們朝前猛衝而去！

李銀航不明所以，但在她身體失去平衡，踉蹌著往前衝去時，只感覺一道異樣的厲風，夾雜著怪異的氣息，擦著她的髮梢，狠狠落下！

呼呼的淒風聲中，那一股風直直楔入岩石，發出了驚人的、叫人頭皮發麻的破碎聲。

叮——

銳利的穿鑿聲讓李銀航耳鳴起來，她駭然回頭，頓時被眼前的一幕驚得魂飛魄散。

是那個女人！那個拿著冰鋤的女人！

剛才，她竟然悄無聲息地摸到幾人的身後，舉起冰鋤，手起鋤落！

怎麼可能？她是怎麼在南舟和江舫都無知無覺的情況下接近他們的？

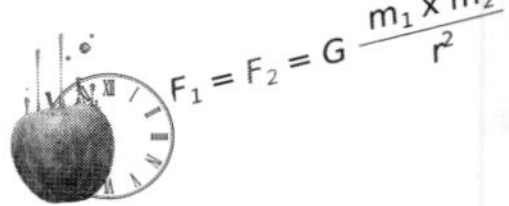

等李銀航定睛一看，更是心膽欲裂。

那女人目光呆滯，雙手撐在覆雪的黑岩之上，好像是從石頭上生生長出來的。她的腰部以下，分明是空空蕩蕩的！

她是一具只有上半身的行屍！

南舟也匆匆回過頭來。電光石火間，南舟回憶起初見到她的畫面——她臥在帳篷睡袋裡，只探出了上半身。

怪不得。

柔軟的雪地，颳得人睜不開眼的新鮮雪風，不到一公尺的矮小軀幹。這些條件，足夠讓她悄悄靠近，不引起任何人的注意。

事發突然，賀銀川他們也是始料未及。他甚至還分出一部分注意力，留心著南舟那邊的狀況，居然還是被這怪物鑽了空子！

賀銀川暗罵一聲，一把抽出插在靴子裡的綁腿匕首，飛快向南舟的方向奔去！

一擊不成，半身女並沒有再妄動。她一手抓緊冰鋤，一隻手撐地做腿，用倒立的姿勢，伶伶俐俐地逃出幾公尺開外。她逃跑的姿勢，可笑又恐怖，在凜凜白雪中，簡直像一隻引路的路標。

南舟舉目四顧。他一度以為他們被登山客們包圍了，但遙望之下，他發現蒼莽的雪峰中，只有這隻上半身的怪物追到了他們這裡。

對方執行了分兵搜索的策略。

南舟身上沒有多少氣力，只能對往半身女追過去的江舫喊道：「堵住她的嘴！」

然而，已經晚了。

她也沒有發出南舟想像中的尖叫來呼喚隊友。因為她沒有舌頭，她張開了黑洞洞的嘴巴，在奔逃間咬住垂掛在自己頸間的一支求救哨。

嗶——

刺耳的哨音生生撕裂了冰冷的空氣，將聲音層層傳導到更遠的遠方。

一時間，山巒俱寂。連風聲都像是被這哨音震懾，停滯了分毫。

蔭蔽在他們頭頂的傘狀雪簷顫抖了兩下，落下一片雪霰，撣落到留在原地的南舟肩上、頸上，宛如霜降。

她還來不及吹第二聲，一隻手就狠狠揪住她的頭髮。撲克牌又輕又薄，在風雪正濃的雪巔上，根本無法實現遠距離的瞄準投擲，但近身攻擊還是奏效的。

江舫單手夾牌，在她咽喉正面橫向一抹，精準地切開了她的氣管，卻並沒有多少血液流出。

一點冰冷的黑血滲到江舫的手套上時，江舫反應迅速，徑直撤回手。

他預想得不錯。女人並沒有被這割喉的動作剝奪行動力，她張開一方巨口，猛地向下咬去。

要不是江舫躲閃得快，她那口牙齒，足以穿透厚厚的防寒手套，咬穿他的肌腱。

她咬了個空。尖如獸齒的上下牙碰撞在一起，在她的口腔裡激盪出叫人牙磣的脆音。

她還想吹哨，但從氣管裡湧出的氣流從江舫剖開的傷口灌出，轉瞬間就被山風吞沒。

而江舫也沒有鬆開抓住她的手。他將女人徑直按到凍土上，奪過她手中冰鋤，毫不留情，手起鋤落，將尖鋒從她後背心釘入，用她的武器，把她的軀幹徹底釘死在地上！

賀銀川等人趕來時，見到這一幕，心中不由一悸。但他們無暇去管江舫的手段有多乾脆俐落，毫無人情。

因為女人根本沒有失去活動能力。

她的眼珠子咕嚕咕嚕地轉動著，雙手撐地，努力在骯髒的冰鋤上掙扎。眾人甚至能聽到她的內臟在尖銳物上來回摩擦的澀響。

顯然，這個女人剛才已經用哨聲完成了通風報信的任務。

他們的位置暴露了，必須儘快離開此地。

當下最棘手的問題，是要怎麼處理掉這個殺不死的女人。一般來說，對於這種喪屍，應該是破壞大腦才對。

賀銀川看了一眼梁漱。梁漱會意，拉著李銀航往後退去，讓她迴避開接下來的血腥場景。

賀銀川特種兵出身，是殺過人的。然而，這樣近距離的殘殺，哪怕面對的是一個長著人臉的怪物，他還是經驗寥寥。

但為了身後這些人，根本無路可退。他抄起周澳遞來的一塊巴掌大小的石塊，深吸一口氣，一點不拖泥帶水地砸扁了她的腦袋！

黑紅的稀薄液體在雪地上濺射開來。石頭也裂了開來……但她居然還沒有死！

她身軀不住扭曲、翻動，像是一尾垂死的魚，但就是死不了。

她一張臉幾乎被拍成了照片一樣的扁平，配合上死人一樣的眼神，更像一隻比目魚了。

她好像根本覺不出痛來，只是死死盯著天邊的圓月，繼續專心致志地把自己從冰鋤的束縛中解脫出來。虔誠卻濁黃的眼睛裡脹滿了血絲，幾乎要滴出玻璃體來。

賀銀川：「操！」

周澳簡明扼要：「砍手。」

一擊不死，賀銀川反倒被噁心得夠嗆，抬頭略微怒道：「我們哪有這種能一口氣砍斷骨頭的傢伙事兒？再說，那些東西隨時會到，我們還能慢工出細活兒嗎？」

周澳被懟得一愣：「你不能生氣。」你是隊長。

賀銀川：「……行。我不氣，走走走。就把她留這兒。」

冰鋤釘在她身體裡，他們目前並沒有更好地能替代冰鋤的東西。拔走冰鋤，這隻怪物就會馬上脫離他們的控制，他們並不可能帶著她走。

但顯然，把冰鋤留給她，後患無窮。

正在一群人一籌莫展時，南舟慢悠悠晃蕩了過來。他捏開了女人被砸得豁開了一條縫的嘴巴，確認她是沒有舌頭的，略微遺憾地嘆了一聲氣。

既不能心甘情願地讓她喝下，又不能確定這種狀態下的她是不是人，已經很難辦了……況且她還沒有舌頭。

那舫哥的【真相龍舌蘭】，從生理層面就無法奏效了。他本來還想讓她吐露一些關於月神的資訊的。

願望落空的南舟看了陸比方一眼，「答錄機。」

陸比方沒能回過神來，「啊？」

南舟看向了江舫，「舫哥。」

江舫心領神會，準確從陸比方的左衣兜裡掏出還在運轉中的答錄機，「謝謝。」

陸比方：「……」

南舟接過答錄機。他沒去問乍然脹紅了臉的陸比方，而是問站在一側的林之淞道：「一直錄著的嗎？」

林之淞：「……嗯。」

南舟：「防摔嗎？」

林之淞：「……防。」

南舟：「可以洗掉一部分內容，單留一部分嗎？」

林之淞：「……能。」

南舟蹲在地上，舉著答錄機，遞給林之淞。

——那就做。

在他澄淨目光的注視下，林之淞不得不接過答錄機，按照南舟的想法，迅速操作起來。

南舟注視著女人，又循著她的目光，望了一眼天際的圓月，轉而對江舫說：「舫哥，幫個忙。」

女人的哨聲，將分散三個方向的怪物，齊齊召集來了山谷。

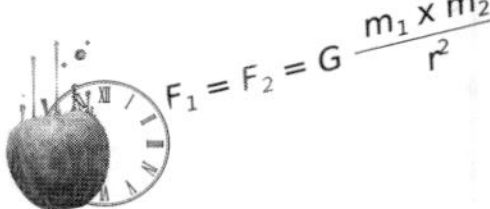


熊男是第一個到的。但是他東看西看，卻沒能找到女人在哪裡。

在他尋找時，壁虎男和錘子男先後趕到。他們像是一群結伴的雪狼，碰面過後，便只是沉默地尋找女人的位置。

隔著飄飛大雪，熊男發現了一個高高隆起、宛如墳包的雪堆，看起來非常不自然。

他快步趕去，刨開雪堆。果然，他瞥見冰鋤閃著光的一角。

但是，也只剩下了鋤，木把被人拆走了。

熊男很快刨出了半身女。女人還苟延殘喘著，只是她兩隻手臂的骨頭都被折斷了，以奇異的角度向原本不可能的方向撇著。

熊男剛想把女人拉出來，他身側的錘子男就像是察覺到了什麼，猛一抬頭……

一個漆黑修長的身影，煢煢立在山坳上端的一處岩石邊。風將他漆黑的半長髮吹得揚起，讓他蒼白精緻的面容，看起來像是出沒在山裡神話中的雪女。

南舟一揚手，將手裡洗好的答錄機從高處拋下。有了雪的緩衝，再加上它高強度的防震防摔功能，噗的一聲落在地面上時，它仍完好無損地運轉著。

錘子男盯著那烏黑的小匣子，疑惑地皺起眉來。

下一秒，震耳欲聾的哨聲，就從揚聲器裡尖銳地傳出——

嗶——

嗶——

本來就淒厲的哨響，在反覆播放和增大的音量下，更顯得刺耳莫名。

葫蘆形狀的山坳，又極好地形成一條回聲帶。

原本鬆散的雪簷，受到這樣的刺激，開始呈流水狀往下滑動，並發出隆隆的、低吼一樣的示警音。

錘子男倒退兩步，似乎是意識到了不對勁。然而，不等他採取行動，已經晚了。

近千立方的雪簷的垮塌，只在一息之間。大片大片雪浪瀑流飛瀉而下，帶起無數摻雜在雪堆中的風化岩石，朝著底下三個半人，潮湧般的席捲而去！

天搖地撼的雪崩聲，很快被雪山吞沒吸收殆盡。就連答錄機裡錄下的哨聲也被掩埋在深雪之下，只發出微弱的細鳴。

南舟還在探頭往下張望，又被江舫及時拎住了脖頸，帶回隊伍。

「走了。他們一時半會兒不可能追過來，我們趕緊往上去。」

南舟：「……唔。」

月光靜靜照著這片死寂之境，彷彿獨眼巨人的俯身凝視，無悲無喜。

一個半小時後。

一隻枯瘦的手臂，猛然從厚密如墳地的雪層中探出。

它的手掌，發力抓緊了附近的雪壤。

CHAPTER

# 07:00

## 江舫雖然聰明，
## 卻是實實在在的南舟至上主義者

趁著搶來的這點時間，一行人步履蹣跚地前行在愈發狂烈的風雪之中。見識過那個半身女人的不死之身，沒人相信那場小型雪崩能真正對這四個怪物造成什麼傷害，所以他們要充分利用這來之不易的一點先機，盡可能地擴大成屬於他們的優勢。

他們迂迴著在雪地上跋涉。雪山本來就難行，雪有時深，有時淺，有的地方普普通通地一跨步就能越過，有的地方一腳踏上去，一條腿就陷下去了一大半。

好在大家互相扶持，行進的速度不算慢。

萬籟俱靜，一行一步，雪沙作響，雪天然地有吸附聲音和反射光芒的特性。

一地刺眼的爛銀，讓戴著雪鏡的人都難免目眩，再加上身處不知前路的攀登中，實在很難不產生濃烈的寂寥和恐慌感，所以大家盡可能靠得很近，用體溫和皮膚的接觸給彼此打氣。

南舟也沒任由江舫扛著，悶不吭聲地跟在隊伍後面。

李銀航被梁漱牽著走，忍不住頻頻回望，很是擔心南舟的身體狀況。

把南舟的手溫和攥在自己掌心中的江舫倒是輕輕哼起歌來，是烏克蘭的民謠。他嗓子很好，沙啞的聲音裡帶著微微的電流感，被帶著新鮮沁人的雪風一吹就輕易散開了，可落在南舟耳朵裡，聲音卻是剛剛好的，又輕又暖。

殿後的賀銀川提醒了一聲：「節省氧氣。」

江舫看了他一眼，點頭謝過他的關心，繼續低低哼他的歌。

賀銀川看南舟走得搖搖晃晃，猜想他的體力也快到盡頭了，抹了抹臉頰，掐了個錶，隨即下達指令：「休息！3 分鐘！」

南舟特別聽話，馬上乾脆俐落地往地上一坐，把臉往膝蓋上一埋，抓緊時間理順呼吸，恢復體力。

賀銀川跟戰友打鬧慣了，順手往他腦袋上呼嚕了一把，笑道：「大小夥子，怎麼這麼虛？」

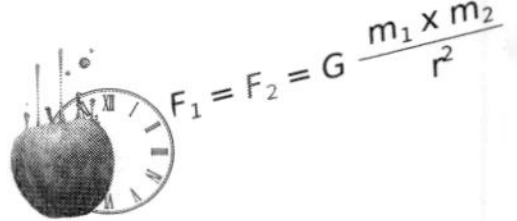


南舟從臂彎裡抬起臉來看他。他喘出大團大團雪白的霧氣，又在他的髮梢上結出雪霜，更顯得一張臉漂亮得沒什麼血色。

賀銀川有點無奈地看他一眼。他走在最後，其一當然是為了殿後。其二，他是想看看能讓林之淞這麼關注的人，到底有什麼特別之處？

他一度以為南舟的虛弱是裝的。結果，一路走來，他橫看豎看，怎麼看南舟都覺得他是一個聰明又孱弱的病美人，動作甚至有點笨拙。只是腦子好一點，林之淞至於對他緊盯不放嗎？

賀銀川搖了搖頭，想不通林之淞對南舟的格外針對到底是為了什麼？偏偏林之淞又是個心思重的，不肯和他們明說他的猜想。

思及此，賀銀川無奈搖搖頭，邁步往前走去，挨個去查看其他人的狀況了。

陸比方先是被安排探路，又跟著大部隊急行軍，體力自然也消耗得不輕。但他心裡還記掛著自己的責任，剛一停下來，就氣喘吁吁地去看「立方舟」三人組。

陸比方自己喘得跟個風箱似的，但和南舟帶著痛苦尾音的低喘比起來，是要好得太多了。

他忍不住想給他順順氣兒，無奈南舟大半個身體都被江舫攬在懷裡，溫柔地拍拍摸摸，他實在找不到插手的地兒，只好在旁提醒道：「想過副本的話，身體素質……還是要練……」

南舟又一次略略抬頭，看起來幾乎是要被過重的風鏡壓得抬不起頭來了，「……謝謝。」

陸比方笑得憨厚可愛，「不客氣。」

南舟雙手撐膝，看向自己映在雪裡的倒影。

天上月像是一隻巨大的探照燈，影子怯懦地縮在他的腳下，只剩短短的一小截，近乎於無。

他這樣靜靜地看了一會兒後，猛然站起身來……然後就因為雙腿發軟，徑直往後跌去。

幸虧江舫接得快，用腳尖墊了一下他的膝彎，往懷裡一勾。兩個人在鬆軟雪堆裡抱著滾了兩圈，才堪堪剎住下滑的趨勢。

巡視一圈、又和周澳單方面拌了兩句嘴後才折回來的賀銀川看著突然滾在一起的兩個人：「……」

他問：「怎麼了？」

南舟從江舫懷裡抬起頭來，說：「不能這樣一直走下去。」

賀銀川：「你有什麼辦法？」

南舟說：「我們分開走。」

賀銀川第一個反對：「不行。我們一個人也不能落下。」

南舟氣喘未平，但眼睛裡是不容置疑的神色，「這個，不是商量。」

賀銀川注視著這個體質羸弱卻又機敏警惕的年輕人，一面擔心他是為了怕自己的體力拖累隊伍，一面心裡又有一個聲音暗暗告訴他，他不是這樣天真且甘願就死的人。

賀銀川：「你說說你的安排。」

南舟：「我，還有舫哥，離開你們。兩隊人，分開走。」

那一瞬間，本來就對兩人身分有些心照不宣的懷疑的「青銅」，結合之前那臺被發現的答錄機，頓時以為他們是察覺到身分即將敗露，想要找個藉口逃離隊伍。

林之淞走近了些，口裡呵出大片霧氣，遮蔽了他眼裡帶著懷疑的駁光，「你們打算去哪裡？」

雖然問的是「你們」，但他的眼睛，始終只落在南舟一人的身上。

南舟張口道：「找這山上可以紮營的地方。」

這可太像隨便找來搪塞，用以逃脫的藉口了。

梁漱問：「……你們不打算繼續往上爬了嗎？」

南舟嚴肅道：「一味往上爬，沒有意義。山頂，未必真正有他們在意的東西。」

這話說得有些沒頭沒腦。

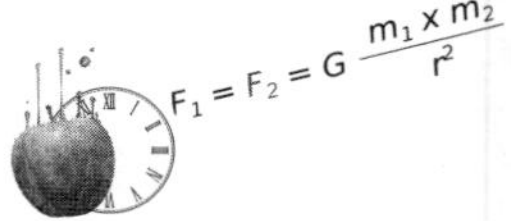


賀銀川皺起眉來，「他們不是說，吃人的月神就在山頂嗎？」

南舟：「他們還說，不能冒犯月神，所以誰上山他們就要殺誰。」

風雪過處，一片寂然。

賀銀川皺起眉來，「你是說，他們在撒謊？」

南舟：「我不知道。」又說：「但我知道，他們不想讓我們上山。」

——這不是很明顯嗎？

南舟說：「……可他們自己又經常上山。」

在和他們的對話中，他們提到會定期巡山的事情。

正是因為得知這群怪物會巡山，他們才不得不放棄原地駐守的幻想，選擇聲東擊西，支開他們。

然而，從當時起就一直在觀望三人神情的南舟覺得很奇怪。

他們在談起巡山時，眼睛都是統一望著山上的。好像他們的職責，就是要巡看從他們的駐紮地到山頂的這一段距離。

至於山下，如果沒有入侵者出沒的痕跡和證據，那是不值得他們分神去兼顧的。

證據就是他們就連聽信他們的情報、下山搜尋時，也留了兩個人在原地看顧他們，生怕他們摸到山上去。

「他們在恐懼什麼？所以一面恐嚇其他登山者，山上有月神，不許上山；一面又追殺真正想要上山的人。」

「所以，山上或許有什麼對他們來說很重要的、不可侵犯的東西。那東西未必在山頂，因為如果真的在山頂，他們大可以直接守在上面。」

「所以，我想去找找，從 4513 公尺的海拔開始，到山頂這段距離間方便紮營、歇腳的地方，看看會不會有什麼線索？」

不得不說，就算南舟真的打算找藉口離隊，這也是一個很好的藉口。

而且，南舟的猜想，不過是猜想而已。這的確並不值得大家傾巢出動，進行驗證。

最好的處理辦法，就是分出兩三個人去證明這個猜想，大部隊還是以登山、搶占高處為主。

賀銀川無言以對，轉而問江舫：「你要和他一起去嗎？」

南舟剛才沒有問過江舫的意見，此刻也扭過頭去看向他。

江舫笑著聳聳肩，「我的榮幸。」

賀銀川微嘆一口氣，知道這是說服不了的意思了。

他看得出來，江舫雖然聰明，卻是實實在在的南舟至上主義者。

他向後吩咐道：「小陸……」

江舫擺一擺手，「不用。我們兩個去就行。」

——這是打定主意要和他們分道揚鑣了。

李銀航自然清楚自己要站在哪邊。她剛想跟過去，卻被南舟的一個手勢制止了。

他平淡卻直接道：「現在我沒法保護妳。而且，舫哥只照顧我就已經很累了。」

南舟轉向賀銀川，說：「幫忙照顧一下銀航。等到任務結束，我們會去接人。」

江舫也笑咪咪的：「銀航，聽他們的話。」

口吻宛如爸媽放學來接妳。

李銀航收住了邁向他們的步伐，思忖半晌，乖巧應道：「喔。」

賀銀川定定凝視著南舟。

他隱藏在淡茶色風鏡下的眼睛很冷，沒什麼感情，但很清透。

賀銀川直覺，他們並不是想逃跑，他們是真的找一條破局之路。

望著趴在江舫肩上的南舟兩人離開的背影，梁漱好奇地詢問李銀航：「妳們之前是朋友嗎？」

李銀航據實以答：「不是，進入這個遊戲的時候我們才認識。」

林之淞望定她的眼睛，「那妳對他們瞭解多少？」

這不加掩飾的話外之音，忽然就叫李銀航有點生氣。

她沒有疾言厲色，卻鮮明地表現了自己的立場：「他們是好人。」

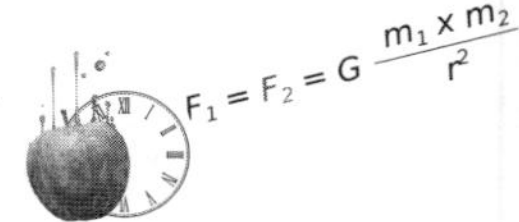


梁漱聽出了她話裡的反感和抗拒，用胳膊肘撞了一下林之淞，提醒他收斂點。

林之淞閉了嘴，卻想到剛才江舫用冰鋤釘入女人後心時的動作。行雲流水，毫不拖遝。

對方雖然不是人，江舫看起來也不怎麼像。

至於南舟……

向來對自己的記憶力頗為自信的林之淞第一次感到懊惱。

他絕對、絕對是見過南舟的。只是那印象淡淡的，就和現在，他隔著飄飛如鵝毛的大雪，看向南舟背影時一樣。影影綽綽的，只隔了一層，卻始終難以勘破那個讓他在意的真相。

嗆了林之淞一句後，李銀航後知後覺地有了點悔意。自己還在受著他們的保護，何必要搞這麼僵呢？身為抱大腿十級學者的李銀航隨遇而安，飛快地揭過了這一章，主動道：「我們出發吧。」

廣袤的雪峰上，本就渺小至極的八隻小螞蟻一上一右，就此分道而行。不多時，天地之間，能確證南舟和江舫彼此存在的，就只剩下他們身體交合處的一點暖意。

南舟趴在江舫後背，兩腿盤在他的腰上，輕聲問：「我重不重？」

江舫單手遞了一片壓縮餅乾過去，打趣般笑道：「可以從現在開始努努力。」

南舟躲在他身後，輕輕地咬著凍得堅硬的餅乾，並時不時撣掉落在江舫肩上的餅乾屑。

和賀銀川一樣，他們的目標也是相當清晰。他們要找的是平闊、背風、遠離碎石地和積雪帶，擁有窪地溪流的地方。

在這海拔 4000 公尺以上的地帶，大多數登山隊會一鼓作氣，發起對山頂的衝鋒，所以能滿足相關條件的位置並不多。

南舟已經從極度的肌肉痠痛和呼吸困難中恢復得差不多了，本來可以下地，陪著江舫一起趕路。可近在咫尺地聽著江舫略沉重滯澀的呼吸聲，南舟摸了摸心口位置……他覺得不很舒服。

是因為海拔提升、距離月亮更近了嗎？

他拽拽江舫的衣角，「要休息。」

江舫問他：「累了？」

南舟：「嗯。」你累了。

於是，江舫找了一塊避風的岩石，剛好夠兩個人藏身的大小，才把南舟妥帖地放下來。

因為放下的角度不大對，江舫衝鋒衣的肩帶勾住了南舟的防寒帽，把他的帽子扯了下來。

江舫失笑：「抱歉。」

他撿起帽子，揭開南舟的風鏡，撐起帽簷，指腹沿著南舟的耳朵輕輕滑下，將防寒帽戴回了原位。

然而，不知道是哪裡來的衝動，江舫沒有停下手。他將防寒帽一路向下拉去，蒙住了他的眼睛……只露出了南舟的一雙淡色的嘴唇。

南舟沒有反抗，只是在模糊的視線中，有些困惑地擰起了眉頭。

江舫摘去了手套。之所以他在看不見的時候能做出這樣的判斷，是因為，江舫在用他溫度極高的指腹，輕輕撫摸自己的嘴唇。

南舟莫名覺得，這個場景有些熟悉。好像以前的某個時刻，也有這樣一隻手，在他雙眼被異物覆蓋上的時候，對他做出這樣的動作。

一下一下地摩挲、按揉，指尖輕刮過他的唇角，又用指節蹭著他的唇珠，好像他的嘴唇是什麼了不得的一樣寶物。

他唇間清爽又帶有一點熱度的氣息回流到南舟臉上，也和那時一樣熟悉。但……他依稀記得，曾經對自己做出同樣動作的人，明明沒有江舫這樣疲累，卻還是在他面前微微喘息著，彷彿要喘不上氣來一樣。

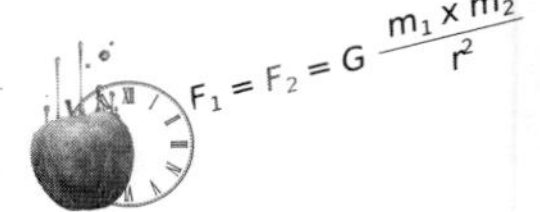

南舟感覺這實在有些異樣。他甚至疑心自己是不是剛才吃餅乾，嘴角沾上了渣滓而不自知。

但他終於還是沒有動。江舫也沒有做多餘的動作。

少頃，他將蓋住南舟眼睛的帽子拉回原處。

南舟黑亮澄明的一雙眼睛得以重見光明。

定定地和他對視片刻，單膝跪在他身前的江舫先笑了，用已經被吹得冰冷的手掌覆蓋上他的眼睛，「休息還不會啊？」

在月光流轉下，江舫的笑顏帶有一種足稱絕色的輝煌英氣。

南舟的神情依舊是冷冰冰的無所謂。

他沒說什麼，拾起被他扔到膝邊的手套，為江舫戴上。

江舫自然沒有異議，把手主動交付到他的懷中。

正當江舫望著他凝雪的長睫，心緒萬千時，他眼角餘光，無意在漫天落雪中捕獲到一點殘影。

江舫反應迅速，立即壓著南舟的腦袋，和他一起徹底隱藏在那黑色的石岩之後。

南舟不小心被他壓出了個十指交扣的姿勢，又被他摟了個滿懷。

他無聲且詫異地看向江舫。

江舫對他噓了一聲，又怕傷了他的眼睛，摸來風鏡，為他戴上，才肯放好奇心爆炸的南舟出來，和他一起查看情況。

起先，看到在風雪中活動的黑點，南舟以為他們又要和那些怪物狹路相逢了。

直到風雪小了些，他才看清那形狀怪異的東西是什麼。

有兩條伶仃的、套著黃色登山褲的雙腿，正在雪野上奔跑。而且只有雙腿，看骨盆的形狀，那該是女人的一雙腿。

這場景聽起來有些滑稽，但親眼看去，滑稽感就被一股異常獰厲且怪異的恐怖感取代了。那雙腿彷彿也有自己的靈性，跑一陣，停一陣，彷彿是在尋找什麼東西。

南舟一邊看，一邊默默想到，這大概才是真正的分「頭」行動。

他看向了江舫。江舫也正好將狡黠的目光投向了他，衝他一眨眼。

兩人在極短時間內交換了意見，並達成了一致。

江舫從道具槽中取出了那個名叫【愛美之心，人皆有之】的 C 級道具。一面小小的圓形化妝鏡，這東西非常符合它 C 級道具的作用，那就是沒什麼太大作用。

江舫背靠著岩石，把鏡子在掌心掂量一番，隨手將它向後一拋。鏡子面朝上，無聲無息地掉入附近的雪地上。

雙腿卻像是察覺了什麼，猛然剎住步伐，望向距離它 40 公尺開外的一塊黑岩。

那裡倒著的鏡子，正沐浴在月光之下，朝向它的方向，折射出耀眼的碎光，像是一個動人的誘餌。

吱——吱——

踏裂雪層的碎響一路從遠處響到近處。一步一步，帶著點探詢的意味……對方是擁有起碼的視力和感官的。

果然，它不是在進行毫無目的的漫遊。

做出簡單的判斷後，江舫輕輕拿出瑞士軍刀，挑出其中一把平口刀，緩緩拉開，並用指尖謹慎掩蓋住刀鋒掀出時折射的薄光。

但他剛動作到一半，就被南舟輕戳了戳側腰。他朝身後點了一點，又抬手指了指自己的眼睛。

江舫一挑眉。

南舟的想法沒有錯，一雙腿不可能擁有視力。

那麼，鑑於他們之前遭遇的半身女還能小跑、還能大跳的特性，南舟大概是想到，這些怪物如果在被解體後也能具有活性，那細微的零部件，或許也有各自的活性。

為了驗證這個猜想，江舫食指與拇指交疊起來，對南舟眨了眨眼睛。

南舟知道他想做什麼，猶豫片刻後，略一頷首，表示認同。

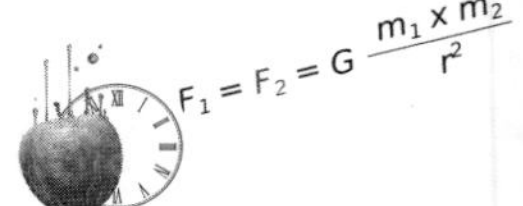

江舫把手指舉到耳側，找準時機，打了個漂亮的響指。

這一陣正是順風。按距離估算，風足夠把響指聲送到那雙腿那裡。

但雙腿並沒有任何確證獵物的存在後，加速奔來給他們來一頓剪刀腳的打算，也沒有趕快跑走報信的意思。

它挺心平氣和、一步一步地往折射著強烈月光的鏡子的方向走來。

懂了，沒帶耳朵出門。兩人迅速更改了行動方案。

南舟將【光線指鏈】扣上右手。為避免引起對方注意，他將手掌微側，盡由月光折射入雪中，任雪吞沒。

在月華燦爛的地方，【光線指鏈】的功用已經被發揮到現有的功效最大。無數道銀絲在南舟掌心穿梭。

他輕輕挪動手指，就像是操縱儺偶的掌上絲。

但 0 級道具就是只有 0 級道具的樣子。現在折射出的光絲雖然有實體，但持續不了 1 分鐘就會潰散。

南舟把絲線穿插入眼前鬆軟的雪堆中，不知在忙活些什麼。

儘管對方沒耳朵，但他們都考慮到了說話時難免會呵出的濃重白霧，這可是用眼睛就能看得到的東西。

江舫在南舟腿上輕輕寫字：第一次用，會嗎？

他指的是【光線指鏈】。

南舟淡淡掃他一眼，神情冷冽，回覆的內容卻相當不嚴肅：「我半夜偷偷玩過。」

儘管致命的踏雪聲已在距離他們 10 公尺的範圍之內，江舫仍是忍俊不禁，往岩石上一靠，掃向南舟的眼尾餘光都淨是溫柔和笑意。

南舟有些納罕……江舫為什麼總是對他笑？他自覺很冷很凶，相當不好親近。

像銀航那樣始終不敢太過靠近的樣子，或是乾脆的無視，才是別人對待他的常態。

南舟輕輕舔了一下嘴唇，才想到江舫剛剛摩挲過那裡。他又自作主張

地偷舔了兩下，只品出了雪霜的滋味。那種溫暖的感覺被風帶走了，但南舟知道它是真實存在過的。

腿終於靠近了他們。他們也終於瞥見了「眼睛」。

一隻眼球懸蕩著，裝飾物一樣用一根線拴著，蝌蚪尾巴似的懸掛在雙腿破破爛爛的多功能腰帶上。

灰白的、結著一圈微紅薄冰的瞳仁，隨著雙腿跋涉的幅度一晃一晃，緊盯著那折射出薄光的鏡子。

所幸腿並沒有帶鼻子，否則一定會嗅到生肉的氣息。

眼睛麻木地收集著周邊的資訊。鏡子不遠處有淺淺的腳印出現，儘管被風雪掩蓋了不少，但殘跡猶存，應該是有人經過過這裡。

在眼睛四處尋找有沒有離開的腳印時，一陣雪霧驟然升起，瞬間遮蔽了它的視線。

南舟把光線迅速編織成一把簡單的雪鏟，深入雪層。趁它靠近岩石，他窮盡全部力氣，回頭潑了它一頭一臉。

這個動作，耗盡了南舟剛剛積攢下來的全部體力。他就勢跌坐在地，把場子交給了江舫。

兜頭兜臉被淋了一頭雪沙，那隻眼睛的視力一時模糊，失去了方向。

但腿並沒有過於慌亂。它在雪原上跋涉過不知道多少遍，熟悉這裡的一石一木，可謂穩如老狗。

況且它和眼睛不屬於一個單元，眼睛遭襲，它不會有什麼條件反射，它甚至還往前穩穩踏了兩步。

直到南舟把一個技能甩到了它膝蓋上。

【沒有冰鞋的後果】

功能：讓對手百分百滑倒。

這技能沒什麼硬性規定，對方有腿就行。眼前的怪物正好只有腿。

腿一個不防，剛丟了眼睛，就一跤立撲在雪地上，摔了個兩腿朝天。

藉著這個機會，江舫從岩石後翻身滾出，寒光橫揮，迅速且精準地割

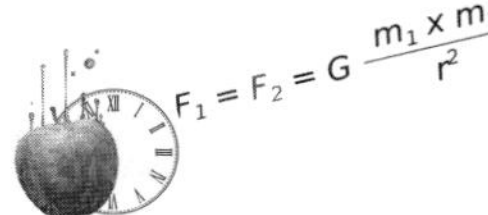


斷了連接腰帶和眼珠的那條線，凌空一把搶去掉落的眼睛，順便扯去掛在它腰帶上的絲線，將眼睛捏在掌心，就地捧了一團雪，把眼睛團在中心，發力握雪，不消幾秒，就用掌溫和掌力把雪球攥成了一只堅硬的冰球。他反手把這個冰球拋給南舟。

南舟接了個正著，馬上把這隻眼睛又滾了幾層雪，團成了拳頭大小的雪球。

眼睛：……你們都是狗吧。

江舫並沒有馬上撒腿跑開。儘管那雙腿再走兩步，就足以踢到他的膝蓋。他在仔細觀察腿的形態。

現在的腿則很是迷茫。它們這樣解體再搭夥的行動，雖然便利，但也有弊端，它們並沒有一個統一指揮的大腦。

驟然失去了視力，腿焦慮地在原地轉了兩圈，開始俯下身，小心地用腳尖去尋找掉落的眼睛。

江舫和南舟的行動妙就妙在，在腿的視角看來，自己純屬倒楣。

眼睛發現附近有異常的光芒，就過來查探情況。一陣雪霧，把它的眼睛迷了。緊接著，腿一個不慎跌倒在地，眼睛不小心給摔沒了。

腿心裡苦，可腿也沒辦法。手長在上半身，眼珠子又是個放在外頭才能派上用場的東西，為了方便識路，它只能把眼睛別在褲腰帶上。

它在附近找了一陣兒眼睛，發現確實一無所獲後，就像是一隻沮喪的困獸，在附近直打轉，拉磨似的踩出了一大圈腳印。

江舫折回了岩石後，對捧著動彈不得的眼睛雪球的南舟低聲說：「你來看看。」

南舟趴在岩石上，研究起那雙腿來。

腿的主人是誰並不難辨認。他們和那半身女打過交道，這雙腿和半身女體型相似，腰身的斷面基本能夠無縫銜接。

但是，這雙腿怪就怪在，它的腰身還算纖細，但腿比例嚴重不協調，鼓鼓囊囊的。尤其是上下一樣粗的大腿小腿，臃腫地頂著幾乎要綻裂的登山褲縫，看起來簡直是一對巨大的蘿蔔。更重要的是……

南舟扭過頭去，托著手裡的雪球，問江舫：「這隻眼睛，是誰的？」

江舫面沉如水：「我也在想。」

他們和營地中的三個半「人」都打過照面……他們之中，沒有一個人是少了眼睛的。

而且這隻眼睛的虹膜有一些不同，是淡褐色的。他們見過的登山客裡，並沒有這樣顏色的眼睛。

淡褐色的眼珠子，和這雙腿一樣，從始至終都沒有出現在他們的視野裡。是它自始至終就躲在登山客們紮營的帳篷裡，沒有露面？還是它和這多出來的一隻眼睛，在另外一個地方，和另一個人在一起？

坐在岩石上的江舫感興趣地擰起了眉心，他用指尖輕輕敲打著岩石表面，「他們，到底有幾個人呢？」

南舟則靜靜看向他們的來處……銀航他們還不知道這個消息。他們要面對的追擊者，可能還不止四個。

腿可不知道罪魁禍首正在它身後光明正大地觀察它。滴溜溜打了一陣轉後，腳下踢到了一塊岩石，發出了嘭的一聲。

正常人用這種力度踢到石塊，恐怕小腳趾都得斷了。可腿看上去卻是一副找到了想要的東西的樣子，興奮不已，又上腳踹了兩下，愈加確定了什麼，邁著步子，挑了一個方向，有些趔趄地向前走去。

南舟指尖一動，一條綿軟的光線就藉著月光射出，穿過了它的多功能腰帶，打了個結。

腿沒了眼睛，自然是察覺不了，只顧邁著兩條蘿蔔腿，吧嗒吧嗒地往前趕。

南舟說：「跟它走。」

江舫：「不怕它一路去找那個只剩半個身子的女人？」

南舟：「有可能。可它如果能靠肢體之間的感應就找到那個女人，早就走了，不會在這裡繞著圈兒找路。」

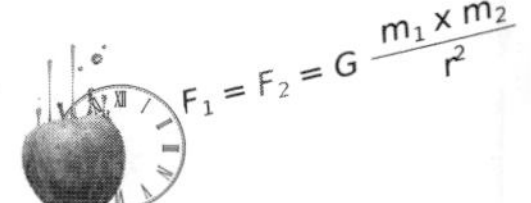


說著，南舟走到腿剛才踢到小腳趾的地帶，掃開了四周的積雪。雪堆下，有一塊形狀較為特殊的石頭，向箭頭一樣，直直指向南方。

它剛才，是在找它熟悉的標誌物。

南舟說：「它現在能去的，只能是它熟悉且信任的地方。」

江舫：「它有可能把我們帶回半山腰的營地，我們出發的地方。」

「這也有可能。」南舟：「但在那個營地裡，我們沒有看到這雙腿，也沒有看到有這隻眼睛的人。」

他看向江舫，眼神裡滿是認真，「如果我是這些登山客，我這樣不希望外來者上到山頂，當然會在最重要、真正要看守的地方，安排另一個人，或是一批人。」

這個道理再淺顯不過。只是他們之前被副本「競速」的概念束縛和影響，理所當然地認為所有人，包括 NPC 的出發點，都該是在同一條水平線上的。

說到這裡，南舟抿了抿嘴，「但你說得也對。」

這雙腿當然有可能是去找它的上半身，也當然有可能是要下山。

如果是以前，南舟自己就跟著它去了，但現在的情況有些不同。

如今的南舟並不能很好地履行自己對隊友的保護義務，也無法承諾自己會在突發危險到來時，能保護好江舫。

他必須要劍走偏鋒，想些別的破局方法，即使需要冒險。

江舫注視著他略微懊惱地抿起的嘴唇，笑說：「這不是還有我嗎？」

南舟望著江舫，認真搖搖頭，「要保護你們，一直是我說的。我不能……」話音沒能落下，就被江舫封印住了。

隔著柔軟的防寒帽，江舫對他的額頭落下溫和有禮的一吻，「偶爾破例，依靠我一下，也可以的。」

南舟一時有些沒回過神來。

他抬手，在酥麻作癢的心口按了一按，「……你對我做了什麼？」

江舫的臉也有些淡淡的紅，「我對你造成什麼影響了嗎？」

「有。」南舟迎上他的眼睛，認真且疑惑道：「我想要聽你的話了。為什麼？」

江舫爽朗地笑開了，只是這笑裡帶著他大部分笑容裡少見的真心，「這樣就很好。」

南舟和江舫兩人不遠不近地牽著腿，宛如在後院裡遛自家的狗。

這一幕相當怪異，但兩個人都是一臉的理應如此。

腿要探路，所以走得很慢、很謹慎。且它靠著對地形的熟知，繞開了許多積雪深而難行的地方。

這省了他們很大的力氣，就連南舟都能挺輕鬆地跟上它。

南舟甚至有閒心在圓滾滾的大雪球上面另放了一個小雪球，捏了個掌上雪人，捧給江舫看。

江舫笑著接過來，研究了一下，用一根小樹枝、兩顆小石子，給它添了點別樣的活氣。被封印在雪球裡的眼球翻了多少個白眼，他們並不知道，也沒興趣知道。

值得慶幸的是，那腿並沒有往山下走，它一路蹣跚摸索，走的是上山道。這一路都相當平曠，平曠到一覽無遺。這的確是正常登山客會選擇的登山路線，卻不是這個競速副本的玩家可以輕易駕馭的路線。

南舟相信，按常規思路，玩家根本不會選擇這種前後幾公里連個遮蔽物都沒有的地方。輕鬆歸輕鬆，這隔著一公里開外就能看見有人，簡直和找死沒什麼區別。

大約在風雪中停停走走了將近四個小時後，腿從一片灌木叢邊經過時，明顯抬高了一下腿。

南舟還想跟上去。江舫卻一把捉住了南舟的手，徑直隔絕了他指鏈投射出的光線。

他抓著南舟的掌心，帶他一起閃身躲入一簇茂密卻已經枯死的灌木叢旁。江舫究竟是更謹慎些，每走上一步，都為一切突發情況規劃好了退路。他察覺到，那雙腿邁過的，是一條透明的絆線。

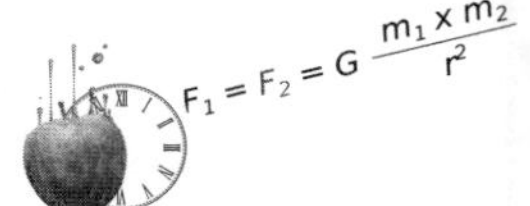

這附近有人設下的埋伏。

這也就意味著，他們找到他們想要找的地方了。

而就在江舫兩人滾入雪地不久後，遠處的一頂帳篷被一隻手掀開了……僅僅只是一隻手而已。

江舫和南舟悄悄探出頭去。映入他們眼簾的，是一片平闊的、本該位於河灘的宿營地。

只有一片倒掉的帳篷，看起來像是廢棄的營地。宿營地裡，密密麻麻地散落著人的五官、肢體。

在看到腿跌跌撞撞地走回來時，那堆支離破碎的解體產物從四面八方彙聚、堆疊起來，從臉開始，慢慢從地上直起腰來，構成了一個人形。

那張破碎的臉，只睜著一隻淡褐色的眼睛，另一隻眼睛只剩下一個黑漆漆的窟窿。

他把自己剛剛復原的下半張臉，連帶著一隻耳朵徑直卸下來，用一根細繩隨便栓在了腿側邊。它掛在那雙腿身邊，好像只要這樣草草拼接，就能構成一個共用資訊的整體了一樣。

那雙枯黑的嘴唇，貼著腿側的褲縫，冷冰冰地問道：「怎麼回事？」

那嘴閉攏了片刻。半個下巴懸蕩在褲子上，隨雪風一搖一晃，像是一個殘破將熄的燈籠。

等它開口時，是一個略尖利的女聲：「我不小心把眼睛弄丟了。」

人頭沉默半晌：「……丟在哪裡了？」

女音：「我知道。」

人頭：「眼睛很重要。」

女音：「給我一隻眼睛，我可以再去找。」

同一張嘴，奇異地發出截然不同的聲線，但卻是統一的麻木冰冷。

人頭從雙腿的腰帶上滾下，而站在一旁的半臉男人抬起僵硬發青的手臂，毫不吝惜地摳入了眼眶。

咕唧。一顆缺乏水分的眼珠從眶內擠出，滴溜溜落在他的手掌心上。

他抬手又是一撕，一片月牙似的耳朵，橡皮泥一樣從他的臉側脫離。

最終，雙腿領到了一隻耳朵、一條手臂，和一隻眼睛。多功能腰帶大大派上了用場，被掛得滿滿當當。

少了一隻耳朵和一雙眼睛，男人的一張臉顯得光禿禿的。

他面無表情道：「找回來。」

下達命令之後，嘩啦一聲，男人的軀幹便從正中間一路塌了下去。轉瞬間，一個殘缺的人體，重新變成滿地蠕行的器官。

心臟鑽進了帳篷。發紫的腸子蛇一樣鑽進了雪內。光禿禿的頭顱滾到一塊岩石後，消失了影蹤。單手五指著地，靠指尖倒立行走，在風雪之中來回巡邏。耳朵則被手掛在帳篷拉鍊上，隨風搖盪，遠遠看去像是一個無關緊要的帳飾。

而那雙腿，掛著一褲腰帶的器官，消失在風雪之中。

這視覺衝擊過於下飯，就連江舫也不由轉過身來，仰躺在雪地上，抓了一把雪含在口中，靠溶解的冰涼雪水壓下作嘔的欲望。

趴在他身上的南舟什麼也沒說。他一邊緊盯營地方向，一邊騰出一隻手，慢慢給他摩著胸口。

稍稍平息下心頭翻滾著的噁心後，江舫保持著一上一下的交疊姿態，輕輕在南舟側腰上寫字：怎麼辦？

明明已經找到了想找的地方，明明對手整體算來只有一個人，卻形成了一個詭異的二對多局面。

打不死，可拆解，且每個零碎的器官都具備這樣的蟑螂特性。每一個器官，分散開來都能殺人。

南舟卻沒有回應他。

江舫用指尖再度詢問他：在想什麼？

南舟挪了挪腰，在他的胸口上寫道：辦法。

江舫笑著就近摸了摸他的頭髮，也和他一樣想起解決之法來。

即使系統之前沒有修復可以用儲物槽收納副本生物的 bug，想要把這

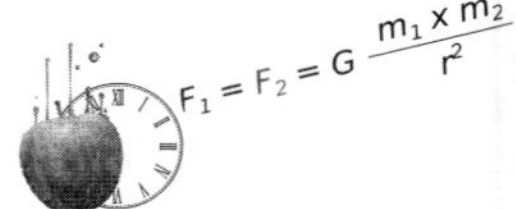

些零碎一一塞進去，也很難完成。既占地方，也不現實。

這些活物，和不會移動、恪守規則、不輪到自己該殺的人堅決不殺的門中之物不同。

它們各自帶有自己的意識和智慧，它們本來就是死物，所以沒有痛感，難以制服。常規認知中的怪物都有的可以一擊斃命的核心地帶，它們好像也並不擁有。

江舫用冰鋤釘穿過半身女的後心，賀銀川用石頭打碎過半身女的腦袋，其結果都是對它毫無影響。

正常人碰上這樣難解的副本，恐怕早就打退堂鼓了。

惹不起，總躲得起。

但此刻，南舟和江舫同時想到的是：如果真的這樣無解，反倒簡單了。至今為止，他們過的兩個副本，都有只要找到思路就能順利過關的生存之道。

第二個副本通過進入教室、更換聽到沙沙聲順序的過關方法，還是燒烤攤三人組裡才能不算特別出眾的狗頭軍師齊天允最先想出來的。

眼下的副本，雖然有對體能的高強度考驗，但在這片看似無解、難以突破的營地上，南舟覺得，或許他們可以動動腦子了。

南舟無聲無息地從灌木叢中探出頭去。野營地裡依然是一幅四肢到處走，下水開 party 的地獄景象。

南舟對此熟視無睹。他注意到，那些覆蓋在殘肢上的衣衫雖然破爛，不過看得出來，和山下的登山隊是同款。

但這人和底下的人有一點很不同，他的肢體被分解得非常徹底。為什麼？僅僅是為了這樣分散行動，防範外敵會更方便嗎？

那麼，為什麼除了熊男看上去略帶殘疾，壁虎男、錘子男的肢體都是完整的？

對了，還有那個半身的女人。她只是上下半身分離，相比這幾乎被碎割零剮了的人來說，簡直堪稱斷臂維納斯。

為什麼只有這個人不一樣？

南舟趴回原處，靜靜想著剛才那張拼湊起來時也滿布裂縫的臉。

那張臉膛被寒風吹得紅到發黑，看上去有些滄桑，且臉上裂紋滿布，像一顆松花蛋。

但他的年齡，顯然和同樣受了不知多少年山風洗禮的其他三個半登山客不同。他很年輕，像是一個 20 歲出頭的大學生。

這和南舟之前的設想不大相符。之前，他認為山上和山腰，是同氣連枝的隊伍。

一個人負責看守他們重視的地方，另外一群人不讓其他登山客登上山來，發現關於月神的某種祕密。分工明確，合情合理。

可現在看來，這個碎冰冰和其他 NPC 頗為不同。

他被切得太碎了。且和其他登山客看起來完全不是一個年齡段的。

NPC 也會搞內部排擠嗎？

——不對，這也不對。

那半身女的下半身，可是跟碎冰冰混的，他們還是像同一個隊伍的。

南舟凝神思考一陣，覺得思路有些不通了，就扭頭去看江舫。

江舫正微笑地看著他。

南舟在他掌心寫：你有在想嗎？

江舫回寫：你想到哪裡了？

南舟簡單總結了自己的想法，寫道：上下兩撥人。像是一路，又不像是一路。

江舫：需要我提供一些新的論據嗎？

南舟自然點頭。

江舫一筆一劃地寫：你剛剛有沒有感覺到，我們來的這一路，非常平曠好走。

南舟又點點頭。他感受到了，即使是處於虛弱狀態的自己，這四個小時的跋涉，都沒有剛才跟著隊伍疾行時耗費的體力多。

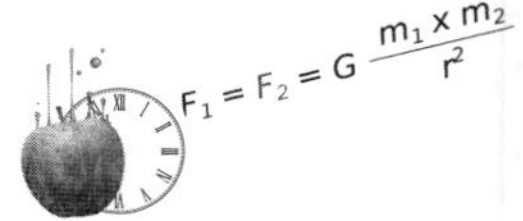


江舫卻不寫了，只認真望著他的眼睛。

南舟眼睛眨了幾眨，忽然亮了起來。

——是。這的確是個很重要的問題。

剛才，他們迂迴著走過了幾公里的雪原。但是這樣好走的路，他們卻全程都沒有看到過任何一名登山客。

按照登山客們一開始分兵追擊的思路，在四個小時裡，在那段路上，他們遇到登山客的機率應該是非常高的。

南舟認為他們是幸運，所以沒有深想。

但江舫不會這樣認為。和南舟不同，在賭場工作混跡多年的江舫，從不相信這世上有那樣多的幸運。

登山客們不往這邊來，是相信這個碎身男人，能一夫當關萬夫莫開嗎？還是……這個營地，才是登山客們有意躲避、不敢靠近的真正原因？

而且，江舫發現，在他們躲在岩石後並拋出鏡子後，那雙腿其實不像是去抓什麼人的。它的確是在雪中奔走，但目標看起來並不明確。

就像是……就像是它其實並不知道，山上多了幾名入侵者。

那麼，這又有矛盾了。

這群登山客之間，看起來並沒有什麼心電感應之類的遠距離溝通方式。半身女召喚隊友，靠的都是掛在脖子上的哨子，是純粹的物理召喚。

按正常邏輯，如果山上和山腰的兩撥人真的是一隊，且這片營地很重要，至少應該會有那麼一個人爬上來，通知這些器官多作警惕吧。然而並沒有。

在製造雪崩的時候，江舫站在南舟身後，把匆匆趕來的一行登山客都納入視野當中。

他們肢體完好，可並沒有一點兒要拆分出自己身體的一部分，給這個營地報信的意思。所以江舫懷疑，他們兩邊並不會溝通資訊，這可不該是隊友該有的樣子。

南舟的思路比起江舫，則更吊詭和劍走偏鋒。

如果碎冰冰和那些人是一撥的，那整個副本對於體力廢的人幾乎是必死局。

他們既很難比過登山經驗豐富的登山客們，也無法從這個一看就打不死的碎冰冰這裡收集到有效資訊。

就算是賀銀川周澳這樣經過系統訓練的人，爬到這個高度，體力也會因為高強度競速被消耗個七七八八，想打也很難打得過。

相反，如果碎冰冰和那些人不是一撥的，那他們還有一線生機。

這一線生機，或許就是破局的關鍵。

只是南舟有些猶豫。他不知道該不該冒險嘗試，畢竟，目前所有的線索，往兩個方向都解釋得通。

如果現在不是滿月之時，他會敢直接找到碎冰冰去驗證這個猜想。

只是，現在的他……

他略有擔心地看向江舫，眼角餘光，卻隱隱捕捉到一個活物。

江舫順著他的目光看去。

下一刻，兩人僵住了。

一段凍得發紫的腸子不知什麼時候遊走到距離他們不過 3、4 公尺開外的地方。它昂起一截，從雪中鑽出，正朝著他們的方向，幽幽立於月光之下。像是一隻蠕動的、帶著柔軟環節的、巨大的沙蟲。

南舟和江舫幾乎同時無聲抓緊對方胸口的衣服，另一手捂住對方的口鼻，把身體機能運轉發出的動靜降到最小。

所幸，它沒有眼睛，也沒有耳朵。但下一秒，南舟和江舫就再度對視，從對方眼裡讀到了兩個字：糟糕。

那雙腿，是被褲子包裹著的。腸子卻是光溜溜地裸在冷空氣中。所以，它對熱量的感知，要比腿更加敏感。

南舟猛然從江舫身上翻下，給江舫留出足夠的活動空間。

江舫顧不得隱蔽，探手去抓住那腸子，想在最短的時間內控制住它。

然而，晚了。

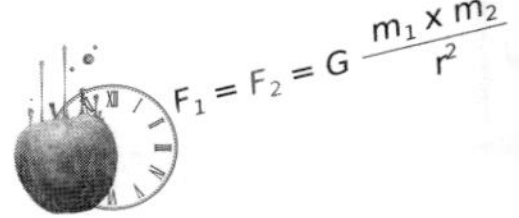


那眼鏡蛇一樣的腸子飛快從雪堆下隆起一道痕跡，足有 6、7 公尺長的腸尾高高揚起，狠狠撞擊在栓了一只破鈴鐺的絆線上。

叮鈴鈴——

山風彷彿都被這鈴聲激盪驚嚇到了，寂靜了一瞬。

陡然間，滿地沙沙聲，呈半圓形向發聲處聚集而來。

即使他們不是一隊，也並不意味著對方不會傷害他們。畢竟，在登山客的傳說裡，山上的「月神」，是會食人的。

南舟他們只剩片刻的時間，來為自己爭取生機。

電光石火間，南舟行動利索，將半瓶【真相龍舌蘭】從儲物槽中取出，將李銀航如果親眼看到這一幕會心疼死的酒量傾灑在眼前藏身的灌木叢中，又飛快劃亮了一根周澳臨行前交給他們的防風火柴。

所謂酒，總歸是有它原來的特性的。酒香味四散溢開的瞬間，轟然一聲，一道火牆將南舟、江舫與那一地怪物分割開來。

感受到火起的熱力，各類零散的器官像是受了驚的動物，各自往回奔逃，在數公尺開外驚魂滿懷地聚集在一起，對熊熊而起的火焰敬而遠之。

不幸的是，在這風雪縱橫的高山之巔，沒有特殊的防風措施，火勢不會持續很久。

器官們警惕地扭曲在一起，逐漸歸位、拼合，構成了一個模糊的人形。那人靜靜立在火的那端，不前進，只等著火滅，就像是等著對面兩人的死期。

但是，他的這一停滯，已經給南舟提供足夠的資訊。

「……你怕火。」

隔著重重光焰，南舟看到男人略顯猙獰的面容。

或許是因為經常拆卸，他的面部肌肉走向十分怪異，只要一動，內裡的肉就扭曲成一團，一疙瘩一疙瘩地交縱在一起，看一眼都讓人渾身起粟。但南舟毫不避諱，神色平靜地打量著那張臉。

近距離看來，那張臉上面的口子很平滑，滿是被利刃切割的傷痕，和那雙腿的斷面一樣，都是整整齊齊的，像是被刀切下來的。

隔著劈劈啪啪的火叢，南舟輕聲問他：「火對你做了什麼嗎？還是，那些人對你做了什麼？」

烈火很快被高寒撲滅。

餘燼在地上各自徒勞地赤紅一陣，就被白雪覆滅。

南舟知道，他們目前仍然沒有脫離危險。他面對的男屍，並沒有任何要放過他們的意思。

這光禿禿的一張臉孔上，沒有雙眼，直面著他們的是兩個漆黑的、深邃的空洞。

與之形成強烈反差的是，男屍身後的月光愈發亮了。這讓他臉上難以完全貼合的裂隙也透出光來，看起來格外猙獰而怪異。

南舟想著江舫還在自己身側，心跳憑空快了幾拍。

他覺得有些困惑，因為他覺得對方並不恐怖。眼前的情狀，雖然危險，但對南舟來說，遠還沒到絕境之地。從前，他一個人的時候，面對過許多張這樣獰厲的面孔，他早就忘了什麼是緊張。

可他現在緊張了。

好在南舟的緊張從不上臉。他的大腦飛速運轉，要怎麼樣說，才能在最短的時間打消男屍對他們的敵意。

答案很簡單，給他想要的。

南舟正要開口，江舫卻已經先於他，給出了南舟本來想給出的答案。

「我們知道那群人在哪裡。你跟著我們走，就能找到他們。」

男人臉上的肌肉輕微扭曲了一下，皮膚下頂動的肉塊發出蟲蠕似的嘰咕聲。

從他根本談不上有管理的表情管理，南舟讀出了一絲勃然欲發的憤怒。不對。不是這句……他們說錯話了。

南舟微微低了頭，這才發現，江舫和自己，各自緊抓著對方胸前的衣服，試圖護在對方身前。

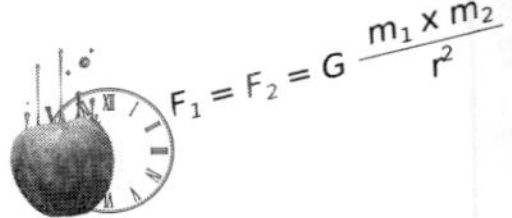

南舟看著江舫漂亮的指端，心裡突然就安靜了下來。

南舟抬起眼睛，另換了一種說法：「……你離不開這裡。」

「而且，他們也不願意靠近這裡。」他說：「他們甚至不准任何外來的人靠近這裡，發現你。我們能幫你。」

男人沉垂著的眼皮猛地一跳。

旋即，他的眼皮向上微微掀起，將那兩洞幽邃的眼孔更加清晰地暴露在空氣中。就連他腦中結冰的白色漿液，都是那樣鮮明可見。

他開口了。

因為見識過男屍支離破碎的樣子，所以南舟能輕易想像到一條綿軟無力、甚至掛著冰碴的聲帶，在他軀體內費力地發抖振動的樣子。

他啞著一把嗓子，用可怕的冷冷聲調低喃：「他們不敢來。沒人敢來。」

南舟心神一鬆，放開了護住江舫胸口的手臂，但還是自作主張地把手擱在江舫腰處……他們暫時安全了。

這時候，那雙腿帶著的眼睛看到基地裡騰起的煙霧，帶著腿趕了回來。腿帶去的手裡，還攥著一簇雪兔子。

見狀，南舟和江舫大概想明白，他們遇見這雙腿時，它毫無目的地一路飛奔，到底是幹麼去了？它在覓食。

手把雪兔子乖乖遞給男屍後，男屍張開嘴，狼吞虎嚥地吞下這乾燥冰冷的草食動物。

腿看上去並沒什麼戾氣。它揣著男屍的耳朵，默默靠著男屍盤腿坐下，看起來像是一隻又恐怖又好笑的跟寵。

男人擦掉嘴角的草屑，卻不慎擦歪了自己的下頜骨。他沒有絲毫表情，將骨頭咔的一聲扳正。

而南舟在他正畸時，把團在雪球裡的那隻眼睛拿出來，交還給他。

拿回眼睛後，破碎的男屍也總算放下大半對兩個入侵者的心防。

他扯動著近乎報廢的聲帶，輕聲說起了他的故事。只是他說不了太長的句子，表達的能力基本和他的身軀一樣支離破碎。

「我喜歡爬山。爬過很多山。」

「爬雪山，還是第一次。」

「我朋友剛到第二天，嚴重高原反應，就走了。」

「我不想走。我還想試試。」

「我想登到 4000 公尺左右，就回去。」

「這座山，只准登到 4000 公尺，這是規定。想再登高一點，要向登山協會提前申請報備，要有專業資格核驗，避免危險。」

「我在山下的休息點，遇到一支隊伍。」

「他們說，可以帶我一起，我們搭夥。我本來也想，要找個有經驗的隊伍，一起走。我們就一起登記，走了。」

「他們還借給了我沒準備好的裝備。」

「我以為，他們是很好的人。」

南舟想，果然他們之中有兩路人。

江舫則微微蹙眉，他已經意識到接下來會發生什麼了。

「第一天，是晴天。」

「第二天也是。」

「一直到第三天，到達 4000 公尺界碑的時候，天氣都很好。」

「他們說，還要往上走。」

「我不知道，我之前一直不知道，還要上去。」

「我擔心一個人下去，會有危險。再說，都走到這裡了，我也想看看，山頂的樣子。」

「我問他們，跟登山部門做好報備了嗎？」

「他們說，做好報備了！」

他的尾調猛然上揚。因為過度的憤怒，他周身發顫，身上鬆散拼就的零部件痙攣、抖動，似乎隨時會脫離原位，再碎成一地。

他的肢體語言太過明確地告知南舟江舫，這個有點冒失的大學男生，

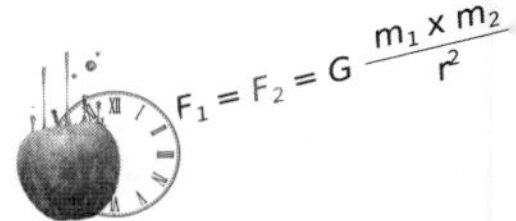


恐怕遭遇了他今生最致命的謊言。

「後來，5000 多公尺的時候，天突然就變了。」

「先是大雪。滿天滿地的，都是雪。」

「然後，雪崩了。」

「雪，都是雪。」

「往我的鼻子裡灌、往我的嘴裡灌。」

男人的喉嚨裡，也跟著發出了像是被雪噎住的溺雪悶聲，他至今都沉浸在那個走不出的夢魘中。

「我被雪壓住了。」

「還好，我被埋得淺一點。」

「我爬了出來。胸口被石塊砸了一下，肋骨斷了，一根，還是兩根，我不知道。當時也沒感覺，就想先救人。」

「所有人都被雪埋住了。」

「我救了李哥。李哥沒事，他們又去救其他人。」

「暫時，沒有人死。」

「但是衛星電話丟了。食物丟了。指南針和地圖，都沒了。」

「我們找了很久，只剩下帳篷，和一點點物資了。」

「彭姐被埋得太久了，褲子破了，兩條腿都被凍傷，很嚴重。」

「我跟著他們忙，越忙越覺得胸口疼，疼得實在受不了，也倒了。」

「李哥小腿被砸傷了，但還好。」

「受重傷的，只有我們兩個。」

南舟想，他口中的「李哥」，大概就是那個身材壯碩的熊男。

男屍坐在月亮下，仰起脖子，露出青白僵硬的脖頸。他兩顆被凍結了的淡褐色眼珠，呆板地直望向天際。

「我發燒了，應該是肺炎，渾身都痛，一直在咳嗽。」

「我問他們，救援什麼時候能來啊？」

「李哥他們說，雪停了，他們就會派直升機來了。」

「可是雪停了，直升機也沒有來。」

「我好餓啊——」

這四個普普通通的、稍稍拖長了音調的字一出，風雪乍然過境，給人憑空添了一身雞皮疙瘩。

「彭姐比我更嚴重。」

「她的腿長壞疽了。」

「魯隊說，不截肢的話，她的腿，會變成細菌培養基。」

「然後，他們一起說服彭姐，說不截肢，即使等來救援，她也活不了了。彭姐答應了。」

「可是，截肢之後，彭姐已經不能活了。」

「就在那天，我突然聞到了，帳篷外面有香味。好香。」

「李哥他們往昏迷的彭姐嘴裡塞了一點肉，又到了我的帳篷，告訴說，打到了雪鹿。」

「他們把肉餵到我嘴裡。」

「我吃了。」

「我知道，山上，哪裡有鹿呢。」

「我也知道，最怕等不來救援就死掉的，其實是他們。」

「但我不敢說。」

「所以，我吃肉了。」

他拉起一旁的那雙腿的褲腳。滿滿塞在褲腿裡，充當肉體的，是雪白的、一大團一大團的棉花。

用來保暖的棉花，把登山褲的褲管塞成了蘿蔔形狀。揭開棉花，內裡露出大片大片雪白的、連肉筋都被剔乾淨了的骨茬。

男屍繼續低聲陳述。

「我沒死。我還活著。」

「可他們餓了。」

「彭姐是他們的朋友。」

「找不到正當理由，他們下不了口。」

「可我……從來不是他們的朋友。」

講到自己的時候，男屍的情緒卻漸漸平穩了不少。

好像之前的悲傷、憤怒、被欺騙的恨意，都被這雪山罡風，漸漸帶到了他們再不可及的山巔。

「有一天，我躺在帳篷裡，李哥進來了。」

「他試了試我的鼻息。」

「他突然叫了起來，說，小鄭死了。」

「我說，我沒有死。」

「魯隊和袁哥都進來了。」

「他們說，小鄭怎麼死了？」

「我說，我沒有死。」

「他們不聽我說話。他們也不要聽我說話。」

「他們有刀。」

「我的腦袋滾到一邊，我還能看見我的身體。他們在刮我的臉頰肉吃，聽說魚的臉頰肉最嫩了。」

他呆滯地看向南舟和江舫，面無表情地嘀咕道：「肉，好香啊。」

江舫深呼吸，用冰冷的空氣壓制湧到喉嚨口的一陣寒意。

南舟問「小鄭」：「這雙腿……」

「小鄭」頗心平氣和地說：「是彭姐的腿。彭姐的那一半，還不知道這件事。這一半，就留在這裡了，一直陪著我。」

平鋪直敘、不加修飾的講述，卻帶給了人異常可怖的心靈震撼。

南舟卻沒什麼太多的表情變化，徑直問他想知道的問題：「你叫什麼名字？」

「小鄭」一愣。

他身體裡殘存的人類情感，讓他不能理解南舟的不恐懼。

他扯著爛糟糟的聲帶，說：「鄭星河。」

南舟：「好。鄭星河。你為什麼不能離開這裡？」

鄭星河：「我在這裡被吃掉。我沒辦法離開這裡。」

南舟說：「可彭姐的腿帶著你的眼睛和手離開過。」

鄭星河：「只能有一部分。我的身體，彼此之間不能分開太久。」

鄭星河的情況，類似於地縛靈。在營地裡，他還能自由活動。但離開營地之後，他的身體之間必須維持必要的連接。

離開營地，他被拆分的身體太容易失活。

即使如此，即使他小心了再小心，他身體的一部分也在逐漸膠化、液化、橡皮泥化。就像他的耳朵、就像他滿臉亂竄的肌肉。

鄭星河笑了，笑得肌肉又開始亂跑，「早晚有一天，我會變成爛泥。到時候，他們就不用害怕了。」

懂了。

儘管不知道那支登山客究竟是怎麼化作怪物的，但可以知曉的是，他們無法面對他們的罪惡。

所以，他們守在 4000 公尺的海拔邊緣，剷除一切有可能洞悉他們的祕密的登山之人。

鄭星河總結說：「我走不了。」

南舟卻淡淡地嗯了一聲：「我有一個辦法。」

鄭星河霍然抬起頭來，淡褐色的眼珠被月光映得隱隱發亮，急切地問：「什麼辦法？」

「你先回答我一個問題。」南舟繼續提問：「你聽說過，山上有『月神』嗎？」

鄭星河思索一陣，答道：「我不知道什麼月神，從來沒聽說過這樣的傳說。」

南舟又「嗯」了一聲，目光淺淺。

誰也不知道他在思考些什麼。

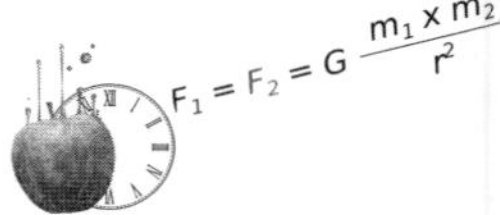

李銀航挺替江舫慶幸的，他們沒跟著賀銀川的隊伍一起走。

後半程有一段長達 50 公尺的距離，他們幾乎是從 80 度的直角坡攀援上去的。腳下的岩壁不斷打滑，腳底下就是數百公尺的雪淵。

他們攀爬時，因為始終擔心有人從後面追上來，所以大家統一地把精力集中在如何又穩又快地踩著打滑的雪岩，在最短時間內爬到頂上去。

等到翻過那道平臺，到了稍微平坦些的地方，腎上腺素的沸騰止歇，再低頭一看，李銀航差點一口氣沒倒上來。

所幸他們的努力是有成果的，那些登山客看樣子並沒能追上來。

陸比方和周澳輪流探路。周澳繞了很大一圈，才和他們成功匯合。

他整理著手上的繃帶，口中白氣繚繞道：「山的那面太平坦。」

這就是不能走的意思了。太平坦，意味著沒處隱藏。

他們當下走過的路雖然崎嶇多變，怪石嶙峋，但計算好角度，多多改換路線，迂迴前進，還是能隱藏好行蹤的。

然而，一旁的林之淞藉著休息的機會，又一次來到李銀航身側，幽幽道：「妳真的沒有覺得南舟有問題嗎？」

正常人被李銀航嗆過那麼一回，應該就能讀懂空氣，知道李銀航的立場了。顯然，林之淞屬於不大正常的那種人。

李銀航乾脆採用非暴力不合作的態度，低頭不語。

梁漱悄悄把 KY 精林之淞拉到一邊，「你說這些有什麼用？」

「有用。那個南舟一定有問題。」林之淞說：「我多說幾遍，讓她心裡添個影子。」

梁漱無奈笑道：「你直接跟她說，讓她多加小心不就行了？」

林之淞半邊臉沉在陰影中，看不分明。

沉默一會後他說：「善意的提醒沒有用處。懷疑，才是讓她提高警惕的最好辦法。」

他一張年輕的臉繃得緊緊，目光深邃地望向李銀航坐的地方，頗為高深莫測。

然後梁漱一巴掌拍到了他的腦袋上，把他的 pose 打了個稀碎。

林之淞：「……」

梁漱一針見血：「合著你小子在這兒挑撥離間呢。」

說完，梁漱轉身離去，還不忘回頭，舉起雙手，給林之淞比了兩個標準的中指，同時也是警告他，不要再幹這種事。

林之淞揉著腦袋……好痛。

他保持著一張電腦臉，固執地自言自語：「就是有問題。」

此時的賀銀川實在無暇理會隊內的這些小打小鬧。他仰頭望向山頂。風雪遮蔽了他的視線，讓他有了一種這山並沒有盡頭和峰巔的錯覺。

他搖了搖頭，擺脫這樣空洞無謂的念頭。

他背過身來，笑著鼓勵大家：「雖然不知道距離山頂還要多遠，但至少那些鬼東西不可能跑到我們前頭去……」

話音剛剛落下，一道怪影就從他的身後投來，恰好吞噬了他臉上全部的光影。

立在眾人眼前的，像是一頭人熊。

巨大且模糊的月影就從熊的背後投射而來，讓他看起來像是一頭從月亮裡走出的怪物。

——所謂的「月神」嗎……

片刻恍神後，李銀航才辨認出那個身影究竟是誰。

那個熊一樣壯碩的男人！他面對著驚駭的眾人，似笑非笑地舔了舔嘴唇，把乾枯的嘴唇舔得微微發亮，「……餓了。」

賀銀川反應極快。他不退反進，在雪中靈活向前翻滾半周，同時一把拔出靴子上的匕首，錚然的脫鞘聲還沒消失，寒光就揮向熊男的腰腹！

這樣近乎自殺的主動進攻行為，反倒出乎熊男的預判。他的腰間被狠狠搠了一刀，整個人也被驟撲上來的賀銀川撞了個人仰熊翻。

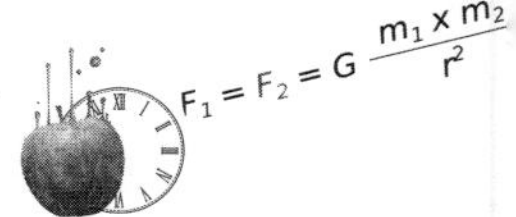

賀銀川也不試圖用身軀去壓制這頭可抵自己一個半身量的人形黑熊，藉扎入他腰腹的刀柄當落點，擰轉身形，輕巧落在他身後的雪地裡，正伸手去握另一把匕首的柄，突覺一股不祥之感從後襲來。

賀銀川靠直覺行事，光速拔出匕首，回首一架……

一口鋼牙，以迅雷不及掩耳之勢，將他橫持的匕首一口咬作了飛散的鋼渣！剎那間，留在賀銀川手中的，只剩下半個鯊魚皮匕首鞘！

這熊男的行動速度要比他的身形看上去靈活得多！

賀銀川咬緊牙齒，也發了狠勁兒。短短幾秒鐘，他做了三次選擇。而第三次選擇，和前兩次一樣，他仍沒選擇退開。

他一手拔下插在熊男腰腹處的匕首，只帶出薄薄的一點黑血，另一手拿著只剩一點銳鋒的匕首鞘，往熊男的頸部發狠抹去！

賀銀川的打架方式，完全是上來就跟人玩命。

熊男即使力大無窮，身形靈活，也預料不到賀銀川完全異於正常人求生欲的行動軌跡。

他疑惑著，一把攥住賀銀川意欲割他喉管的右手小臂。只稍一用力，一群人就在風雪中，聽到骨頭裂縫的咔嚓一聲。

賀銀川怒吼一聲，另一手把匕首凌空一甩，換到反手，將匕首橫向貫穿熊男的咽喉！

帶著霜花的尖刃貫穿了他頸項的皮肉。然而，熊男仍然毫無創痛感，伸手就要去掐賀銀川的脖子。

他的手有蒲扇大小。對比之下，賀銀川的脖子顯得異常纖弱，經不起他哪怕稍稍的一用力。

就在此時，周澳一言不發，從後摸近，縱身跳上了他的後背。

他手臂上緊緊纏繞的繃帶已經鬆開，兩根堅硬的繃帶交錯如蛇，繞上熊男的頸項。

李銀航駭然發現，隨著繃帶的鬆弛，本該存在於繃帶之下的東西，卻是空空如也！

周澳的一雙小臂，連著他的一雙手，早就沒有了。

進入副本前，他還是消防隊的隊長。志願者不會由殘障來擔任。

李銀航戰慄著想，他的手，是在哪一個副本遺失的呢？

好在，這一對明顯是道具的繃帶，周澳使用得很是得心應手。繃帶沿著熊男的臉頰藤蔓似的向上攀援，狠狠繞住他的眼睛！

這一下熊男倒是始料未及。他眼前一片昏黑，喪失了目標，抓住賀銀川的手也鬆了些。

賀銀川忍痛，抓住時機一腳踏上他的胸口。

勒住熊男脖子的時候，周澳默契地把匕首柄給賀銀川留在了外面，方便他取用。

賀銀川和他配合得當，再度抽出匕首，用還能活動的手臂，奮起全身氣力，朝熊男形狀怪異的小腿關節處橫刃而去！

熊男本來就是個瘸腿。儘管這匕首的鋒利程度不能斬斷人骨，但眼下只能盡力一搏！

只要打斷他一條腿，他們就能稍微拖住熊男的行動步伐了！

孰料，異變陡生。

當匕首的尖刃即將掃到膝蓋位置時，熊男的靴子裡，發出了一陣詭異的蠕動。

內裡的生物像是有自己的活性似的，蹬開了靴子，一把抓住賀銀川的匕首鋒端，發力攥緊！

鬆鬆垮垮套在熊男靴子裡的，居然是一條怪異的胳臂！

怪不得，它跟熊男的小腿粗細根本不匹配。而且，這隻手很是怪異。五指之間是長了黏黏糊糊的蹼。似蛙也似人，在月光下呈現枯樹皮一樣的泛泛光澤，且它的堅硬程度，不下鋼鐵。

換言之，這根本不該是一條屬於人類的手臂！

甚至也不該屬於這個熊男！

CHAPTER

# 08:00

能遮蔽人眼的，

從來不止是黑暗，也有可能是光明

就在賀銀川對這條非人的小臂出神怔愣時，熊男朝著月光，發出一聲撕心裂肺的暴喝。

聲如雷霆，響徹四野。

此時，他們四周再沒有可以製造雪崩的地利。

隨著他一聲厲喝，山上的月影都模糊朦朧起來。四周陷入一種詭異、黏稠而安靜的黑。

賀銀川來不及想這隻手是從哪兒來的，一聲我靠，強行改變刀鋒，跳起身來，將刀狠狠插入他的口中。

周澳更是把纏住他脖子的繃帶鑽入他的口中，絞住了他的舌根。

即使這樣，熊男也不死、不倒、不痛！

陸比方也從最後方趕來。三人合力，東拉西拽，也沒辦法把喪失視力的熊男拽倒。

周澳咬緊牙關，專心做自己的事情。

陸比方也看到了那在空中一片亂抓的蹼狀手指，脫口驚呼：「……什麼東西？！」

賀銀川正心亂如麻，鏗鏘咆哮：「我他媽怎麼知道？！」他回過頭去，對梁漱、林之淞、李銀航三人怒喝：「跑！」

他又轉了回來，「小陸，你也跑！」

他跟周澳兩人，窮盡力氣，才勉強能纏住熊男。要是熊男召喚其他人來，那他們就一個都跑不了了！

林之淞盯緊了熊男怪異的腿，聲音微微發著顫：「和我想的一樣！」

「想你個頭！」梁漱含媚的丹鳳眼一豎，一腳踢上林之淞的屁股，「沒聽到頭兒說什麼？！跑！」

然而，一顆乾瘦的頭顱，已經幽幽地從一側的雪堆邊探出。

李銀航對這張臉眼熟。就是那攀援在水泥小樓邊、竊聽他們談話的壁虎男！

他皮包骨的臉揚起了一個大大的笑容，「找——到了——」

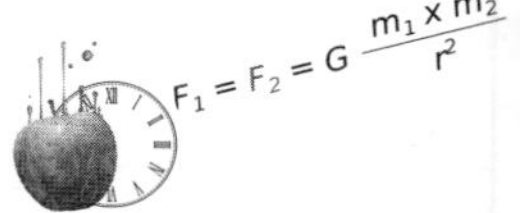


梁漱低聲咒罵一句，扔了手套，從道具槽裡抽出兩根針劑形狀的武器，一邊邁步向那怪笑著的人迎去，一邊對李銀航斷聲厲喝：「跑！」

李銀航知道自己是個菜雞，毫不磨嘰地挑了個方向，狂奔而去！

她唯一有自信些的，就是她的體能。她根本沒有任何搏鬥技巧，留在這裡本身就是添亂。

堅硬的雪粒擊打在臉上，讓她有些睜不開眼。

所以，當她發現，半身女就爬伏在距離她五步開外的岩石上時，已經來不及改道了。

就在一人一怪物對上視線的瞬間，那半具女人軀殼從雪面上躍身而起，張開已經被砸得扭曲了的雙臂，活像一隻田雞，朝李銀航徑直撲來！

李銀航周身血液瞬間被高寒凝固。僵在原地，只看著那張黑洞洞的、沒有舌頭的嘴距離自己越來越近……

突然，一隻手臂從她旁邊飛快探出，快速地朝半身女劈面丟出一樣黑色的物體。

半身女雙臂無法使用自如，於是自然地張嘴接住石頭狀的東西。

她下意識一咬……

轟隆——

女人被一股巨大的衝擊力震向後方直飛而去，大半張臉頓時飛到幾十公尺開外。

在爆炸發生的瞬間，林之淞早就摁著李銀航的頭，抱著她俐落滾到一邊去。

——手榴彈？

李銀航手腳酥麻，大口大口喘息著，驚魂未定：「不是說……」不讓帶非系統內提供的武器嗎？

林之淞一張小白臉被炸得灰黑一片。

他淡漠地看她一眼，反問：「難道我不會用系統裡的東西自己做？」

理所當然的口氣，彷彿在質問她為什麼不會做小學手工課的作業。

李銀航：「……」

林之淞抹了一把臉，「要不是碰見那女的的時候，怕地形不對會傷到我們自己，我早就用了。」

李銀航低低喘著：「那，給你們隊長用啊。」

林之淞簡練道：「就兩個。還在試驗階段，威力一般。」

他看向了李銀航身後，「妳也別跑了。萬一分散了，死得更快。」

說著，他把另外一個黑色圓狀物塞到李銀航手裡，「記好，拉這個環。延時短，用得不好，容易炸到自己。」

看著這個她一度懶得搭理的人，李銀航一時語塞。但注意到他的視線落向時，李銀航循著看去，不由心臟一緊……

一張臉被炸了個稀巴爛的女人，已經從雪地裡緩緩爬出來。

她只剩下一張頭皮和半個顱骨。頭顱的空腔連接著她的脖頸，讓她的容貌看起來比剛才更加猙獰可怖。

林之淞立起身來，取出兩根包著漆光外殼的電擊棍，雙手交互一甩，原本不到半公尺的電擊棍啪的一聲，甩出 30 公分。

他咬著牙握緊電擊棍，聲音有一點顫抖，但還是儘量堅定地對李銀航說：「別動。」

與此同時，正和周澳牢牢控制著熊男、無法脫身的賀銀川，看到不遠處的風雪裡，出現的那個提著巨大錘子的身影時，一顆心徹底沉墜下去。

登山隊的隊長錘子男，笑嘻嘻地看著這裡的一幅亂象，並不緊張。

他空洞的目光四下游移了一番，想挑選一個值得食用的對象。最重要的，還是要滿足口腹之欲。民以食為天嘛。

很快，他的目光，落在落單的李銀航身上。

李銀航聰明地把攥著東西的那隻手撐在身後。

她半真半假地裝著渾身癱軟的樣子，尾指勾緊了林之淞指給她的那顆土製手榴彈拉環。

隨著那提著錘子的男人步步逼近，緊張過度的李銀航，感覺自己出現

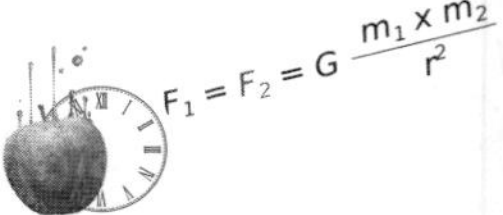

了幻聽……彷彿聽到，有另外幾個腳步聲，在向她緩緩靠近。

她忙咬了一口自己的舌尖，用疼痛催逼自己保持清醒。

然而，她卻看到，錘子男在距離她八九步開外的地方，突然站住腳步。他似笑非笑的眼睛已經喪失了從容，此刻瞪得巨大，幾欲脫眶，彷彿是……看到了他難以理解的東西。

李銀航幾乎要以為這是他故意誘惑自己去看什麼東西，趁自己被分散注意力，回過頭去時，手起錘落。

直到身後傳來一陣有些滯澀的腳步聲，李銀航才如夢初醒，小心地偏過頭去……

鄭星河抱著他的頭顱，慢慢從雪影中步出。

跟隨在他身後的，是用一根月光絲線，牽繫著他腰帶的南舟。

那條月光絲線，是從南舟大拇指的光線指鏈延伸而出的。

還有數條光線，拖著長長的光尾，一直向未知的遠方延伸，直至湮沒在雪平線的盡頭。

江舫正背著南舟，一步步走近。他俏皮地對快要熱淚盈眶的李銀航眨了眨眼睛……來接孩子了。

不遠處的賀銀川瞠目結舌：「……」

——這他媽幹麼呢？他們從哪兒撿了個這麼大個兒的怪物遛過來？

經過這一路的使用，南舟的光線指鏈實現了小小的升級。

物品從 0 級上升到 1 級的速度往往都是很快的。

它凝就的光線持續時間變得更長，也可以在光線恒定的情況下，拉絲拉得很長，但還是軟趴趴的。

如果在需要攻擊的情況下，它半點作用也派不上。好在，南舟只需要它發揮「連接」這一項作用。

現在，天上雖然黯淡卻依然碩大無朋的月亮，為南舟提供了再恒定不過的光源。原本限制了他的圓月，也成為被他利用的工具之一。

屍塊之間既然需要聯繫，那南舟就給它們聯繫。於是，綜合他目前擁有的所有工具，南舟對鄭星河提出一個堪稱匪夷所思的構想。

「選擇你要帶過去的、有用的器官。」

「其他的，留下來看家。」

聽完南舟的計劃，鄭星河仔細挑選了腿、手、眼睛、耳朵、嘴等等，留下體內除去心臟之外的一切臟器。

南舟把他留下的器官挨個打上結實的蝴蝶結，牽著數根光線，從營地出發了。

這等於將他肢體的連接，拉出無限的長度。雖然分散，但彼此之間還是建立著感應。

他們帶著鄭星河踏過漫漫的風雪，聽著熊男的咆哮和林之淞的爆炸聲，迢迢數里，前來尋仇。

姓魯的隊長錘子男呆若木雞，直到鄭星河走到近處，才怪叫一聲，背過身去，撒腿就要逃竄。

鄭星河冷笑一聲，把自己的腦袋劈手丟出。一口淬著恨意的牙齒，狠狠咬中了錘子男的臉頰，竟立時咬下一塊乾癟的生肉來！

原本對刀砍斧劈的所有攻擊都毫無痛感的魯隊，竟像是遭受極大的痛楚似的，放聲慘嗥！！

這一聲慘叫，驚嚇到了其他的怪物們，他們紛紛看向這裡。

把梁漱壓到雪中，又被前來幫忙的陸比方死死抱住的壁虎男還沒來得及逃竄，就被一雙飛出的手臂掐住喉嚨，扼得雙眼暴突，嚇得陸比方反倒先鬆了手。

鄭星河的肢體紛紛脫體，連接著無數光線，在南舟這雙眼睛的指點下，各自襲向自己的目標，抓的抓、撓的撓、踢打的踢打，盡情宣洩著自己的恨意。

唯有那顆頭，直奔著熊男襲去。

熊男李哥，是鄭星河親手救下的，也是熊男第一個宣判了他的死刑。他怎能不恨？怎能？！

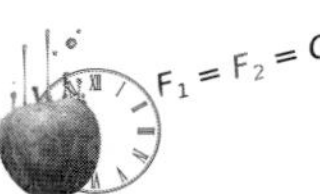

那顆頭，帶著無窮恨意，張開大口，咬住熊男的肩膀肌肉！

失去了視力的熊男，身上吃痛，眼裡更是赤紅一片！

他陡然發起狠來，竟然徒手三下兩下扯碎周澳纏住他的繃帶，同時抓住了鄭銀河的頭，猛力朝下拽去，甚至連帶著自己肩膀的肌肉，都撕扯下去一大塊！

賀銀川見勢不妙，再不癡纏，馬上跳下熊男身軀，向後退去。

熊男一獲得視力，眼前就是賀銀川奔逃的身影。他怒吼一聲，拔腿向前追去。

周澳跌坐在地，雙臂暫時報廢。

他根本不及追上去，只能痛呼一聲：「銀川！」

一旋淡金色，在這一刻突然濺落在他腳下的莽莽雪原上。金照雪山。

上山途中，南舟一直抬頭觀月，低頭看影。這是因為他發現，月亮雖然大得幾乎占據了所有，但始終在轉動。

起先，他們上山的時候，是背著月亮行走。再然後，南舟和他們分道時，看到自己的影子短短地蜷縮在自己腳下。後來，月亮的位置一直在向前移動。再後來，月亮的光輝黯淡了下去。

那是黎明前最黑暗的時刻。

轉動，意味著月華盡時，朝陽總有昭雪之時。誰也不及欣賞這金光迸射只得一瞬的美景。

熊男的拳頭，眼看著就要打碎賀銀川的腦袋。

倏然間，一隻被凍得微微發白的手指，從後搭住了熊男的肩膀。

力大如牛的熊男被這一抓，竟然剎在了原地，再也無法寸進分毫，他僵硬地扭過脖頸來。

白雪炫目，日金輝煌。

南舟站在雪上日下，輕輕喟歎一聲：「天亮了。」

南舟輕輕一擰，那熊男粗壯而筋肉虬結的脖子，就伶伶俐俐地往後扭轉了 180 度，直面南舟的臉。

南舟和他鼓凸如金魚的雙眼對視片刻，禮貌說：「你好。」

南舟第一個找上熊男，自然有他的理由。

他盯著熊男膝蓋以下怪異的蹼手，好奇問道：「你這個腿……這個手……這個腿，是從哪裡來的？」

熊男狂嘯一聲，伸手欲抓南舟。但因為根本沒能適應屁股和臉同處一個方位的怪異姿勢，他本能將手往前伸去，暴怒地一陣亂揮亂舞，反倒差點打到就在他身前不遠處的賀銀川。

賀銀川受傷的胳膊已經嚴重腫脹，但他還是不肯做累贅，還要去撿掉落在雪堆裡的匕首。

南舟撩中他的領子，把他拉到自己身邊，不贊成地對他一搖頭。

賀銀川不發一語地打量著他。

南舟言簡意賅：「我的身體現在調整好了。」

旋即，南舟拎住他，一手把賀銀川扔了出去。

他朝周澳的方向丟的，丟得挺準。

周澳雙手重新生長出的繃帶迅速繞住他的腰身，把賀銀川凌空摟在懷裡，纏得極緊，差點把賀銀川的腰傷給勒到當場復發。

兩人面對著面，急促喘息著，都從彼此的眼中看到了對眼下陡轉情勢的疑惑。

南舟也終於找到一個合適的代詞。

他背著雙手，繞到熊男的腦後身前，指著他的腿說：「你告訴我，這個東西是怎麼來的？」

熊男怎麼肯理會，掰著自己的脖子，想把自己的腦袋重新扭正。

南舟輕輕嘖了一聲，把戴著指鏈的手藏在身後，舉起另一隻手，走了個三角，朝著熊男比自己粗壯一倍的手臂關節就是橫提豎砍的兩記手刀。

咔——咔——兩聲刺耳的骨響後，受地心引力影響，熊男的手臂以兩個匪夷所思的角度分別向兩側懸垂下去。

南舟把他的骨頭給打了個藕斷絲連，讓熊男連扶著自己的腦袋都做不

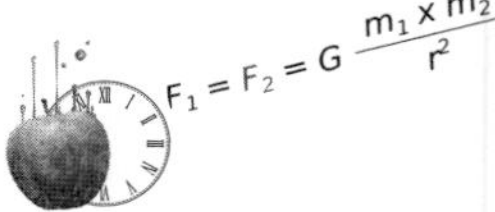


到了。

此時，鄭星河的頭一口吞下了仇人的肩膀血肉，含在漏風的口腔深處，張開滿口利齒，再次發力跳起，狠狠咬上正暴怒亂轉的熊男的鼻子！

這是人體最脆弱的部位之一。熊男痛吼一聲，再也吃不住痛了，一跤跌翻在雪堆裡，狠狠打起滾來！

南舟則亂中出手，踏住熊男亂滾的膝蓋，趁其不備，把和他的血肉融為一體的蹼手直接單手拔了下來！

他用拿癢癢撓的姿勢抓住蹼手小臂末端，對那顆瘋狂報復的腦袋禮貌說了句：「你忙。」

乍然得了自由，堅硬的蹼手馬上翻滾著想要逃離。和這具身體融合久了，它自然也擁有了單獨的活性。

但南舟蹲下身來，一點不帶猶豫，冰冷著一張臉，操著那半截小臂，劈頭蓋臉地對著一塊覆蓋了百年凍土的黑岩就是一頓暴力抽打。

這手不屬於原裝，屬於進口的，它顯然是知道痛的。

被南舟這麼一陣暴力扣砸後，它已經動彈不得了，破裂的指尖微微痙攣抽搐著，看上去淒慘無比。

它大概只恨沒了方便的關節，連回頭撓南舟一頓都做不到。

把它暴風驟雨地收拾老實了，南舟好奇地端詳了一陣，就倒提著它走向其他兩個正在挨揍的怪物。

錘子男魯隊正被一雙腿跪壓住咽喉位置，另一隻腳瘋狂踢打著他的後腦杓，把他的一張臉活活踢成了血葫蘆。

壁虎男袁哥的眼睛更是被掐成青蛙狀，身上所剩不多的血液都集中在雙眼，被掐得近乎溢血。

鄭星河一個人就成功包圍了對方的大半個團隊。

唯一沒有被鄭星河圍攻的，只剩下面對突變情況只能惡狠狠爬伏在地，想後退又不敢退，只能保持著進攻姿態，發出無意義怒吼的半身女。

直到一雙裹成蘿蔔狀的腿，站在上半身的後面，它有些悲傷地在殘破的上半身後單膝跪下。

半身女察覺到身後有東西，用半隻殘破的眼珠滿懷惡意地看向身後之物。然後，她突然愣住了。

儘管沒有看過雙腿和自己分離時的樣子，半身女還是認出來，這雙腿曾經是屬於誰的。

江舫走到和腿平行的地方，同樣單膝跪下，對著她破爛的耳朵低低耳語了幾句。

半身女驀然回首，破損的臉對準了離她最近的錘子男魯隊。

她徒勞地張動著碎裂的齶骨，發出無聲的質問：

你們，吃了我？！

你們不是說，要給我治腿的嗎？

在我死前，你們給我吃的「鹿肉」，究竟是什麼？

她問不出聲來。

她的舌頭被割掉了，不知道是為了偷偷多吃一口肉，還是為了讓她沒有能力向同樣活在雪山的鄭星河問詢當年的真相。

被戳中了醜事的錘子男被雙腿壓制得動彈不得，「啊啊」怪叫兩聲，似乎是試圖解釋什麼。

但半身女已經從他略帶躲閃的目光中讀到真相。

她憤怒至極，挪動著殘缺的肢體，猛然撲上！

轉眼間，她已經宛如一隻瘋狂的母獸，和錘子男撕咬在一起。血肉橫飛聲，慘叫聲，牙齒彼此咀嚼、攻擊的聲音，不絕於耳。

雪坡之上，一片雪被染成紅黑色，並逐漸向外擴散。

那邊，鄭星河的頭顱一口咬住熊男李哥的咽喉，發力咬下……那個恩將仇報的、熊一樣高壯的男人，最終在一聲悲鳴後，殞命雪野。

亂戰過後，滿原橫屍。唯一還活著的只有壁虎男袁哥。

在他只剩下一線氣息時，模糊間看到一個人影走到他身前，拍了拍死扼住他頸部的雙手。

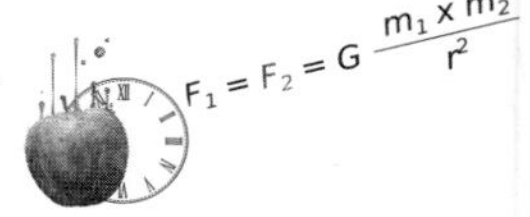


下一刻，洶湧的氧氣湧入他的肺中。

南舟用那隻被他打怕了的手，拍了拍壁虎男的臉，又把手舉到他面前，輕聲詢問：「這是什麼？」

壁虎男恐懼得無以復加，卑微趴在地上，狗一樣劇烈喘息著。

南舟：「一。」

壁虎男：「……」

他不敢再耽擱，急急道：「其他登山的人留下來的！」

南舟：「其他登山的人，來過幾撥？」

「不……不清楚……」壁虎男說：「二十幾、三十幾吧……」

南舟看了一眼這顯然不屬於正常人類的手，好奇詢問：「你們對他們做了什麼？」

壁虎男斷斷續續道：「只是不讓上山……還有，李哥，沒有腿，就用他們的腿來做腿……」

南舟：「為什麼不讓上山？」

談到上山，壁虎男的眼神卻是迷離了起來，「山上有……有……」

南舟：「我知道，你們說過，有月神。月神又是什麼？」

壁虎男張口結舌，他的目光中流露出難以掩飾的恐懼，雙腿隱隱打著擺子，「吃人的，月神……」

「沒有月神。」南舟清冷的聲音被寒風切割得有些破碎，但依然清晰可聞：「從來沒有月神。」

「這座山裡，根本沒有月神的傳說。」

「吃人的從來只有你們。月神不過是你們杜撰出來的怪物。」

「你們無法面對的、想要阻撓別人爬上山探尋的，從來不是月神，是別人發現真相的腳步。」

「你們恐懼的，從來是自己做過的事情。」

正因為此，他們的行為才百般矛盾。

他們守在讓他們犯下大錯的登山邊際線上，一邊用月神食祭的傳說嚇唬想要登山的人，一邊一路追擊、屠殺、食用試圖登山的人。

他們既信奉「月神」，又不肯為「月神」送去祭品。

他們恐懼鄭星河所在的紮營地，不敢輕易靠近。

因此，系統按照他們的心境，替他們拉起一道登山競速的幌子。

他們想方設法，緊盯不放，逼著登山者們迂迴曲折地挑選著更容易躲避藏身的上山道路，好讓他們避開建在平順處的鄭星河的營地。

即使對方贏了，也只是贏在純粹的體力上。透支體力的人，是無暇去挖掘真相的。

最可笑的是，時日久了，這些人自己也就相信了自己編織的謊言。

他們實際恐懼著的，是離月亮很近的、與他們有關的、那醜陋又骯髒的真實。

南舟之所以想通這一點，是因為在來的路上，鄭星河望著天際，感慨了一句：「月亮永遠都這麼大，就像我被吃掉的那天一樣大。」

即使在金日蒸騰之時，月亮也還留了一個淡淡的月影，懸在天際。像一隻窺到真相的眼睛，直直地、無慈悲地望著人世間。

壁虎男睜大了眼睛，他尖利且慌亂地否定：「不是！不是！」

「吃人的是月神！山上真的有！真的——你相信我們——」

南舟問到了自己想問的，便再不多話，靜靜起身，給鄭星河的雙臂讓開道路。

江舫更是溫溫和和地做了個「請」的手勢。

壁虎男見勢不對，尖聲哭求：「你們不能殺我！我該說的都說了！我幫了你們！我走，馬上走！！」

鄭星河和他們是同類的怪物！真的可以殺了他的！

南舟回過頭來。帶著細碎雪粒的銳風，將他微微捲曲的黑色中長髮向前吹起。

南舟漂亮的眼珠轉了轉，思考該如何回應壁虎男淒聲的哀求。

末了，他鄭重說：「……謝謝？」

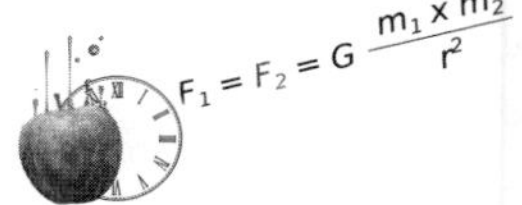

壁虎男：「……」

覺得已盡到禮貌後，南舟拍了拍一旁鄭星河蓄勢待發、已經繃起肌肉的雙手。

鄭星河的手臂離弦之箭似的，驀然撲上前去……

陸比方攙著梁漱站起身來。

剛才還是絕地，轉眼間竟然已經逢生。

陸比方一時還有些迷茫：「姐，我們……是得救了嗎？」

梁漱抹了抹嘴角的雪沫，盯準了南舟，若有所思地笑說：「是啊，竟然被要保護的人救了。我們還不很稱職。」

鄭星河的一地器官，又蹦蹦跳跳地聚攏在一起，形成一個基本組織。

南舟拉過來他，認真介紹：「鄭星河，農大的學生。」

孤獨了這麼多年，陡然見到這麼多人，鄭星河幾乎有些羞澀地張開染著黑紅色血跡的嘴巴，小聲道：「你們好。」

賀銀川：「……啊，咳，好，你好。」

在其他人無語凝噎時，南舟面色平常地和鄭星河對起話來：「你有什麼打算？」

鄭星河：「我……回去吧。」

南舟轉頭問江舫：「我們距離副本任務結束，還有多長時間？」

江舫看了看錶，「兩個小時。」

南舟：「嗯。」又轉向鄭星河，「我們一起上山吧。」

鄭星河呆住了。

他張開僵硬發青的嘴巴，發出一個疑惑的單音節：「——啊？」

南舟：「嗯。一起上山吧。」

半身女彭姐並沒有和他們一起走。她的上半身安安靜靜地被那雙腿馱著，消失在茫茫風雪中。

其他驚魂未定的人交換一下眼色，同意了南舟的提議。

於是，南舟牽著一具殭屍，緩緩步上日高之地。他指尖牽絆的絲絲光線，在陽光的照耀下，變成奪目的金線。

南舟和江舫帶著鄭星河走在最前面，「青銅」則帶著李銀航，一行人跟在後面。

賀銀川緩過勁兒來，開始逗周澳說話：「哎。」

周澳回頭看他。

賀銀川：「平時賀隊賀隊的，突然叫一聲銀川，還怪好聽的。」

周澳：「……」

賀銀川：「再叫一聲。」

周澳扭回頭去，淡然回嘴道：「幼稚。」

賀銀川：「……」

周澳難得噎住了賀銀川。但他同樣清楚，賀銀川扯開話題，是為了避免去談論某件事。

南舟剛才展現出的幾近非人的戰力，和他起先虛弱的表現，堪稱判若兩人。這反倒坐實了林之淞之前那看似荒謬的直覺判斷。

他確實……挺可疑的。

但南舟偏偏救了他們的命。

因此，剛剛獲救的他們，也失去了質疑的立場。

而一直不斷激烈表達自己疑惑的林之淞，則在這時保持了絕對的緘默，誰也不知道他在想些什麼。

南舟側著頭，和鄭星河說話：「最終，你們誰都沒能走出雪山。」

鄭星河：「嗯。」

他看得出來。即使吃了同伴的血肉，他們誰也沒有等來救援。

與此同時，梁漱也在隊伍後面，輕聲跟其他人解釋：「很可能是因為朊病毒。」

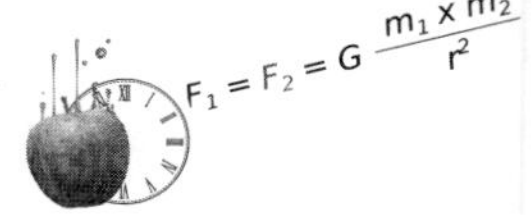


「同類相食，就會傳染這樣的病毒。最終的表現形式，是功能性腦紊亂，腦組織會變成帶有空洞的海綿狀。他們每個人都吃了人肉……大概就是因為這樣，才變成了一樣的怪物。」

至於那雙腿，由於和上半身分離，所以形態和「性格」和其他怪物都有些不同，始終是被食用時筋肉全無的狀態。

南舟繼續問鄭星河：「他們不想讓登山者上去，有機會發現你。但總是有其他登山者的，是嗎？」

「有。」鄭星河果然點頭，「但他們看到我，要麼會攻擊我，要麼會逃離。」

他說：「只要不傷到我，我也不會追，反正也追不很遠。」

南舟舉起那蛙狀的手蹼，對鄭星河晃了晃。

鄭星河點點頭，「是。有的登山者是人，有的就不大像人。」

南舟又問：「這個副本，在你的認知裡，大概過了多久了？」

這個問題對鄭星河來說不難。

「月亮升起來一次，我就畫一道槓。」他喃喃道：「怎麼都有……一千兩百多次了吧。」

三年。

南舟和江舫交換了一下眼色。

這個副本，是可持續使用的。

但據他們所知，迄今為止，《萬有引力》的萬餘名玩家，根本沒有玩過兩個相同副本。

這條被副本怪物據為己有的玩家手臂，為他們打開一扇新思路的大門。門後，彷彿是一個愈加光怪陸離、生活在人類想像力之外的世界。

問題到這裡，鄭星河不再開口。

他保持著沉默，一路向上攀登。

他們都以為山頂距離他們還有很遠。不過，他們的預估出了錯誤。

有了指南針，加上一個半小時的攀登，他們很快就來到恍如世界盡頭的雪山之巔。

萬丈金華間，幾人在蜿蜒的峰頂站定，一時無言。

賀銀川感歎了一聲：「山頂居然這麼近？」

一直默然無語的林之淞突然開口道：「或許帶了真正的副本角色，我們才能到達真正的山頂吧。」

即使在日升之時，天上仍有宛如巨目一般的圓月殘影，不肯消亡。

南舟仰頭，望向那薄如紙張的月影。

江舫輕輕攥住了他的手，笑問：「你覺得月亮裡有什麼呢？」

南舟由他拉著，「我不知道。我只知道我不喜歡月亮。」

江舫輕聲說：「小的時候，我母親告訴我，月亮裡有一種叫做嫦娥的生物。」

「我問她，嫦娥為什麼要一個人在上面，她不會寂寞嗎？」

江舫至今還能回想起他那始終奉愛情為人生至上的母親的輕聲喟嘆：「……誰知道她會不會後悔呢？」

所謂圓月，既代表著窺視祕密的、讓人恐懼的獨眼，也代表著始終難解的遺憾和懊悔。

嫦娥應悔偷靈藥，碧海青天夜夜心。

所謂的「圓月恐懼」，所謂人生中不想面對的事情，不外恐懼與懊悔這兩種情緒罷了。

面對著滔滔雲海，漫漫金光，鄭星河看怔了神。

「我操。」他吸了一口新鮮的雪風，輕聲說：「真美啊。」

落在他頭上的雪化作了水，在他臉上蜿蜒而下，似是晶瑩的淚珠。他的身形晃了晃，突然，整個人化作一座人形的冰雪，搖晃著坍塌下去，和這莽莽雪山融作了一體。

南舟想去抓他的手，卻抓了個空。

那些將他吞食的人，帶著無窮的恐懼和懊悔，畏縮在山的一角，慢慢煎熬、慢慢過活。

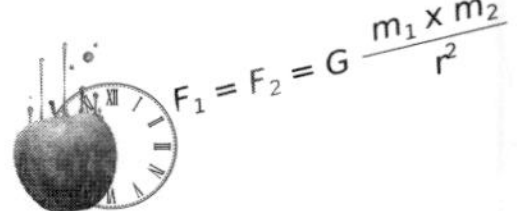


而鄭星河的願望，或許只是上一趟山，看他始終未能來得及看上一眼的人生光景。

南舟的掌心覆蓋在那團細細的、泛著金光的雪沙之上。

他輕聲說：「這樣也好。」

距離副本結束還有 20 分鐘。

這真是「青銅」未曾設想過的道路，他們還從未體驗過副本結束前的休閒時光，一時間竟然有些不知道該做些什麼了。

略顯平曠的雪山頂峰，蓄著萬年不化的積雪。

想也知道，等到他們這些玩家離去後，他們留下的痕跡，不消幾刻就會被湮沒。一切都會復歸冷清。

南舟從別處攏來雪，一個大的雪球，開始在他掌下成型。

江舫一面幫他捧來更多的雪，一面問：「想要做什麼？」

南舟認真滾雪球，「給他做個朋友。」

江舫微微笑了，把掌心的殘雪畫在他的臉上。如果不是時機不到，真的想親一親他。

因為時機不到，只能先讓指尖吻一吻他。

「啊？」南舟頂著鼻尖和臉上的幾點白跡，回覆說：「時間不夠，現在不能和你打雪仗。以後再說。」

江舫的笑容愈發燦爛。他默許了這個「以後」。

李銀航也手腳並用地爬回到他們身邊，乖巧刨雪。

三人齊心協力，很快給雪人堆出一個身子。

只是時間的確剩得不很多了。

還剩 5 分鐘時，另一邊的賀銀川捧了一顆雪人腦袋，緩步靠近正在忙碌的三人組。

雪人的眼睛是陸比方抓絨衫的兩顆袖扣。鼻子是周澳裁斷繃帶，一圈圈纏裹出來的小角錐。臉頰的兩汪紅是梁漱用簡單的道具藥劑染出來的。絨線帽則是賀銀川的。

賀銀川抱著這顆雪人腦袋，輕聲說：「也算我們的心意。」

說著，賀銀川對著那灘在日光下晶瑩奪目的雪跡，鄭重地對鄭星河道：「謝謝你救了我們。」

他轉向南舟和江舫，「也謝謝你們。」

南舟眨眨眼睛，「嗯。你幫過我們。幫回來而已。」

到現在為止，南舟也不很能理解「青銅」這類隊伍主動冒險的動機。他們看起來並不像謝相玉那樣享受搏命的快感和刺激，可也從來沒有人強逼著他們來。他們甚至沒有起碼的危機意識。在遇到自己後，他們甚至連來路沒有問清，就掏心掏肺地幫了。

……唔。應該說，他們之中倒是有一個危機意識強烈的。

那個唯一有著防人之心的林之淞，就站在賀銀川身後。他面露矛盾之色，雙手背在身後，咬住嘴唇，默然不語。

賀銀川也沒料到林之淞會跟著自己來，看到南舟視線落到自己身後，回頭一望，也不由一愣，「……小林？」

林之淞從身後遞了一條淡灰色的圍巾過去。他露在外面的脖子被凍得隱隱透了白。

他不自然地揉了揉鼻尖，「還差這個。」

賀銀川心神一鬆，以為他終於放下疑心，便起身往「青銅」的方向走去，還欣慰地拍了拍林之淞的肩膀。

然而，給完圍巾後，林之淞站在原地，沒有動。

李銀航發現他依然盯著南舟，不免嘆了一口氣，試圖阻止他說出不該說的話：「剛才……謝謝你救了我。」

「……不客氣。」有些淡漠地做出回應後，林之淞垂下了頭來，看向李銀航，單膝跪下。

李銀航的屁股馬上往南舟和江舫兩人方向挪了挪。

林之淞問：「你們到過『鏞都』嗎？」

李銀航目光飄向兩人。

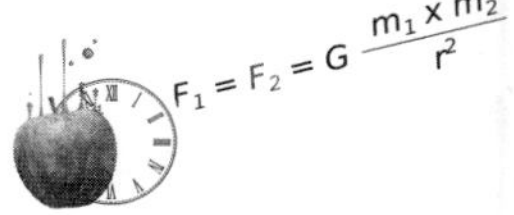


正在給雪人做收尾工作的南舟，和一瞬不瞬望著林之淞的江舫，都微不可察地對她點了頭。

李銀航這才回答：「嗯。」

林之淞：「妳許了什麼願望？」

李銀航：「我還沒有許。」

儘管早已經不是那個窮得叮噹亂響的小玩家了，但她依然不忘初心地指望著哪天許願池會優惠打折。

林之淞把目光投向南舟。

南舟剛把林之淞的圍巾給雪人圍好，正在端詳自己打的結好不好看。等到確認完畢，他才回過頭來。

林之淞一字一頓、加重語氣地強調了自己的問題：「南先生，你的願望是什麼？」

南舟有點困惑：「為什麼我需要告訴你呢？」

林之淞突然出手，一把抓向南舟的手腕。

南舟沒打算躲。他並不認為林之淞能對自己造成什麼傷害。

但林之淞終究是連南舟的衣角都沒摸上。江舫凌空抓住了他的指腕。

他的口吻是心平氣和的，嘴角甚至還掛著他那款經典的、溫暖的社交微笑。但他眼中閃爍的，是不容對方靠近分毫的、明明白白的獨占欲：「林先生，為什麼不問問我呢？」

林之淞看也不看江舫。

他望著南舟的、強作鎮靜的目光中，隱隱透出一絲略帶不可置信的狂熱意味：「……因為你根本不應該在這裡。」

沒走遠的賀銀川聽出了些不對來，低聲呵斥道：「小林。」

林之淞固執不動。

賀銀川提高了聲音：「林之淞！」

林之淞咬了咬牙，「到。」

賀銀川下了命令：「向後轉。回來。」

林之淞眉心輕跳了兩下，不甘心地答了一聲：「……是。」

就在林之淞抿著唇撤步回退時，悅耳的副本結束音，在所有人耳畔悠悠奏鳴。

【叮叮叮咚——】

【祝賀「立方舟」隊完成副本：圓月恐懼！】

【恭喜「立方舟」隊、「青銅」隊完成登高比賽，獲得獎勵「登山達人」，各獲 2000 積分！】

【恭喜兩支隊伍，在 12 小時的遊戲時間內，找到真正的山頂並成功登頂，各獲 3000 積分！】

【恭喜兩支隊伍，存活率達到 100%，各獲 800 積分！】

【當前任務主線探索度達 100%。完成度 95% 以上，即可判定完美 S 級！】

【滴滴——S 級獎勵為各 1000 積分和任一隨機道具，道具將會在 3 日內發送到各位玩家的背包～】

【請各位玩家在 3 分鐘內自行選擇離開副本——】

然而，這提示音彷彿對林之淞造成某種刺激。

走出不到兩步，林之淞猛然折回，大跨步來到李銀航身側。

他的動作把李銀航嚇了一跳。

江舫微微皺眉，伸手迴護，「林先生，不要太過分。」

林之淞直視著李銀航不解的雙眼，「妳相信我們嗎？」

就連梁漱也看不下去了：「林之淞！不要騷擾別隊的成員了！」

林之淞動也不動，話音卻帶了點難以言喻的急切：「妳回答我，妳相信我們嗎？」

李銀航：「……」

她微微一點頭。這一路走來，她一直被「青銅」照顧，她拎得清，也不會迴避這份恩情。

林之淞：「妳願意跟我們走嗎？」

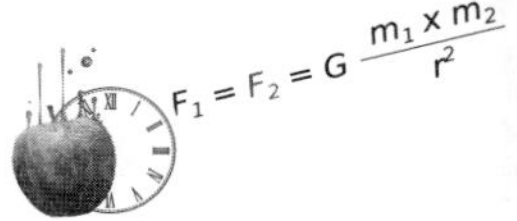


李銀航：「……可你們已經有五個人了。」這就是委婉的拒絕了。

但林之淞完全忽略了她的話外之音，堅定道：「如果妳願意跟我們走，我可以把我的位置讓給妳。」

賀銀川霍然起身，呵斥道：「林之淞！」

周澳卻在一邊，用裹滿繃帶的指尖輕扯了扯他的衣角。

周澳清楚，林之淞不僅是學生，還是個搞科研的，毛病多，習慣我行我素，服從性相當一般，但他不會無緣無故地一直針對一個人。

林之淞以為，李銀航不敢離開，是因為恐懼南舟的武力值。他自認為提出的條件很優厚，只要出讓了自己的位置，「青銅」會提供給她盡可能完美的保護。

哪怕自己一個人去做任務也無所謂，只要李銀航這個無辜民眾不要一無所知地留在一個不定時炸彈旁，一切都好說。

出乎林之淞意料的，李銀航緩慢地搖了搖頭。

林之淞無法理解地睜大了眼睛。且不說南舟的古怪冷清的性情，展現出那樣非人戰力的南舟，根本就不是一個正常人，和這樣能一手輕鬆掌控她生死的人在一起，她不會害怕的嗎？

林之淞：「妳……」

李銀航直視著林之淞的眼睛，「你想說什麼，我都知道、我都想過。」李銀航挪開視線，望了一眼那漂亮的雪人朋友，「……但是，他真的是很好的人。你不知道的話，我告訴你。」

江舫輕輕笑了一聲。

南舟則根本沒打算搭理林之淞。因為他從林之淞身上讀出了一點危險的意味——他已經知曉自己的祕密了。只是，林之淞很畏懼自己的武力，所以他只敢旁敲側擊。

自己根本沒有追問下去、平白給自己找麻煩的必要。

於是南舟沒有理會他，而是轉向李銀航，問：「銀航，我們接下來去哪裡？」

李銀航找到了脫身理由，忙拍拍身上的雪，快步跑到南舟身側，低聲和南舟參謀起去處來。

江舫也要跟去時，又被林之淞扯住衣袖。

林之淞壓低了聲音：「你……知道嗎？」

江舫略微挑眉，目光在他臉上流轉片刻，突然對他露出一個好看的淺笑，「嗯。」

林之淞咬牙，「你瘋了？！」

「誰知道呢？」江舫眉眼含笑，突然欺近了林之淞的耳旁，同他耳語：「或許，我在戀愛也說不定。」

林之淞：「……」

他還沒有追上去再問，四周冰天雪地的場景驟然一黯。

待他站穩時，已經來到了鋼筋水泥的灰色森林當中。

周澳選擇了「鏽都」作為傳送點。

當傳送完成後，他們身上的登山裝備都被副本自動扒了個乾淨，只穿著原本的衣裳。

因為林之淞方才的異常表現，其他四人看向他的目光都有些古怪。

林之淞發覺場景陡換，再想回去已是不可能了，一愣之下，氣得腮幫子都鼓了起來。

他急道：「你們幹麼？！我還沒問完！」

賀銀川無奈一嘆，回道：「小同志，警民關係是怎麼被破壞的，你知道嗎？」

林之淞一把拂掉賀銀川的手，望向其他人，惱怒道：「……你們來前不看資料的嗎？」

自從失蹤事件大規模爆發後，一直有聲音認為，這次失蹤和半年多前遊戲《萬有引力》爆雷的異常事故有著密不可分的關係。

畢竟，《萬有引力》發生大型遊戲事故後不久，日際線上就出現了那個怪異且巨大的提示框。

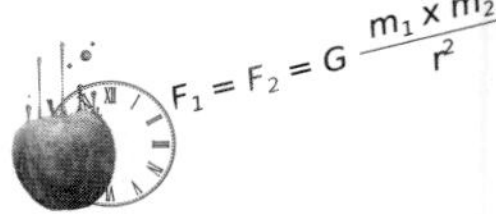

因此，《萬有引力》的相關資料，也作為參考資料送到了他們這些志願隊伍手中。

可相關設計資料和參考資料太多太雜，像賀銀川這種不搞技術的，只翻開看了一眼就馬上合上了……暈字。

除了林之淞，他們誰的專業都不對口。

林之淞發狠咬牙，「《永晝》，23 年前的一部國產漫畫，後來改編成同名遊戲副本，成為《萬有引力》的上百個副本之一。」

「『南舟』就是裡面的主角。是那部漫畫、那個副本裡最重要的核心 NPC！」

此話一出，四周一片寂靜。

賀銀川微微變了面色，「剛好同名同姓吧。『南舟』也不是什麼生僻的名字……」

「我把所有相關資料都記住了。」林之淞說：「賀隊，你信不過我的腦子？」

賀銀川：「……」腦子的確挺好，就是一根筋。

周澳冷靜道：「只有名字，還不夠。」

林之淞張口就道：「它的特性是畏懼滿月，在其他時間攻擊性極強。『南舟』的外貌設定是中長黑髮，眼下有淚痣的漂亮怪物。」

打從一開始，林之淞就覺得南舟的臉很熟悉。要不是南舟一開始實在是過於虛弱，完全像一個普通人，林之淞早就想起來了。

四人：「……」

但是，讓大家接受「NPC 從副本裡跑出來」這個概念，是一件挺困難的事情。

賀銀川努力跟上林之淞的思路：「為什麼你會記得他？他有什麼特別的嗎？」

林之淞只恨自己沒有早點想起來，「在那個【永晝】副本，玩家的綜合死亡率，是《萬有引力》中所有副本裡最高的那一個……高到玩家聯名投訴，官方也真的動手削過兩次這個核心 NPC 的戰力。」

林之淞握住了拳頭。

南舟，真的是實打實的危險人物，他該早點想起來的！

一直沒怎麼開過口的陸比方突然像是受了什麼啟發，跳起身來，「我……我想起來了！」

其他四雙含著驚疑的目光，齊齊落在他的身上。

陸比方的臉頰發了白，「『江舫』……不，『洛多卡』這個名字！你們記得嗎？」

「半年前，《萬有引力》的那個遊戲出事之後，許多強制脫艙的人陷入深度昏迷，後來一個接一個都去世了……江舫，是唯一一個……還活下來的人！」

陡增的信息量，讓「青銅」五人組一片沉默。

半晌後，周澳轉向了林之淞，「《永晝》……那是個什麼樣的故事？」

《永晝》，恐怖漫畫家永無在 23 年前發表的處女作。正式發行的第一部漫畫的封面上，主角是個紮著高馬尾的少年。他咬著黑色髮圈，坐在匣式鏡前，替自己梳理頭髮。

他叫做南舟，漫畫《永晝》中唯一的主角。

設定中，《永晝》的故事發生在虛構的永無鎮。

這個閉塞且溫馨的小鎮裡，黑夜的時間長短，和月亮的潮汐盈虧相關。只有在每月 15，滿月之日，黑夜和白天的時間才是對半開的。

以 15 為分界線，黑夜的時間依次縮短。

初一，則是一月之內唯一一個無夜的白晝。那一天，雪白的太陽，會將永無鎮變成一個什麼都看不清的日光之都。

能遮蔽人眼的，從來不止是黑暗，也有可能是光明。因此，每月初一，也就成了永無鎮居民的休息日。

無論那天是週幾，永無鎮居民都會在家休息。上班族停班，學生停課。偌大的被雪白陽光籠罩的街道上，少有車輛出沒。

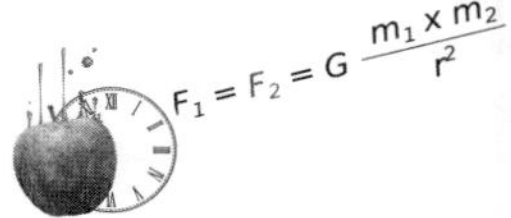


只有紅綠燈恒定透出的光線，被熾白的日光散射成帶有水波波紋的彩光漣漪，在燠熱的空氣中淺淺搖盪著。

怪異反常的月照，在永無鎮孕育出一種叫做光魅的怪物。

光魅脫胎於一種叫做光菌的不可逆病毒。它們擁有和人類一樣的外表，攻擊性極強，身手靈活，也擁有和普通人同等的智慧。

在平常，它們堅定認為，自己就是生活在永無鎮的普通人。

只有在每月月初，在「極晝之日」，光魅的自我認知才會甦醒。在這24小時白茫茫的、混沌的光明白晝中，它們可以選擇是否化出本相，然後隨機狩獵小鎮居民，給自己續命。

只要普通人被咬，被光菌感染，就會轉化成一隻新的光魅。

當光菌進入人體後，光菌會因體質不同，形成變種，同時形成一種精神菌株，盤踞在大腦之中，修改人體的各項參數，變成一隻攻擊力極強的人形怪物。

但由於核心的光菌處於大腦，光魅的弱點之一就是精神脆弱。

光魅一旦把其他的光魅當成人類進行狩獵，除非腦中菌株的發育度強於對方，否則就會被更強的一方奪取力量而死。一口下去，就像抽彩票。

光魅有可能吸取到對方身體裡的菌株，可以長期不用狩獵。也可能一輩子都不用狩獵了。

光魅的限制還不止這一點。

身為正常人，在非滿月的日子裡，它們從不知道自己是怪物，也無法對同類產生認同和感知。

身為光魅，它們喜占地盤的動物本性相當強烈，厭惡任何同類的存在。甚至在見到同類時會優先對其進行抹殺。

它們一邊在普通時間裡恐懼著被殺，一邊在變身怪物、記憶甦醒後，害怕自己的家人知道自己的身分，又想要通過狩獵活下去，還要提防身邊人早就變成了比自己更強的光魅，對自己展開反狩獵。

它們恐懼且孤獨地和一群一無所知的人類共生在永無鎮內。

小鎮裡的怪死事件頻頻發生。和其他恐怖漫畫的情節一樣，小鎮的員警不管事。也和其他恐怖漫畫的情節一樣，小鎮裡的人儘管再恐懼，卻硬是沒有一家打算搬遷保命的。

如果這部漫畫僅僅如此，大概只能算一部主打視覺奇觀，並融合吸血鬼元素的普通獵奇漫畫。

然而，這個故事裡有南舟。

南舟，是漫畫裡唯一一個意識到自己是個漫畫人物的角色。

林之淞在讀資料時，對一個橋段記得很清楚。

南舟幼時，一度以為自己屬於這個世界。

第一次發現自己的不一樣，是因為母親帶他去醫院打疫苗。

他明明很乖，沒有哭鬧。他抱著媽媽的手臂，又害怕，又怕母親難過，就躲在母親臂彎裡，軟糯著聲音反覆說：「媽媽我愛妳、我愛妳。」

但母親對他的聽話和懂事視若無睹。她責備他嬌氣，就像一個被設定好程式的機器人，自然而然地認為，她懷裡的就應該是一個哭鬧著不肯打針、符合「常理」的孩子。

南舟是個很聰明的孩子。

他由此延展開去，逐漸察覺周遭的一切不對勁。

整個小鎮，根本只有他一個人在長大。妹妹永遠是 5 歲的稚嫩樣子，父母永遠是年富力強的樣子，一年級小朋友的智力永遠停留在 8 歲。老師在一班和二班講授的課程，語言、表情、肢體小動作，分毫不差。

南舟本來是個活潑的、擅長表達自我的孩子。他的沉默寡言起始於在和家人的相處中，他發現家人只能按照特定程式給予他回應。

慢慢的，他察覺到了小鎮裡危險生物光魅的存在。他很恐慌。

因為在每月初一，光魅開始展開獵殺的極晝之日，別人的 1 天用兩三格就跳過去了。即使被殺，也只占一個特寫格。

而南舟要躲在避光處，咬緊牙關，瑟瑟發抖，熬過艱難的 24 小時。

嘗試報警和勸說父母搬離無果後，他帶著幼小的妹妹，騎著自己學會

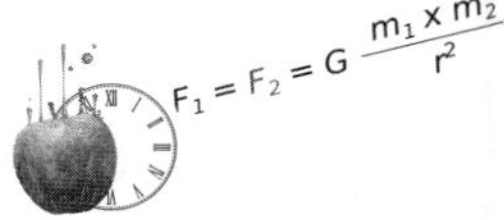


的自行車，一路騎到永無鎮的邊緣，試圖逃離這個地方。

但是，他的自行車撞到漫畫格的邊緣。

第一部漫畫就終結在這裡。

少年南舟站在野地中。風將他的中長髮掀起，拂動著他蒼白的面容。他抬手，輕輕撫摸著空氣中不存在的牆壁。

在讀者視角，他漂亮的臉蛋直直對著第四面牆，修長的手指搭在正前方，彷彿一個起誓的手勢。

在南舟視角，他想，要保護自己、保護家人。

儘管家人對他的愛，是冥冥之中的設定，是虛假的，可那也是他在這小鎮裡，獨一無二的家人。

講完《永晝》第一部的大概情節和背景設定後，林之淞也剛好喝完一杯涼茶。

他帶進來的手機裡雖然沒有信號，形同廢品，各個 app 裡卻存著二十幾部緩存好了的漫畫和小說。

這些都是被《萬有引力》選中改編的現實原作。《永晝》漫畫是二十多年前發行的，因此正版 app 裡只收錄了第一部。

看著那和南舟面容肖似、清冷精緻的美人少年，看著他眼底的孤獨和決心，梁漱有些說不出的心悸。

——他真的在那個世界裡孤獨地活了 23 年？

「青銅」眾人一時無語。

賀銀川放下梁漱遞來的手機，「後來呢？」

林之淞咬著吸管，回憶道：「後來……他記錄和觀察了小鎮裡的所有異常人類情況，自己開始練習防身術。」

「他接近了三對攻擊性和危險性最強的光魅，在他們還是正常人的時候，互相傳遞錯誤資訊，挑起內鬥，在一個極晝之日讓他們自相殘殺而死。他冒充光魅同類，誘殺了一個光魅。」

「他在光魅最虛弱的月圓之夜，殺了許多個覬覦過他家人和他自己的光魅。」

「唔，對了，他還學了美術。」

「本地沒有大學，他是去新華書店裡自學的。」

林之淞指了指自己的腦袋，「他知道自己是書上的人物，就利用了滲透壓的原理，只要枕著書，文字和圖像就能從高濃度的地方直接流向低濃度的地方，可以直接滲透入他的記憶裡。」

「他靠這個，讀完了整個書店裡的書。」

當初，讀到這個充滿想像力的情節時，林之淞還是相當羡慕的。

賀銀川繞過了這一切：「那……他的結局呢？」

「一個悲劇故事。」林之淞簡單概括道：「他努力奮戰到 19 歲時，也被咬了。」

他補充道：「他妹妹幹的。」

「青銅」眾人啞然。

林之淞把杯子裡的冰塊舀入口中，咔嚓一聲咬碎，「他妹妹從來就是光魅。鎮裡光菌的源頭就是她。打個比方……」他瞄了一眼陸比方，「她就是蟲族裡的女王。」

「她的年齡太小，根本不知道自己可以變身。」

「她的本性一直沒發作，僅僅是因為她下游數量不少的『光魅』作為工蜂一直在傳遞養料，她並不餓。」

賀銀川接過話來：「但她的哥哥一直在獵殺光魅？」

「是的。」林之淞點點頭，「……她很久沒有得到食物。她餓了。」

如果僅僅作為欣賞，漫畫裡的南舟露出不可置信的神色，被他永遠只有 5 歲的妹妹咬中脖子的那一幕，是很美的。

他的腦中終究是化出了菌株。

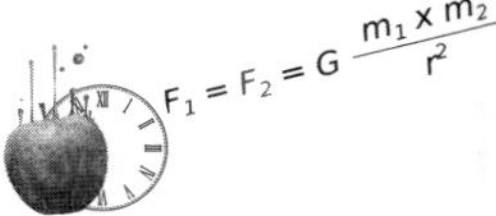


他的菌株形態像極了一隻由光化成的白孔雀。菌株在他的腦中漸次盛放開來時，美得攝人心魄。

他被轉化的那一天，正好是極晝之日。

在灼眼到幾乎要將人融化的白晝中，南舟一步步走向小鎮邊緣。他來到到過無數次卻從來沒有能突破過的小鎮的盡頭，緩緩跪下。

至此，他的永晝到來了。

一個象徵著希望的詞彙，成了他永生的咒詛。

他用打碎的玻璃碎片，指向了自己的脖子。但他究竟有沒有割下去，誰也不知道。

漫畫就以這樣一個 open ending 的方式結束了。

陸比方抿抿嘴，「那……他還真的挺可憐的……」

周澳難得問了個長句：「副本呢？沒有改編？也是同樣的故事？」

「他之前的故事都講絕了，沒什麼再值得講的了。」

林之淞說：「所以《萬有引力》官方在做設定時，為了紀念南舟誕生 23 年，就和現實的時間線對應起來，把故事從他徹底轉化成怪物光魅的 4 年之後開始講起。」

「那……遊戲裡的高死亡率是怎麼回事？」

講到這裡，林之淞的眉頭徹底皺了起來，「《萬有引力》開服後，不是平穩運行了半年嗎？這半年裡，針對各種副本的民間攻略組就從來沒有停止過，還成立專門的攻略論壇。」

「對【永晝】副本，有個玩家最先在論壇裡發表了通關攻略。」

「他說，南舟這個 boss 其實很好騙。」

「只要靠近他，和他做朋友，就能在月圓之夜他最虛弱的時候殺掉他，幫他『解脫』了。」

「後來，為了刷副本的全成就，所有的玩家都按照這個方式去刷關了。結果……」結果，遠不是那麼回事。

玩家按照攻略照本宣科、成功過幾次後，【永晝】的死亡率毫無預兆地悍然上升，直接躍升成開服以後所有副本中死亡率最高的副本。

據說南舟的攻擊方式非常凶悍，上來就直接扭人脖子。

玩家往往連血瓶都來不及磕，就被強制彈出副本，身處的膠囊艙滴滴嘟嘟地亮起了「死亡紅」。

據慘遭南舟扭脖子的玩家事後回憶，這個 boss 智慧程度也非常高。不僅會偷襲、給他們挖陷阱，還會根據他們的各種話術做出即時應變，根本不像其他 NPC，會和每個玩家都發生一些重複性對話。

有的玩家覺得這賊有意思。有的玩家覺得官方還原度高，南舟本來就是個聰明的角色。但有的玩家，對此感覺不寒而慄。

還有的玩家因為死活拿不到全成就苦惱，向遊戲官方申訴，說「南舟」太強了，要求對他進行一定限制，降低遊戲難度。

講到這裡，林之淞深吸了一口氣，「我不知道他是怎麼從副本裡逃出來的。」

「但是，我知道的是，他是個沒有做好社會化的人。」

「這樣一個製造了《萬有引力》副本最高死亡率記錄的 NPC 在外流竄，我擔心他會對其他玩家造成影響。」

陸比方仍然不願意完全相信林之淞的判斷：「這也太玄了……」

林之淞張口反問：「我們現在看到的這一切不玄？」

陸比方望了一眼正在忙著接待客人的小母雞 NPC，選擇閉口不語。

林之淞繼續道：「我還在擔心一件事。」

賀銀川示意他一口氣說完。

林之淞說：「你們都看到了，南舟的智力，加上他的武力，不出意外，他奪冠的可能性很高。」

梁漱大致明白他的擔憂了：「你擔心的是……」

「是。」林之淞說：「就是許願。」

「我不知道他會許下什麼奇怪的願望。如果真的讓他奪冠，他想做什麼？又會做什麼？」

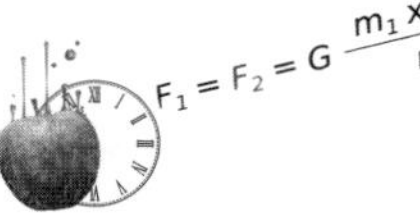


「他恨漫畫之外的世界嗎？恨那些欺騙和試圖殺死他的玩家嗎？他會把光菌傳播到現實世界嗎？這一切都是未知數……太不可控了。」

賀銀川直直望向他的眼睛，「所以，你有什麼計劃？」

林之淞直截了當：「我想用世界頻道，警告所有人，小心南舟。」

「不可以。」賀銀川第一次動用了強硬語氣，直接否定了林之淞的提議：「你有沒有設想過後果？這件事，我們本來就不能全然確定他真的就是那個南舟，現在你就要把這個不確定的訊息告訴所有人，告訴他們，一個具有高度危險的 NPC 出逃？你這樣會把恐慌情緒帶給所有玩家，而且，他如果是被冤枉的呢？他根本不是這個漫畫人物，或者他沒有那些打算，你打算怎麼收尾？」

林之淞終於鬆動了些，問：「那，隊長，你有什麼想法？」

賀銀川撐著頭，對這完全超出預計的情況微微嘆了一口氣，「先想辦法聯繫其他組的人吧。」

這回，「立方舟」選擇了「家園島」作為此次休息的落腳點。

「家園島」的宣傳標語，是「最接近桃源鄉的地方」。這裡的土地肥沃，水源充足。精心侍弄後升級的黑土地，肥沃得能擠出汁水來。

想要趕海，也往往能獲得豐收。或者，在中心牧場裡找一塊地皮，養一隻邊牧，騎著馬放牛牧羊，也是不錯的選擇。漁樵耕作，無一不可。

許多有了先期積累的玩家喜歡集中在「家園島」買下一塊地，靠和 NPC 交換農牧產品，兌換可供他們活下去的積分。

但因為農牧產品價格低廉，大多數玩家又沒有什麼做生意的頭腦，迄今為止，至少有百餘名玩家玩崩了，好不容易拿下的原始積累全數歸零，窮得不得不賣掉土地回血，再乖乖回去打副本。

但「家園島」始終是那個溫馨的「家園島」，不會為此發生任何改變。這裡的水果奶凍是最新鮮的，剛下了樹枝，就上了餐桌。還帶著露水的草莓和荔枝從中掏空，擠上最簡單的煉乳，再在冰櫃裡冰凍幾個小時，就是一道美味新鮮帶著自然甜霧的甜點。

一份甜點，一共有兩種口味，每種口味三個。

此時，南舟和南極星正在甜點盤前對峙。

南極星興沖沖地一爪子拍在了荔枝旁邊——我要吃這個。

南舟不大開心，和牠討價還價：「我喜歡吃。」

南極星想了想，不大情願地把小爪子挪到草莓旁邊。

南舟沉思片刻：「我也喜歡吃。」

南極星生氣了，一把抱過荔枝奶凍，兩條小短腿飛快倒騰一陣，跳到紙巾盒裡，只從盒子裡露出一顆小腦袋，當著南舟的面，示威地咬了一口荔枝邊緣。

南極星得意：「唧。」

南舟：「……」

見狀，江舫和李銀航都笑了。李銀航揉了揉南極星的腦袋。江舫摸了摸南舟的腦袋，算是兩邊都安撫好了。

南舟拿著木勺子，專心地從草莓裡舀煉乳吃，專心程度好像全世界只剩下眼前的小甜點。

戴頭巾的蘋果臉少女 NPC 路過，輕輕碰了碰南舟的手腕，遞給他一張衛生紙，臉頰微紅地指了指他的唇側，那裡沾著一抹奶白色的煉乳。

不等南舟伸手，江舫就輕輕抬手，用拇指替他擦去。

旋即，他自然地接過蘋果臉少女手裡的紙巾，擦拭著手指，禮貌道：「謝謝。」

蘋果臉少女還想和南舟交流一會兒，無奈甜點店的門鐺叮鈴一響，新的客人進來了。她只好羞赧地衝南舟一笑，噔噔噔小步跑回了櫃檯。

李銀航覺得這一幕似乎在哪裡見過。

她笑說：「好像很多 NPC 都特別喜歡你欸。」

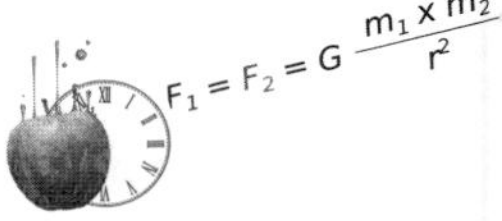

當然，也有非常討厭南舟的。

比如和他打過交道的彩色蘑菇和鋼鐵兔子。

向來對正常玩家反應平平、不假辭色的 NPC，對南舟的愛恨似乎都特別極端。

南舟挖空了一顆草莓，開始認真思考下一個是繼續吃草莓，還是吃荔枝。他都沒有注意那個 NPC 是男是女，被李銀航提醒了一句，才抬頭望了一眼。

他輕聲回了一句：「……是嗎？」

李銀航還是有起碼的好奇心的。她的確想讓南舟多說說話，最好能講講關於他自己的事情。

儘管她知道，南舟很大機率沒把她當成朋友，但李銀航單方面還挺想和他做朋友的。

比如她很想請教一下，南舟這麼嗜甜，為什麼腰還能瘦成這個樣子？

不過，南舟如果不想說，李銀航就不問。

她心裡雖然還是隱約犯了一陣兒嘀咕，但是她同樣知道，自己能跟在南舟和江舫身邊，是撿了大便宜的。

她可不會用自己那些單方面且無聊的精神需求去冒犯別人，從而影響分毫自己最基本的生存需求。

這間家庭式甜品店的店主就是蘋果臉少女。她的設定是一邊開自己夢想的店鋪，一邊拉扯著妹妹長大的堅強女孩。

在蘋果臉少女招待客人時，她那 5、6 歲年紀，還沒有桌子高的妹妹睡醒了。她搖搖擺擺地從臥室裡跑了出來，一看到這麼多客人，她慢性的人來瘋屬性急性發作，兔子似的滿地亂竄。

蘋果臉少女只好追在她身後，叫著她的名字，試圖逮到她。

在跑到南舟附近時，她的小短腿不慎絆到了桌腿。眼看就要一跤撲倒，卻以向前 45 度的傾斜角懸停在半空。

南舟探了手出去，把小傢伙的後領子牢牢拎住了。

跑得微微發汗的蘋果臉在南舟身側站定，連聲道歉：「不、不好意思，給你們添麻煩了。」

南舟看了那滿臉不服的小姑娘一眼，「沒事。以前我妹妹也挺調皮的……還傷過我。」

蘋果臉虛心請教：「啊，那該怎麼教啊？」

南舟平淡道：「後來，她死了。」

蘋果臉：「……」

小姑娘：「……」

受到了驚嚇的小姑娘乖乖牽著姊姊的衣襟走了，臨走前還不斷回頭，不大能理解這麼好看的一張臉為什麼要長嘴。

南舟也望向她，透過她的臉，看到另一張稚嫩的臉蛋。

起初，南舟並不知道自己是一個虛假的紙片人物。他只知道他所處的這個世界畸形而怪異。因此，他像一隻誕生於危險環境中的敏感動物，格外早慧也格外孤獨。

因為缺乏和正常人溝通的管道，他變得不大喜歡和人打交道，只能自顧自做自己的事情。

小鎮的房屋密集，屋頂幾乎是連成一片的。小時候的南舟，很喜歡踩著屋頂的邊緣，把整個小鎮當做自己跳格子的工具。

他跳累了，就挑一家屋頂坐下來，靜靜想一會兒自己的心事。他蹲踞在屋頂邊緣的樣子，像是一隻貓。

值得一提的是，南舟發現自己的能力，其實比漫畫裡要早很久。

4 歲的時候，他枕著故事書睡覺，腦中就被輸入了大量他還不很認識的文字。

第二天，他嘗試著在枕頭下換著放了一本字典。短短一夜過去，他就明白了那些文字的含義。

可惜，當時他能找到的書籍不多，基本都是原來就擺放在他書架上的啟蒙教材。

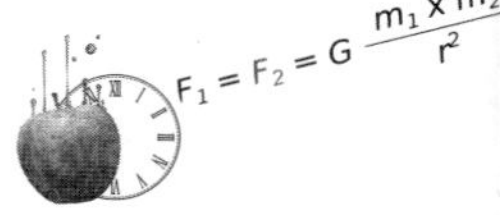


小小的南舟走遍了永無鎮，但硬是沒有找到一家賣書的地方。

那麼，父母的書是從哪裡買來的呢？

他也早就知道，永無鎮是一處封閉的小鎮。在小野貓一樣到處跑的時候，他就發現籠罩在永無鎮外那無形而透明的空氣牆，可他繞鎮一周，也沒能找到出去的哪怕任何一道門。

甚至於，他在比漫畫設定的時間更早的時間，就知道光魅的存在。

他很是害怕了一陣。但他的害怕，終結於某一個「極晝之日」。

那天，光魅來到他的窗前。他本來拿著削尖了的鉛筆，蹲在窗下，鼓著小小的勇氣，打算保護自己的家人。

但他卻突然體會到了一種無比怪異的控制感。彷彿冥冥之中有一隻手，操縱著他，把他硬生生拖到衣櫃裡，壓著他的腦袋，不許他亂動。不僅如此，還要硬逼著他作出抖如篩糠的恐懼樣子來。

以前，南舟就總隱隱感到有股違和感，盤踞在他的日常生活中，揮之不去。

這是他第一次無比明確地體驗到，身為一個被創作出來的角色，被作者的力量操縱著強走劇情的感覺。

接下來，他不受控地走了一段他早就嘗試過的劇情。

他去向父母、朋友和妹妹預警怪物的存在。

他嘗試報警。

他試圖帶著妹妹逃出永無鎮。

最後的結果他早有預料，他是根本走不出永無鎮的。因此，他並沒有太多失望。

被人操縱著，將手放在那面牆上時，南舟渾身筋骨驟然一鬆，像是擺脫了桎梏的傀儡娃娃，終於獲得自由活動的權利。

南舟禮貌地敲了敲那透明的空氣牆。

叩叩叩。

他對著外面輕聲呼喚：「喂，有人嗎？」

——有人能聽到嗎？這裡有一個我啊。

意料之中的無人回應。

他冷靜地騎著自行車，帶著妹妹回到永無鎮，還用零用錢給她買了一個冰淇淋。

永無鎮的食物沒有味道，都是紙的味道。南舟從小就吃紙長大，所以他對食物沒有太大的興趣。

他看著眼前無知無覺地捧著紙紮的冰淇淋狼吞虎嚥的小女孩，想，她叫什麼來著？

她沒有名字。

南舟只知道，她叫妹妹。

這是他永遠長不大的妹妹。

CHAPTER

# 09:00

## 不要怕，這世界很大，<br>裝得下你，也容得下我

「南舟」這個角色，誕生在漫畫家永無落筆的第一天。

因為作者賦予了他「能意識到自己的不同」這樣別樣的設定，再往後的劇情發展，只要不是作者確定無疑的設計，那麼，他的走向就不可能全然受到控制。

南舟，成了一個擁有自己靈魂的、被意外困在漫畫裡的孩子。

作者不可能在幾本漫畫中畫盡、寫盡南舟的人生，那樣漫畫只會變成一本無聊冗長的流水帳。所以，他只是採擷部分精彩的人生片段，呈現在讀者面前。

南舟無法強制改寫作者明確寫下的那些設定。但是，在作者寫不到的地方，南舟走上了一條完全不同的路。

如果說南舟和永無設定的「南舟」有什麼相似之處的話，那麼，就是他想要不那麼孤獨、他想保護好他的家人。

他 9 歲生日那一天，恰好趕上了一個「極晝之日」。

他靜靜踏上日光普照的街頭，坐在街邊，舒展開在他這個年紀算得上發育良好的雙臂雙腿，像是一隻乖巧的小貓，等待著必然的命運降臨在他頭上。

不知過去了多久，迎面走來一團模糊的光。他甚至不知道是哪一隻光魅咬了他，他就這樣成功實現了轉化。

這是他送給自己和家人的「禮物」。他實際被轉化的時間，比漫畫裡的「南舟」早了整整 10 年。

從此之後，南舟就擁有了遠超正常人的力量與速度。

他根本不知道所謂漫畫的設定，不知道咬死同類可能付出的代價，所以他凶猛異常地去狩獵、攻擊任何敢來狩獵他家人的光魅。

嘗試過幾次後，他發現自己討厭咬人，因此他選擇扭斷光魅的脖子。

咔吧一聲，乾脆俐落，異常順手。

作者設定裡的光魅，是厭惡和同類共存的。但它們同時又具有生物的基本特性：信奉弱肉強食的叢林法則，有著強烈的危機意識。

所以，在南舟極其凶悍且有意識的攻擊和肅清之下，漸漸的，永無鎮裡的光魅開始敬畏起這個總是坐在屋頂上發呆的少年。

它們甚至開始悄悄討好他，比如放一兩個昏迷的鎮民在他家門口上貢。幾個活人在他家門口一字排開，場景一時間蔚為壯觀。

這個由作者創造出的種群，竟然開始自行誕生、孕育出了奇異的「首領崇拜」。

當南舟發現，設定居然是可以在潛移默化中被修改時，他萌發了別的念頭。

他想，光魅到底需要人體內的什麼東西，才能吃飽呢？

它們除了咬人之外，有沒有別的生存之道？

期間，南舟還是被漫畫的必要情節操縱著，又以平常人的身分，做了幾件對付光魅的事情。

一些光魅心裡也納悶，它們哪裡有那個膽子去攻擊凶悍、年輕又性格冷淡的老大？

但沒辦法，它們就是被某種力量裹挾著，突然發了瘋一樣，非要置老大於死地不可。

南舟也就按照情節一一處置了它們。

這在其他不明真相的光魅眼裡看來，就是老大在清理那些敢於挑戰他權威的下屬。

就像頭狼一口口優雅地咬死想要衝擊狼王寶座的異心者。而且這隻頭狼每一次都能成功，牢牢占據著首領的寶座。

於是，它們更加崇拜和畏懼他。

在南舟 13 歲的時候，他突然像是被人操縱了一樣，放了一本教材在自己腦下，睡了一整夜。

第二天，他受著指引，木呆呆地走向鎮裡的一處角落。出現在他眼前的，是一座他先前從未見過的建築。

南舟想：這是哪裡來的呢？

他走入這間標注著「新華書店」的建築，環顧了一圈琳琅的書目，南舟想，挺好，給他送書來了。

南舟通過查閱作者提供給他的書籍，利用他上初中後，作者終於肯畫出來的化學實驗室，用他平時調配顏料的粗暴方式尋找原料，並找了幾隻光魅來做實驗體，好研究光魅到底需要什麼物質，才能填補那空虛到無邊無際的食欲。

反正他別的沒有，時間管夠。

最終，一種可以作為血液替代品的氟碳化合物乳劑，在他手底下被硬生生地折騰了出來。

當南舟可以掌控它們的食物源時，整個永無鎮的光魅，都真正地臣服和聽命於他了。

彼時的南舟，並不知道自己的結局早已註定。

當確保家人的安全後，他開始做出另一種嘗試。他想讓自己不那麼孤獨，他想發展出一點能讓他感到滿足的關係。

他試圖去做一頓晚飯，和他虛假的家人一起用餐。然而，他家裡的設定，是父親和母親輪流負責做飯。所以，他做的菜，被所有人無視了。這些紙一樣口味寡淡的飯菜，只能被他自己慢慢吃完。

他努力和家人交談、他努力用繪畫日記記錄下生活和以往的任何一點不同。

他想要的並不多，不只是同類的畏懼。他想要一個有溫暖、有意義、有目的的擁抱。

所以，在他懷著小小的希望，給家人做飯，卻從身後被妹妹撲上來咬中的那一瞬間，才是他 19 年人生裡最孤獨的一刻。

他或許，從來就沒有真正理解過自己的「家人」。

他或許，註定要孤獨一生。

南舟被作者設定的女皇咬了。然而，在作者的設定中，此時的南舟，應該還是一個普通人。

設定矛盾。

程式出錯。

那麼，只能略過矛盾點，給出一個兩邊都能自圓其說的結果。

漫畫裡，身為「光魅女皇」的妹妹的結局並沒有交代。反正活著走出房子，來到大街上的只有南舟一個人。也就是說，被咬之後，他還活著。

而漫畫中的現實裡，南舟轉化成光魅的時間很長。且他長年在極晝之日出外活動，腦中光菌發育得異常健康，欣欣向榮。

所以，為了兩邊的故事走向都能自圓其說，他迎來了一個連原作者恐怕都沒有預想到的結局。

南舟腦中的光菌，原本是薄薄附著在他大腦上，縱橫交錯，在他顱內構建起一個複雜曲折的模型。此刻，那發著微光的大腦碰觸到了試圖強勢侵入的女皇光菌。在微宇宙中，宛如兩顆行星相撞，發生了無聲的爆鳴。

南舟的光菌在高強度刺激下，實現了近乎炸裂的二次生長。

流動著淺淺白光的光菌如同孔雀尾羽、放射性地散開的瞬間，南舟的五感達到了巔峰。他被那股未知力量控制著、推搡著向外走去。

他能看到灰塵在無窮的日光下跳舞。他能看到實質一樣的光絲穿針引線一樣，在空氣中折射出各種弧度。他聽到自己的腳踩在木地板上時，木地板內的纖維被壓出曲彎又回彈的咯吱細響。他聽到妹妹的身軀摔到了地上，咕咚一聲，響亮得彷彿砸在他的心臟上。

他的光菌生長的強度，超過了他的妹妹。所以，妹妹會死，但他想回頭看一眼妹妹都做不到。

南舟遊蕩在大街上，感覺自己在被那股力量強逼著遊街示眾。

這實在有些好笑。他思考，自己做錯了什麼？

被自己用玻璃片強行指住喉嚨時，南舟開始認真地反省，自己這些年對那股未名力量的反抗，到底是對還是錯？

如果他從一開始，就不想那麼多呢？如果從一開始，就遵從命運的安排呢？

不知道是幸運還是不幸，抵住他動脈的鋒刃最終沒有劃割下來。

南舟放下了抵住咽喉的玻璃碎片，輕輕喘了幾口氣，垂下了頭。

他把因為用力過猛而割裂流血的虎口在衣襟上輕輕擦了擦。擦完他就有點後悔了，回家還要洗呢。

他盤腿坐在燦爛的光輝中。

光從四面八方將他包圍，吞沒了他全部的影子。

他坐在晝光中，像是從光中脫胎孕育而來的少年。好像他從光誕生的那天，就孤身一個坐在這裡，一直要坐到光湮滅的盡頭。

但他還是回家了。因為他的腿坐麻了，手也很痛。

他安靜地返回家中，先去了一趟廚房，妹妹的軀體已經不在那裡了。

所有因為光菌反噬而死的光魅的宿命，都是力量被對方蠶食掉，自身則成為光的養料，消失無蹤。

南舟返回自己充斥著水彩味道的房間，取了一捲繃帶出來。

包紮到一半，他聽到窗外傳來窸窸窣窣的細響。

每到極晝之日，光魅們在舒適的光環境下，自信心總會無限膨脹，俗話就是吃飽了撐著之後，又覺得自己行了。

不止有一隻光魅曾在極晝之日來爬南舟的窗，試圖篡位。

以往，南舟都會直接擰脖子弄死完事兒。

但他今天只是走到窗邊，打開虛掩著的窗戶，向下看去。

兩個爬窗的，都是 14、5 歲的光魅。往上爬的時候，它們豪情萬丈，一跟南舟冷淡的雙眼對視兩秒，刻在 DNA 裡的莫名恐懼，讓它們嚇得直接撒了手。重力加速度有多快，它們跑得就有多快。

南舟扶著被他用藍白水彩畫上了一群小白鴿的窗戶，望向窗外炫目的白日。

他認識的、熟悉的，只有這小鎮裡的寥寥數百人口了。殺掉一個，就少一個。

他不大可能會有新的夥伴了，只能珍惜眼前人。

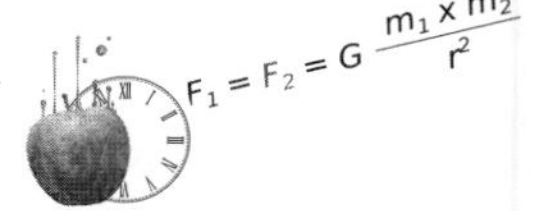


現實裡，《永晝》的故事已經完結。可南舟還活在永晝之中。

1 年過去了、2 年過去了。南舟再也沒感受到怪異力量的操控。

有的時候，南舟甚至會騎行到小鎮的邊緣，也就是他所在的世界的盡頭，敲一敲那透明的空氣牆，對那未知的力量說話。

「請問，你還在嗎？」

「是不是連你也把我忘了？」

當然，無人回應。南舟也不會去做多餘的期待，因此並不失望。

接下來的時光，南舟努力地讓自己顯得沒那麼孤獨。

他不再把書放在枕頭下，而是一頁頁地翻書、看書，把閱讀這件事賦予正常的儀式感。

他成為了美術老師，面對著那些以前是他的同班同學，現在是他學生的孩子們，教他們畫靜物，畫存在於畫冊上，卻從來沒有在小鎮裡出現過的各種動植物。

他的學生裡也有光魅，是認得他的。

時間一久，學生居然開始真的叫他南老師。

學校開始安排他的美術課。

他在大街上騎車時，偶爾會有學生笑嘻嘻地和他打招呼。

妹妹死後，幾乎從小到大沒有做過夢的南舟開始經常做夢。

他討厭夢。他的夢，時間線總是分叉、紊亂、無序。

一會兒，學生來他家裡玩時，妹妹會伸出稚嫩的小手，管學生要禮物。一會兒，南舟又回到了童年時，找遍每一個房間，都找不到妹妹了。

每次醒來，他都要在床上發很長一段時間的呆，才能將精神緩緩從夢境中抽離。

因為他夢到的片段，都曾是現實裡發生過的事情。

無數無趣的事情勾兌在一起，除了能給人造成感官混亂外，再沒有別的意義了。反正都是一樣的孤獨無趣。

直到三年多後的某一天上午。

南舟發現，一個穿著黑白 Lo 裙、佩戴著鐵銹紅玫瑰飾物的陌生女人，在他家樓下，在他的窗戶正下方……種樹。

這是一個他從未在鎮裡見過的美麗身影。

做完手上的工作，她似是察覺到了自己的目光，揚起臉來。巨大的黑色帽紗下，只留給南舟對她嘴角淺笑的一瞥驚鴻。

南舟突然萌發了某種強烈的希望。他扶著窗框，直接從自己的屋裡縱身躍下，想抓住她。

可就在自己落地的那一瞬，她突然從自己眼前消失了，就像她從未出現過一樣。

四下裡找尋無果，南舟只能折回自家窗下。

他學著女人的樣子，蹲下身來，小心翼翼撥弄著那片潮濕而新鮮的泥土。他挖出了一粒烏黑油亮的種子，這枚種子彷彿是徑直投入了他孤獨的心湖，蕩起層層波光漣漪。

南舟沒有拿走種子，而是懷著某種隱祕的希望，將它埋回了原地。

當夜，南舟很晚才睡著。

他第一次夢到了新鮮的、有聲色的東西。

他的鼻腔裡充斥著一種清甜且誘人的香氣。香氣很纏綿溫柔，沿窗而入，彷彿是有人平靜而紳士地向他獻上了一束花。

一夜的夢境過後，南舟難得在極度安寧的狀態下睜開了雙眼。

夢裡的那股清新又繾綣的甜味過於真實，好像延伸到他的現實中來了。直到現在，南舟還能嗅到那股淡淡的、迷人的果香。

又在床上靜臥片刻，南舟猛然一愣，翻身坐起，看向窗口……

一枝穠綠從窗外探進。小手一樣的綠葉間，竟然捧著一顆鮮紅的蘋果，衝南舟攤開掌心，溫柔獻上那一抹倚紅偎翠的自然之果。

南舟愣住了。

南舟在圖書館的畫冊上看到過很多次蘋果，他也帶著小朋友們畫了很多次蘋果，但這還是第一次看到蘋果。這也是永無鎮上第一棵蘋果樹。

$F_1 = F_2 = G \frac{m_1 \times m_2}{r^2}$

南舟來到樓下，繞著一夜就長到他窗戶的蘋果樹，好奇地轉了好幾圈，摸摸拍拍，心下不解。

他想，這不合理。不管什麼樹，都沒有長得這麼快的道理。

忽然間，他發現，樹幹上刻著一行字。南舟微微踮起腳，伸出手，一字字地用指尖去讀。

送給我未曾謀面的、孤獨的童年朋友。

起風了。蘋果樹的枝葉刷拉拉拂過他的窗口。

南舟反覆用指尖描摹著「孤獨」兩個字，心裡彷彿也長出了一棵枝葉繁茂的蘋果樹，在呼呼的風聲中，細細地拂動著他的心臟。

南舟摘下了那顆長進了他屋內、一夜就熟透了的蘋果。

他把蘋果洗淨後，擺在桌子上，和它耐心對峙了近兩個小時，才小心翼翼地劃拉到手心裡。

他用兩隻手捧定，試探著在上面挑了個地方，咬了一小口。

蘋果的果皮帶有一種奇異的顆粒感，初咬下去的時候，他的牙齒有些受阻。但很快，酸中帶甜的可口滋味，在他的舌尖和口腔裡爽脆地炸裂開來了。

南舟捧著被咬過一口的蘋果，發呆。

這是他出生以來，嘗到的第一種真實的味道，對他來說，這樣美好的味道，過於複雜和刺激了。

他含著一小口蘋果，不敢再嚼，也不敢嚥。他用這一口蘋果，把自己變成了一隻松鼠。

過了好半天，他才繼續動起齒關，品嘗著那一口甜蜜的果香。只這一口，他就瘋狂地愛上這種食物。

要不是擔心把蘋果吃完就沒有得吃了，南舟能一夜吃空一棵樹。

吃完兩顆蘋果後，南舟強逼著自己剎住了車。為了分散對蘋果的渴望，南舟拿起素描本和筆。他想用筆端，記住那個人的樣子。

但是，素描無法準確還原她的形象。所以，南舟要畫一個巨大的尋人啟事，畫在人人都能看到的地方。這樣，如果她再來，或許就能發現，自己想要找她了。

於是，南舟在做好充分的準備後，提著調好的顏料上了街。

當一聲「畫得不錯」的讚譽從身後傳來，南舟心念一動，馬上轉過頭來。可在轉頭的那一刻，他就已經開始失望了。

種蘋果樹的、要和他做朋友的，明明是個女孩子。

但身後是個男人，身高將近1米8、9，身材高大英武，比南舟還高出了半個頭。

相較於他壓迫性極高的身材，他本人倒是挺和顏悅色的。

「你好。」陌生人打招呼道：「我是這個小鎮的遊客，你是這裡的住民嗎？」

完全不同於小鎮住民的程式性對話，他的語言是自由的，是可以由自己做主的。

這是來到鎮上的第二個陌生人。南舟略有些好奇，卻不再驚訝。

南舟的思路向來清晰。在那位蘋果樹女士到來的時候，南舟就知道，永無鎮的壁壘大概是被一股奇特的力量打破了。

只是他至今都沒能找到那壁壘的縫隙在哪裡？因此，南舟打算和這位訪客多聊上一聊，問問看，他究竟是怎麼進來的？這樣的話，他或許就有辦法找到蘋果樹女士，也能從這無窮盡的孤獨中解放出來了。

思及此，南舟回應了他：「你叫什麼名字？」

那人說話帶笑，聽起來相當可親：「你叫我小謝就好了。你呢？」

南舟：「南舟。」

小謝目光專注地掃過他的面容，笑道：「你長得真好看。」

南舟對他幾乎全無社交距離的靠近並不感冒。

他能感知殺意，卻感知不到什麼是調戲。

對於他有目的的讚美，南舟困惑地眨一眨眼，「……是嗎？謝謝。」

南舟逆著光，看向小謝含笑的面容，眼前心裡卻滿滿都是蘋果樹女士漂亮上揚著的嘴唇。

南舟有些沮喪地想，那麼好看的人，自己怎麼就畫不好呢？

小謝是個很坦誠的人。

他告訴南舟，他其實是一部漫畫《永晝》裡的虛構人物。而就在兩天之前，一款叫做《萬有引力》的主機遊戲正式發售。

《永晝》的作者，南舟真正的父親，用兩年時間完成了處女作《永晝》，從此在漫壇占據了屬於他的一席之地的天才恐怖漫畫家「永無」，在 12 年前因癌症去世了。

因其性格孤僻，親友關係淡漠，他把自己身後包括處女作《永晝》在內的十三部漫畫版權都交授給他最信任的一名編輯。

《永晝》早在 3 年前就已經納入了《萬有引力》的改編梯隊之中。

所以，現在，南舟已經是一個遊戲副本裡的人物了。

小謝說，他以前讀到過《永晝》，很喜歡。

於是，在剛買的遊戲艙到貨後，他第一個選擇空降到【永晝】副本裡，來看看這位和他單方面結識的、相隔了一個次元的少年。

對小謝聲情並茂的說辭，南舟只是點點頭。他根本感覺不出來小謝告訴他真相的目的背後，隱約暗含的那點殘忍和惡意——正常人被明確告知，自己無論如何努力，命運都始終掌握在別人手裡，而且未來無窮無盡的歲月裡，會一直身處控制中時，第一反應往往都會是崩潰和發瘋。

但南舟並沒怎麼往心裡去，因為他早就猜到了。

南舟在紙張上勾勒著蘋果樹女士的唇形，在她的唇上打上了細密的紋路，好讓那張唇顯得更豔，象徵性回應了一句：「……唔。」

注意到南舟神情淡淡，小謝的眼裡亮起了動人的光，問：「你不驚訝嗎？……你猜到了多少？」

南舟瞄了一眼小謝，「關於什麼？」

如果是關於自己的身分，那麼這是他小學的時候就在想的問題了。他一度以為自己是一本書裡的人物。漫畫的話，和他的推測也相差不多。

如果是關於遊戲副本的事情……

南舟對「遊戲」這一概念的理解，僅限於書店裡幾本日期還停留在10年前的遊戲雜誌。在南舟的認知裡，「遊戲」是一種被鎖在盒子裡的故事。和他作為書中人物的感覺，應該也差不很多。

只是他暫時還沒有過去那種被劇情絲線強行牽引去做什麼事情的傀儡感，說明這個盒子很開闊，對他的控制沒有他想像中那麼強烈。

未來，還會有更多新的人進來。有人能進來，那他就一定能出去。

所以他不明白，小謝為什麼一直望著他的眼睛？好像自己這樣平淡的情緒和反應不符合他的心理預期似的。

小謝專注望著他的眼睛，「你曾經和我這樣的人說過話嗎？」

南舟謹慎地想了想。他並沒能和蘋果樹女士說上話，於是他搖搖頭。

小謝的肩膀微微塌了下來，看起來頗為失望，問道：「你怎麼都不驚喜呢？」

——也不發瘋、不崩潰、不痛苦。沒意思。

南舟的驚喜早在昨天就用完了。他本來就不習慣大起大落的情緒表達，因此望著小謝的眼神中滿含困惑，「你到底想問什麼呢？」

小謝的神情這才好了一些，「以後我就是你的朋友了，好不好？」

南舟：「為什麼？」

小謝：「……你不孤獨嗎？」

南舟放下筆，「孤獨。可我為什麼要和你做朋友？」

南舟問的是肺腑之言。

但小謝同學看起來被噎得不輕，為了避免自取其辱，小謝主動轉移了話題：「你感覺，你的世界有沒有什麼不一樣了嗎？」

南舟想了想，並沒覺得自己的日子和以往有什麼不同。太陽還是一樣的灼人，建築物的排列也沒有發生變化，世界還是那個世界。

唯一的區別，就是多了一棵蘋果樹。

想到蘋果樹，南舟的心情突然就好了很多。

如果說小謝口中的交朋友，就是要給對方種蘋果樹的話……那麼他希望找到蘋果樹女士，也給她種上一棵。

只是小謝這句問話，還是讓他上了心。

按照他的閱讀積累，一般的遊戲，不該是用資料、演算法和模型構建出另外一個各項條件都盡可能趨近於虛擬平行世界的嗎？

那應該是另外一個獨立的世界才對。為什麼蘋果樹女士和小謝會來到他這裡？這是個挺值得思考的問題。

可這麼多年來，南舟沒有和人分享自己想法的習慣。對小謝，他更沒有一點分享想法的欲望。

他只打算自己慢慢消化。

不得不說，南舟的動物式直覺相當強悍，從一開始就防備著小謝，覺得他的笑容裡有著什麼讓自己不喜歡的東西。

但無論如何提防，南舟也無法逃過月圓之夜對光魅的影響。

潮汐週期性的漲落，在每月滿月時達到高潮。小謝來到副本的第三天，恰是滿月時。

南舟的房間裡，藍天白鴿的水彩窗畫和一月一用的木柵，已經盡力將所有月光隔絕在外了。即使如此，南舟還是軟在床上，渾身痠痛，瘋狂盜汗，腰軟得使不上力氣。

本來滿月時，鎮上所有的光魅都虛弱得起不來床，威脅性幾乎算是沒有。可南舟還記得，家裡有一個住在他隔壁的小謝。因此他在入夜前，發現自己體力開始劇烈流失時，就掙扎著把門鎖上了。

牆上的時鐘，慢慢指向 12 點的位置，窗外月光愈發明亮炫目。

南舟不適地單手抓住堅硬的床板，指尖捏得隱隱發白失血。

此時，小謝溫柔的聲音突兀地在門外響起：「南舟，你在嗎？」

南舟心神一動。從剛才開始，他就沒有聽到任何靠近的腳步聲……小謝，好像已經在門口站了很久。

南舟咬著被角，努力將虛弱的喘息一聲聲嚥下去。

然而，不多時，他的耳畔傳來了鑰匙鑽入鎖眼，窸窣轉動的碎響。

他根本不知道小謝是怎麼進來的？

在聽到門咯吱一聲被推開時，南舟喉頭一緊，不及細想，將虛軟的手腕探向枕下……

來不及抓住藏好的水果刀的刀柄，他的手腕就被一隻手輕而易舉地捉住了。

南舟緊抿著蒼白的嘴唇，被小謝翻身壓坐，輕鬆控制在床上。

小謝的手捂住他的嘴，尾指惡意地一下下壓著他的唇畔，像是某種居高臨下的戲弄。

「太痛苦了、太孤獨了，是不是？」小謝用耳語的聲音對他說話，但沒有多少同情，只是享受著南舟抑制不住喘息時微微失控的表情，「如果我是你，我早就想死了。」

南舟：「……」有病。你又不是我。我什麼時候想死了。

小謝俯下身來，輕聲說：「我來幫你解脫啊。」

重壓驟然離身。南舟還沒來得及喘勻一口氣，一樣冰冷的小東西就抵住了他的腰際。

足以致死的電流，從他腰部點沸了他全身的血液，以觸電點為圓心，形成了一個類似黑洞的物質，讓南舟的所有知覺、意識都向裡坍縮而去。

他眼角餘光裡，一時間充斥著流散的、駁彩的電光流跡，從他的指尖鑽入，從他的胸口鑽出，千分精彩，萬分奪目。

倏忽間，一切熱鬧歸於徹底的死寂。南舟的心跳停止的同一刻，視覺裡還留有現實的殘象。

小謝的身影虛化了，如同花屏的電視，閃出滋啦滋啦的雪花。

小謝也有些詫異的樣子，看向自己的手掌。

但下一秒，他就消失在南舟的房間裡。

而一股氧氣急速湧入南舟的心臟，像是有人拿著電擊器，粗暴地對他的胸口進行著反覆的按壓。

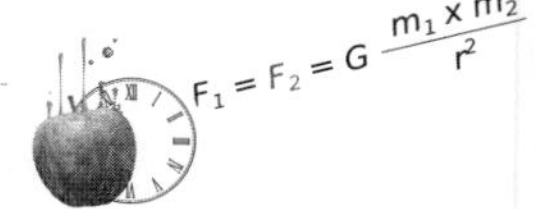


那股被無可反抗的力量控制的感覺，又回來了。

這次的結果，是強制復活。

南舟猛然從床上坐起，引發一陣可怖的心悸頭暈。他伏在床邊，大口大口喘息許久，才重新適應了氧氣的湧入和身體不間歇的疼痛。

接下來，南舟向學校請了 3 天的假。他去了圖書館，重新找到和遊戲相關的部分書籍，仔細重閱。

他身上疼得厲害，圖書館裡也只有他一個讀者，他索性摒棄了往日端正的坐姿，貓似的爬上了桌子，將長桌當做了床，把書墊在了腦下，蜷起身體，一邊休息，一邊閱讀。

作者「永無」在遊戲領域涉獵較少，因此在他一手構建的「新華書店」裡，文學藝術的書最多。

關於遊戲，也不過是幾本過時的雜誌，以及一本《遊戲發展簡史》而已。南舟把能搜集到的資料通讀一遍，果然察覺了某種不對勁。

正常的遊戲中，玩家才該是那個被服務的核心角色。

表現就是，副本裡的 boss，不管被玩家殺得怎樣七零八落形容淒慘，都會隨著玩家離開而結束進程。

狀態重置，無事發生。

可自己呢？除了被復活之外，他的記憶沒有被清零，身上的傷口到現在也還在痛。就好像……重置得根本不完全。

南舟來不及細想為什麼自己會如此不同。

就在他復課的第二天，小鎮裡又迎來了兩個陌生的客人。

一個男人，帶著一個可愛嬌俏的小姑娘，在小鎮裡信步遊覽。

兩個人看起來像是來旅遊的。

小姑娘見到他時，還給他塞了一顆水果糖。

要是沒有那個和他的學生年紀差不多大的小蘿莉的話，南舟根本不會放鬆對他們的警惕。

她讓他久違地想起了自己的妹妹。他甚至帶小姑娘聽了他的素描課。

兩天後，在突然到來的滿月夜晚，被那個小姑娘用刀從後背捅入時，南舟清晰地聽到，「她」甩掉了刀上的血滴，笑嘻嘻的用一個男人的聲調，對身旁的夥伴說：「【時間修改器】還真好用。又拿了一個成就。」

男人也帶著輕鬆的笑音：「攻略說得對。他真好騙。」

兩人說著話，迅速消失了蹤影，就跟小謝消失時的情境一模一樣。

南舟倒在地上，緩了很久，才強忍著後背的疼痛，爬起身來。

他把手探進衛衣口袋。那裡放著一個蘋果，已經被壓爛一邊了。

本來是打算留給小姑娘吃的……既然不要，那就算了。

南舟坐在路邊，用衣襟擦擦蘋果，咬了一口，心緒寧靜了一些。

他靜靜想著小姑娘口中的【時間修改器】，想著小謝用來打開自己房門的【萬能鑰匙】。

他又掌握了一項訊息。

他遇到的玩家，極有可能擁有著海量的、功能各異的道具物品，他需要想些辦法應對了。

在這之後，又有玩家陸續來到了永無鎮。有的玩家只是來這裡逛一逛，但有的玩家明擺著是處心積慮地想要接近南舟。

南舟雖然孤獨，但他並不是傻。

他挺想問一句：你們沒有別的事情要做嗎？

為什麼要玩遊戲？

為什麼要沉迷於一件就算贏了也對現實沒有太大意義的事情？

為什麼為了達到這個目的，就要殺掉另一個世界的人？

無人能替他解答這些疑問。於是他儘量展現出凶悍冷漠的一面，想將他們趕出永無鎮。

然而，滿月之夜，終究是他逃脫不了的詛咒。

下一個滿月夜，如期而至。

好不容易逃過了四個玩家的圍追堵截，南舟剛想歇一口氣，卻落入了三個他之前根本沒有看到的、不知什麼時候就潛入小鎮的玩家手中。

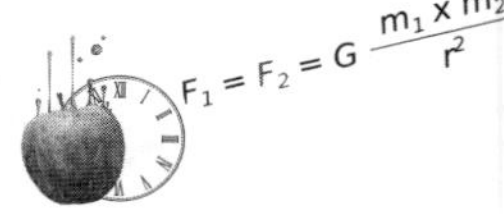


他們在暗處動用了電擊槍，一種被高壓氮氣彈射出去，鑲嵌著倒鉤和電極的攻擊武器。威力很強，說能一下子致命，卻也不至於。

此時，南舟已經和先前的四個玩家周旋到了黎明時分。南舟身心俱疲，因此他們一擊即中。

天邊的月色漸無，已經逐漸黯淡下去，灑落在南舟身軀上的光，很淡，很薄。

熟悉且劇烈的疼痛，令南舟再次倒地、冷汗涔涔。他沒有繼續反抗，而是閉目裝死，準備伺機而動。

三個人發現他不動彈了，就蹲在他的「屍體」不遠處，準備領取獎勵，接受傳送。

「這 boss 怎麼沒有血條啊。這麼脆，打一槍就沒了？」

「嗨，還真的像攻略那樣，只要卡著點進副本來，說殺就能殺了，就是個普通人，真無聊。」

「算了算了，能拿成就就好了。」

痛楚導致的耳鳴，加上熱血急速湧上頭頂的尖銳轟鳴，交織成了一首刺耳雜亂的交響曲。

傳入他耳內的對話聲，混雜在他腦內的雜響之中，讓南舟的心一瞬跳得比一瞬快。

「攻略」。

「無聊」。

「成就」。

這就是他們的目的嗎？那麼，憑什麼他們的目的就一定要達成呢？

這些陌生且極富挑逗性的詞彙刺激著他的神經，讓憤怒漸漸侵蝕了南舟的心神。

他用胳膊撐著地面，借過一點力後，腳尖點住地面，向前疾衝而去。

空曠的街道上，陡然颳起了一陣風。背對著南舟的高壯男人不經意間側了側腦袋，餘光只來得及捕捉到一個已經迫近到他身後咫尺處的冷冽身影……以及一隻托扶上他的喉部冰冷的手。

咔嚓。

叮。

南舟把小勺子放回盤子時，盤身和木勺發出的輕微碰撞聲，將他從回憶中喚醒。

南極星吃完了荔枝，把小爪子舔乾淨後，又顛顛跑了回來，撅著肉滾滾的屁股，就要往南舟的風衣袖子裡鑽。

蘋果臉少女羞澀地走過來，對南舟遞上一個精心製作的果盤，溫和道：「客人，送給你。謝謝你，剛才幫了我的妹妹。」

南舟看向果盤一側，那裡擺著幾片切開的、果皮紅到透光的蘋果。

蘋果臉少女自顧自軟聲軟氣道：「水果都是自家種的，也不值什麼，就是希望……希望，你能常來……」

南舟霍然起身。熟悉的香味、熟悉的光澤、熟悉的……蘋果。他一時以為自己還在回憶中，沒有離開。

而他正坐在那棵屬於他的樹上，摘下蘋果，藉著果枝間篩下的細碎光芒，將蘋果和陽光都一點點吞進自己口中。

南舟問：「妳的蘋果，是怎麼來的？」

蘋果臉少女被他的動作和語氣嚇了一跳，捧著蘋果，諾諾道：「怎麼來的……大家都是從仲老闆那裡進的種子……」

南舟問：「仲老闆在哪裡？」

蘋果臉少女：「出門向南，沿著小路一直走……路邊都有指示牌，種子店很醒目的。」

南舟抓住試圖爬向果盤的南極星的小尾巴，把牠徑直塞進了懷裡，「謝謝。」說罷，他步履匆匆，離開了甜品店，就像急著去趕赴一場遲來

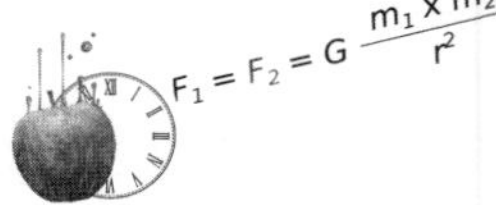


的約會。

李銀航一時不解，轉頭去看江舫。

江舫怔愣之餘，不禁抿唇，目光微閃……南舟居然還記得蘋果樹的事情嗎？

江舫有了心事，沒有應答李銀航，只是跟隨南舟離去。

李銀航忙簡單收拾了東西，打算跟上去。

臨走前，她還不忘拍拍那個不知道自己是不是做錯了什麼，有些悵然若失的蘋果臉少女的肩膀，寬慰道：「不是妳的錯啦。」

誰也沒有注意到，一直坐在南舟右旁兩桌開外的兩男一女。

見到三人一鼠離去，女孩一直緊繃著的後背終於鬆弛了下去。

她拍著胸口，小聲舒出一口氣，「……哇。嚇死我了。」

和她同行的男人 A 這才敢放開聲音，問她：「妳確定沒有認錯？」

「我不能確定啊。」女孩子皺著眉毛，「那個小東西，那麼小一隻。我們坐得又不算很近，我怎麼能認得清呢？」

男人 B 試圖寬慰她：「看錯了吧。說不定那就是一隻小寵物呢。哪兒跟哪兒就怪物了？」

「不……」女孩眉頭糾結得厲害，「我玩過《萬有引力》，之前就一直在『家園島』搞種田流。那隻小動物，看起來特別像『家園島』裡唯一一個田園風副本裡的……怪物。」

她比劃了一下南極星的體型，「要是能看到牠肚子的絨毛附近有沒有一個閃電型的標記，我就能確定了！」

男人 B 還是有些懷疑她的眼力，「就算是什麼怪物，不過也就是一隻小老鼠而已……」

女孩狠狠瞪了他一眼。

「小老鼠？」她嘀咕道：「那可是『家園島』上戰鬥力評級 A+，近 S 級的怪物！」

說到這裡，女孩又懷疑自己的眼力了。

如果那隻蜜袋鼯，真的是她所知的那種怪物的話，牠怎麼會和其他玩家走在一起？

又怎麼會被飼養成這麼一隻……一隻……小可愛？

利用世界頻道向其他隊伍發出集合訊號後，賀銀川暫時關閉了後臺頁面，對陸比方說：「小陸，說說你那邊的發現。你說江舫，就是那位國際友人，曾經是《萬有引力》的玩家？」

陸比方乖乖點頭，「嗯。」

和林之淞不同，陸比方看不懂專業情報，所以就把大部分注意力都放在了研究《萬有引力》相關失蹤人員的資料上。

陸比方又補充道：「準確說，他其實不是這個遊戲的正式玩家。」

「《萬有引力》這款遊戲的價格還是很高昂的，而且每臺機子出售時，都會記下購買者的真實身分 ID。」

「出事後，有關部門調查了每一個昏迷者的相關情況。」

「只有洛多卡……江舫先生，他的遊戲艙不是用他自己的 ID 資訊註冊的。」

不怎麼玩遊戲的周澳蹙起眉頭，「這是什麼意思？」

陸比方抓抓腦袋，「怎麼說呢……他應該算是，代練？」

「家園島」的仲老闆是個 60 出頭的銀髮老先生，一身樸實的灰藍色長袍，腰身胖墩墩的，氣質慈和得很。他脫下這身衣服，就是個提著鳥籠子遛街，指點人下棋的鄰家大爺。

他正歪在屋後一方小水塘，呼嚕嚕抽著菸草，蜂蜜和柳橙混合製成的水煙，就聽到了前面厚布門簾被掀起的聲音。

緊接著就是三名客人先後而入的腳步聲。

仲老闆忙抱著水煙筒，快步迎出，笑臉燦爛，「來且（客）啦。隨便看看吧。」

江舫走上前，彬彬有禮道：「勞駕⋯⋯」

隨著他的話音，南舟把一個蘋果穩穩擺上了櫃檯，接上他的話：「⋯⋯請您看看這個蘋果。」

李銀航發現，自己居然一直錯算了南舟手上的東西數量。

南舟的儲物槽裡始終有一顆蘋果，那蘋果從他們在大巴上相遇時，就被南舟穩穩拿在手裡。

即使被南極星啃得亂七八糟，被咬過的地方都有些萎縮泛黃了，南舟還是把那顆蘋果放在自己的儲物槽裡，試圖保鮮。

仲老闆拿起飽受南極星蹂躪的蘋果，端詳一番成色後，操著一口盡可能標準的普通話，笑咪咪說：「這是本店出售的種子種出的蘋果。但偷吃的小老鼠，本店就概不出售嘍。」

南舟問：「有多少人買過呢？」

仲老闆笑微微地瞇著眼睛，「本店雖然有記帳，但是蘋果種子出售得實在太多了。客人能記得是什麼時候買的嗎？」

南舟張口說：「一年半前。」

李銀航一怔，轉頭去看江舫。

她用口型悄悄提問：一年半前？那不應該是《萬有引力》剛開服的時候嗎？

這個時間也是南舟從李銀航那裡聽到的，《萬有引力》正式開服，就是在一年半前。

仲老闆叼著水煙嘴，斜著眼睛回憶往昔的神情和小動作，一應像極了現實裡的老闆。

他說：「那就更不清楚了。那個時候我店裡的種子做活動呢，能到誰的手裡，就看各自的造化嘍。」

李銀航消化了一下他的措辭，大概明白了。

——哦，新手禮包。

《萬有引力》免費贈送的新手禮包，在大類上相差不多，且帶有一定隨機性。還曾有#曬一曬《萬有引力》新手禮包#的詞條上了熱搜。

她同事買了一臺遊戲艙，抽到了500點「鏽都」購物券、3000點「紙金」消費券、五張「松鼠小鎮」的免費觀影券、十個可適用於「家園島」特定土地的珍稀款雪蓮種子、十袋高級化肥、一件可適用於「古城邦」的弓箭藍武，以及一套品質不錯的皮膚。

李銀航被叫去給她的朋友圈點讚的時候，大致掃過一眼。

如果蘋果種子當初也作為新手禮包的組成部分之一，大批量對外發放，那究竟會發到哪個玩家手裡，就是一樁未可知的事了。

握著那個蘋果走出種子店，南舟神情難得有些悵然。

李銀航跟著走出一段路後，突然站住腳步，伸了個懶腰，「啊，我有點累了。」

她往身後石階上一坐，說：「我們就在這休息一會兒吧。」

南舟環顧一圈周遭環境，「嗯。」

四周都是濕漉漉的植物香氣。清新自然的木質味道下，人的心情也自然放鬆了不少。

南極星趴在南舟肩膀上，小屁股興奮地扭動著，蠢蠢欲動地覬覦一隻過路的紅蜻蜓。

三人在石階上橫向坐成一排。

李銀航坐在中間，江舫和南舟分坐兩邊。

她覺得這樣的排位和氣氛不大對，試圖打破僵局，問南舟道：「南老師，你是不是在找什麼人啊？」

南舟：「嗯。」

李銀航想到，初遇他們時，南舟和江舫一樣，都是從其他地方被拽

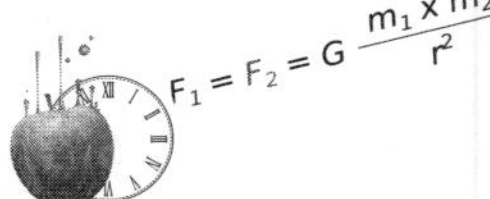


來，強行空降的。

這樣一想，她心裡的困惑愈發難解。為什麼偏偏他們兩個是特殊的呢？他們到底是從哪裡來的？

不過，困惑歸困惑，李銀航心裡始終有數。

她不再深問，拍拍南舟肩膀，寬慰道：「總會找到的。」

南舟眨眨眼，看著她搭在自己肩膀上的手。掌心很暖和，指尖也很柔軟，像是輕輕搭放在他的心上，溫柔安撫。

他說：「謝謝。」

江舫在旁不大自然地咳嗽了一聲。南舟看向他。

江舫：「過去的『朋友』，送了你這顆蘋果？」

南舟點點頭。

江舫再度確認：「『朋友』？」

南舟：「唔……」

其實在南舟的概念裡，蘋果樹女士算是在某種意義上對他來說很重要的人，並沒有到朋友的程度。

但南舟再次回憶起了，江舫說他有很多朋友的事情……他記憶力很好的。於是，南舟點了點頭，「嗯。」

江舫好氣又好笑，身體往後一仰，雙肘靠在了石階上，自嘲地低聲一笑：「哈。」

南舟：「……唔？你怎麼了？」

江舫把臉轉到一邊去，強忍著心裡翻湧的醋意，澀得他得咬著牙，才能緩過心裡不適的酸脹。

——這算怎麼回事？他怎麼可以把過去的自己……當成朋友？明明只見過一面，為什麼就可以是朋友？

大約一年半前。

江舫遊覽了母親所在的城市的角角落落，直到要在落腳的五星級酒店續房費時，才發現自己刷不出信用卡來了。

兩個月前，被他存入中國信用卡的、在拉斯維加斯得來的 13 萬美金，已經被揮霍一空。

江舫聳一聳肩，付之一笑。他從身上五十二張撲克牌似的信用卡中抽出一張花色特殊的，對櫃檯小姐展露出他溫和又疏離的標準微笑，「支持其他國家的銀聯支付嗎？」

江舫的神情自帶一種矜持自重的貴氣，再糅合上一點恰到好處的傲氣，實在很給他本就出色的面容加分。

在他這樣含笑的注視下，能維持住流水線的招牌微笑是一件非常困難的事情。

櫃檯小姐有心控制著，才沒讓自己的笑容過分燦爛，「當然。匯率按今日走，並需要支付一部分手續費。您可以接受嗎？」

江舫柔和地頷首認可：「嗯哼。」

她打開抽屜，準備拿出刷卡機，「請問是什麼幣種，哪家銀行？支持 **VISA** 嗎？」

江舫把那張銀行卡撲克牌一樣夾在指尖，端詳一陣，才篤定道：「巴哈馬幣。」

櫃檯小姐：「……」

江舫把卡面上亮給她，指尖在 VISA 標記上敲打兩下。

這是他從巴哈馬群島上的亞特蘭蒂斯賭場裡贏來的，還沒來得及換成美金，所以兌換起來稍微有些麻煩。

江舫溫和提醒：「是一種可以和美金一比一兌換的幣種。不著急，慢慢找。」

忙著尋找兌換幣種的櫃檯小姐，「……謝謝。」

花了一部分手續費後，江舫總算付清了房費。

接下來的半天時間，他清點了自己身上所有的資產。發現自己的現有資產，和他在 C 城買房的計劃有些衝突。

賭場生涯，終究還是影響了江舫的金錢觀。即使他的技術能支撐他略

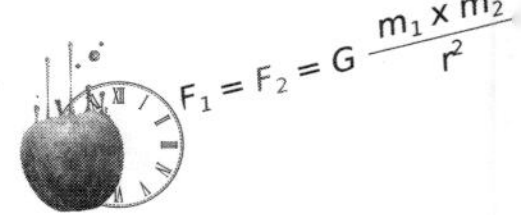


顯扭曲的金錢觀，在這種觀念的影響下，他還是開發出了奇怪的愛好——他喜歡在全世界各地，他喜歡的地方購買房產。且是一筆付訖，概不貸款的那種。

C 城是母親以前生活過的地方。他理應在這裡擁有一套房子，能方便他隨時跑路，也能隨時回來。

可他現在手頭上的錢，林林總總，各類幣種，加起來也不過 260 萬左右。距離他看中的那幢 150 平方公尺的花園式公寓還差 40 萬、距離他喜歡的那間獨棟二手小別墅還差 240 萬。

內地是不允許賭博的。到什麼地方就做什麼地方的事情，江舫很懂得這種道理。

所以，江舫需要一筆來路正當，但來得又足夠迅速的錢。

當時，《萬有引力》的宣傳造勢已然是如火如荼。

江舫在 C 城中心廣場的咖啡廳裡放下顯示著售樓資訊的 iPad，偶一抬眼，就在對面的 LED 巨幕屏上，看到了南舟。

1 分 20 秒的宣傳 PV 裡，「南舟」只占據了一秒鐘，但江舫還是一眼就認出來了。

那是《永晝》最後一部單行本漫畫的封面。南舟獨自坐在屋頂上，背後就是巨大的太陽。

他整個人的虛影，像是一塊融化的乳酪，在日光裡微微變形、扭曲。

南舟在看太陽，看他永遠無法企及的自由。

而江舫站在街道上，仰頭專心凝望著巨幕中的南舟。

江舫父親的藏書很多，涉獵極廣。有天文、昆蟲、心理學、社會學、人類學，也有通俗小說、報刊雜誌、情色畫冊。

父親的閱讀從來不拘著什麼，抓來就讀。他喜歡俗氣肉麻的文字圖片，也摯愛著他一生未及的星辰大海。

大部頭、小書冊、連環畫，琳琅滿目地占據了家中整面牆壁。

江舫剛具備閱讀能力時，就和父親共用了書架。

父親問過他：「你最喜歡爸爸的哪一本書呢？」

只有 8 歲的江舫踮著腳，取出《永晝》，用雙手高高舉了起來，又捧花似的捧回了胸前。

父親問他：「為什麼呢？」

江舫認真道：「因為他很孤獨啊。他需要我。總有一天，我會把他救出來的。」

父親開懷大笑著，親吻了他的額頭，「這是獎勵給我們優秀的洛多卡騎士的一枚勳章。」

江舫有樣學樣，把唇畔輕輕貼上了書的封面，對書封上的少年南舟煞有介事道：「這是一個吻。你等一等我。等找到可以去你身邊的辦法，我就會去接你的。」

後來，就發生了誰都不會希望發生，但誰也無法阻止的事情。

在江舫生命裡最孤獨的時候，在母親抓狂的歔泣聲中，在送母親前往戒酒中心後……他的手邊，始終放著一個南舟。

南舟在他的被子裡、枕頭下，在他一伸手就能碰到的地方。

江舫已經長大了。他早已沒有力氣再去相信童話，但他比以前任何時候都更加喜歡這本書了。

他認真地相信著，南舟或許真的存在這世界上的某個角落。世界這樣大，大到他們無法碰面。

南舟甚至不知道會有自己這樣一個人，自顧自地對他有了友情、有了共鳴。

彼時的江舫，輕輕撫摸著封面上的南舟，輕聲安慰著南舟。

——不要怕，這世界很大，裝得下你，也容得下我。也是因為世界很大，所以我們或許永遠不會見面。我們是觸及不了彼此的朋友，但你真的是擁有著一個朋友的。

他安慰著南舟，也在撫慰自己的那一顆心。

此時的江舫，則遙望著 LED 螢幕上的南舟。彷彿在目睹著少不更事

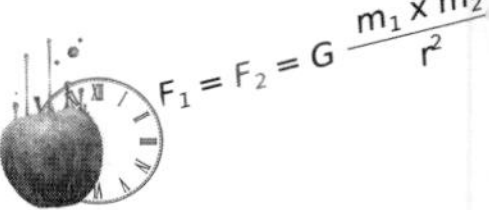


時的一個虛幻夢想，在眼前漸漸成型。

為了看南舟出現的那 1 秒鐘，江舫整整將大屏幕廣告看了六十七遍。直到看到第六十八遍，他才驚覺自己的好笑。

他在 iPad 上點開了《萬有引力》的官方網站和論壇。

江舫本來想找一份和《萬有引力》相關的工作。沒想到輾轉一番，他竟然找到一單以前在烏克蘭時常常接到的短期生意。

在江舫遊走於社會邊緣的打工生涯中，他見識過很多要求特殊的富二代。因此，在得知對方已經提前拿到了遊戲公司的兩個遊戲艙，並要求自己給他代練一個號時，江舫毫無障礙地接受了。

同時接受的，還有他一系列的要求——江舫必須玩女號，臉可以自己捏。他需要把裝備和等級統統練起來，最好每天能玩十二個小時以上，方便他拿去在同樣玩《萬有引力》的朋友面前亮帳號裝逼。

最重要的是，江舫要多交友，發展關係網，最好是男人居多。

江舫負責出技術，他負責偶爾上去跟那些男人撩撩騷，談談情緣，有順眼的就約出來玩。

好好的遊戲，硬是被他開發出了一條別樣的同性交友之旅。這也是他選擇交際能力強、時間多，又樂於嘗試新鮮事物的江舫的理由。

江舫選擇接單的理由，同樣很簡單。他想履行自己童年時單方面的約定——去看看南舟。

因為艙位是提前拿到手的，所以江舫在登陸遊戲、領取新手禮包後的第一件事，就是前往了【永晝】副本。

那些年，他曾在漫畫外，陪著漫畫裡的南舟一起走遍了永無鎮的大街小巷。江舫熟悉永無鎮的每一處布局，所以他不費什麼氣力就找到了南舟居住的房子。

這麼多年過去了，江舫早就不是那個童年的優秀騎士了。他不再異想天開，能將南舟帶出副本。

他只是想讓南舟知道，這個世界上，他還有一個朋友。

即使對方完全可能是遊戲公司的一個拙劣的複製品，是由資料構築成的虛擬幻象，他也想給自己的童年一點交代。

於是，他在新手禮包的蘋果種子上刻下了一行字，在種子上覆蓋了特製的「家園島」泥土，撒上「家園島」的化肥。不出意外的話，明天一早，蘋果就會在南舟的窗前開花結果。

誰想，江舫正在忙碌中，就感覺到上方投下的一道視線。他抬起頭，隔著細細的帽紗，在二樓窗邊，見到了他素未謀面的朋友。

江舫輕輕對著那道虛幻的身影微笑了。

南舟像貓一樣，好奇地雙手搭在窗邊，微微歪著頭，目光是江舫想像之外的純淨。

江舫以為，經歷了這些年，南舟是不可能擁有這樣的眼神的。

更觸動他心臟的是，南舟的眼神過於真實。那種真實又懵懂的純淨和好奇，像是在江舫習慣了堅硬的心上溫溫熱熱地戳了一下。

在這樣的目光下，江舫一悸，下意識碰觸了「中止任務」的按鈕。

站在稍顯荒涼的「鏞都」街道上的江舫，抬手撫摸著自己的心臟位置，滿懷詫異地感受著那裡不大正常的律動。

——這是怎麼了？不是想好，至少要去打個招呼的嗎？

原地站定許久，江舫笑著對櫥窗倒影裡映出的另一個自己搖了搖頭：想那麼多做什麼，目的達到了就好。

既然完成了童年心願，他就要專心為自己的雇主做事了。

不久之後，富二代發給江舫一個論壇上發布的珍稀材料刷取技巧總結帖。粗略瀏覽過一番後，江舫確定，這些所謂的珍稀材料，自己都算是第一批拿到的。

其中有幾個技巧還是錯誤的，但江舫向來沒有糾正別人錯誤的習慣。

笑一笑，點擊退出時，他的視線瞄到了某個玩家發布的【永晝】攻略帖。點進去簡單瀏覽一遍，他的眉心擰了起來……應該這樣過關嗎？

他從來不覺得南舟需要的是「解脫」，他需要的明明是自由和陪伴。

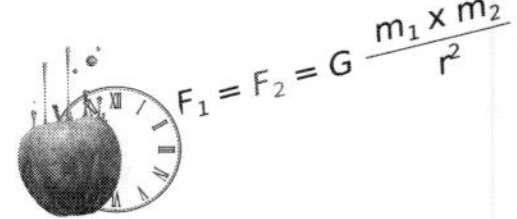

等江舫回過神來，看著螢幕上已經打好了大半的解釋，他突然覺得自己很好笑。

這可是遊戲副本啊！遊戲總是需要明確的目標的，相比於「自由和陪伴」這種虛無縹緲的概念，當然是「殺掉 boss」這個目標更加明確。

自己的解釋，不過是一個漫畫老讀者的自我感動而已。

江舫敲擊著鍵盤，一字字刪掉自己的解釋。

吧嗒、吧嗒。

看著游標逐漸後移，逼近它的出發點，江舫的指尖越敲越慢。

10 分鐘後。江舫再次站在【永晝】圖書館的落地窗玻璃外。

南舟正趴睡在桌子上，腦下枕著一本雜誌，雙手規規矩矩地壓在雜誌下面。他脫了鞋，白色襪子在陽光下微微反著光。他把腰身漂亮柔韌的曲線毫無警惕性地展露了出來，一點也不避諱會被人看到。

在江舫對他這樣的不設防不贊同地抿了抿唇時，南舟挪了一下身體。他白襯衫的一角向上掀起，露出了被電傷的痕跡。

南舟的皮膚白到泛光，所以大片大片紅傷烙在皮膚上面時，極為鮮明醒目。

江舫的指尖不自覺撫上了玻璃。

吧嗒、吧嗒，像是輕微的叩門聲。

南舟動也沒動。不知道是倦極了，還是在專心讀書。

江舫垂下了手去，轉身離開。

他那些從賭場、車廠、冰球場和學校裡學來的交際能力，還真不知道怎麼在這個從小到大沒有過正常交際的虛擬朋友身上發揮。

他轉身來到南舟家窗前的蘋果樹下。看到枝繁葉茂的果樹和壓彎枝頭的紅蘋果，江舫的眼角輕彎了起來……居然沒有被系統強制更新嗎？這個禮物，還真的讓他送成了。

如果這樣可以的話，那麼，江舫又有一點新的想法了。

據他所知，「家園島」有一款自帶的副本遊戲。那是一款把真人塔防和種田相結合的遊戲，目的是要提防怪物一波波的攻擊和對農作物的破壞，最後獲得保衛農田的勝利。

第三十六關的關底boss，是一種以蜜袋鼯為原型設計的小怪物。牠看起來小巧可愛，人畜無害，賣萌一流。

可在牠攻擊時，牠的腦袋會膨脹到牠體型的800倍以上，張開嘴巴，一口將玩家的腦袋咬下。

在尋常偷吃時，玩家只能採用最低級別，即綠武級別的武器進行攻擊和驅趕。高於綠武級別的武器，根本無法對牠們造成傷害，牠們只會越吃越歡。

但在普通攻擊積累到一定程度後，牠就會陡然變身，張著一張血盆大口，追著玩家咬腦袋，把玩家的腦殼當瓜子磕。

等玩家好不容易在險象環生中逃出生天，切換好高級武器，牠往往又會恢復正常體型，繼續厚顏無恥地偷果子，把高級武器的攻擊當作空氣……所以格外難纏。

江舫前前後後，把這個副本打穿了六、七遍。

最後，在一群已經成為殘兵的蜜袋鼯中，江舫終於選出一隻最可心、最好看的。小傢伙毛色鮮亮。牙齒整齊，眼睛溜圓，品相是他見過的boss裡最好的一隻。

牠受傷不輕，而且還是幼鼠，血條被削得只剩下一線，正歪在地上唧唧地哼，看上去惹人憐得很。

江舫拎著牠的小尾巴，打開了倉庫，把牠扔了進去。

倉庫無法讀取資料，徑直亂了碼。不等系統把這個bug進行清除，江舫就立即選擇傳送到了【永晝】。

他對這個禮物沒有抱什麼太大的希望，反正都是系統自動刷新出來的，就算牠被系統抹消了，那就當自己多練習了幾次家園島的副本，也沒什麼損失。

好在，在他來到【永晝】裡時，蜜袋鼯boss還沒有來得及從物品欄

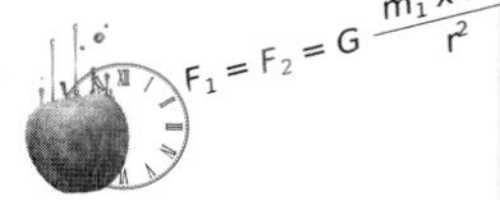

裡消失。

靠坐在樹下，江舫把半昏迷的小傢伙捧了出來。他抽了劍鞘上的小紅條，在牠脖子上繫了一個端端正正的紳士領結，打扮成一個禮物的樣子。

他回頭望了望身後的蘋果樹。他還是沒能理解，為什麼【永晝】副本和其他的格外不同。

這裡似乎根本沒有平常副本「刷新歸零」的這一概念。蘋果樹，還有南舟身上的傷，都沒有消失過。

江舫把小禮物蜜袋鼯放在了樹枝上，結結實實捆了起來。他強制退出了一次副本，再次選擇進入【永晝】。

蜜袋鼯果真沒有消失。

牠掛在和他視線平齊的那根樹杈上，泛著淚光，抬著眼睛，虛弱地抱著爪子拱了兩下，試圖求饒。

江舫交叉了手臂，饒有興趣地打量著牠。

如果牠一不開心就磕人腦袋的能力沒有被抹消的話，他就必須認真考慮牠的危險性了。

他手寫了一張小牌子，用細線掛在了蜜袋鼯的脖子上：此物危險，注意安全。

小傢伙看求饒不管用，氣性頓起，對著江舫就是一頓齜牙咧嘴無能狂怒。江舫拿筆尖輕輕點了一下牠的鼻子。

牠愣了一下，更加憤怒地掙扎起來，唧唧亂叫。

在送出這個禮物後，據江舫的不完全觀測，牠至少和南舟打了七、八次架……但問題是，南舟好像並不覺得那是攻擊。

在牠的腦袋驟然變大，試圖咬下他的腦袋時，南舟就動作靈活地繞到牠的脖子後面，壓住牠的腦袋，溫和地抓牠大腦袋後面炸開的小軟毛。

江舫很多次都想提醒他，那隻蜜袋鼯並沒打算和他玩兒。要不是打不過，牠是真想殺了他的。

但看南舟旁若無人，和這個永遠不會消失和離開的小怪物玩得那麼開心，江舫沒有再試圖插手做些什麼。

他常常會來看看南舟。

雇主出手大方，品味又獨特，捨得下血本，給他這個號買了十來套Lo裝。

他的髮髻上戴著鑲著燕尾蝶的雪白紗飾，錦鯉色的Lo裝色彩鮮明，被楓金色的腰帶牢牢束住一把腰身。

江舫坐在南舟的房間內，單手拿著鑲嵌雪白薄絨的扇子，輕輕敲打著掌心。他望向窗外。

南舟就在不遠處的屋頂上和他的小寵物玩耍。

蜜袋鼯則在和他單方面廝殺。

眼前的一切，讓江舫一時恍然。

好像，「南舟」真的是一個真實的人。

在漫畫作者筆鋒不及的地方，他會在自己的窗戶上畫畫，會喜歡毛茸茸的小動物。

會……寫日記。在江舫手邊，就擺放著南舟的繪畫日記。

他用扇端反覆敲擊著日記的封皮，有想去看一看的衝動，卻又輕笑一聲。給一個虛擬人物送禮物，已經很離譜了。再去看一個虛擬人物的日記，又有什麼意義？

想也知道，這都是系統設計提供給他的假象。再真實，也是虛假的。

自己能在系統之外，給他一棵樹，再給他一個寵物，並幻想一個虛假的資料形象會因此而感到歡喜，已經是自己單方面的異想天開了。

CHAPTER

# 10:00

## 人與人之間的牽絆，<br>總如蒼狗長風一樣綿長

現在，那隻江舫送給南舟的小寵物就趴在南舟的肩膀上……南舟跟牠，比跟自己還親密。

江舫好不容易緩過心尖的那一陣酸澀，一扭頭，就看到南極星蹲在南舟的胸前，唧唧撒著嬌往他的衣服裡鑽。

江舫：「……」

被倒提著小短腿，從南舟衣領裡強行拽出來的南極星委屈回頭，掙扎著抗議：「唧！」

江舫把小東西放在地面上，溫和笑道：「小動物總是到處亂跑，不要太貼身，髒。」

南舟倒不很在意：「牠一直都是這樣的，很黏我。」

李銀航看他願意談論自己的寵物，自覺找到了一個談話的突破口：「哎，南老師，南極星是你什麼時候養的？」

南舟回答：「八、九個月前。」

李銀航：「多少錢買來的啊？」

南舟：「撿來的。」

李銀航：「撿來的？」

南舟：「嗯。在我樹上偷吃蘋果的時候，被我抓回來的。受了一點傷，我給牠包紮好了，就歸我了。」

江舫：「……」欲言又止：「你難道沒有看到……」

南舟歪了歪頭，「什麼？」

江舫失笑，「……沒什麼。」

怪不得。恐怕自己的繩子沒能控制住這個小怪物，在自己走後，牠咬斷了繩子，發洩地吃掉了提示牌，又天性發作，去偷了南舟的蘋果，南舟才從此把牠當成好朋友的。

看著南極星蹦來跳去地撲蜻蜓去了，一副沒心沒肺的樣子，李銀航長長嘆息了一聲，「為什麼我們會碰上這種事情？結果把無辜的小傢伙也給帶進來了。」

對這看起來一無所知，又脆弱得好像一指頭就能戳死的小東西，李銀航頗有種物傷其類的感覺：「……牠又知道什麼呀。」

「是啊。」江舫望著南舟，「為什麼呢？」

南舟聳了聳肩。

兩人的思緒，不約而同地回到了半年以前。

對他們來說，那都是一場無比奇怪的異變，一場比世界內大規模爆發的失蹤案提前了整整半年的、怪異的第四天災。

對南舟來說，隨著玩家湧入的速度增快、數量增多，他這位原住民的日子過得越來越難。

起先，他觀察到，永無鎮的時間流速在迅速增加，幾乎每隔三天，就會輪到一次滿月之夜。

後來，每到月圓之夜，他都會被強行鎖定在自家居住的那一條街道上。他不能夠再利用對永無鎮的熟知躲避玩家。

且街上的所有房子都被封鎖了，他只能被迫長時間曝露在刺眼的月光下，能夠藏身的地方大大縮水。

南舟很慶幸遇到了南極星。

牠起先天天和他玩耍，撲來撲去的，不怎麼聽話。等和自己熟悉了，發現總是撲不著自己，牠就學會了扒著他撒嬌要蘋果。

再後來的某次，在自己遭遇攻擊，無力反抗時，牠突然竄出來，一口咬掉了對面玩家的腦袋。

事後，南舟趕忙把牠揣回口袋，生怕牠被人注意到。

他已經意識到，世界前兩次的詭異變動，都是因為有人在背後悄悄操縱。他怕那個有能力操縱世界的人，把好不容易來到自己身邊的南極星搶走。南舟就這樣抱著自家小寵物，靜靜擔憂了兩天。

但自那一天之後，奇怪的事情就發生了。

沒有玩家再來這個副本了，他的世界，陡然安靜了下來，安靜得讓人隱約感覺到了不祥。

對江舫來說，那一天，算是相當平淡無奇的一天。

上午，他被雇主的電話吵醒了。

電話那頭的雇主很不滿意：「上次就催過你了，全成就啊，全成就！其他的不都拿到了，怎麼就差【永晝】那一個？！」

江舫溫和禮貌地回應：「那個副本實在太難了。您知道的。」

雇主那邊也啞然了片刻。

【永晝】的難度之變態，是所有《萬有引力》玩家的共識。在玩家的連番投訴下，官方連著削了兩次【永晝】副本的難度。

一次是加速了「滿月之夜」這個光魅 debuff 的到來時間，一次是修改了 boss 在 debuff 狀態下可活動的範圍。

然而，沒有卵用。這個 boss 似乎有能力調動永無鎮內的光魅。被限制之後的光魅，居然有不少都肯為他賣命。

在玩家埋伏南舟的時候，至少有七、八隻能力全無的光魅，偷偷在背後蹲玩家的草叢。

今天早上，還有玩家發帖，說自己都快殺 boss 殺成功了，突然莫名其妙地蹦出來一隻老鼠，大嘴一張，把他的腦袋給咬掉了。他質問官方，這個副本裡的東西是不是都會成精。

目前，官方還沒有給出相應的處理辦法。

對這些客觀情況心知肚明的雇主只好乾巴巴地催促：「難歸難，你得想想辦法呀，我哥們兒都過了【永晝】了，快拿到全成就了，你可快著點兒啊。」

掛上電話，江舫無奈輕笑一聲，踏入遊戲艙，又開始了他每日例行的遊戲時光。

當遊戲盔輕輕在他腦側運動合攏時，一股細微的針刺感從太陽穴傳來，讓江舫稍稍皺了下眉。

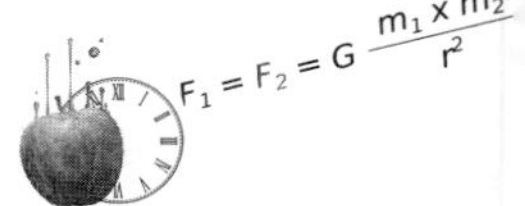


最近，他登入和登出《萬有引力》時總是會出現類似的情況。

論壇裡，有玩家發帖，懷疑是設備漏電。

也有玩家反映，最近遊戲登出的時候總是卡頓，退出得不夠絲滑。有的時候，他得連續點擊好幾下退出鍵，才能成功退出。

官方也第一時間表態，說遊戲正在針對此類情況進行優化整改中，請稍安勿躁。

剛剛進入「鏞都」街道時，江舫還在想，一會兒要不要再去看看南舟。也不知道蜜袋鼯這個不應該存在的 bug，會不會被官方 ban 掉……

然而，他還沒走出兩步，一股尖銳的疼痛倏忽襲來，針一樣貫穿了江舫的頭。

江舫反應極快，在劇烈疼痛之下，仍是不忘馬上點擊「登出」，試圖離開遊戲。

但是，數秒鐘過去了，在殘留的痛感和眩暈中，他的腳下仍然是「鏞都」冷冰冰的水泥地面。

他咬牙微微喘息著，連續點擊數次登出按鈕……仍是沒有任何回應。

不等江舫意識到發生了什麼，他身上挺括的軍 Lo 就像是被移除了圖層一樣，漸次與他的身體脫離開來。

江舫驟然抬頭，看向四周……

他旁邊的幾名玩家都恢復了現實裡的本相。相貌靚麗的、凹凸有致的美女，變成了凸肚腩的大叔。高挑俊美、英武不凡的男人，身高體型縮水，變成了一臉茫然的女大學生。

而江舫望著自己身上雪白的居家服，似有所感，抬手一摸，就摸到了頸間的 choker。

他討厭自己的傷痕，所以在捏臉時，在簡單保留了自己面部特徵的基礎上去掉了傷疤。

——這是怎麼了？

在周遭一片對遊戲官方的辱罵聲中，江舫低頭看向了自己的雙手。因為建模原因而稍顯死板的掌紋變得清晰可見、格外真實。真實得……就和現實裡一模一樣。

江舫迅速點開背包，抽出一把等級較低的匕首，反刃用刀背劃過了手臂皮膚。

在正常遊戲過程中，體感系統儘管會為了真實性，讓玩家在遊戲中擁有寒冷、炎熱、疼痛等基本的體感，但一般情況下，會將疼痛默認在絕對安全的閾值之內。

為了安全性考慮，每每在玩家試圖調高疼痛真實性時，遊戲還會跳出提示框，反覆提醒玩家慎點，並出具長篇累牘的免責聲明，要求玩家手寫真實姓名，進行許可授權，方可調整。

舉個例子。倘若玩家 A 在副本進行過程中，脖子不慎被 boss 擰斷了，即使這位玩家 A 酷愛作死，把疼痛值調到最大，一瞬間的痛感，最多也就能達到輕微落枕的程度。

然而，此刻，當刀背掠過江舫手臂時，他清晰感受到了肌肉被輕微劃割的觸感和微痛——安全閾值也被關閉了。

現在的他們，能夠體驗和在現實當中完全等量的痛感？

江舫心神一動，將匕首收回鞘中，卻沒有收回到背包當中。他抽出自己曾經在獎池裡抽出的肩扛式火箭炮。

炮身一上肩，感受到那真實的壓力，江舫的臉色變得更加難看——背包物品，竟然也恢復了正常重量。

物品說明裡，長矛 44mm 火箭筒筒身品質達 78 公斤，但這只是物品的設定而已。

且得益於玩家練級得來的體能提升，78 公斤對遊戲人物來說，哪怕是個小孩體型，想掄上肩來上一發，也跟玩兒似的。愛耍帥的，甚至能把它像玩槍一樣整出各種花活來。

正因為江舫對它平日裡上肩的重量心中有數，所以，他意識到了，眼前的狀況正呈滑坡之勢，向一個他完全無法掌控的方向崩塌而去……

就在不祥預感臨身的同一秒，一股巨力渦流帶來的失重感，攫住了他的心臟。

周遭熟悉的都市景象，被一道莫名而來的灰色漩渦裹挾、扭曲、撕裂。一瞬混沌、一瞬清明。

首先傳入江舫鼻端的，是濃郁的草香。草浪翻湧，長風送芳，將江舫的額髮向西吹起。

五座水泥色的瞭望高塔，分布佇立在草野之間，像是牧人用來尋找獵物的眼睛。野地裡，有人在呢喃輕唱著草原的歌調。

本該是輕鬆怡人的場景，卻因為這種突然降臨其中的不安感和百里無人的野曠感，給人帶來了一股格外毛骨悚然的感受。

江舫認得出來。這裡是「家園島」塔防遊戲【家園攻防戰】多人模式下第一關的場景。BGM 則是江舫聽過多遍的蒙古小調。

本來悠揚的曲調，卻因為摻入嗶啵縱響的電子噪音，音符被打磨著尖銳地拖了長音，一抖一抖，像是有一個雌雄莫辨的低音藏在音樂裡，不引人注意地悲聲哭泣。

江舫四下環顧一番後，握緊了插在腰間的匕首。

和他一起被傳送的，加上他，共有十二個人。

他們還沒有接受在劇烈頭痛後無法登出遊戲的慌亂，就又被驟然扔到一個副本裡。

副本的登出欄也是灰白色的，那淒慘的白和在場眾人的臉色無異。

這樣的怪異突變，幾乎是無法避免地引發了騷亂。

「操，到底他媽的怎麼回事？」

「怎麼給傳送到這兒來啦？！」

「這裡是哪兒啊？！」

「你們能退嗎？啊？」

江舫努力在一片混亂中集中注意力，垂在身側的指尖一動一動，簡單計算著他們還可利用的時間。

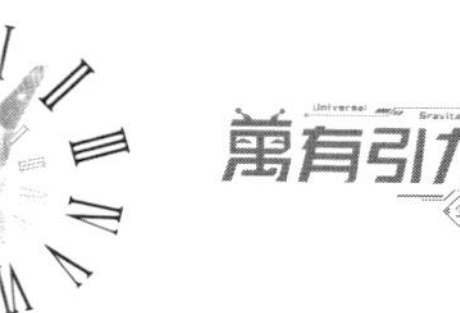

他們已經浪費了 20 秒，還有 180 秒。

他揚聲下了命令：「散開。」

這是第一個還算穩得住的意見和聲音，騷動的人群極需一個主心骨。因此，大家齊齊靜了下來，不約而同看向他。

江舫說：「第一波怪馬上就來。自己身上有什麼武器、用慣什麼武器的，各自有數。」

「這裡一共有五座塔。第一個迎來怪物的會是一號塔，然後就依次輪到二、三、四號和核心塔。我們的目標是守好核心塔，不讓怪物進入核心塔後的草倉。」

「用慣重火力的，出三個人去守核心塔；一號短射塔去兩個，二號塔去三個人，各自守好塔裡的三挺短射炮位，一號和二號打好配合；三號高射塔我來守，給我一個副射手；四號箭塔，用弓箭的出兩個，和三號一起儘量把殘兵掃清在怪物到核心塔之前。核心塔的玩家，要做的是儘量節省彈藥，清理前面四座塔沒有清理過的敵人。」

「現在，根據自己的實力和能力，各自搭伴找塔。」

江舫簡明扼要地分解了任務，讓所有玩家在第一時間內領會了他們要做的事情。

但還是有人偏要在這關頭添亂。

凸肚腩大叔一把抓住了江舫的手腕，他狐疑地打量著江舫，「你是不是知道什麼？！我們為什麼會在這裡？我們為什麼要玩遊戲？」

「……是啊，我知道。」江舫將臉轉向大叔，嘴角慣性地揚著，但目光早已經冷透了。

他就用這樣一雙冷眼，定定看著他，駭得那大叔面皮都緊了。

相較於他略顯陰狠的眼神，江舫和顏悅色地放慢了語速：「等結束這個副本，我就告訴你們，可以嗎？」

他的右手，始終虛虛搭在腰際的匕首上。他的神情和動作讓大叔心裡一陣沒來由地發虛，忙撒開了手，「行……那行吧。」

十二個玩家裡，起碼有八、九個是玩過這個副本的，在理解了江舫的意圖和任務安排後，大家馬上四下散開找塔。

江舫沒有急著去找提前預定給自己的三號塔。

他一邊從自己的背包裡不斷掏出各樣道具，快速試驗，一邊偶爾抬起眼睛，觀察其他隊友的入塔情況。

如果可以的話，他根本不想考慮遊戲失敗對這些玩家造成的後果。他關注他們，只是需要在這種未知的情況下，最大限度保存有生力量。

經過一番快速分配後，只剩下一人落單了，是一個看上去不過 20 歲剛出頭的姑娘。

她怯生生地湊到了江舫身側，支支吾吾道：「哥，我……」

江舫「嗯」了一聲：「妳跟我走。上塔。」

他跑出兩步後，神情微微一滯。

望見出現在遠處的幾點雪白後，江舫加快了步伐，並提醒身後的年輕姑娘：「跑快點，我們已經遲了。」

年輕姑娘倒也是個聽人話的，應了一聲，亦步亦趨地跟上。

然而，就在兩人即將踏入三號塔時……

「哎！」一個聲音突然響起，「我去哪兒啊？！」

江舫的眸光一冷，猛然回過頭去……怎麼還有人沒有進塔？！

凸肚腩大叔對這個副本顯然非常不熟悉，他跟著大隊伍，在各個塔上都繞了一圈。

觀察加遴選半天，把自己跑得氣喘吁吁，累得臭死，他還是沒能找到適合自己的塔。

他站在滿員了的一號塔下，氣喘著跟江舫揮手，「哎，我以前打副本的時候不用槍，也不用箭啊！」

江舫沒想到居然會有人蠢到這個地步，他咬牙提高了音量：「塔上配備有槍，你趕快隨便找一座！二號四號都還有位置！往回跑！上塔！」

大叔還是玩命揪著細枝末節糾纏不休：「可我都不會用啊！」

江舫攥緊了拳，「快點上塔！你想死嗎⋯⋯」

話音還未落下，大叔身後的草叢內，忽然窸窣地響了一陣。

下一秒，一雙柔軟的長耳朵「啵」的一聲彈了出來。撥開群草、從草裡探出來的是一隻圓嘟嘟的⋯⋯兔臉。

兔子對著大叔張開嘴，花瓣一樣粉嫩的三瓣嘴和尖尖的兔牙，看起來格外可愛。

凸肚腩的大叔沒想到怪物來得這麼快，頓時慌了手腳，忙從武器欄裡就近選擇了自己最常用的一把偃月刀造型的長柄冷兵器。

這把紫武級別的武器，放在平時，絕對是拉風的利器，一刀下去，傷害值可達 300 點以上。

然而，在抽刀一瞬，近 200kg 的武器原始設定，讓大叔猝不及防，雙手被壓得往下一墜，腰也彎折了下去。

他往前踉蹌兩步，巨刃朝下重重砸落在地，將一大片鮮綠的草汁砸得飛濺而起，草汁落入了大叔眼中。

就在這一瞬，一雙雪白的兔子腳蹦蹦跳跳地來到大叔身前。

大叔只來得及看到牠再度對自己張開了可愛的三瓣嘴。那隻兔子撲臉而來，抱住了他肥胖的臉頰，張開嘴巴，一口咬上大叔的嘴唇。

人類柔軟的嘴唇，很快被牠吃空了。牠鑽動著毛茸茸的身軀，往大叔撕裂的口腔深處鑽去。

大叔在要命且突兀的劇痛下，狂亂地慘嚎起來。他試圖將兔子從自己身上撕扯下來，但兔子已經把身子迅速填入了他的口中，像是在他口中硬生生塞上一大團染了血的、雪白的棉花。舌頭、喉管、胃部、腸道⋯⋯一路往下，暢通無阻。

沒有遊戲裡簡單且藝術的血色煙花、沒有覆蓋在螢幕上大大的 game over。大叔的身影也沒有隨著遭到死亡衝擊而自動從副本中消失身形。在現實中，他壯碩的身軀更沒有自動彈出遊戲艙，宣告遊戲的終結。

他在其他十一名玩家眼前，被從頭到腹部吃成了一個中空的血葫蘆。

本來精神緊繃、打算乖乖跟著江舫一起合作的年輕姑娘，不意看到這一陣血肉橫飛的地獄繪卷，心理防線在頃刻間土崩瓦解。

她慘叫一聲，徹底失去了和這種吃人怪物搏鬥的勇氣。

她掉頭就跑，可是，沒能跑出幾步，她就被一股力量從後狠狠拉扯了一把，一跤跌翻在地。

她蜷縮成一團，手腳胡亂揮舞廝打著，「別殺我！別殺我呀！」

一道寒光閃過，抵住她的咽喉，用殺雞的姿勢，毫不留情地在她纖細的脖子邊開出了一個長達一寸的口子。溫熱的鮮血順著她的頸部流淌而下，匯入她的鎖骨、胸口。

意識到自己在流血後，最原始的、對死亡的恐懼，讓她剛開始狂亂沸騰的血液瞬間降至冰點。

姑娘蓬亂著頭髮，呆呆盯著持刀抓住她散亂前襟的江舫，混亂的意識漸次歸位。

江舫淡色的眼珠裡沒有絲毫感情，口吻裡也沒有任何溫情可言，問道：「妳想死嗎？妳想死，我現在就殺了妳，免得妳打亂了我的布局，連帶著我們一起完蛋。」

女孩拚命搖頭，喉嚨間迸出驚懼的嗚咽。

威嚇過後，江舫適當地放柔了聲音：「玩過狙擊嗎？」

在連番驚嚇下，女孩腦中一片空白，思路不自覺地被江舫刻意放柔的聲音牽著走了：「玩過……只玩過兩次……」

江舫用沾著女孩頸部鮮血的匕首輕輕拍拍她的側臉，用足夠蠱人的專注眼神望準了她。

「這就夠了。我的副射手，不想死，跟我走吧。」

【家園攻防戰】是最典型不過的策略型遊戲。每過一關，塔的位置和種類就會發生變化，有時是崖塔，有時是樹塔。

副本提供的武器也會隨著關數的推進而更新。每一關，怪物的種類、習性和攻擊模式也不盡相同。

它考驗的是玩家的即時應變能力。

如果怪物不會將人撕成碎片的話，多人模式下的【家園攻防戰】，本來會是一個可以鍛煉團結協作能力的優質遊戲。

接連三十六波的衝擊結束。

當江舫用普通的藍武把最後一隻蜜袋鼯釘在地面上，看著牠氣絕身亡，他琴弦一樣死死繃緊的精神仍然沒有得到分毫放鬆。

手指上黏滑的獸血，讓他幾乎握不穩匕首。

他單膝跪坐在地上，緊盯著前方的地面，急促喘息。好在，即使喘成這個樣子，他的手從來不會抖。

十個倖存的玩家，從他身後將江舫沉默地合圍起來，其中包含那個險些被他割喉，後期又在分分合合中和他搭檔了多次的年輕女孩。

她的害怕、不安、絕望，早已在潮水般襲來的怪物潮中麻木了。

她的臉上沾滿了蜜袋鼯暗紅色的鮮血，順著她的眼角蜿蜒流下，凝就了恐懼的血淚。

她夢遊似的低語著：「哥，這個遊戲，究竟怎麼回事？」

「……我們到底要怎麼才能出去啊？」

同一時間，身處【永晝】的南舟，也並不知道外界發生了什麼事。

他等了將近兩個月，都沒有再等到新玩家，好像南舟之前的一切遭遇都是一個幻覺。

如今，幻覺不藥而癒，戛然而止，重新變成了一個封閉的世界。

但蘋果樹和蜜袋鼯又明確地告訴南舟，這一切都是真實的。

南舟說不好自己是慶幸還是失望。

他捧著他的小蜜袋鼯南極星，輕聲問：「你是從哪裡進來的呢？」

南極星細細的小爪子踩在他的肩膀上，軟乎乎地踩來踩去，「嘰。」

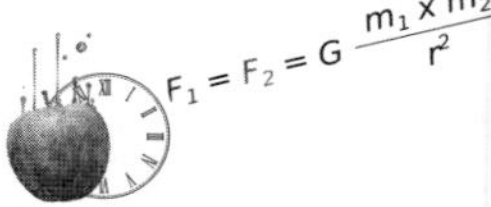


南舟很喜歡牠。牠會怕自己腦袋太小不夠他摸，把腦袋變得很大，毛茸茸的，讓他可以抱著 rua。

牠還經常和自己追逐打鬧，陪他玩耍，消耗他在陽光過度照耀下無處安放的精力。

牠是南舟有生以來遇到的最好的玩伴了。

他想，如果能搞明白這隻小傢伙是怎麼來到他身邊的，或許他就能找到出去的辦法了。

可小蜜袋鼯無法回答他。

牠只聳動著鼻尖，覬覦著南舟口袋裡的蘋果。

於是，南舟給牠取名南極星。

「南極星」，是最靠近南天極的恒星，是肉眼可以觀測範圍的極限。

南舟想，牠或許是一把和外部世界聯繫的鑰匙。是自己窮盡視野後，能望到的最終點。如果無法用這把鑰匙打開自由之門，那讓牠成為自己的終點，也不錯。

在各種猜測持續了近一個月後，在一個「極晝之日」，南舟忽然發現，小鎮中央又多出來了一隊怪異的玩家。之所以說他們怪異，是因為他們和以往來到這裡的玩家，都不大一樣。

首先，他們居然選在「極晝之日」進入【永晝】。

以往的「極晝之日」，南舟碰到的基本都是想和光魅們正面剛的硬核玩家，所以他們進來就提著武器，氣勢洶洶，戰意十足。

但這群玩家顯然沒有這個意圖，他們沒有一個人大大方方地出來探索。一出現在小鎮裡，他們就飛快找了一間無人居住的三層小樓，集體窩藏在裡面，把門窗統統從內鎖死，卻單獨留了三樓一間帶陽臺的小臥室的陽臺門，虛虛掩著，像是忘記關閉了一樣。

南舟看得出來，這是個比較不明顯的陷阱。如果這些玩家把這一棟樓的角角落落都封死了，那麼，一旦光魅對他們展開突襲，他們將會無法預測光魅對他們的突襲方位。

留下一個破綻，光魅就極有可能選擇從這個最容易突破的點進入。

這些玩家，在為自己留下一處生門。

那麼，這扇生門裡，就一定有陷阱。

南舟覺得他們很奇怪。所以，他並不打算馬上對他們展開攻擊，計劃著觀望一陣，再作打算。

同時，他還要提防著其他光魅的小動作。

即使現在能夠吃飽喝足了，但每到「極晝之日」，還總是有些光魅控制不住血管裡躁動的、攻擊同類和人類的本能。

南舟坐在日光最盛的街道房頂上，修長的腿蹬在翹起的屋簷瓦片邊緣，微微分開，踏著邊緣，往下張望。

他的下面，就是這些玩家的藏身地。

有他在這裡坐鎮，沒有光魅敢輕易靠近。

一隻饞了血的年輕光魅跳到他身側，蹲坐著看向南舟，滿懷渴望地看了一眼屋內。

——老大，幹他們一票嗎？

南舟對它搖了搖頭。

年輕光魅有些不甘心。

畢竟光魅的本性就是食人。最近老大好不容易還給了它們攻擊自由，怎麼現在又不許了呢？

不過，即使再不甘心，它也不敢輕易挑戰老大的權威。

送走了悻悻的手下，南舟靜靜地從口袋裡掏出了一個新鮮蘋果，用袖子擦了擦。

蘋果樹女士留下的蘋果樹有生長週期，每 25 天成熟一輪，每一輪會結 30 個果子。

所以，數量有限，必須珍惜。

見到新鮮可口的蘋果，南極星急忙貪婪地伸出小爪子去搆。

南舟是永無鎮內唯一一個擁有蘋果自由的人，牠黏著南舟，也就是想多吃一點好吃的。

在南極星的撥弄下，蘋果從南舟手裡脫手滾出，骨碌碌落下屋簷，正巧掉入那個開著門的陽臺。蘋果頂開了虛掩的門隙，一路向內滾去。

南舟：「……」嘖。

他並不畏懼陷阱。他只想追回自己的蘋果，畢竟蘋果不多，丟掉一個，就會少一個。

在這樣一個「極晝之日」裡，他似乎也沒有畏懼玩家的理由。

再說，他也想去見見那些玩家，與其一個人在這裡胡思亂想，不如去問問他們，他們沒來的這些日子，究竟發生了什麼事？以及他們又為什麼會突然來到這裡？

南舟從屋頂上縱身跳下，落入陽臺時，腳步輕捷無聲，像是隻貓。

南舟並不清楚，自己這次主動的登門造訪，會引發什麼連鎖反應。

在雙腳踏上陽臺的瞬間，南舟的記憶便自此陷入一片黑沉的封禁和混沌中。

他感覺，自己在濛濛的黑障中跌跌撞撞地走了許久。

一路上，他似乎見到了很多人、看過了很多風景、聽到過很多話語。這些形影，曾經深刻地存在，但又很快像是一縷消沙，被一股奇異的力量抹消殆盡。

最後，他昏沉沉地把頭往下一低，腦袋就撞在一輛正在行駛中的巴士窗框上。

他睜開眼睛時，就發現，他旁邊正站著一個色彩鮮豔，正滔滔不絕地講解遊戲規則的蘑菇。

南舟的記憶，斷層於他踏上永無鎮的陽臺，去找尋自己失手掉落的蘋果的這一步。

對於被數次扔進遊戲副本裡的江舫來說，他一生最有價值的記憶，才剛剛開始。

當那個蘋果順著地板的弧度，咕嚕嚕滾入房間時，躲藏在陽臺門側的江舫下意識用指尖按住了蘋果。

指尖碰觸到那個新鮮的蘋果時，江舫心中微微一動。

而就在下一刻，他看到另外一隻覆蓋著淺淺光芒的手，從門外探了進來，也將指尖落向了那個蘋果。

隨著開啟的陽臺門一同湧入的，是他，還有他背後燦爛盛放的、海潮一樣的陽光。

對一直死心塌地跟隨江舫的年輕姑娘宋海凝來說，這一幕，不啻於天塌地陷。

這隻光魅進來得實在太快了！

而且老大沒有在第一時間動手，這樣一耽擱，他們根本完全失去了事前埋伏的先手優勢！

她手持武器，嗓音發顫，聲音嘶啞得宛如瀕死：「老大……」

江舫打了個手勢，示意她鎮靜下來。

從莫名被困遊戲的一個多月來，他們不斷被強制拋入各個副本，經歷了太多的生死關頭。

他分得清輕重緩急。

他也知道，在這些人都將生死交付給自己的時候，他並不應該去相信一個虛假的童年朋友、一個一手締造了《萬有引力》遊戲裡最高死亡率的副本 boss。

江舫唇角的笑意萬分燦爛。他一手還搭在掉落的蘋果上，被他的另一隻手藏在身後的匕首鋒芒，和他被陽光映得閃閃發亮的銀髮，都一起被陽光吞沒，化作了同一種顏色。

他溫柔地懷著殺意，和南舟打了招呼：「……你好。」

南舟眨了眨眼睛，輕聲說：「我的蘋果。」

萬分戒備的宋海凝：「……」哈？

南舟強調：「蘋果，我的。」

江舫放開了手，溫和輕笑道：「**OK**，**OK**，你的。」

但對面的南舟並不急著走，他盤腿坐了下來，握著摔爛了一個小角的蘋果，一口一口地啃起來。

他似乎在宣告，自己不是來殺人的，真的是來撿蘋果的，吃完蘋果就走。也似乎在大大方方地等江舫告訴他，這些消失許久的玩家，又一次突然來到永無鎮的用意和原因。

刺目的、宛如有實質一樣的陽光，在他身上一點一滴化盡後，他的本相也逐漸顯露出來。

一個漂亮的怪物青年，黑髮隨意披散在肩膀上，又被陽光鑲鍍上一層薄薄的金邊。

他的五官、身材、手指的長度、頸肩的弧度，因為過於標準和美好，簡直是不應存在的、虛假的美麗。

即使知道對方是虛假的，即使身後還藏著隨時會向他揮出的鋒刃，江舫還是忍不住被他吃蘋果的動作和專注的小表情吸引。

在南舟即將把整個蘋果吃完時，江舫終於微微張開了口。

南舟也望向了他，等待他道出來意。

江舫忍俊不禁：「……那個，蘋果，是不用吃核的。」

南舟嘴裡叼著一根僅剩的蘋果梗，「……」

這隻小怪物陷入了一陣深思後，拖長腔調，發出了一聲恍然大悟的感歎：「啊——」

——這樣啊。

一個小時後。

江舫站在南舟家的廚房裡，拿著南舟家的菜刀，切著他儲存在背包從「家園島」裡收來的食材。

莫名被困在遊戲裡的一個月內，他們都是靠各自背包裡的存糧過活。

江舫有一點收集癖。在全成就裡留下一個空白，已經夠讓他彆扭的了，因此他的食物、植物、工具、武器、釣物等收集圖鑑，都是齊全的。

現在，他手邊放著一個深黃色的熟芒果，還有一碗已經切成了丁，浸在冰涼的清水裡保鮮的白桃。

南舟蹲在流理臺旁，一邊好奇地把桌面上的芒果滾來滾去，一邊認真提問：「拿水果做菜，也會好吃？」

「嗯。」江舫繫著南舟家的圍裙，溫和道：「如果家裡的烤箱還能用的話。」

兩人的樣子，宛如相識了許久的朋友。

或者說，江舫能迅速給任何人這種錯覺。

江舫笑著對南舟說：「能再摘兩顆蘋果來嗎？蘋果餡餅也很好吃。」

南舟點點頭，帶著抱住他頭髮末梢、一晃一晃的南極星，在玄關處換下拖鞋，轉身出了門。

南舟的身影在屋中消失的一瞬，屋內所有人周身緊繃的肌肉都隨之一鬆。有些人藏在手裡的武器都被手汗浸濕了，連忙趁這時候掏出來保養擦拭一番。

只有江舫垂著頭，精心侍弄芒果皮，並將做水果餡餅的材料一一擺放入盤。

宋海凝一頭霧水：「老大，你在⋯⋯幹什麼？」

「能幹麼？當然是殺了他啊。」另一個打了耳釘的男隊員壓低了嗓門，輕聲說：「我看過論壇裡好多關於【永晝】副本的通關技巧。這個 **boss** 特別牛逼，要真刀真槍跟他幹，咱們幾個人還真未必弄得死他。所以得先想辦法接近他，跟他搞好關係再殺。殺了他，就能過關了。」

說著，他把一張臉向日葵似的熱切地轉向了江舫，「是吧，老大。」

江舫手裡的菜刀一聲聲落在砧板上，勻速而恒定。

屋內的時鐘，顯示現在的時間應該是晚上的 7 點 15 分。

但今天是「極晝之日」。窗外過於明亮的白光吞沒了一切色彩，只在

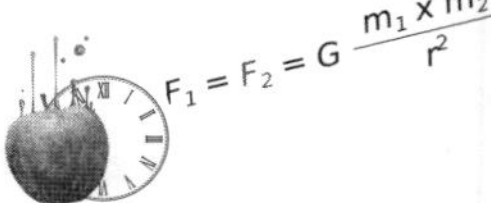


玻璃上烙下七彩的光暈，能見度不足 10 公尺。

所幸蘋果樹就在廚房的小窗前。他一抬頭就能看到南舟踩著樹枝摘蘋果時，從樹枝上垂下來的一雙晃晃蕩蕩的長腿。

江舫從他小腿修長纖細的弧線上移開視線，話音含笑道：「『老大』，你說的很對。還有其他指示嗎？」

江舫說話時，嘴角永遠帶笑，但其他人在他的笑容下，都不免瑟縮了一下。

提意見的耳釘男察覺情況不對，諾諾地一咧嘴，賠笑道：「老大，我就隨口那麼一說……」

宋海凝滿心滿眼裡只相信江舫一個人，盯準了他：「老大，你到底有什麼計劃？」

江舫垂下眼睛，「我已經想好了。」

其他人不由屏息凝神，打算將江舫的計劃內容的每一步都牢牢記下，嚴格執行。

就和過去的一個月裡，他們無數次險死還生時所做的事情一樣。

然而，江舫這回的計劃，出乎意料的簡單。

他將芒果味的指尖湊到唇邊，將汁水抹在唇際，試了試甜度。

「我帶他走。」

「什……」宋海凝猛然從椅子上站起身來，緊張得聲音都變了：「老大，你沒開玩笑吧？」

江舫看了她一眼。宋海凝立刻嚥下了這個愚蠢的問題，乖乖坐下。

但她扶在膝蓋上的雙手和腿一起抖成了一片，昭示著她內心的不安。

江舫平靜地將蘋果、砂糖和麵粉揉成光滑的麵團，「我要把他放在倉庫裡，帶他離開。」

——倉庫？

宋海凝反應了一下，馬上 get 了他的思路：「這樣，他就是我們的隊友了？」

「馴服他，讓 **boss** 給咱們打工？」耳釘男人眼睛一亮，又壓不住自己的話癆屬性了，「老大，牛逼啊！」

江舫眉眼低垂，不置可否。

宋海凝還是有些不安，「倉庫裡能存放活物嗎？萬一把他放進去，出了什麼事情……」

江舫不想把自己曾經把南極星帶進來的事情講給他們聽，也不想讓他們知道自己對南舟那一點特殊的偏心。坦誠以待，除了影響隊伍的穩定性外，並沒有什麼多餘的好處。

江舫說：「不確定。」

他抬起眼睛，環視眾人，「但是，就算他死了，對我們來說也是一種過關方式。我們會有什麼損失嗎？」江舫頓了頓，又說：「……如果他活著出去了，你們都對他好一點。」

「這是當然的啊。」耳釘男誇張地做了一個扭脖子的動作，「這可是 **boss** 啊。凶著呢。」

在江舫篤定的語氣和耳釘男的俏皮話的雙重安撫下，隊員頓時覺得前路有望，神情漸漸鬆弛下來。

他們在公寓裡或站或坐，耳釘男甚至大著膽子在屋內展開了探索。他摸入了南舟的房間，翻找片刻，拿出南舟的繪畫日記。

翻過兩頁後，他站在樓梯上，對江舫揚了揚，感歎道：「老大，他可真像一個人啊。你看，他還會……」

江舫放下了手裡已經成型的餡餅。

因為他眼珠顏色偏淡，所以當他不含什麼情緒地看向別人時，會給人一種結冰的錯覺。

「是，他不是人。」

「所以，如果他因為你偷看日記的愚蠢行為殺了你，我為了其他人的安全考慮，不會救你。」

耳釘男噤若寒蟬，不敢多言，忙一溜煙抱著日記，逃回南舟房間，乖乖放回原位。

南舟挑了兩個好看的蘋果，又捉回了意圖偷走他蘋果的南極星，才遲遲從蘋果樹上跳了下來。

他從外打開了廚房上下推拉式的窗戶，把兩個嫣紅的蘋果放在江舫手邊。隨後，他抱著雙臂趴在窗邊，認真觀摩江舫做餡餅的每一個動作。

江舫看著他篩落了斑斑光芒的中長髮，和他低低一下下眨著、鍍滿金色的睫毛，微愣了神。他的心血如潮上湧。

那是支撐著他少年時期關於朋友的一切幻想的幻象。是他的太陽，星河，是陪著他一起和生活風車搏鬥的朋友堂吉訶德。是寄託了他孤獨感和歸屬感的一個夢想。

現在，他就在他眼前，一抬手就能觸摸到的距離。江舫早以為自己的心跳不會加速了。

在他恍神間，忽然聽到南舟好奇發問：「你在笑什麼？」

江舫抬手摸了摸自己的臉，才意識到，自己的眼睛、嘴角、眉梢，都是在笑著的。

這種失控的感覺，讓江舫感覺非常不適應。

他迅速將表情收斂到了可控範圍內，溫和道：「在笑餡餅。餡餅都不知道自己會多好吃。」

略微讓他意外的是，南舟好哄得要命。

他盯著餡餅點了點頭，「……啊。」

他們就這樣一個做著、一個看著。

江舫咬著嘴唇內側，有心控制自己的表情，往鍋內加蘋果做餡心時，卻忍不住放了一點，又多放一點。

為了躲避其他光魅的襲擾，一行人索性睡在南舟的屋子裡。

漫畫世界裡，主角的房子永遠是謎一樣的大，足夠他們落腳。

其他人自覺散開，各自安置，把「和 boss 交涉」這件事放心地交給他們的老大。

江舫規矩地坐在南舟的書桌邊上，假裝自己是第一次來，指尖卻不自覺擺弄著桌上新畫的罐子花瓶的鋸齒邊緣。

時近午夜，外面仍是天光大亮的樣子。

他看了一眼窗外，問：「你晚上怎麼睡覺？」

南舟在對面，抱著硬殼日記本，看一眼江舫，在紙上塗抹幾筆，「習慣了。」

南舟問：「你怎麼關心這個？」

江舫：「不應該嗎？」

南舟想了想，「不知道。別人沒有關心過。」

發現契機後，江舫果斷且謹慎地引入主題：「那麼，我們可以……交個朋友嗎？」

南舟筆鋒稍頓，學著他的語調：「……『朋友』？」

江舫：「你知道什麼是朋友嗎？」

南舟：「嗯，知道，書裡看過。後來，也有人要和我交『朋友』，但是他們都要殺我。」

江舫又想到了圖書館裡南舟肩背上那些刺目的傷口，眉峰蹙了片刻，又快速釋放開來。

江舫說：「那些都不是朋友。我來做一下，試試看。」

南舟繼續塗塗畫畫，「外面的那些人，也都是你的朋友嗎？」

江舫將手臂架在椅背上，輕鬆道：「那不是朋友，那是隊友。」

南舟認真請教：「朋友和隊友，有什麼不同嗎？」

江舫把手指抵在唇邊，「唔……朋友的話，能帶你離開，帶你去其他的地方。」

南舟手中的鉛筆停住了。

他抬頭問：「你有辦法帶我離開嗎？」

江舫：「嗯。」

南舟：「我們會去哪裡？」

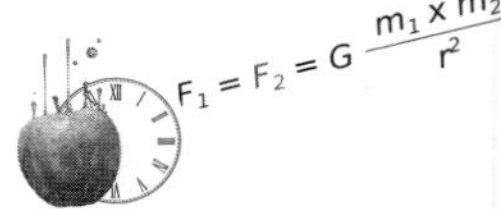

江舫坦誠道：「我們這些人試了很多辦法，都無法離開這個遊戲。所以，帶你出去，會帶你在各個遊戲副本裡……歷險。總之，會是很危險的一件事。」

南舟的表情變化不大，「……唔。」

江舫失笑，「『唔』是什麼意思？」

南舟把畫本放在膝蓋上，端莊道：「是答應了的意思。」

江舫沒想到這麼容易。原本準備好的腹稿頃刻作廢，讓他覺得自己應該馬上說點什麼，表示一下對新朋友的歡迎。

南舟把畫本轉移到床鋪上，也把鉛筆穩穩擺在上頭，「那作為『朋友』，我可以提一個意見嗎？」

江舫：「當然。」

南舟一步上前，倏然抓住了江舫的左手手腕，另一隻手握住他的衣領，一路將他摁上了牆壁，高舉起他的左手，往牆面上重重一撞……

亮閃閃的匕首尖刃，在劇烈的撞擊下，從江舫袖口間探出了頭來……這把匕首，江舫只要稍稍手一抖，就能被他穩穩執握在掌心。

南舟注視著江舫的眼睛，壓低了聲音：「不要拿刀。不許怕我。我不那麼可怕的。」

江舫被他按在牆上，動彈不得，呼吸也不自覺急促起來。

一時間，房內岑寂一片。兩人的喉結起伏幅度都略有些劇烈和失控。

但下一秒，江舫就聳一聳肩，雲淡風輕地笑了出來，「欣然接受。」

南舟放下了手，抬手把他胸口衣物的皺褶抹平，又折回床側，重新拿起了畫本。

江舫將藏著的匕首拿出，合上鞘，重新放入背包，同時隨口問道：「你在畫什麼？」

「畫你。」南舟異常的誠實。

他把畫本翻轉，朝向了江舫。

他用表白的口吻，真誠道：「畫朋友。」

因此，江舫看著身側握著一個千瘡百孔的蘋果，靜靜出神的南舟，實在想不通，當初那個毫無芥蒂地承認自己是他朋友的南舟，為什麼現在卻始終不肯承認自己是朋友。

但看著南舟的臉，江舫酸澀半晌，終是輕輕笑出了聲。

好在，人與人之間的牽絆，總如蒼狗長風一樣綿長。

「家園島」的石階上。一對挎著小籃子、兜售自家種的水果的年輕情侶玩家路過了他們身邊。

女孩子熱情地用比水果攤更便宜的價格，試圖把水果兜售給他們，好換取積分。

南舟買下了他們手裡的十顆蘋果。

南極星一看到蘋果，立即放棄牠眼巴巴觀望了很久的蜻蜓，三下兩下跳到南舟胸口，興奮地趴在上面來回踩奶。

李銀航見狀，說：「就把你手裡那個給南極星吧。」

南舟：「不行。」

李銀航：「牠都吃了一半了，你也沒辦法吃了呀。」

南舟：「不一樣。」

說著，他把那個殘缺的蘋果重新放回儲物槽，把新鮮的蘋果分給江舫和李銀航一人一個，自己也拿起一個，掰了一半，單手稍一用力，把果肉壓成了果糜，送到了南極星面前。

南極星小爪子捧著果糜，埋頭苦吃。

李銀航非常習以為常地拿著蘋果細嚼慢嚥起來。她覺得，正常男人能一手捏碎半個蘋果，好像也沒什麼奇怪的。

餵過南極星，南舟自己也輕輕咬了一口蘋果。

「家園島」出產的蘋果，甜度、味道、口感，和他臥室窗前的蘋果並沒有什麼不同。他基本可以確認，蘋果樹女士就是從「家園島」帶去的蘋

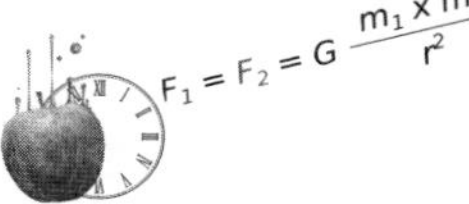


果種子。

在「家園島」裡，這樣的蘋果一畦一畦的，蘋果苗漫山遍野，紅蘋果一樹一樹。為什麼自己非要留下這個被南極星咬得坑坑窪窪的蘋果呢？

對於自己失去的那段記憶，他唯一能追溯到的源頭就是那個在重力作用下，一路滾落到陽臺的蘋果。

而在大巴上醒來時，他的手裡也握著一個蘋果。

他知道，在那之後，自己走過一段路，認識了某些人。他腦海中隱隱綽綽地存在著一些什麼重要的形影、概念和故事。細看之下，全是空白，但又有很多東西已經留在他的腦袋中。

比如……

他把吃剩下的蘋果核抬手一丟，準確地把 10 公尺開外鐵垃圾桶的翻蓋打得原地自轉了好幾圈。

南舟站起身來，「走吧。」

李銀航拿著蘋果，「不去找人了嗎？」

南舟擦掉手上的蘋果汁液，「做第一。這樣，她就能來找我了。」當然，也有可能永遠不來。

說實在的，南舟對蘋果樹女士的執念不算特別深，他只是想追溯那個為他種下蘋果的源頭。

她為他種下蘋果樹。蘋果樹結出蘋果。蘋果從他掌心落下。

書裡說，一個叫牛頓的人被蘋果垂直砸中，發現了萬有引力。

南舟追著在萬有引力牽墜的蘋果跳下屋頂，卻失去了自己的那段記憶。找到種下蘋果的源頭，或許他就能找到那段丟失的自己。

當然，找不到也無所謂。

一往無前，贏得遊戲，完成心願，是最重要的。

即使，那個毫不猶豫地在「鏽都」許願池邊被南舟許下的心願，也極有可能屬於那回憶的一部分。

三人組各懷心思，拾級而下，準備離開。

走出百來公尺開外，路過一片小樹林時，一陣風吹過，送來了些細碎的異常響動。

南舟的耳朵敏感地動了動。

聞聲，江舫也抬起頭來。

小樹林旁側的樹梢上，掛著剛才他們遇到的賣水果的情侶玩家中女孩子身上的紅色外套，外套袖子交叉著繫在梢頭。

這好像是某種約定俗成的標誌，鯉魚旗似的，被風吹得呼啦啦地響。

剛才有幾撥人想從這條石階上來，遠遠看到這件外套後，都選擇繞開了走。

每一天的光景，對掙扎在生死邊緣的玩家來說都是末日狂歡。賣光背包裡的蘋果，對這對小情侶來說，已經是這無望人生裡足夠值得慶賀的事情了。

於是，熟知著某些潛規則的大家善意地給他們留出了可以幕天席地、盡情放肆的空間。

聽著細微的聲響，李銀航乾咳一聲，臉頰有點紅，「走了走了。」

南舟站在小樹林邊，不挪窩。

江舫：「怎麼了？」

南舟往樹林裡指了指，「他們在叫。」

江舫：「……」

李銀航：「……」

南舟：「外套也掉在這兒了。」

南舟：「出危險了。」

南舟：「我去看看。」

聞言，兩隻手一個抓衣角，一個挽手臂，從後面緊緊控制住他。

南舟：「……啊？」

李銀航扯著他，「……哥哥哥，算了算了，走了走了。」

南舟不看她，繼續探頭探腦，「妳比我大。」

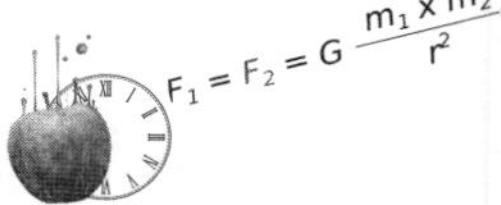


看著眼前這隻她根本拉不住的好奇貓貓，李銀航哭笑不得。

——大佬都沒有性生活的嗎？

她一轉眼，發現江舫嘴角含笑地挎著南舟的胳膊，忙給他連瞪帶瞟地使眼色。

——還笑啊。勸勸吶。你對象要去看別人搞對象啊。

南舟實在好奇，轉頭看向江舫，「他們在幹什麼？」

江舫一點磕巴不打：「偉大友誼敦促會。」

江舫：「生命起源探討活動。」

江舫：「億人馬拉松比賽。」

南舟：「……這是同一件事嗎？」

江舫：「差不多。」

南舟平靜感歎：「語言真是博大精深。」

江舫看著他的臉，煞有介事道：「是的，我剛到中國來時也這麼覺得。」江舫三言兩語，成功騙走了南舟的注意力。

從後面看著南舟側著頭，對江舫的解釋好奇地問東問西的樣子，李銀航快步跟了上去。

不得不說，江舫拐貓的姿勢真是相當熟練且訓練有素。

江舫和南舟並肩而行，柔和地回答著他的問題時，眼睛卻不經意落在了他的肩膀上。

他的鎖骨將內裡的那件襯衫領口頂得向兩側微微分開，看著這道隱祕的風景，江舫稍稍出了神。

在決定帶南舟離開【永晝】前，江舫問他：「你要不要帶些衣服？」

南舟：「我能帶上我的衣櫃嗎？」

南舟：「我的髒衣服只要放進衣櫃，就會變得乾淨的。」

江舫用手抵著唇邊，微微笑開了，「我的背包位可不多。帶你沒問題，要帶你的小夥伴南極星，我就得扔支槍；帶你的繪畫日記、蘋果核素描筆，我得扔其他三樣東西；再帶你的衣櫃，恐怕有點難度。」

這倒是實話。他開的背包格數量都是經過計算的，有多少需求，就開多少，每一樣東西都是有用的。

可說不上為什麼，江舫的收集癖就是愛在南舟身上再三退讓。

在南舟低頭猶豫時，江舫看著他悅目的眉眼，含笑道：「沒事，我這兒有衣服。系統提供的衣服也不用洗，只要你不介意穿我穿過的。」

南舟「嗯」了一聲。

服裝和背包是兩個各自獨立的系統。

江舫的指尖劃過服裝頁面時，快速略過了那幾件被系統強制除下、現在穿也不方便行動的 lo 裝。

翻找一番後，他終於找到一件合適的。那是一件黑色的風衣，目測和南舟勁瘦挺拔的腰線非常合度，再加上暗金色的腰帶，與他禁欲冷淡的氣質也很是相稱。

江舫遞給南舟，溫和道：「穿上，試試看。要是衣服合適，就洗洗手下來吃飯。」

南舟抱著風衣，乖巧應答：「嗯。」

江舫下了樓，把還在鍋裡蒸著的鱸魚收了汁，端出鍋來。

餐廳裡，經過他調教的隊員個個眼觀鼻、鼻觀心，老實得跟一窩小鵪鶉似的。

儘管他們也想不大通，眼前到底是個什麼氛圍？老大自帶鍋碗瓢盆來人家家做飯，看起來不大像來交朋友，像來交女朋友。

不多時，南舟穿戴整齊，下樓來了。

江舫不經意地瞄他一眼，「……」

他覺得哪裡有些不對勁。

在其他隊友注意到他前，江舫快步迎上前去，拿指尖撩開他的領口，稍一確認，嘴角就哭笑不得地抿了起來。

他替他捏緊了領口，命令道：「回去。我再給你找一件襯衫。」

南舟用疑惑的眼神看他。

「風衣的裡面……」江舫忍著笑意，耐心解釋道：「不能光著，是要穿衣服的。」

南舟恍然大悟，虛心認錯：「唔。我沒有穿過這種衣服。」

江舫摁住他懵懂的新朋友胸口，笑說：「走。教你啊。」

他被江舫掩住胸口，一路牽回了樓上。

想到那時瞥見的光裸漂亮的胸線，和再往下的兩點自然的紅，江舫無比自然地挪開視線，呼出了一口略微發燙的氣息。

那邊，南舟也總算在江舫語焉不詳的解釋下弄明白了事情的原委。

南舟：「啊，剛才他們在為了繁殖而交配，是嗎？」

聽到這句話的一瞬間，江舫的神色略有些複雜，但他很快就調整好了表情與心態：「可以這麼理解。」

南舟的好奇心頓時得到了滿足：「你這麼說我就明白了。」

三人在「家園島」清新的田園空氣中安靜休息了數天，終於把雪山上透支的體力給補回來。

在這期間，他們從獎池裡隨機抽到的獎勵也依次到帳。

三個人這回集體人品爆發了。

南舟抽到了一樣 A 級的道具【色情雜誌】。使用次數為 10。效果是扔出去的時候，會強制吸引對手 5 秒鐘的注意力。在這 5 秒內，對手的眼裡會只有這本雜誌。

李銀航抽到了一樣 A 級的防具【你媽喊你穿秋褲】。是秋褲形狀的防具，能維持人體恒定體溫，同時穿上相當輕便，還能扛住匕首戳刺一類的利器傷害。

但是這種防具是有「持久度」設定的。

持久度會隨著傷害下降，持久度下降，扛傷的能力也會降低。等持久度歸零，秋褲也會變回普通的秋褲。

除了這兩個沙雕卻實用的玩意兒外，值得一提的是，江舫終於抽到一樣實用性的S級道具——兩枚瑪瑙質地的骰子。一枚四面骰、一枚十二面骰。

因為質地出色，躺在手心小幅度滾動時，有種微微的溫熱感。

【道具名稱：命運協奏曲】

【用途說明：如果對副本心裡沒底的話，就拿出來，搖一搖吧。】

【4面骰上的花紋象徵類型，12面骰上的數字代表難度。】

【權杖，象徵元素火的體力、勇氣和熱情。】

【寶劍，象徵元素風的智慧、對弈和交流。】

【聖杯，象徵元素水的情感、精神和心弈。】

【星幣，象徵元素土的複合、多元和包容。】

【用它來安慰你不安的心吧。】

【反正，命運的輪盤，已經轉到它該有的刻度上了。】

江舫將道具說明閱讀一遍後，將那兩枚骰子在指尖交錯著轉過兩圈後，打開了任務日誌。

骰子從他指尖落下，跳入他們試玩關卡的【巴士捉鬼】一欄。

關卡彷彿成了一只凹型的公雞碗。骰子滴溜溜在內蹦跳、旋轉、滾動，直至停下。

四面骰朝上的尖角上，是一只聖杯。十二面骰顯示的是數字3。

說白了，就是心理類副本，難度為3……倒還挺準。

以此類推。

【小明的日常】是寶劍和6。

【沙、沙、沙】是聖杯和8。

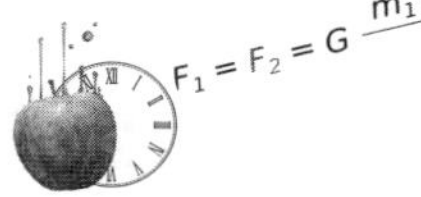


【圓月恐懼】是權杖和 7。

江舫試驗過幾次後，把兩枚骰子隨手丟到新開的道具格裡，神情並沒什麼特別喜悅的變化。

這樣道具，說有多麼出色，倒也未必。它不能改運，也不能預測，只能測量已經抽到的副本性質。正如道具說明裡說的「命運的輪盤，已經轉到它該有的刻度上了」。

「這個挺好的呀。」李銀航滿臉都是興奮，「實用性先不說，S 級道具這個名頭，賣也好往出賣啊。」

南舟眨眨眼睛，和江舫交換了個眼神。他們倆都挺佩服李銀航這種「賣，什麼都可以賣出」的積極思路。

抽到好道具，他們打算趁著好運氣，一鼓作氣進副本去。

確定大家精神和生理的狀態都能勝任接下來的任務後，南舟購買了選關卡。他們照例選擇了 PVE 模式。

鑑於系統上次不做人的表現，南舟已經做好了剛一結束傳送就被滿月澆頭的準備。

然而，當身心再度浸入黑暗時，南舟終於再一次正常地聽到了遊戲語音的播報。

【親愛的「立方舟」隊玩家，你們好～】

【歡迎進入副本：腦侵】

【參與遊戲人數：3 人】

【副本性質：冒險，探索】

【祝您遊戲愉快～】

這次他們的團隊副本，只有「立方舟」三個人。

省下了和陌生人交流、磨合的時間，還有了獨占所有獎勵積分的可能，當然是件好事。

然而，三個人的表情，此刻都愉快不大起來。

因為隨著遊戲播報音響起的，是一種帶著口水的咀嚼音。那是一種熟

悉的、被放大了無數倍的聲音。咀嚼音本來是一種相當流行的、有助眠效用的 ASMR 音。

但是，當這種聲音的每一個細節都被放大時，只會惹得人頭皮發麻，渾身難受。

牙齒碾碎食物的聲音。吧唧嘴時清亮的、啾啾的咂嘴聲；吞嚥下去時，混合著口水的黏膩膩的聲音。

這聲音，不免讓他們聯想起了上個副本裡雪山食人的場景。

這次的提示，也少得可憐。

【請在規定時間和區域內進行探索。】

【生存時間為 48 小時。】

【在你們的時限結束前，盡可能地進行探索吧。】

南舟敏銳地捕捉到了一個細節。

這次，系統說的不是「遊戲時間」，而是「生存時間」。

然而，相較於「生存」這樣不祥的詞彙，真正落入他們眼中的場景卻相當平和。

他們四周光線極其黯淡。

李銀航打開進來前剛充滿電但仍然毫無信號的手機的手電筒。

他們此時，正置身於三條牆壁顏色古怪的長廊交接口。

他們腳下，是一層柔軟的、雪白的、天鵝絨似的地毯。

長廊兩側的牆壁上，有著細細的、密密麻麻的凹陷，像是音樂廳牆壁上為了減弱聲波反射而設計的氣孔。

他們所處的，是走廊的三岔路口交接點。

其中一條走廊是筆直的，一路蜿蜒著向前延伸。其他兩條走廊，又呈兩條彎曲半圓的弧線，向兩側延伸，對中心走廊形成了合抱之勢。

走廊上沒有窗戶、沒有光源。靜靜迴蕩著，只有讓人煩躁的、枯燥的咀嚼的低音。

江舫點開了道具槽，拿出他嶄新且好賣的 S 級骰子，在當前正在進行中的副本介面，扔了進去。

兩枚骰子彼此糾纏、彼此撞擊，逐漸定格。

【腦侵】副本代表的類型和難度，分別是星幣和 11。

李銀航的精神突然緊繃起來。這是他們都從未經歷過的，精神系加智力系加體力系的複合型副本，也是他們從未體驗過的難度。

「……【腦侵】。」南舟不大關心難度問題，他重複了一遍副本的名字，環顧周遭怪異的環境，輕描淡寫地點出了一個有點令人毛骨悚然的事實：「所以，我們現在，在一個人的大腦裡？」

被南舟這麼一提醒，李銀航雞皮疙瘩差點一路冒上天靈蓋。

不知道是不是心理作用，她直接將以前吃冒腦花的體驗和當下所處的環境通感了一下。

她疑心自己嗅到了一股淡淡的生脂肪的味道，連呼吸都變得油膩了起來。在這樣的心理壓力下，李銀航連呼吸都覺得掏心掏肺地噁心。

——這他媽就是精神系攻擊嗎？

再想到那個前所未有的「星幣 11」級別的難度，李銀航第一次覺得自己要不行了。

眼看著李銀航臉一點點脹紅，江舫搭了一下她的肩膀，將 choker 上裝飾用的銀鏈卸了下來，在她眼前輕輕搖晃，在微薄的光線下，蕩出一圈圈光暈，成功吸引了李銀航的注意力。

江舫：「妳是害怕幽閉空間嗎？」

李銀航努力調整呼吸，促聲回答：「不。」

江舫：「害怕黑暗？」

李銀航搖頭。

江舫：「害怕聲音？」

李銀航：「有一點。」

江舫：「氣味？」

在和江舫的對話中，李銀航即將崩裂的心態一點點從懸崖邊緣自行掙

扎著爬了回來。

她竭盡全力地用「誠實地表達恐懼」來面對恐懼：「嗯。」

江舫的眼神帶著蠱人的溫柔，輕聲說：「這裡並沒有什麼氣味，可以放心呼吸。」

眼看著李銀航的呼吸恢復平順，江舫微笑一下，轉身離開。

幾乎是在轉身的瞬間，他的笑容就自然隱匿了。

他的溫柔是特供的，不希望拖後腿的人存在於隊伍中，問題解決了，他的溫柔自然也不需要了。

他走到南舟身邊，「南老師，感覺還好？」

此時一隻 san 值怪物正在左顧右盼，沒有一點不適的表現，漫不經心回道：「什麼？」

江舫：「……沒什麼。」

南舟扭頭望去，看見李銀航的臉色仍是紅白交加，不由蹙眉，「銀航不舒服？」

李銀航努力嚥下口腔裡氾濫的酸水，「差不多要好了。」

南舟的語氣有點困惑：「妳為什麼不舒服？」

李銀航滿眼哀怨，被殘餘的反酸味道噁心得淚眼矇矓。

——還不是你說我們在別人的腦袋裡。

在李銀航委婉地表達了自己不適感的來源後，南舟卻並沒有在第一時間表示理解。

南舟：「妳覺得噁心，所以妳隨時會吐。吐在別人腦袋裡，是很不禮貌的事情。既然妳掌握著噁心別人的主動權，為什麼還要不舒服？」

李銀航：「……」

她突然覺得自己好了，南舟式邏輯的效果比江舫的注意力轉移大法還要拔群。

硬核寬慰過李銀航後，南舟已經踩著柔軟的髓質地毯，頂著那無處不在的咀嚼音，來到中心走廊中的一扇「門」前。

當真正步入這條「走廊」時，南舟才感受到了腳下些微的凹凸與崎嶇，像是在不平坦的地面上行走。

而這扇門，應該是具象化的、某種大腦物質的入口？

南舟叩了叩門，禮貌道：「有人嗎？」

江舫：「……」

他一時不知道是冷寂一片更恐怖，還是有人回應更恐怖。

李銀航總算緩過勁兒來了。

她乖乖站到南舟身邊，和他一起打量著眼前這扇普通的、表面宛如覆蓋著白色蛛絲組織一樣的門。

門縫與地面存有一點距離，內裡隱隱有光透出。

南舟單膝跪下，看向門縫內側。

門內透出的光是五彩的，帶著一點幻覺的暈輪，像是日光反射到油彩上的光澤。

南舟輕聲自言自語：「如果我們真的在一個人的頭腦裡……這會是什麼樣的一個人呢？」

和其他兩個人確認過眼神，確定大家都做好準備後，南舟果斷地壓下了門把手。

（未完待續）

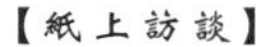

【紙上訪談】

# 作者獨家訪談第二彈，分享不為人知的裡設定

Q6：這部作品故事背景龐大，關卡設計環環相扣，闖關的同時並帶出主線劇情和感情線的線索，推動劇情進展，因此很好奇當初是怎麼構思劇情的？

A6：我的所有書，都是先定下一個大致的走向，確定了開頭，再設計人物，最後確定一個適合他們的結局，所以每個人物一出場就在奔向他們的結局。

其中劇情的波折起伏，也是把他們推向自己結局的波瀾。

Q7：承上題，本書不僅故事背景龐大，出場角色也很多，請問針對世界觀或是角色設定，有沒有什麼小說沒提到的裡設定？有沒有被您忍痛修改掉的設定？

A7：人物小傳裡的內容其實都寫得差不多了。

我一直秉持著設定了就要寫的原則 w

不過南舟在原設定有夜盲症這一點被刪掉了——貓貓怎麼可以夜盲 w

Q8：如果您也成為《萬有引力》的玩家，您覺得自己會是哪種類型的玩家？平常會待在哪個休息點居多？有沒有最想挑戰的副本？或最怕遇到哪種類型的副本？

A8：我應該是種田流選手，會停留在「家園島」更多一些吧。

如果說要挑戰副本，更傾向於多人副本。

然後儘量混在大家中間，能出力就多出力，最好是不掐尖兒也

不落後，努力做一個大家需要，但又不被大家依靠的人。

Q9：本書的角色設定有很多驚喜，兩位主角的身分設定很特別之外，立方舟小隊加入一位女性成員這個設定也令人意外，因為一旦沒處理好，很容易讓人反感。結果老師把李銀航這個綠葉塑造得非常成功，因此想請問當初怎麼會想到加入女性角色？李銀航的個性是一開始設定就是如此，還是有做過調整？

A9：李銀航的個性應該是最早定型的。

除了她的名字是正式開文前三個小時敲定的，原來是叫李思宣，一個更普通的名字，後來為了湊三人組的名字，舟，舫，後來才有了航。

我是在思考過南舟和江舫的性格後，才確定銀航必須存在的。

首先，銀航是一個普通女孩的視角。隊伍裡需要一個普通人來縱觀全域，更容易直觀地讓讀者瞭解副本和他們所面臨的難題。

其次，江舫作為人類，但他並不在乎人類；南舟是因為江舫是人類，才試著去愛人類。他們的人格因為成長環境都存在著一部分缺失，所以他們需要調和和平衡，不然他們容易走向極端。

銀航就是很具有代表性的普通女孩，是他們的平衡器。

她有點軟弱，腦子不是全天候的好使，但關鍵時候能頂得上，咬牙也要頂，而且，她是完全的人類立場。

他們要有一個回去的家。

銀航是那把雖然普通但是溫暖的鑰匙。

如果沒有銀航，他們也可以活在遊戲裡，但會長久地流浪。

（未完待續）

i小說 043

# 萬有引力2

國家圖書館出版品預行編目（CIP）資料

萬有引力 / 騎鯨南去著. -- 初版. -- 臺北市 :
愛呦文創有限公司, 2023.04-
冊；　公分. --（i小說 ; 43）
ISBN 978-626-96919-3-7（第2冊 : 平裝）

857.7　　　112002127



愛呦文創

作　　者　騎鯨南去
封面繪圖　黑色豆腐
Q圖繪圖　魅尨
責任編輯　高章敏
特約編輯　楊惠晴
文字校對　劉綺文
版　　權　Yenyu Hsiang
行銷企劃　羅婷婷

發 行 人　高章敏
出　　版　愛呦文創有限公司
地　　址　10691台北市忠孝東路四段59號10-2樓
電　　話　（886）2-25287229
郵電信箱　iyao.service@gmail.com
愛呦粉絲團　https://www.facebook.com/iyao.book

總 經 銷　聯合發行股份有限公司
電　　話　（886）2-29178022
地　　址　231新北市新店區寶橋路235巷6弄6號2樓

美術設計　廖婉禎
內頁排版　陳佩君
印　　刷　沐春行銷創意有限公司
初版一刷　2023年4月
定　　價　360元
I S B N　978-626-96919-3-7

ao 愛吻文創